马背上的兵工厂

李 贺◎著

台海出版社

图书在版编目（CIP）数据

驴背上的兵工厂／李贺著·—北京：台海出版社，2012.9

ISBN 978-7-5168-0046-1

Ⅰ.①驴… Ⅱ.①李… Ⅲ.①长篇小说—中国—当代

Ⅳ.① I247.5

中国版本图书馆 CIP 数据核字（2012）第 218842 号

驴背上的兵工厂

著　　者：李　贺	
责任编辑：俞滟荣	装帧设计：天下书装
版式设计：阿　荣	责任印制：蔡　旭

出版发行：台海出版社

地　　址：北京市景山东街 20 号　　　　邮政编码：100009

电　　话：010-64041652（发行，邮购）

传　　真：010-84045799（总编室）

网　　址：http://www.taimeng.org.cn/thcbs/default.htm

E-mail：thcbs@126.com

经　　销：全国各地新华书店

印　　刷：北京高岭印刷有限公司

本书如有破损、缺页、装订错误，请与本社联系调换

开　　本：787×1092　1/16

字　　数：399 千字　　　　　　　　印　　张：23

版　　次：2012 年 11 月第一版　　　印　　次：2012 年 11 月第一次印刷

书　　号：978-7-5168-0046-1

定　　价：39.80 元

向战争年代，以及至今奋斗在军工

战线上的前辈和同志们致以最崇高的敬意！

纪念我的祖父　保定劳动技工学校创始人　李俊生

　　　　　　　　　　　李贺　敬作

目　录

引 子

李同顺：

咱太爷爷活着的时候儿，是十里八乡有名儿的机器奇才，什么蒸汽机啊，织布机啊，干啥都行，哎，还经常给洋人修个汽车什么的。就是那时候，招他们干活儿的黄老爷不是个玩意儿。克扣他们半年的工钱。

实在给资本家欺负狠了，太爷爷就带着爷爷进城找零活儿糊口。还别说，机械修理这行当，爷爷怎么学怎么会。

李贺：

这么说，咱们家打根儿里，就有做机械维修的天分啊，呵呵。那爷爷是哪年参的军？

李同顺：

不知道是哪年咧……反正就是小鬼子折腾最欢的那段时间，太爷爷让鬼子给挑了。爷爷呗……就放下手艺跟八路走咧。

我那个老天爷！还别说，爷爷打鬼子比修车顺手儿，没两年，光那个一等功就数不清咧。

李贺：

那么，爷爷怎么又去了兵工厂？

李同顺：

哎……要不说，人倒了霉，喝一口凉水都塞牙。老爷子后来在打忻口会战的时候，给王八蛋小鬼子炸弹炸花咧。

这不，大部队转移，他身子里头有弹片儿，组织上看他会点儿机械活儿，就给撂到阜平还是涞源……嗨，反正是那一块子山区的一个小修械所儿养开了伤咧……这一待，就是两年啊。

李贺：

哦，忻口会战，是 1937 年咯。这样的啊……来吧，先不谈这个了，咱哥俩多久没见了，大过年的，喝一个深的……

第一章 逃跑的英雄

1939 年 5 月 河北涞源走马驿 刀岭崖南坡

"李俊生，你给老子站住！再跑，我、我开枪啦！"

南坡上，连呼哧带喘地跑着俩小子。

头一个扚着蹶子跑，后边儿那个端着土枪追。

他追他跑，他跑他追。

"你要开枪？那你爹干啥呢？"前面那个大长脸，头也不回，嘴上却要讨个便宜。

"嘭——！"后边的大个子朝天开了一枪。

"刘德胜！你真敢开枪啊！"李俊生终于算是住脚儿了，可嘴上依然很硬，他把灰布汗衫闪掉，拍着自己胸脯："你有种儿的往这打，啊？怂啦？开枪啊！"

他的大驴脸在火气儿的助长下，愈发的长了。

"你别给老子耍膘儿，"刘德胜吐了口痰："爷不吃这套，赶紧麻溜儿的跟我回去！"

"我再说一遍，老天给爷一条命，是打鬼子用的，不是在这鼓捣这些破机器的！"

"拉倒吧！"刘德胜放下手里的土枪，慢慢地往这边走："你有种在前方杀鬼子，没错……"

"老子要不是受了伤，怎么会跟你们一帮臭打铁的混在一块。"李俊生眼有点儿红。

"等等，你先让我说完了。"刘德胜一步步走到他跟前："你有本事在鬼子嘴里拔牙，可是没本事在后方造枪造炮，这就是没种儿。"

"谁没种儿谁心里清楚，你还跟老子配什么种儿？修械所活儿干不过来的时候，要你们民兵队帮忙，唉！你小子每回儿都带着那几个吃货往后山跑，满山找不到你一根毛儿。"

"你甭给我往旁的地方扯，马上跟我回修械所。"刘德胜又端起土枪来。

"不回去！你敢怎么着？"李俊生咬着下嘴唇，肚子直往枪口上撞："啊？开枪啊！来啊！"

刘德胜还真不敢搂枪，给那流着油的肚子拱得一个劲儿往后退。他心说：孙子！我真恨不得把刺刀扳出来。

李俊生见他一脸的苦笑，嘴里还念闲杂儿："你那枪别是卡膛儿了吧？拿回去让黄西川给你正正再来啊？你到是搂啊。"

刘德胜忽然一皱眉，眼睛朝着四周围一个劲儿地撒么，冲李俊生一挥手："躲起来！"

"咋啦？"

"别废话，赶紧躲起来！"

李俊生被刘德胜强拉硬拽，闪到了一边儿的石碴子后边。

俩人竖起耳朵，眯着眼睛听。山沟子里，果然隐隐的有人喊叫。

"这一阵子，小鬼子经常在这片山沟子里转悠，不知道在找什么。"刘德生压低声音："可能是刚才我那一枪，惊动了鬼子。"

"你不追我，什么事儿也没有。"

"你倒是怪起我来啦？你不跑我能追吗？"

"你不追我能跑吗？你他妈的！"

"你他妈的！"

这俩人都欠抽，这当口倒是消停消停啊，可好，到了这份儿上还斗穷嘴，骂闲街，可见平日里都不是什么省油灯。

"嘘——！你听。"

刘德胜一把将李俊生的嘴捂上，细细地听那由远至近的呼唤。

伴随着一阵甩鞭梢儿声，一个苍老而悲怆的声音喊得人打心眼儿里发酸："俊生——！俊生啊——！"

刘德胜乐了："哎？这是喊你啊……"

"难道沈厂长也追来了？"李俊生用拳头狠狠地捶了一下地面，站起身蹿出去："我铁定了要走，他来了也白给。"

"哎，你可别发脾气啊！人家起码是老领导。"

太阳，架在走马驿的西山口儿上，山路上的石头子儿，已经跟乱草窠分不清了。

山坡上，慢慢悠悠跑上个老头儿来。

他一边喊着"俊生"的名字，一边用袖子擦脸。手里，还握着一根老鞭梢子。

"哎……"李俊生纳闷了："这不是沈厂长，他、他怎么喊我名字？"

"你认识他？"刘德胜把土枪背在身后，眨巴眨巴眼望望那老头，又看看李俊生。

"我、我不认识他啊。"

"俊生啊……"老头儿走近了，俩人借着落日的余晖，才看清他用袖子擦去的是两行老泪。

"哎，你认识我吗？"李俊生跑过去，又着腰站在老头面前。

老爷子揉揉眼，上下打量打量这个高个儿的光膀子年轻人，摇了摇头。继续抖着花白胡子喊："俊生——，你在哪啊？"

"哎，你不是喊俊生吗？我问你认得我不。"

老头儿仔细看了看李俊生的大长脸，苦着脸摇摇头："脸倒是差不多长，可是……我那俊生啊……是个驴。"

"啊？"李俊生差点没栽倒。

刘德胜捂着嘴可笑抽抽儿了。

"老爷子，咱可没这么开玩笑的啊。我脸长，那没错儿，你老也犯不上这么寒碜我啊。"

"寒碜你？"老头儿吹着胡子，瞥了李俊生一眼："我可没那个功夫！"

说完，老爷子甩开鞭梢儿，喊着"俊生"朝南坡上去了，不过这次，他刻意在"俊生"后边，加了"老倔驴"仨字儿。

李俊生这份儿咗牙花子啊，目送着老头儿翻过南坡奔西山去了，才回过头来杵了刘德胜一拳："你小子还笑个毛？"

"不是，我是说，老头儿拿你的脸跟驴脸比……哇哈哈哈哈……"刘德胜又弯下腰去。

李俊生不再言语，弯下腰拾起汗褂儿，撒丫子就往山下跑。

"哎！你不能走。"刘德胜反过味儿来，背着枪追下去。

山上满地的碎石头，刘德胜只顾着追李俊生，心思根本就没在脚下，没跑几步就给一块儿"铁门栓"绊倒了。

"真倒霉！"刘德胜连抓带爬地轱辘起来，来不及拍身上的土，捡起土枪，继续追下去。

这时候儿，跑在前面的李俊生，忽然愣在当地。

刘德胜没想到这小子会突然停下来，本来顺坡儿往下跑，这会儿再想收脚可就难了，"咣叽"把李俊生撞了个趔趄。

"老刘，快趴下！"李俊生拉着刘德胜趴在原地。

"怎么啦？一惊一乍的？"

"我看见驴啦……"李俊生压低声音，把手指竖在自己的嘴上。

"看见驴有什么大惊小怪的？"

"你自己看啊，关键是那头驴，牵在鬼子手里……"

刘德胜眯着眼往山坳里一瞧，倒吸一口凉气。

他轻轻摘下土枪，端在手里，脸色凝重："你现在更不能跑了，赶紧回去，告诉沈厂长，转移……"

"不行，这么多鬼子，你小子一个人怎么拖得住？"

1939 年 5 月　山西忻口大杖子山　日军封锁区

绵山一片月，星汉落长关。

只是绵山被占领，月被硝烟掩盖，长关插上了膏药旗，搞得星汉也不敢打那儿落了。

其实小日本在晋察冀这块儿，就像牛皮癣，东一块西一块的，而且腻味人。晋绥军先前在晋西北战场上，也很是打过几场硬仗，可是现在不知道为什么就像蔫了一样，萎靡不振的。

要说邓汉涛英雄了得，那纯属扯淡。

他心里在扑腾，眼睛却盯着前面山垭口中间戳着的炮楼和山下封锁沟对面每隔十分钟就扫射一次的两挺机关枪。

"两边的山倘若绕过去……"

"起码，两天……"路达趴在他身边，低声嘀咕着。

"然也，但是走马驿之修械所，能等两天再去收拾吗？我可是向组织上保证过，月圆前赶到的。"他收起望远镜，抟出一块干粮，扔给路达："达子，吃完这口干粮，咱就要硬闯了，你敢不敢？"

路达不言语，吭哧吭哧地嚼着山药面饽饽。

邓汉涛一笑："怎么的？瞧你那模样，对我老郑没多大信心啊？"

路达摇摇头，一对大眼泡瞪着，吃力地咽下那口饽饽："不是没多大信心。"

"此话何解？"

"是根本没信心。"

"一丁点儿也没有？"

"没有。"

邓汉涛闭着一支眼，用手划拉划拉小分头，喊着路达的外号："狗阎王，你说，你我二人若是过得这垭口，先成仁的是谁？"

路达把最后一块儿饽饽塞进嘴里："你。"

"此话何解？"

"你闯，我不闯。"

"不够意思，大丈夫岂能弃大义于不顾？跟我闯关。"

"不去。"

"就一次，给我个面子。"

"不行。"

"你去不去？"

"不……"

邓汉涛不由分说，拎起路达的脖领子，站起身来朝着垭口喊："太君！太君啊！太君给我做主啊！"

路达吓得脸都青了："你干嘛？"

封锁沟那边的机枪"喀！喀！喀！"响过，邓汉涛拎着路达大踏步朝垭口走去："太君，别开枪！吾乃本地乡绅，特来求太君做主啊！"

1939 年 5 月　河北涞源走马驿　刀岭崖修械所

"这个……60 门迫击炮，任务很艰巨啊。"

走马驿兵工厂厂长沈淳宏挑着油灯，给厂里的主要技术人员开小会。

"老沈啊，"炸药组的负责人焦凤春打了个哈欠，用手挤出鼻涕甩在火炕边儿上，又用围裙擦擦手："咱们可从来没做过这玩意儿啊。连咱村里的民兵加在一块儿，也就是三十来号人，再说这技术……"

众人七嘴八舌地议论起来。

沈淳宏用烟袋锅儿敲了敲桌面："哎，安静，看看你们，像什么样子吗！"

屋里渐渐地安静下来，沈淳宏拿下油灯罩子，在跳动的火苗上点燃了烟袋锅儿，狠吸了一口夹杂着煤油味道的关东烟："技术问题，这个好办。这个……这个……啊，延安……上级从延安给咱调来了两个技术尖子。再加上李俊生，这活儿能干。"

"延安有没有给咱拨点儿粮食啊？"

"是啊，先吃饱肚子再谈别的。"

沈淳宏扫视了一眼屋里，眉毛挤一块儿去了。

"对了。"焦凤春一拍脑门儿："老沈，忘了跟你说啦，李俊生……跑了。"

"什么？"沈淳宏一把扯下鸭舌帽，重重地扔在桌子上："他又跑了？"

几个小青年捂着嘴乐："人家李俊生是天生吃鬼子的老虎，谁愿意在这地方当摆弄枪支弹药的猫啊？再说，又吃不饱。"

"是啊，俺告诉老婆说出来打鬼子，到了现在别说枪，就连他娘的屁也没放响过。"

"啪！"沈淳宏拍了桌子："你想放屁，谁拦着你？打鬼子……谁不想打鬼子？你们想想，啊？这个……咱们八路军一个营，连鬼子一个小队的装备都赶不上，没有咱兵工厂在后方支援，鬼子怎么打？"

几个跟着起哄的小青年耷拉下了脑袋。

沈淳宏伸手抄起身边的一把马刀，"锵！"地剁在炕桌上："你们英雄，啊！谁敢拿着这把马刀出去给老子放平鬼子一个军曹，把他的撸子给我拿回来？"

"老沈，老沈，"焦凤春把沈淳宏按在炕沿上坐好："你看看你，这脾气太爆啦，跟他们年轻人较什么劲？"

"哎……"沈淳宏叹口气："我其实也不是冲他们几个，主要是这个李俊生，偏偏这时候给我出妖蛾子。你说说，这个……这个月他跑了多少次？"

焦凤春笑着拍拍沈淳宏的腿："你放心，他哪回跑，不是让刘德胜给抓回来啊，再说，缺了这个金刚钻儿咱还干不了瓷器活儿了啊……消消气儿。"

沈淳宏皱着眉摇摇头："李俊生那是咱们这儿难得的军械奇才啊，这两年，这个……工作母机的维修保养、炮膛校正、精度研磨、军械组装这一块儿，离了他可不行。这60门迫击炮如果造不出来，我怎么跟上面交代啊……"

"怎么的？厂长你这意思是说俺们几个绑在一块儿还不如一个李俊生？"几个小青年又咋唬起来了。

"行啦行啦，大家都是为了抗日救国，支援前线……犯不上、犯不上。"焦凤春赶紧打圆场，暗暗地埋怨沈淳宏的心直口快。

黄西川一直蹲在犄角旮旯儿，一声不响，这时候插了一句："任务是沈厂长接的，关咱们屁事儿。"

"嗯？"沈淳宏斜着眼去看黄西川："你小子别给我煽动群众情绪啊。"

黄西川伸了个懒腰："哎呀，不是我煽动。咱们本来就没那能耐，平常捡点儿子弹壳儿，正正枪管子，虽然吃不饱，日子过得也算是舒坦，非要造什么迫击炮……"

说着话儿，他转脸问几个小青年儿："你们见过啥是迫击炮吗？"

几个小青年也七嘴八舌地嚷嚷起来："没有啊！谁见过那玩意儿？"

黄西川叹了口气，又不言语了，眼睛却盯着沈淳宏。

"哎呀！走啦，散啦散啦！晚上就吃了个红枣儿大的窝头，睡着了就不饿啦。"小青年们纷纷站起来，推门出去了。

"哎！你们……我会还没开完呢……"沈淳宏心里一百八十个不高兴，但是也不去追，任凭会场的老老少少，一个个地出了屋儿。

是啊，不说旁的，就单单这个吃不饱，已经把沈淳宏的底气驱逐得荡然无存了。平时修械所里上工，还得老沈挨着个去喊"大爷"，汉子们才吊儿郎当地爬出被窝儿。

他的脸，已经笑僵了，而且刚才发脾气，也带有一定的发泄。

明天开工，是个天大的困难。

1939 年 5 月　河北涞源走马驿　刀岭崖南坡

"这队鬼子是过路的？"李俊生躲在大石头后面，望着月光下鬼子头盔和刺刀反射出的晦暗的光点儿。

刘德胜从牙缝里挤出几个字："狗屁，过路的鬼子绝对不会这么东瞅西望的。"

李俊生眉头紧锁："难道，是奔着咱山洼子的修械所来的？"

"不清楚。"

"万一是奔着修械所来的呢？"

刘德胜点点头："干脆……"

"引走这批鬼子。"

李俊生摩拳擦掌："德胜，拿枪来。"

"你要枪干吗？"刘德胜一扒拉他的手："你回去送信儿。告诉沈厂长，赶紧把关键的东西转移到兵工厂后面的山里。"

"扯淡，老子是战斗英雄，这么长时间不打仗，都快憋死了。你……你赶紧拿枪来。"

刘德胜急了："战斗英雄不是自个儿说的，顾全大局才是英雄，赶紧给我滚。"

他把李俊生往身后的大冲沟里一推："滚蛋！告诉沈厂长，后山鹁鸪崖下边有个草垛，后边是我平时偷懒儿的藏身洞口，里面特别大，赶紧往那儿转移。"

说完，他支起枪瞄子，回头拉枪栓送一个鬼子回了日本。

李俊生心里太清楚了，这伙儿鬼子根本不可能被引开，充其量是用自己的生命换取兵工厂转移的时间而已。

"德胜……你……"

"走啊！"刘德胜端起土枪，瞄准鬼子继续开枪。

李俊生一咬牙，扭头往回跑："兄弟！你要挺住。"

鬼子的火力全部集中到了这边，刘德胜身前的大石头被打得千疮百孔，粉灰四溅。

李俊生顺着冲沟越过山坡，奔着山洼子里那一点灯火全力跑下去。他不敢想象刘得胜现在在做什么，眼前除了那昏昏暗暗的一点灯光再也没有其他的东西。

泪，朦胧了他的眼睛；血，模糊了他的思绪；夜风，凉透了他的脊梁；枪声，震碎了他的心。

1939 年 5 月 21 日　河北涞源走马驿　刀岭崖修械所

"哪儿打枪？"沈淳宏隐隐听到外面的枪声，预感到危险的来临。

焦凤春回头抱起桌上的一个有背带的木箱子："肯定是小鬼子来啦！咋办？"

院子里的人们慌乱起来："跑吧！"

"跑啥？打他娘的！"

"放屁，拿什么打？"

"是啊，就民兵队那几条大抬杆儿，跟鬼子干？"

"咱修理车间那些个枪呢？"

"你他妈打得准啊？"

"都别慌！"沈淳宏吹灭了油灯，用脚磕了磕烟袋锅儿，率先出了屋，站在门口指挥转移："带上自己的家伙什儿，大东西留下来。"

正在这时侯，李俊生呼哧呼哧地跑回来："沈厂长！快，鬼子来啦！赶紧转移重要的设备啊。"

"鬼子到哪儿了？"

"南坡！"李俊生满脸通红，嘴里一阵发咸，才觉得这一路喝了不少眼泪："厂长，德胜……德胜他……"

"嘿——！"沈淳宏一跺脚："德胜啊！"

"民兵队！抄家伙！给队长报仇去！"几个民兵青年，各自从肩上摘下大抬杆儿，拔腿就往外跑。

"站住！"焦凤春背着他的宝贝木头箱子从屋里出来："谁也别去。"

"咋的？"民兵副队长贾同和瞪着焦凤春。

"你们干嘛去？去送死？"焦凤春指了指夜色中黑黝黝的大山："你们听听刚才的枪声，那得有多少鬼子？现在又不响枪了，德胜明摆着是壮烈了。你们还去干什么？"

"这……"

"赶紧转移！"沈淳宏和焦凤春拽着人们跑进车间，摸着黑收拾东西。

只有李俊生呆呆地站在院子里，被汗浸透的粗布汗褂粘在前胸后背上，凉飕飕的。

修械所现在乱成了一锅粥，现在趁乱跑了正是好机会……

但是，刘德胜的影子又出现在他的脑海里。

如果，他不去追李俊生，也许就不会牺牲。但是那样的话，恐怕会牺牲更多的人……

"鬼子全山搜索！沈厂长！"李俊生扯着脖子喊："山后大松树后面有个草垛，草垛后面是个藏身洞口。大家都往那里跑！"

"嘭——！"鬼子又开始放枪了，而且枪声越来越近了。

"不行啊，来不及啦！"沈淳宏急得直跺脚："工作母机，根本没时间移动啊！"

"老沈，留得青山在不愁没柴烧，"焦凤春捧着一些量具、手锤之类的杂件儿："咱人赶紧炀吧！"

"可是，没有工作母机，咱的任务……"

"啥任务？人都死了，要任务有屁用啊！"几个小青年拎着帆布兜子抢先跑出了车间，像被捅了窝的马蜂，四散奔逃。

"别动！"李俊生夺过民兵队员手里一杆大抬杠儿，用枪口指着众人："都给我站住！"

大伙儿都愣了，望着李俊生手里的大抬杠儿。这还是去年白洋淀雁翎队送给兵工厂民兵护卫队的。

大抬杆儿又叫"扫帚炮"，是白洋淀一带猎人们用的家伙。这玩意儿装的全是铁砂子，一打一大片，虽然没啥准头，但是点燃了芯子，指不定倒霉的是谁。

鬼子的枪声更近了，南坡顶上，已经隐隐约约看见有人影晃动。

李俊生瞪着眼，端着大抬杆，死死地盯着兵工厂大院儿里的这一众丝毫没有战斗经验的老老少少："你们往哪跑？啊？"

黄西川唾了一口："看看，你小子耀武扬威的，要死啊？"

"呸！黄西川，你们黄家欠我爹的账，爷爷还没跟你算清楚，不能便宜了小鬼子，滚，那边集合去。"

修械所的哑巴厨子，拎着一小袋儿棒子面，原地蹦高："拖！拖！"

"拖什么拖？给我院门口集合去！"李俊生踹了他一脚。

1939 年 5 月　山西忻口大杖子山　日军封锁区

"什么人？"

鬼子小队长坂本把手里的勃朗宁插进枪套，顺手扔在桌子上，翻着死鱼眼问身边的翻译官。

"说是沙嘴儿的乡绅，拎着个人，让队长给评什么理来的。"

"哈、哈、哈、哈……"坂本呲着黄板儿牙笑了，站起身来取出一支烟叼上，腆着肚子咤牙花子，用日语说："简直可笑！"

"队长觉得可笑吗？"翻译官递上火来。

坂本没去点烟，却夹着烟卷指着岗楼门口的鬼子兵："带进来。"

"哈咦！"

鬼子兵把两个人带进炮楼。

坂本上下打量这两个人。

高个子的，大概三十多岁，两撇小胡子，小分头，身上穿着笔挺的中山装，胸前挂着怀表和钢笔。手里正揪着一个矮胖子的耳朵。这矮胖子也不知道是吓得还是被揪疼了，两腿打哆嗦，一个劲儿地咧嘴。

"太君！"高个子冲着门口站着的军曹连连鞠躬。

"八格！"军曹鄙视了高个子，转身恭敬地用手掌指了指坂本："这位是队长。"

"哦，哦……"高个子拎着矮胖子紧跑几步，冲着坂本点头哈腰儿："太君好。"

翻译官上前一步："你们……"

坂本却一抬手："邱桑，我来问话。"

"是、是。"邱翻译官缩回去了。

"你滴，沙嘴的乡绅？"坂本用手点指高个子邓汉涛。

"是。"

"你……"坂本眼睛里忽然闪过一丝狡诈，咧着嘴笑开了："你……你说谎啊。"

"啊？"路达浑身一激灵，心说：这下可坏菜了，鬼子不好骗啊！

邓汉涛心里也是一翻个儿，见狗阎王路达有点儿慌神儿，使劲一拧他的耳朵，然后冲着坂本嘿嘿一笑："太君，您这话儿怎么说的？我怎么敢欺骗皇军呢。"

坂本收了笑容，面露狰狞，用日语骂道："奸细！"

邱翻译官赶紧翻译："你们是奸细！"

路达咬着牙，悄悄去摸腰间的枪，才想起邓汉涛在过沟前，就让他藏在石砬子里了。

1939 年 5 月 河北涞源走马驿 刀岭崖后山

"快点儿！排好队。哑巴，跟上！"

"拖！拖！"

"就知道拖！"

李俊生一脚把哑巴踹趴下，面口袋脱手，棒子面洒了一地。

哑巴平时就是李俊生的出气筒，也不大爱矫情，跪在地上把面一点点地收回袋子里。

"老李，这是奔哪儿啊？"

"你们那会儿想奔哪？"李俊生瞪着大牛眼，拉着大驴脸，冲着黄西川呲牙。

"往哪儿……那还用问啊，往家跑呗。"黄西川背着火钳子和一些瓶瓶罐罐，没好气儿地瞪了李俊生一眼。

"我就知道，你们想趁乱子跑。"李俊生用大抬杆儿的枪托儿，打了黄西川的屁股。

"我呸！你刚才不还跑了吗？"黄西川逮着理了。

"去你妈的，老子跑是去找聂老总的队伍，打鬼子。你小子跑，那是回家去看儿子。"

"哎呀，赶紧跑啊！你们别斗嘴啦，什么节骨眼儿上啊！"焦凤春背着六岁的儿子和他的木箱子，跑得上气不接下气。

"爹，我饿。"焦凤春的儿子趴在他背上咽唾沫。

"春喜儿啊，乖，回头……呼呼……回头爹给你挖地瓜去啊。"

李俊生跑过来，从褡裤里摸出半个窝头塞给春喜："娃，拿着吃。"

沈淳宏忍不住回头，见山洼里，亮起点点火光，犹如幽灵的鬼火。随即，这些火光聚在一起，变成了一团烈焰。随后，爆炸声、打砸声夹杂在弥漫的硝烟里。

"小鬼子！你妈的！"沈淳宏攥着拳头，第一次说了脏话。

大家全站住了，遥望着起火的修械所，把鬼子的祖宗八代骂了个遍儿。

那些鬼火在山洼里飘荡了一会儿，开始散开，有一部分，直奔后山而来。

"坏了！鬼子找人呢！"沈淳宏急了："赶紧走！"

李俊生一挥手："赶紧往鹁鸪崖跑！"

一伙人没命似的跑，终于钻进了鹁鸪崖下，草垛后面的洞里。

大伙儿谁也不出声，其实也顾不得出声儿，都在那儿呼哧呼哧地喘气。

忽然，李俊生想起了那个找驴的老头儿。

"沈厂长，我跟你念叨个事儿呗。"

"啊，你说。"沈淳宏挪到他跟前儿，吹灭了黄西川手里刚打亮的火折子。

"我们在南坡，遇见个老头儿，找他丢的驴来着。后来他刚走，我们就看见那驴牵在日本人手里。"

"哦？老头是哪个村儿的？"

"不知道。"李俊生摇摇头："以前从没见过他。咱附近的村儿里，也没这么个老头儿。奇怪的是，那时候日本人就在南坡下边，他怎么就不知道驴到了日本人手里呢？"

"嗯……"沈淳宏刚要说什么，只听到洞外面一阵凌乱的脚步声。

"嘘——！"沈淳宏示意大家别出声，几个民兵端着枪飞快地蹲在洞口，静静地听着外面的动静。

洞口给草垛挡得严严实实，如果是鬼子，怎么会径直找到这儿来？

李俊生寻思，难道出了奸细……

1939年5月　山西忻口大杖子山　日军封锁区

"奸细？"邓汉涛脸儿一下耷拉了："太君，你看，我像奸细吗？"

坂本不言语，只是盯着他的眼睛。

"那好，你们把邓某人抓起来吧。"邓汉涛卷了卷袖子，一屁股坐在长凳上，翘着二郎腿，拎出怀表来假装看时间。

"八格！"鬼子曹长认为这个小胡子在皇军面前非常没礼貌，举着枪托跑过来。

坂本喝止了鬼子曹长，站起身来，倒背着手走过来，换了一副笑脸儿，依旧点指邓汉涛："哈哈哈哈……你滴，皇军滴良民？"

"哼，良民不良民，太君说了算吧。"邓汉涛转过脸去，不再看坂本："吾人还以为，皇军宣传王道乐土，能给顺民做主，谁知道，见皇军一面儿，顺民就变成奸细……哼，还什么大东亚共荣圈儿……"

"你们是顺民吗？"坂本把手按在路达的肩上，斜眼瞟着邓汉涛："我想，你们的目的，是想穿过我的封锁线，去河北吧？"

"啊！"路达全身一颤，脑袋门儿就冒了汗啦。

坂本呲着大黄牙，晃着肩膀笑起来："他，我感觉他抖了一下，是不是……你们的目的，被我说中了？"

邓汉涛手心冒了汗：这个坂本的确狡猾得很啊，我玩儿砸了啊……

这当口儿上，路达忽然蹦出一句："好啊，邓老财，感情你想去河北倒腾烟土……还想吞掉我那一半儿！"

"嗯……烟土……"坂本有点懵了。

路达猛地蹦起来，一把掐住邓汉涛的脖子："你想利用日本人干掉我，完事儿自己带着那些货跑河北享福去，是不是！"

坂本这回心里可是真忽悠了一下，打算叫人把他俩拉开。

"非也！非也！"邓汉涛知道路达现在入戏了："我……我要孝敬太君。"

"狗屁！"路达顺手抓起桌子上的枪套来，拔出里面的勃朗宁，揪着邓汉涛的领子，用冷冰冰的枪口杵着他的脑门儿："你孝敬太君……说得好听，邓老财，你别跟我玩心眼儿……"

坂本还没回过神儿来，路达手腕子一翻，朝着狗日的就是一枪。

"走！"

邓汉涛用肩膀扛倒鬼子曹长，跟路达两人飞出了炮楼，一头扎进垭口后坡的暗影里。

"哒、哒、哒、哒……"岗楼四周，机枪声，鬼子列队搜捕的喊叫声，响彻夜空。坂本捂着胳膊，像一头野兽般，叽里咕噜地嚎叫。

日本人搜索的风格，那叫有枣没枣打三杆子，宁杀错不放过，只要死不要活。垭口后边是个山洼子，这黑灯瞎火的找个把儿人自然困难，日本人还真没那能耐。但是往里面打枪扔炸弹的本事，他们倒是有的。

一阵阵排子枪响过，紧跟着就是迫击炮和甜瓜手雷，整个儿封锁区的火力全部集中在这儿，把个垭口后坡炸得跟豆腐渣似地。

第二章　打不垮的事业

1939 年 6 月　河北涞源走马驿　刀岭崖后山

洞外边儿的草垛，窸窸窣窣地响起来。伴着一阵枪托子杵地的动静，脚步声渐渐稀了起来。

李俊生趴在洞口边儿上，从民兵队员手里拎过大抬杆儿来，悄悄地装上弹药，插上火捻子，又点起一根儿鞭杆子香来。

堵住洞口的草垛，终于被开了个口子。

李俊生和几个民兵，咬着牙慢慢儿地端起枪来……

"嘭！"

李俊生手一哆嗦，其他几个民兵的手也是一哆嗦。

洞外面的脚步声又开始杂乱起来。枪声、喊声、爆炸声乱成了一锅粥。

"谁开的枪？"

"反正不是我。"

"别他妈嚷嚷了，是外面开打了。"李俊生一巴掌抽在身边民兵的屁股上。

"谁跟谁打？"黄西川凑过来，趴在洞口。

李俊生不理他那个茬儿，依旧端着枪瞄着草垛被撕开的口子。

"拖！拖！"哑巴不知道什么时候也凑过来，伸着脖子努力往外瞅。他手里那袋棒子面，晃悠晃悠的，正碰在李俊生的右胳膊上。

李俊生本来就有点儿紧张，这洞里撂着三十多条命呢，外边打得正热闹，搁谁都得绷着弦儿。

哑巴这一碰可不要紧，李俊生胳膊这一哆嗦……其实开始外边儿响枪那会儿，他也哆嗦，可是此哆嗦非彼哆嗦，他胳膊给面袋子这么一碰，手可发了紧啦，手里那根鞭杆子香，正杵在火捻子上……大抬杆儿就发了飙。

"嗵——！"

就这一下子，洞口的草垛开了大口子，外边儿倒下好几个。

洞里边儿，沈淳宏见李俊生这儿开了张，抄起手边儿的马刀，心说死活也就儿今天了，拼了啵！

"爷们儿们！杀！"

再看这三十多号人，有什么拿什么，干什么的吆喝什么。扳子、撬棍、锤子……就连钢板儿尺都当了刀子。

洞外边儿，还真是追上后山找人的鬼子。

这伙儿鬼子，五十多号人，看起来出动了一个小队。他们在修械所里打砸一通，玩儿够了火，散开沿着修械所周围快速搜捕，在后山小路上重新集结。他们发现了小路上哑巴留下的一点儿棒子面，一路直奔山上。

其实刘德胜这个藏身洞外边的草垛，本来就不大高明。用屁眼儿也能想出来，这片儿山地寸草不生，根本长不出这么一大堆草来。这堆草孤零零极其尴尬地堆在这……鬼子不是傻子啊。

修械所的爷们儿们，慌不择路饥不择食，又没受过作战和隐蔽训练，整个儿一棒槌团。谁也想不到这些常识啊。

鬼子上了山，就觉得这堆喂驴的干草有问题，说实话，没拿火点还真便宜了。就在他们小心翼翼地抱干草这功夫，不知道哪儿放了枪。几个鬼子倒下后，带队的军曹才反身用日语喊了一声："反击。"

就在鬼子全力对付山坡小树林那边的时候，身后的干草伴随着一声闷响，"喷"出一个大口子来，紧跟着就是一大片铁砂钻进他们的后脊梁，四五个鬼子立马儿就趴那儿了。

"有埋伏！"

鬼子返身，看见洞里钻出一帮灰头土脸儿的人，有的手里还拿着从没见过的"先进家伙"。

"八路有埋伏！"小鬼子作战是很谨慎的，赶紧往东边山道上撤："后退！"

李俊生看见钢盔后边的屁股帘子，牙根儿直痒痒，跟几个民兵端着大抬杆儿可就开了荤，这两年，他就像炸药师焦凤春箱子里的火药，都快憋炸了。

鬼子自然不像他们想的那么混蛋，他们跑了一阵子后发觉这伙儿"八路"不对头，怎么就四把扫帚炮？其他人手里那些奇怪的"先进武器"怎么不开火？

鬼子小队长抽了那军曹俩嘴巴，责怪他跑得急了："八格！"

"哈咦！"

那时候，鬼子一小队配备的是一个机枪组，也就是两挺轻机枪；一个掷弹筒组和二个步枪组。鬼子小队长自然不会让这些家当摆在家里当痒痒挠儿。

琢磨过味儿来的鬼子，马上返身，机枪、掷弹筒就架上了。

"哎！那就是迫击炮！"沈淳宏脑子里还有闲工夫琢磨这个呢。

这边儿黄西川可骂了街：嘿！这是哪个缺德的不开面儿啊，放枪勾搭鬼子的瘾儿。害的洞里的爷们儿们出来凑热闹。看看吧，现在鬼子机关枪一响，大抬杠就得哑巴了……

马刀，干不过掷弹筒啊……沈淳宏在看到迫击炮之后的兴奋，被一丝恐惧驱散了，他手有点儿哆嗦了。

碾火硝的小石盘不是地雷，对付鬼子三八大盖儿，这不扯淡呢吗……焦凤春的心凉了。

"拖、拖……"

没人知道哑巴在想什么，更不知道他说什么。但是知道他手里的菜刀和那袋子棒子面，绝对不是歪把子机枪的对手。

只要鬼子小队长一句"瞎机给给"，爷们儿们一准"撒要那拉"。

1939 年 5 月　山西忻口大杖子山　日军封锁区垭口后山

"老邓，你……你怎么样？"

路达抱着邓汉涛，缩在山坡下一块探出的大石头下面。

"嘿……还别说……啊……"

"别动，我……"

"刺啦——！"路达扯下一条邓汉涛的衣服前襟儿，给他包扎脑袋上汩汩冒血的伤口。

"你个狗阎王，路胖子！你……你怎么不扯你衣服……我这形象怎么去修械所上任？"

"你有钱，我没有。"路达倒是麻利，包完了脑袋，又扯了一条儿去包邓汉涛的胳膊。

"哎呦……呵呵，平时你说话从来不超过十个字儿，刚才跟鬼子，你可破了戒。"邓汉涛这会儿还在打哈哈。

岗楼里的鬼子认定刚才一阵子狂攻乱炸，铁定将俩人收拾了，现在回去休息了。邓汉涛和路达，真得庆幸后坡上有这个鬼子炸不到的死角儿了。

"你还能走？"路达探出头去，朝垭口的岗楼瞅了一眼。

"然也，邓老爷腿可没给他们炸……哎呦……我这脑袋啊。"

翻过这座山，就是河北阜平地界了，沿着山沟走，就能到涞源。

俩人深一脚浅一脚的，摸着黑儿，扎进了暮色中黑黝黝的太行山里。转眼就绕过两座梁子。

"狗阎王，我可有点儿饿了。"

"给。"路达顺手从路边揪了一把东西。

"什么？"

"拿着。"

"此为何物？"

"不知道。"

"不知道就让我吃？"

"所以才让你吃……我也饿。"

"你这厮拿我当尝百草的神农氏了吧？"

"喔——！"一声怪叫，骤然出现在山坳子里。

"什么声儿？"路达的汗毛眼儿从头开到脚后跟，赶紧回头儿看，一边儿举起了从鬼子那儿摸来的勃朗宁手枪。

邓汉涛赶紧把他拽到了路边的石窝窝里："先看看再说。"

1939 年 6 月　河北涞源走马驿　刀岭崖后山

鬼子小队长叽里咕噜喊了一大串儿"山药哪里去挖……挖了又挖"之类的日本话，只是迟迟没有喊"瞎鸡给给"。

鬼子兵们怕上司再给嘴巴，自然也不敢乱开火儿了。

李俊生纳了闷儿，这机关枪、掷弹筒都架上了，怎么不开火儿？

好嘛，还有嫌自个儿死得慢的。

但是鬼子小队长叽里呱啦以后，他的眼干嘛不离山坡上的小树林儿啊？

对啊，刚才跟鬼子干仗那伙人跑哪儿去了？是不是在小树林儿里呢……

就这工夫儿，小树林儿里边再次热闹起来。听着像是排子枪，又好像夹杂着一些个没听过的响动，但是子弹毕竟还是射出来了。

鬼子赶紧调转掷弹筒和机枪的枪口，奔着树林子没头没脑地干过去。

还得说沈淳宏，虽说干了一辈子军工，没上过战场，可毕竟是块儿老姜。他把手里的马刀一挥："回洞里猫着去！"

这帮爷们儿，看见鬼子的重家伙，早有几个想往回跑了，这回厂长下令了，心里头这个敞亮啊，撒丫子就钻回洞里去了。

哑巴站得靠前，抢着棒子面口袋还在那"拖"呢，觉着不对头，回头看早就没人影儿了，也赶紧着往回跑。

可战场上毕竟是战场，有个鬼子手快，对着哑巴就是一枪。

哎！还别说，这个鬼子虽然够缺德，但是光有缺德的心眼儿啊，可没缺德手艺。这一枪打得不太正，正揍在哑巴屁股上。

"拖！拖！"哑巴屁股吃痛，跑出了空前的速度，一溜烟儿进了洞。

这工夫儿，后山崖顶儿上扔下颗手榴弹，"轰隆！"一声，炸在了鬼子堆儿里。

这下子那鬼子小队长可就含糊了，他手扶着钢盔，眨巴着母狗眼儿，瞅瞅树林，又瞅瞅山顶儿。又开始叽里呱啦了。

按照这地形儿来看，后崖上高打低，那绝对占着大便宜，而树林儿里的八路，到现在也没露脸儿，那不定有多少呢……五十多个人要是全报销在这儿，那可是大大地八格牙路。

鬼子队长狡猾得很，没把握的仗不打。

这小子打定主意，杀猪似地喊了一声："撤退！"

一队鬼子夹起掷弹筒和轻机枪，掉头奔东跑了，一边儿跑，还一边儿朝小路北边的崖顶上放枪。

干嘛放枪啊？他们怕逃跑的路上，高处有埋伏呗。

转眼间，鬼子跑了个无影无踪。

沈淳宏扶着哑巴，带着一帮人从洞里出来，心里头砰砰的一个劲儿跳啊，脸也通红，只觉得喘气儿不顺溜，就好像更年期综合症受了惊吓。

洞外的地上，除了几个鬼子尸体，就是被手榴弹炸飞的碎石。

"哎，不对啊！"李俊生摸着大长脸，眼珠儿一个劲儿地转。

"又怎么了？"沈淳宏一屁股坐在地上，一个劲儿地划拉心口。

李俊生指着地上的死鬼子："这几个鬼子，除了刚才炸死的，就是咱们大抬杆儿打死的啊，合着别的鬼子一个没死啊？"

"嗨！鬼子跑了就得了呗，他爱死多少死多少。"黄西川叼着个草叶儿凑过来："咱们没死就认便宜吧！"

李俊生望望崖顶儿，又瞅瞅小树林儿："不对，那帮人，跟鬼子打了半天，合着都是放的空枪吗？听着打得挺热闹，怎么子弹就不往鬼子身上落呢？"

"哈哈哈哈！"

一阵尖利的笑声，打树林子里边儿传出来。

随后，崖顶上也飘下呼啸的口哨声。

"同志们！你们辛苦啦！"沈淳宏的心口不难受了，他推开帮忙划拉胸口的焦凤春和几个小青年，冲着树林一个劲儿挥手。

过了好久，那边并没如爷们儿们想象的那样，出来齐刷刷的八路军，却闪出七八个灰头土脸，看似古董的汉子来。

为首的古董，三十郎当岁，大方脸上满是古铜色，就差长点儿铜锈，再加个落款儿了。

他腰里，歪歪斜斜地插着两把驳壳枪。幸好枪把上缀着红绸子，才不至于使他被一身破袄的黑色吞没。

沈淳宏和李俊生，都能从他脑袋上歪扣着的八路军帽看出来，这是自己人。虽然不是正规军，游击队那是没跑儿了。

李俊生仔细地打量这人，一下子惊住了："啊？是你！"

1939年6月　忻口阜平交界　骆驼山

由远至近的怪叫声，也越来越清晰。

邓汉涛和路达从大石头后边探出脑袋去，这一看可不得了！狗阎王路达乐得鼻涕泡儿都出来了。

山路上，一只肥大的狼狗，一边朝这边儿跑，一边儿用鼻子东嗅西嗅的。

"老邓，鞋带儿。"

"鞋带儿？此话何解？"

路达一指邓汉涛的三接头皮鞋："哎呀，鞋带儿啊。"

"鞋带没开，能跑路。"

"不是，我要鞋带儿。"路达蹲下身，抱着邓汉涛的腿，把三接头皮鞋给他扒下来，完事儿拽下鞋带儿来。

"哎，你……你不是看见狗，又犯了馋瘾吧……"邓汉涛拽住他胳膊，压低声音："这狗不能吃，一准儿是日本人打扫战场的吃人狗，是垭口那儿的鬼子派来找咱们尸体的。你没看狗脑袋上绑着白布条子呢啊。"

"老邓，你看这狗多肥……"路达舔着嘴唇，哈喇子都快下来了。

"吃人肉的，能不肥吗……咱们赶紧着走，过了崖头山，就应该有人家儿，求一顿饭却也容易得紧呢，有道是……"

他话还没说完，路达就甩开他的手，拎着鞋带儿冲着狗，直眉瞪眼就去了。

"哎，三思而后行……君子者……得、得，你下手麻利点儿吧。"

邓汉涛太清楚路达的手段了，多么凶的狗，他一块儿山药蛋蛋就能给收拾得服服帖帖。对狗，那是张手五指令，蜷手就要命。也真是奇怪，世上就有这么一种人，身上也不知道长着什么特别的标志，狗看见就浑身哆嗦，路达就是这种人。

在延安那一阵子，可以说全村儿的狗看见路达都夹着尾巴跑。有跑得慢点儿的，就有了用路达肚子当棺材的特殊荣誉。

邓汉涛认为，路达上辈子可能是给狗咬死的，或者他下辈子被狗咬死。当然咯，这想法属于资本主义大毒瘤，唯心主义的落后思想。

不管怎么说，路达这个狗阎王今儿铁定了要索了这条日本狗的命去。

要说这条日本大狼狗起初还挺牛逼的，呲着尖牙，七个不服八个不忿儿的，那叫一个飞扬跋扈啊。

路达往山道上一站，这狗先是一激灵，然后抬起脑袋去看路达。狗阎王出手这叫一个快啊，伸手捏住了狗的鼻子头。

这一捏可不要紧啊，这条大狗一下子没了锐气，耳朵也耷拉了，腿脚也不灵便了，一个劲儿地打哆嗦，一步步地往后退。

狗攻击对方时的目标是在鼻头、脖颈一带。强壮的狗狗会咬住对方这一带，以示自己的优势。所以，任何狗的鼻头被抓住的话，它就想投降。

"不知道你吃了多少中国人……"

他把邓汉涛的那根鞋带儿，猛地勒住狗脖子，然后蹁腿骑在狗身上，一只手扳着狗脖子，另一只手用鞋带儿死勒，两条腿盘在狗腰上。

没多一会儿，这条狗连哼也没哼一声儿，就被狗阎王索了命。

邓汉涛走过来，指着尚有体温的日本狼狗："鞋带儿不用了，解下来还我。"

路达把鞋带递给邓汉涛，看了看四周："准备开饭。"

"等等。"邓汉涛弯腰解下狗脑袋上画着日本膏药旗的头带，拿在手里瞅了瞅："这好歹也是一国之旗啊，可惜……顶着它的，是狗。"

路达一把抢过去："这个……引火。"

"不可！"邓汉涛摆了摆手："这是人家小日本的国旗，引火……多可惜。咱往上面撒泡尿，完事儿挂路边儿树上。鬼子见狗不回去，可能还得来追。到时候看见这个……"

"那咱拉泡屎，用它擦屁股算了。"路达说话又超过了十个字，眼睛里也放了光。

1939 年 6 月　河北涞源　刀岭崖驿后山

"你叫俊生，跟我的驴一个名字。"

"你就是那个老头儿！"

"胡子是假的。"

"用屁眼儿想也知道。"

"可是当初你不知道。"

"我现在知道了。游击队？"

"嗯，游击队。"

"为什么故意丢了驴？"

"摸清鬼子底细。"

"摸清了吗？"

"鬼子 50 多人，出动了一个小队来找修械所。"

"可是你们没帮我们保住修械所。"

双枪古董一声长叹："哎——！咱们装备不好。人少，干不过鬼子。"

"那你们还打？"

"我们没打。山顶的兄弟只扔了一颗手榴弹。"

"没打哪来的动静？"

"铁桶里放鞭炮，老套路，惊扰。"

"惊扰有用吗？"

"鬼子疑心，一准儿撤退。鬼子不走，连你们都得报销。"

"不打叫什么游击队？"

"游击队，游而不击。"

"放屁！"

双枪古董"噌！噌！"从腰里拎出驳壳枪，顶着他的脑袋："你敢说我放屁？"

沈淳宏和焦凤春可吓坏了："哎，同志……同志，你们不能……不能这样啊。"

双枪古董把脸贴近李俊生的耳朵，低声说："别怕，我这枪子儿是打鬼子的。我跟鬼子节省子弹，更不会把宝贵的弹药资源浪费在你身上。"

李俊生抬着头儿，一动不动："好枪是打鬼子的……刚才怎么不开枪？"

"我这家伙一响，必须要响的是地方。而你，并不值得我开枪。"说完，双家伙收在了古董的裤腰里，一挥手："兄弟们！走啦！"

古董游击队长……或者可以叫做游击队长，他带着不足十个人的小队伍走下山坡。

李俊生愣了一刻，快步追上去，拉住双家伙的胳膊："我跟你走！"

"哟嗨，"双家伙站住了："你跟我走？干嘛去？"

"打鬼子！老子在忻口会战……"

"你得了吧。"双家伙甩开他的手，继续把嘴搭在他耳朵上，一个字一个字地说："你——玩儿——蛋——去！"

"为啥？"李俊生觉得这个古董……不，这一群古董，都不拿正眼看他。

"你想想在南坡死的那个兄弟，他为什么死……你不踏实啊……不踏实，放哪儿都是个菜货。这就是我说的——你不值得我开枪。"

双家伙说完了，猛地把他一推，头也不回地走了。

李俊生愣了。

一个掠过他身边的小胡子古董，拍了拍他肩头："队长从南坡回来跟我们说啊，他遇到个修械所儿的逃兵。"

"我怎么会是逃兵？"李俊生最讨厌这俩字眼儿。

"呵呵，你以为，光战场上的叫逃兵啊？"小胡子古董咧开嘴，露出一嘴芝麻粒儿牙："这当口儿，修械所跑了人，军械就会延误，哎——！这军械延误了，前方得死多少人你知道吗？"

"这！"李俊生脑子里"轰隆"一声。

"小伙子，这样的逃兵，比前方打鬼子的逃兵更让人瞧不起啊！"

"老徐！"双枪队长转回头没好气儿地喊："还跟这个没种儿的玩意儿费什么话？再不跟上，我毙了你！"

"哎！"李俊生拉住刚要抬脚的老徐："我能再问你一个问题吗？"

"说，快着点儿啊。"

"你们这伙儿人，我们怎么从来没见过？"李俊生又指了指走远的双枪队长："那个人……"

"呵呵，不该问的别问，我只能告诉你，我们队长啊，叫甄奉山。"

听到这名字，李俊生全身一激灵！

这个甄奉山，在冀中、冀西北乃至陕甘宁一带，无人不知无人不晓啊。他带领着平原游击队屡次协助八路军主力粉碎鬼子一次又一次的行动，手里的双枪更是令鬼子闻风丧胆。

后人根据甄奉山的事迹，还创造出了双枪李向阳这个英雄人物……

望着游击队的背影，在场的人全都震撼了。这震撼，是源自甄奉山这三个字，还是这个游击队骨子里透出的坚韧，谁也说不清，或许都有。

山坳的修械所，浓烟滚滚。三十多个人，站在山坡上，都不说话了。

在修械所，人们的确没啥干劲儿。但是现在修械所没了，或者说只剩下那么一丁点儿了……

明天早上，沈淳宏不会再求爷爷告奶奶地在每个人耳边聒噪。

人们想睡到太阳下山，也是理所应当。

讨厌的修械所，吃不饱的修械所，人心惶惶的修械所……现在没了，可是老少爷们儿一个也高兴不起来。

他们心里莫名其妙地空落落的。

沈淳宏给哑巴拍拍身上的土，又划拉划拉焦凤春乱蓬蓬的头发。

焦凤春六岁的儿子春喜儿，死死扯着父亲的衣角儿："爹，我困了。"

李俊生叹口气，歪了歪嘴："沈厂长，鬼子，我必须要去打。不管那帮游击队的咋说，我也要去找队伍。"

沈淳宏无奈地摆了摆手，低下头去。

"老少爷们儿们，我知道，在修械所儿这两年，我一个人缘儿也没处下来。现在我要走了。你们……也就少了个眼中钉。"

他走到沈淳宏面前，握着他布满老茧的手："沈厂长，别怪我。"

李俊生说完，从民兵手里拿过一条大抬杆儿，背在身上："这条枪，我会还回来的。等我找到队伍，有了好家伙，就还回来。"

众人木木的，谁也不说话。

"拖！拖！"哑巴跑过来，脱下外衣铺在地上，把那一小袋儿棒子面倒了一半儿，站起身，将面口袋塞给李俊生："拖！拖拖！"

李俊生一皱眉："这怎么行？这点儿口粮……"

"拿着吧。咱修械所藏得深，出了走马驿，方圆几十里的路上不好说能碰见村子。"沈淳宏背过脸去："我们这伙儿人，估摸着也就散了。"

李俊生眉头皱得更紧了，他的脚就像长在地上一样，挪动不了半步……

但是他最后终于一咬牙，扭头顺着山路走下去了。

黄西川蹲在石碴子边上，也站了起来，磕磕烟袋锅儿，享受了最后一口烟："沈厂长，那……那我也走了。"

沈淳宏点点头。

四五个小青年，犹犹豫豫的，跟着黄西川沿着另外一条下山的路往下走。

"拖！拖！"哑巴跑过来，把包着棒子面的褂子递到黄西川面前。

哪知道黄西川看也不看，推开他的手，带着小青年跑下山去。

"厂长……那，我也走了。"

"我也走了。"

1939 年 9 月　忻口阜平交界　骆驼山

地上的余烬，还在冒着青烟。

灰烬两边，戳着两根丫杈，地上扔着几根啃过的骨头。

"不可原谅！"鬼子望着地上的狗骨头，发飙了。

"报告，这边有发现！"

鬼子队长跟着一个瘦高的屁帘儿脑袋，跑向路边。

电筒光照处，地上扔着个白布拉条儿，那一点儿红的膏药旗使鬼子认出，这就是那狗脑袋上的玩意儿。

出于对国旗的敬意，鬼子头儿正了正军帽，弯下腰去抓那狗头带。

拎起布拉条儿，却觉得异常的有手感。

鬼子纳闷儿了，用手电光一照，鼻子都给气歪了。一团粪便稀稀拉拉地粘在上面。

"八格！"

"太君！"汉奸在一边发挥他的智慧了："您看看，这烤太君的火灰还是热的，咱们追吧！那俩人肯定跑……"

汉奸敬畏太君，甚至爱屋及乌地把皇军的狗，也称作太君。但是鬼子头儿毕竟听得懂中国话，觉得这话大大地别扭。

"八格！"一个耳光粘着粪便，就呼到了汉奸脸上。

"追！"

鬼子真毛了！顺着山沟就追下去了，这道沟子没岔路，要追上邓汉涛和路达，只是速度的问题。

夜风起，吹散了地上的余烬，也把鬼子的脚印蒙上了灰。

1939 年 6 月　河北涞源走马驿　残破的刀岭崖修械所

山腰处腾起的白雾，分割了山里的晨曦。晨露，打湿了沈淳宏的外衣。

昨儿还在这儿开小会儿呢，一夜之间，这间屋子已经换了一副包公脸，尴尬地迎接沈淳宏的归来。

"老沈啊，你看这厂房，全毁了啊。"焦凤春把他随身的木头箱子放在一处断墙上，噙着泪花儿，望着瓦砾中歪歪斜斜露出头儿来的一台铣床。

"工作母机！"沈淳宏虽然早已料到这结果，但是亲眼看到这场景，仍旧忍不住火往上撞。他的心口，又有了堵塞的感觉。

"拖！拖！"哑巴急得蹦高儿，跑到厨房的旧址，疯了似的搬去碎砖烂瓦。

沈淳宏望了哑巴好久……

"咱们的事业在这儿，就算毁了厂房又怎么样？鬼子毁不了咱的事业！剩下我一个人，也要把厂子重建起来！"沈淳宏卷起袖子，跑到厂房废墟，一块块的搬走压在工作母机上的瓦砾。

春喜眨巴着大眼睛望着焦凤春："爹，什么是事业？"

老焦蹲下身，抚摸着春喜发黄的头发："春喜儿啊，事业这个东西，看不见，又看得见，摸得着，又摸不着。有时候也算是一种信仰。"

"我还是不明白，就像……打鬼子吗？"

"打鬼子是事业，咱建厂也是事业。"他看了一眼修械所废墟中的沈淳宏和哑巴，站起来把儿子扛在肩上："你看，用不了多久，咱们的修械所就会再起来，说不准啊，还会变成一个大兵工厂嘞。"

"爹，那时候，我要在兵工厂当长工！"

"傻孩子，长工那是资本主义，咱共产党的工人啊，是人人平等。光荣着嘞。"

"人人平等？"春喜眨巴眨巴眼："那为什么每天沈大大还求着他们干活儿呢？"

"这个……等你长大了就明白了。"

1939 年 6 月　河北涞源　南马庄西河畔

邓汉涛和路达，多亏了这点儿狗肉，才补充了体力。

他们料到肯定会有鬼子追兵，连夜不敢歇脚儿，一路奔东。

跑了一夜的路，铁人也顶不住，就在西河边儿上，俩人拉了胯了。

"哎呀，累死了！"邓汉涛一骨碌躺在草地上："歇会儿吧……"

路达也一屁股坐在他身边："饿了。"

"我不饿。"

"我饿。"

"啊？又饿了？"邓汉涛歪着脑袋："你不是还剩俩狗腿吗？吃啊！"

狗阎王路达摇摇头："凉了，不上口。"

"那你就饿着。"

"啪——！"这一声脆响，不知道来自何处。

"什么声？"邓汉涛一骨碌爬起来。

路达也赶紧顶开勃朗宁的保险，对着身后来时的山路。

过了好半天，也没见鬼子追兵的一个毛儿。

"啪——!"又是一声。

这回听清了,声音来自河对岸的黄草地上。

河对岸,七八匹大黑马,上面驮着铁塔似的汉子,从一片小树林儿里闪出来,那"啪啪"声,就是马上人挥舞的鞭子。

"这是什么人?"邓汉涛愣住了:"没听说这一带有山匪啊……"

这伙人马,眨眼就下了河,马蹄踏得西河水飞溅。

人马接近,邓汉涛和路达顿时感觉到一股强烈的震撼和压迫感!这股气势,只能在大兵压境的时候感觉到,但是,这不足十个人的小队伍,居然也能给人这种感觉。

"尊驾是……"邓汉涛冲着水中为首的大汉一拱手。

哪知道这人从腰里飞快地抽出两把民十七盒子炮,喊一声:"别动!"冲着邓汉涛的脑袋甩手"嘭嘭!"两枪!

路达心里一翻个儿,坏了!

这两颗枪子儿可以说是擦着邓汉涛的俩耳朵飞过去的,随着一声杀猪似的惨叫,邓汉涛身后不远处的窄山口前,俩端着枪的鬼子倒下去。

邓汉涛醒过神儿来,才知道,就在他们看河对岸的时候,追来的鬼子已经蔫不唧儿出了山口小路。

"嘭!"鬼子也开枪了。

马上的汉子们此时已经过了河,趴在马背上枪击鬼子。

"你俩别动!"双枪大汉声到马到,俯身拎住邓汉涛,把他拎上马。

另外一个大胡子,也把路达拎上了马背!

"走!"双枪大汉挥手甩出一颗手榴弹!人马调头,踏进了西河。待得水花回归激流,大黑马已经踏上了对岸的黄草地。

领头的汉子,回转马头,冲着鬼子喊了一句:"回去告诉你们的头儿,就说我甄奉山本来打算去大杖子垭口拜访坂本队长。现在,我们不想去了,算你们走运。"

那边儿的鬼子听见"甄奉山"这个商标,脸儿都白了,有的还吓得尿了裤子……

邓汉涛是听说过甄奉山的,只是没想到他会给鬼子用定身法,这几匹马慢慢悠悠地溜达着,愣是没有鬼子敢追上来。

走了二三里地，太阳已经钻进了山顶的树缝子里。

邓汉涛这时候才开口："你就是甄奉山队长……"

"呵呵，您就是延安的邓汉涛首长咯。"

"可别叫首长，在下就是个技术员……哎，尊驾怎么知道我等何人啊？我们脸上又没写着字儿。"

甄奉山用马鞭指了指身后："本来，我们打算去大杖子山垭口，帮助你们过封锁线，没想到，路上遇到点儿闲事儿，让两位受苦了！"

"哈哈哈哈！"马上的游击队员们都爽朗地笑了。

老徐带着路达打马上前："邓首长，你们来干军工，大伙儿都欢迎得很嘞。俺们接到上级连队命令，特意去接你们。"

甄奉山叹口气："邓首长，有件事儿，不知道怎么跟您说……"

"怎么了？"邓汉涛见他脸色不对，似乎要说又不愿意说。

"这……"

其他的队员，也耷拉下脑袋不说话了。

"到底……怎么啦？"路达也急了。

"走、走、走马驿的，啊修……啊修……"游击队员高大杆儿别看结巴，嘴还挺急。

"修械所……"邓汉涛很会断章取义。

甄奉山皱着眉，手一拍大腿："走马驿修械所，昨天……给鬼子毁了。"

"啊？毁了？"

"是啊，这就是我们昨天管的闲事儿。"

"这……"

"我现在考虑，是把您二位送到走马驿，还是直接去找陈团长……"

邓汉涛沉默了一会儿，用手抹了一把脸。

路达也不吱声。

将近正午，马队走到涞源南台，一座大山把路劈成了两条。

"邓首长，"甄奉山勒住马头，用鞭子指了指这两条路："你看啊，南边这条路呢，是奔走马驿去的，这北边儿的路呢，通的就是陈团长驻地了。您看……"

所有的眼光，都落在了邓汉涛的身上。

"这……"他望望路达，又看看甄奉山："去，刀岭崖的修械所。"

"可是，那里毁了！"路达一探身子，从怀里掉出一只狗腿。

邓汉涛摇摇头，望着南台刀劈斧剁的石崖："毁不了……沈淳宏的事业，是打不垮的。"

甄奉山和老徐对望了一眼，点了点头。

"走！去刀岭崖！"

"呦吼——！"

口哨声，呼啸声，惊飞了山坡上的林雀。

第三章　老少爷们大开荤

1939 年 6 月　河北涞源走马驿　刀岭崖修械所废墟

"一、二——！呼啦！"

沈淳宏和焦凤春，俩人打着撬杠，翻起一大块破墙头儿。下面压着的一台车床露出来了。

"看样子，加工精度全没了。"沈淳宏用袖子擦擦脸，一脸的惋惜。

焦凤春蹲在地上，拾起块儿碎砖头儿："老沈啊，咱们仨人儿，怎么盖厂房啊？"

"就算一块儿砖一块儿砖地垒，我也得把厂给重新盖起来！"

沈淳宏喘了口气儿，拎起撬杠，打算继续挖掘废墟中的工作母机："我得赶紧着把钻床挖出来。"

撬杠刚杵进砖坨子缝儿里，就听着身后一声怪叫："啊——！噗！"

这一声差点把老沈吓得心脏间歇。

焦凤春正低头挖他的火药捻子，听见这一声差点没蹦起来。

"爹！驴！"春喜兴奋地指着修械所大门口："看啊，爹！是驴！爹！是驴！"

"一惊一乍的！"沈淳宏划拉着胸口："这个……春喜儿啊，你爹不是驴。哈哈哈。"

这是精神极度紧张后的突然放松，沈淳宏也开起了玩笑。

焦凤春苦笑一阵："呵呵，只要不是鬼子，啥都行啊。"

在驴后面，几个灰头土脸的汉子，直愣愣地站在当地，就像一块块呆木头。

沈淳宏这回心口又一阵翻江倒海，不过这次是意外的喜悦："啊！西川！"

外面正是黄西川和几个年轻小伙子。

"拖！"哑巴高兴地蹦高。

"你们……你们不是……"沈淳宏揉揉眼，怀疑是在做梦，走了的人，居然回来了。

黄西川板着脸，慢慢地走进来："要建兵工厂，缺了我这个铸工，第一道工序就得完菜。"

"好！好……"沈淳宏又看了看驴："这个……这个……驴哪儿来的？"

黄西川拍了拍驴屁股："山沟儿里捡得，不知道是谁家的。"

"哎呀，这丢了驴的人家儿，一准儿着急呢。"

焦凤春把自己的烟荷包递给黄西川："不管怎么说，你们回来就好啊。"

"不光我，还有大林子他们几个车工，现在正满世界找木头呢，一会儿就回来了。"黄西川也不客气，装上一袋烟抽起来。

到了下午太阳偏西，人们陆陆续续地回来了。

除了半路上顺来的木头、铁锹、洋镐什么的，还带回来一条消息：

说是在道儿上，听进城的人说，日本一一九师团驻扎了保定府，师团长大鬼子桑木崇明要给阜平、涞源山区来个扫荡。还有个阿部规秀，更是狠了心地要挖出晋察冀根据地的军工点儿，已经派出不少鬼子在山里踩点儿。

昨天的浩劫，就是阿部规秀唱的一出拉场戏。

沈淳宏担心起李俊生来。

鬼子这是瞄上根据地了，俊生这小子……现在走到哪儿了啊……

1939 年 6 月　河北涞源走马驿　刀岭崖南坡

"这就是刀岭崖啊……"

"是，邓领导，这后面的山洼子里，就是修械所了。"

甄奉山跳下马，摘下皮囊，咕嘟咕嘟地喝了一肚子水。

"队长！大队长！"

甄奉山回头，见东边大路上，腾起一阵烟尘，飞扬的黄土里夹着一匹大灰马。

这马实际上本也是黑的，只不过长途急行，身上盖了一层尘土而已。

马背上那位，也是风尘仆仆的，稍微歪歪脑袋，头上的毡帽檐儿里就能抖搂出土来。

"慌什么？"

"队长！"马背上的汉子正了正身后背的奉天造儿："石河子出事儿了，鬼子偷袭被服厂。"

甄奉山把皮囊重重地摔在地上，喘了两口狠气："阿部规秀这王八蛋，连被服厂都不放过……咱主力部队知道了吗？"

"我这不正要去连里送信儿嘛！"

"赶紧！"

"是！"

"回来！"

"咋啦？"

"告诉杨连长，我先去压住场子，让他别担心。"

"是！"

"高大杆儿！"

"到、到、到！"

"喊一句到就行啦，集结队伍！"

"是！"

高大杆儿从挎兜里拎出个牛角号来，飞快地爬上山坡，呜呜地吹起来。

甄奉山冲着邓汉涛一抱拳："邓领导，我们赶紧去……呵呵，就不送你们到地方了。"

邓汉涛握着他的手："哎呀，一路有劳甄队长和弟兄们，已经感激不尽了，军情紧急，您请便。"

甄奉山也不废话，点了点头，挥手上马："走！"

路达也下了老徐的马，跟他握手告别。

说也奇怪，转眼间，山沟沟里，犄角旮旯里，都钻出彪悍的游击队员来。真不知道他们这一路有没有跟着甄奉山，反正神出鬼没的。

他们脸上都没表情，就像一尊尊的铜像。唯一能证明他们有生命的，就是眼睛里的火一般的激情。

他们都骑着马，就像一条条小溪在刀岭崖下汇聚成川。这条大川，越来越长，在甄奉山的带领下缓缓向东流淌。

大川的流速，越来越快，越来越急，越来越猛，转眼间，吞没了这条山路。过不多久，他们将淹没石河子的鬼子。

俩人顺着山路走上南坡，远处几个黑点晃动。

"哎！"路达面露喜色。

邓汉涛拍了他屁股一下："看见狗就走不动了？"

"这几个是山狗，没主儿的啊。"

"没主儿的狗一般都很凶，留神咬了你的根子。"

1939 年 6 月　河北保定府　西大街

"我不要纸币，要现大洋。"

"哎，冯斧头，这可是皇军的活儿啊，你别给脸不要脸。"

"鬼子六儿，你干嘛来了？"

"我找能干这活儿的人！"

"谁能干？"

"你能干。"

"没现大洋，不干。"

"你……"汉奸鬼子六儿把鼻梁上的圆墨镜摘下去，瞪出了眼珠子。

一个三十多岁的汉子，没精打采地靠着电线杆子，坐在铁匠铺门口儿。

鬼子六儿瞪着他鸡窝似的头发和那副宣统年间的古董花镜："我最后问你一句，到底干不干？"

"这年头儿，国军给法币，八路给边区票儿，日本人又给这个什么券儿……"冯斧头不慌不忙地从地上端起个破缸子，喝了一口，脸上立马儿显出辛辣的表情，然后用满是油污的手从围裙兜儿里摸出个铁蚕豆扔在嘴里嚼着："咱老百姓啊……就认现大洋。"

"你他妈的……"汉奸举手就要打。

"八格！"后面跟着的高个子日本人，过来给了鬼子六儿一个嘴巴。

"中岛太君……我……"

"滚一边去！"

"是！是！"鬼子六儿捂着脸，点头如捣蒜，一边狠狠瞪了一眼冯斧头。

鬼子中岛慢慢地走到冯斧头面前，和颜悦色地递上一根烟卷儿："冯师傅，你滴……能人大大滴。"

"呵呵，皇军夸奖了。老冯可不是什么能人。"冯斧头用手推回那根烟："我不会，谢谢太君。"

"哟西。"中岛点点头："你滴，皇军大大滴欣赏，现大洋，不是问题。"

"真的啊！"冯斧头睁开了一只眼。

"皇军说话，你滴，怀疑滴不要。"中岛笑得很灿烂。

"好，那我给你开方子。"冯斧头站起身来，又喝了一口，喷着酒气拍了拍中岛的肩："德国炮我都治好了，你们的山炮，算个啥。"

说完了，他晃晃悠悠地跑里边去了。

中岛用手套掸了掸肩头，悄悄问汉奸："他滴，皇军滴亲善大大滴，如何？"

鬼子六儿撇着嘴："这个死东西，就现大洋跟他亲。八路要是给现大洋，还给八路干活儿呢。"

中岛皱皱眉，若有所思。

不一会儿，冯斧头拿出个齿轮来交给中岛："你看看，炮架子摇把儿上的，你们那炮啊，不是国际通用标准，没互换性，随便儿买个齿轮安上，模数儿、齿形都不对。起炮的时候摇着不沉，那才见了鬼呢。看看吧……这种齿轮儿，全保定城也就我这有。"

"冯师傅……那个……炮滴……看看？"

"看个毛啊，你说的那问题，就这儿的毛病，错不了。回去换上就行了。"

"搜噶！"中岛点点头，指着手里的齿轮："现大洋滴，下午送来，这个，皇军滴干活。"

冯斧头手这个快啊，一把抢过齿轮儿："太君，那这个齿轮儿……我下午再给你。"

"哦？"中岛笑了笑："那么，就先请夫人到我那里作客吧。"

几个鬼子兵架着冯斧头的老婆，从里面走出来。

"哎！你们！你们！我……我给你齿轮儿……"

"冯师傅，我们有三十多门炮，都要修理啊！"中岛笑得露出一颗大金牙。

"修！修！"

"但是，我们不敢保证你是不是会给八路修东西啊，夫人，暂时先带回去。"

"不行，你们……"

"放心，皇军不会伤害她的。等我们铲平了周围的八路，就放她回来。"

"你们……"

"记住，八路滴，武器，修理的不能。"

"我跟你们去。"冯斧头抓住鬼子的摩托车。

"八格！"一个鬼子兵用枪托杵了他脑袋一下。

鬼子六嘿嘿地奸笑："冯斧头，皇军的司令部，是你去的吗？"

1939年6月　河北涞源走马驿　刀岭崖修械所废墟

"淳宏兄！"

"邓汉涛！哈哈哈哈！你们可算是到啦！"

"这是路达，技术员。"

"你好。"

沈淳宏跟路达握手以后,四下踅摸："这个……这个……也没个坐的地方……"

邓汉涛看了看现场，冲着沈淳宏一笑："君子不居高阁，找块砖头儿就行啊。"

"来来来！大伙儿都过来，这是延安给咱派的新领导。"沈淳宏兴高采烈地招呼大家。

可是，现场很尴尬，除了焦凤春抱着儿子走过来握手和哑巴"拖，拖！"地送上一碗水来，其他的人，全都当没看见。

沈淳宏又有点儿火儿了，举手指着正在干活儿的二十多人："哎！我说你们……"

"算啦。"邓汉涛按住沈淳宏："同志们都很忙，以后慢慢加深了解嘛。"

"哎！"沈淳宏拉着邓汉涛和路达坐在枣树底下的砖头上："这个……这个……老邓啊，你也看见了，现在，这边儿情况不大理想啊。"

"了然。"邓汉涛闭着眼点点头："我在路上已经很清楚了。"

"这个……你怎么知道？"

"甄奉山队长跟我说了。"

"哦……"

"这接下来的事儿，淳宏兄打算怎么办？"

沈淳宏抹着下巴上的胡子茬儿："这不，先挖出七台工作母机，恢复精度，搭个棚子马上开工。"

"哈哈哈……"邓汉涛拍着自己的腿笑了："打咱们在虹口机械厂那会儿，淳宏兄就这雷烟火炮的脾气。"

"这个……没法子啊，比不得你这书香门第出身的秀才哦。"沈淳宏自嘲般地撇着嘴："不过……我老沈雷烟火炮了这么些年，可是到了这修械所啊，有时候还真发不出脾气来。"

"哦，兄此话何解啊？"

沈淳宏把手划了个圈子："你看看这些人，哎！我算是拿他们没了办法。"

"慢慢来，莫急。"邓汉涛看着身边儿的路达，相对诡异地一笑。

"这些人都吃不饱啊。"焦凤春把声音压得很低："闹情绪……"

邓汉涛很奇怪："咱们修械所，没有储备资金吗？"

焦凤春摇摇头，回身从他那个宝贝木头箱子里取出一打打的账本来："您看看，鬼子这么一折腾啊，交通封锁，各种材料都涨了运输费。一些富商们，还专门借着这个机会捞钱，那材料和工具什么的，打着滚儿地往上翻啊。就连一把活络扳手，弄进来都得花上两块现大洋。"

"哦，要光是钱的问题，咱们可以打报告，要求增加拨款呢。"

"不是……"焦凤春从兜里掏出一打边区票儿来："钱咱都有，可问题是……那些个作买卖的就认现大洋，不要纸票儿。"

"总会有办法的。"邓汉涛丝毫没有显出为难："淳宏兄，你看我怎么让同志们不喊饿。"

焦凤春和沈淳宏简直不敢相信自己的耳朵。

"拖！"哑巴也傻了。

1939 年 6 月　河北涞源白石口　雁宿崖

李俊生把大抬杆扔在草地上，喝了几捧河水。

这一路奔走，早已经饥肠辘辘了。

有句俗话，人是铁饭是钢，一顿不吃饿得慌。

他找了一块儿岩板儿，用石头架起来，就地寻了些干草。

他又把那一袋子底儿的棒子面，用水和成糊糊，摊在石板儿上。倘若河里有虾米蹦上岸，排着队躺在棒子面糊糊里边儿，这就叫小虾糊饼，香得很嘞。

但是虾米绝对不会那么傻，李俊生也决计不会下河摸虾。他现在的力气，也只够对着干草点大抬杆儿火捻子的力气了。

火折子有，只是没有了火绒，这样在野外点火，可就遇上了困难，好在大抬杆的火捻子还是能凑合着吃火折子这点火儿的。

"轰——！"大抬杆儿响了，干草上火星点点。

李俊生趴在地上吹了几口，火烧起来了。

"咳、咳……他奶奶的。"

这草没干透，怄出许多烟，呛得他一个劲儿地咳嗽。

他索性躺下，望着深邃的雁宿崖峡谷，心里可就嘀咕上了：

"主力部队在哪儿呢……跑了一路也没瞅见一个像样儿的八路。"他叼着一根儿草棍儿，自言自语。

嘟囔了半天，他觉得上下眼皮打架了，翻了个身打算迷糊一觉。估计醒来后，那团糊糊也烤熟了……

"什么？"李俊生刚翻过身去，就觉得屁股底下被什么东西硌得生疼。

他伸手往屁股底下摸去……

"嗯？这是哪儿的子弹壳……"

他把弹壳放在眼前反过来掉过去地看了看："这是三八大盖儿的……我操！鬼子！"

他提鼻子闻了闻弹壳的窟窿眼儿，一股新鲜的底火儿味道一下子刺激了他的警惕性。李俊生汗下来了，赶紧趴下，环顾四周，随手又从草窠儿里摸出两枚同样的弹壳儿来。

雁宿崖峡谷，一片寂静，只有潺潺的小河流水声，夹杂着烤棒子面糊糊的嘶嘶声。

他猫着腰，一步一小心，在周围的草地上踅摸，没多久，就发现了一个更大的弹壳。

"妈个巴子……歪把子机枪……"

李俊生太明白了，歪把子机枪出动，绝对不是个把鬼子。

大抬杠打一发少一发。李俊生没有鬼子单兵配弹120发基数的摊儿，他只有能够打三枪的弹药。

他担心，刚才引火的那一枪会不会惊动雁宿崖附近的鬼子。这倒好，没找到八路军，却找到日军了……眼下，赶紧用鞭杆子香引了火，准备放这三枪……

李俊生抬头分析了一下这里的地形，找了两处打伏击最好的制高点，往地上继续踅摸了一阵，他又高兴了。

这一带，并没发现八路军枪支的弹壳，只看到一些边区制造的手榴弹的拉线。

鬼子既然在这里开枪，那么肯定是交火了，而且赢家是八路。

原因是八路打完胜仗，一般喜欢把自己的弹壳捡回去，以便重新装填使用。在修械所待了这么长时间，这个常识他是有的。加上他本身聪颖过人的头脑和战斗经验，闭上眼，这场可能被历史遗忘的战役重新浮现在他眼前。

既然八路胜利，那么也就大可放心了。

李俊生回到河边，他的饼也烤熟了。

扛起大抬杆，收了面口袋，嚼着棒子面饼子，向东直奔张家坟方向。因为在路上听路边歇脚儿的财主说，张家坟"闹过大八路"。

雁宿崖大峡谷九转千回，两侧虎壁狼岩怪石嶙峋。不时会有野兔、野鸡之类的，冷不丁儿地从一边儿窜出来，打闪似的消失在草丛里。

李俊生把最后一块儿饼子扔在嘴里，刚转过一个死弯儿，忽然听到拐角那边儿有脚步声。

"嗯？"他警惕地把身子贴在石壁上，横端着大抬杆，慢慢地探出头去。

这一看，李俊生吓了一跳，因为拐角处，也探出一张惨白的脸来，他的脸与那张脸，鼻尖几乎碰到了一起。

李俊生咬着牙举起了大抬杆，那个人也端起了手里的步枪！

"你干嘛的？"李俊生先发制人。

"你干嘛的？"那人乱草似的长头发遮着半张脸，一把大胡子上沾满了尘土，那半张脸上的一只布满血丝的大眼睛瞪出了眼眶。

"你放下枪。"李俊生看他身上的军装，更纳闷了。但是眼前儿这小子情绪明显亢奋，那晋造六五（山西阎锡山时期，仿造日本三八式的步枪）说不准一激动就给开了火。

"你先放下！"

"咱俩一块儿放。"李俊生慢慢落下枪，那人也慢慢地落下枪……

"喀啦！"俩人忽然又同时抬起了武器。

"你到底是什么人？"

"老子还问你呢。"

"你是小鬼子的哨兵吧？"

"鬼子哨兵会穿成我这样啊？"李俊生拍拍自己的汗褂。

"你……你是鬼子化装的！"

"呸！你才是鬼子化装的！"

"老子是国军！"

"国军往这儿干嘛来了？"

"这是你们家地方啊？老子爱上哪上哪！"

"你他妈是逃兵？"说这话的时候，李俊生心里倒是酸不溜丢的，还说人家逃兵呢……

"你他妈才是逃兵！老子是回家探亲的！"国军理直气壮。

"我……我……先说你，探亲干嘛这副熊样？"

"我……"

1939 年 6 月　河北涞源走马驿　刀岭崖修械所

邓汉涛在夸下海口的时候，多少个耳朵支愣着听呢。

这帮人肚子跟心里一块儿犯嘀咕。

都这会儿了，还没见路达回来，邓汉涛站起来往山路上瞅。

沈淳宏倒是一点儿也不怀疑，因为他太清楚这个老工友了，那鬼点子才叫一个多呢。

哑巴很利索，早就按照邓汉涛的安排，把大锅支在了院子里，抱了柴火等着。

"点火吧！"邓汉涛望着山路上出现的灰色影子，面露喜色，跑回院子。

那头叫俊生的驴，绑在桩子上，看着大锅一个劲儿地打哆嗦。

"呵呵，放心吧，不吃你。"邓汉涛拍了拍驴的鼻子。

路达回来了，把一个油花花的口袋扔在井台儿上，那袋子口上，还露着一只毛茸茸的猪脚。

"哎？"

"猪肉！"

"他从哪儿弄来的？"

"这年头儿，对咱来说，肉价跟金子差不多啊。"

邓汉涛打开口袋，拎出四分之一的猪来，笑呵呵地交给哑巴："有劳！洗洗，炖了！不用搁菜，咱们就吃肉！"

"汉涛，你……你从哪儿弄的猪？"沈淳宏对这来历不明的猪肉很不放心。

"呵呵，你跟着吃便是，不必问这许多。"邓汉涛咬文嚼字儿地打着哈哈。

修械所的年轻人们，简直不敢相信自己的眼睛。

他们亲眼看着猪后臀儿被哑巴剔骨，切块，扔进锅里。好久没拾掇肉了，哑巴的手感似乎都生疏了，好几次差点切到自己的手。

跳动的火苗舔着锅底，也舔着人们的心。

有的人掐了一把自己的脸，以便证实是否在做梦。

"领导啊，"焦凤春把邓汉涛拉到一边，小声问："你别怪我怕事儿啊，这猪肉，还是明白了来历，才吃得舒坦啊。"

"待得明朝，公自见分晓。"邓汉涛依旧文绉绉地卖着关子。

1939 年 6 月　河北涞源白石口　雁宿崖

李俊生跟着那个国军并排坐在路边，喘着粗气。

"你说你看见的都是真的……"

"全村老少……"国军脸上出现两道泥沟："一夜之间，全没了。"

李俊生把面口袋递给他："擦擦脸吧，你叫什么名字？"

"魏广元。魏，委屈的鬼。"

"李俊生。"

两只脏兮兮的手，握在了一起。

"你去找八路……带上我。"魏广元把半张脸的头发拢到耳朵后面。

"你不跟着国军干啦？"

魏广元摇摇头："其实……我真是逃兵。"

"你是阎锡山的队伍？"

"程潜，第一战区。"

"哦……那你逃跑的理由？"

"我怕。"

"怕打仗？怕打仗当个毛的兵。"

魏广元苦笑："不怕打仗，怕家里人受牵连，另外，还有点别的事儿……"

"那现在……"

"走，"魏广元站起来拍拍屁股，背上晋造六五："我带你看去，别闹动静啊。"

李俊生点点头，跟着魏广元沿着雁宿崖峡谷，蹑手蹑脚地往东南走。

走了没多久，地上就出现了一个个的大坑，坑边上有土堆，像是在施工。

"小心点儿。"魏广元捅了捅李俊生："你自个儿往前走，看去吧。我可不去了。"

这小子说完扭头往回走。

"什么啊……"李俊生抓抓脑袋，觉得前面肯定没啥好事儿。

1939 年 6 月　河北涞源白石口　雁宿崖峡谷尽头

这是雁宿崖峡谷最宽敞的地方，日军的尸体，在这里堆成了小山，几个日本兵正在往尸体上浇汽油。

鬼子，把这段峡谷填满了。李俊生最后一次见到这么多鬼子，还是两年前在忻口打会战的时候。

他远远地躲在石头后面，心脏都快跳出来了。

一个大长脸小胡子的军官，叉着腰站在一个土坡儿上，杀猪似地狂吼着：

"这是被支那人杀害的同胞，他们的死，是为了大日本帝国！"

"太可恨了！"鬼子兵们举着枪高喊，这声音伴着山谷的回音，震得人心撼动，李俊生的脊梁背儿也跟着三八大盖的刺刀一起发寒。

估计路上那些大坑，原本就是八路军代为埋葬日本士兵用的，现在，鬼子把这些死尸重新挖了出来。

"他们这是折腾个啥劲儿……"

小鬼子太变态了。

"现在，谁也不许闭上眼睛！"长脸鬼子军官，撇着嘴，接过一个火把，扔到尸体堆上。

熊熊的烈火吞噬了日军的尸体，整条山谷弥漫着焚烧尸体的焦臭味。

"你们要感受到同胞战死的悲愤，要有复仇的决心！"

李俊生虽然听不懂日语，但是看这阵势也知道，这个鬼子军官不得了。他这么干是为了刺激手下这些鬼子兵啊。

看看，小鬼子们一个个的咬牙切齿，磨牙声和噼里啪啦的烧尸声混在一起，仿佛一支地狱的奏鸣曲。

"我阿部规秀，一定要为这些死难的同胞报仇！"鬼子头儿拔出指挥刀，向东南一指："杀光支那人，出发！"

"报仇——！"大鬼子、小鬼子、半大鬼子齐声嚎叫，就连阜协军也跟着起哄，声音几乎要震碎李俊生的耳膜了。

"他们这是干吗去？"李俊生心里嘀咕上了。

就在这时候，雁宿崖山谷里"嘭——！嘭——！"两声枪响！

阿部规秀那耳朵太尖了，立马回身儿，看见一个人影儿"嗖"地闪进了峡谷。

"抓住他！"阿部规秀指挥刀挥动，刚被调动起情绪的鬼子，就像潮水似的奔这边来了。

李俊生魂儿都丢了，骂了一句："魏广元，你害死我！"

1939年6月　河北涞源走马驿　刀岭崖修械所

"新来的邓厂长是吧。"黄西川端着个破碗，站在锅边儿上，眼睛盯着邓汉涛的眼睛。

"呵呵，不用这么客气，叫老邓就行了。"

黄西川也不客气："老邓，吃你这个肉，就没啥条件儿？"

"呵呵，你以为，邓某人能向列位要点什么条件？"

"哼，是不是吃完了，下午就得把厂房盖起来？"

"哈哈哈，"邓汉涛仰面大笑后，鼻子贴到黄西川的耳朵上："如果阁下怀疑邓某借此机会要挟诸位超强度劳动，那么，随时可以向上级告发我，也可以反映到延安军工部。"

黄西川撇撇嘴："或许……你想拉拢我们。"

"以后同生，是一定的，但是邓某人绝不强迫你们共死。"

"好吧。"黄西川伸过碗去："哑巴，挑肥的。"

"慢！"邓汉涛笑呵呵地拿起一块儿猪皮："吃可是吃，每个人给我往衣服上抹一块儿猪油。"

"铛！"黄西川把碗扣在地上："我就知道，说不定这里面有什么妖蛾子，我不吃了。"

开刨床的陈尚让跑过来："呵呵，抹就抹呗，有什么大不了的。吃到嘴要紧。邓厂长，我抹。"

邓汉涛满意地点点头："哎，你看看，识时务者为俊杰。"

"咋抹？"

"就这，抹在最干净的地儿。"

陈尚让抹完了，邓汉涛亲自给他盛了满满一碗炖猪肉："你叫……"

"陈尚让，刨工。"

"哦，尚让兄弟，呵呵，咱这叫吃猪不忘养猪人，来，鞋上也抹点儿。"

看着陈尚让几个人，连汤带水吃得那个香啊，其他人也忍不住了，干脆抹了猪油，捧着大碗呼噜呼噜地狼吞虎咽。

邓汉涛特别给春喜儿留了根猪尾巴，告诉他："宝儿啊，吃了猪尾巴，晚上别走夜路，有鬼会跟着你啊。"

"跟着就跟着，俺不怕。让俺爹用炸药炸死他们。"

"哟呵！"在场的人全都笑了。

邓汉涛高兴，大声地喊："列位老少爷们儿，咱们大开荤！可劲儿了吃！"

"切！"唯有黄西川蹲在角落里，把一个山药蛋塞进嘴里："傻瓜，吃，吃死你们。"

陈尚让跑过来，故意蹲在他身边，一边吃一边吹。

主要是想让黄西川闻闻那味儿。

"滚蛋！一边儿吹去！"

1939 年 6 月　河北涞源白石口　雁宿崖峡谷

李俊生又气又惊。

鬼子追上来，一准儿得给他撕碎了。

但是那个魏广元，实在是可气，难道他不知道这时候放枪，会惊动鬼子吗……不，他显然知道，放枪的目的，是为了利用李俊生拖延住鬼子，好自己逃命……也不对，如果这样，他干嘛一开始不跑呢……

李俊生胡思乱想，远远地，却发现魏广元躺在地上，他的晋造六五步枪死死地抓在手里。

"你他娘的，想害死我啊！"李俊生上去给了他一脚。

"不是，枪……枪走火儿……"

"阎锡山造的这是啥破枪？鬼子来了，赶紧跑啊。"

"跑……跑不了……"

"咋就跑不了？"

魏广元把右腿抬起来，血淋淋的。

"怎么啦这是？"

"枪……枪走火……"

"他妈的。"李俊生回头望望，峡谷里听得见大头鞋踏步，却还没见鬼子追上来。

"你走。"魏广元用步枪撑着地，咬着牙坐起来："我拖一阵子……"

"你给老子少废话！"李俊生拎起魏广元，背在身上，撒腿就跑。

"你干啥？"

"一起走。"

"我是国军。"

"只要不是日军，老子就得救人。"

"我枪走火儿，连累了你。"

"你要是跟我老婆走火，才连累了我呢。"

"我不认识你老婆。"

"老子还没老婆。"

"没老婆怎么走火儿。"

"操！你还真想跟我老婆走火儿啊。"

"我没那个胆子。"

"有那心也不行。"

火烧了屁股，脚上不停，嘴还在贫，这，就是李俊生。

他背着魏广元一口气跑出了雁宿崖峡谷，眼前已经听到了汩汩的水流声，那条河就在眼前。

身后山谷里，鬼子追到哪儿了，俩人谁也不知道。

现在往哪儿跑？李俊生没了主意。

"俊生大哥，咱往西跑吧……"

"为什么？"

"我是从东边跑来的逃兵。"

"呸！老子是西边的……"

"你也是逃兵？"魏广元睁大眼睛。

"我不是逃兵！"在这位国军兄弟面前，他是更背不起"逃兵"这个词儿。

李俊生一跺脚，往来时的路跑下去。

"俊生哥……"魏广元一阵心酸："那些国军的同胞……没一个对我这样好。"

"你给老子闭嘴。"

"我……"

"滚蛋，老子受不了这娘娘腔，怪不得你在国军那么没人缘儿。"

毕竟，李俊生身上担负着两个人的负荷，加上晋造六五和大抬杆的分量，跑了没半个时辰，他脑袋上出汗了。

他咬着牙，没命似的往西跑。

"啪——！"身后枪声连连。

"啪——！"前面也是枪声连连。

"坏菜了！被他妈的包抄了！"

李俊生一个急刹车："妈的，拼了！"

1939 年 6 月　河北涞源走马驿　刀岭崖修械所

"呵呵呵，诸位，吃饱了吗？"

"吃饱了，吃饱了，谢谢邓厂长。"人们摸着油嘴，打着饱嗝。

"拖！"哑巴乐呵呵地收拾大锅，捧着碗底子，挨着路达坐下了。

"哎，你……"狗阎王见哑巴碗里只有肉汤里一块老姜和泡着的棒子面窝窝。

哑巴指了指自己的碗，憨厚地一笑："拖拖，拖。"

"拖什么拖？"路达一皱眉。

沈淳宏过来拍了拍哑巴的肩头，对路达说："他就是山西边村里的人，去年去城里撞见了鬼子，误认为他是咱们八路军的谍报员，就给逮住了。"

"哟。"

"后来，他们知道抓错了，就割了他的舌头，放出来了。"

"干吗割舌头？"

"唉!"沈淳宏叹口气:"割了舌头,以后当不了报信儿的啦。"

"没人性……鬼子。"

"哑巴没爹没妈,沈厂长就让他来这修械所做饭,每个月挣几个钱。"焦凤春在一边给打嗝的春喜揉着肚子:"你看看你,就知道没命地吃,撑着了不是……你哑巴叔叔还没吃呢。"

路达看着哑巴:"受苦了……"

"拖,拖。"哑巴摇摇头,笑了。

狗阎王路达伸手从怀里掏出一条狗腿来:"给,日本人的狗。"

"拖!"

"拿着,吃。"路达跟哑巴倒是很合得来,一个只会说"拖",另一个说话超不过十个字。

邓汉涛叉着腰,溜溜达达:"列位,咱们吃饱了喝足了,该干嘛啦?"

"上工!"人们齐声高呼。

黄西川蹲在一边,皱了皱鼻子:"没出息,吃人家的嘴短,拿人家的手短,一帮傻瓜。"

邓汉涛却摆摆手:"非也,非也。"

"这个……这个……吃完了不上工……干吗啊?"沈淳宏也纳闷儿。

"吃完了就上工,乃蹂躏身体之行为,非吾辈所提倡的。"邓汉涛抹了抹小胡子:"张仲景说:食毕当漱,令齿不败而口香,所以,大家先漱口去。"

"哈哈,漱口?"

"嘿嘿,我从去年到现在,也就漱了一回。"

"少废话,厂长说了,咱就漱,我听着那个什么什么……石壁……什么当铺……什么他妈的不败夜香的有点道理。"陈尚让伴装很懂。

"漱口。"

大伙儿叽里咕噜地漱了口,拿起家伙准备开工。

"慢。"

"这个……这又干嘛啊?"

邓汉涛笑呵呵地示意大伙儿放下家伙:"孙圣人思邈有云:每食讫,以手摩面及腹,令津液通流。食毕当行步踌躇。"

"这个……"大伙全懵了,听不懂啊。

黄西川嗤之以鼻："哼，脱裤子放屁。"

"大家安静，"邓汉涛把手放在肚子上："饭后啊，应该做一些轻微的运动，这样会有助于消化。"

"嗯，听着也有点道理。"

"哎，你们看春喜儿。"

焦凤春的儿子，此时已经跟着邓汉涛，一边揉肚子，一边围着修械所的废墟转圈子。

众人觉得有点儿意思，纷纷效仿。

"运动完了啊，大伙儿都去睡个午觉，啊，休息好了啊，干活才有力气啊。"

几个年轻人交头接耳："哎，你还别说，这个邓厂长啊，还真行。"

"嗯，我看他是先礼后兵。"

"怎么会？他给咱吃肉呢。"

"看看再说，说不准，有更累的活儿等着咱呢。"

路达把邓汉涛拉在一边儿，塞给他几个现大洋："给，西村儿就那点儿肉。"

"别的呢？"

"没了。"

"表卖给谁了？"

"过路的游商。"

"有游商……那这附近肯定有大镇店。那你下午走远点，必须想法子再弄点儿肉来。"邓汉涛把现大洋交回到路达的手里。

路达不拿钱："你的表，是老总给的。"

"哎，就是毛主席给的，到了这当口，他老人家也会支持的。拿着，晚上我得看见肉。"

"我不去。"

"干吗不去？"

"游商是保定府的。"

"那又怎么样？"

"我得赎回来。"

"赎回何物？"

"表。"

"你给我弄肉去。"

"不去。"

"这是命令。"

"这……"

沈淳宏离得近，早就听出事儿来了，这火儿可就起来了："老邓啊，你……你卖了怀表给他们买肉吃？"

"你小声点……"

"干吗要小声啊？"沈淳宏扯大嗓门："同志们啊，邓厂长刚到任，就卖了自己的怀表啊。"

"啊？邓厂长卖了自己的怀表……"

沈淳宏站在凳子上："那怀表我知道，那是咱延安的朱老总送他的呀。为了让你们吃顿肉，人家都卖了啊。"

"这……"

"邓厂长……"

"得了，老沈，你叨叨这个干吗？"

"老邓啊，他们要是干不好，对得起你这一片心意吗？我当着这些同志们的面表个态。"

"行啦，你表什么态，不至于。"

"不行，一定要表态。这个……这个……迫击炮，一定要造出来！到时候，咱就用这些炮，给老总交代！咱们还要建大厂，搞大规模生产。到那时候，我要还你邓汉涛一块怀表！"

"好——！"掌声四起。

只有黄西川蹲在那旮旯里，瞪了邓汉涛一眼："老狐狸，收买人心有一套啊。"

下午，路达上路了。

邓汉涛把人们轰到临时搭建的窝棚里睡午觉，他自己也躺在甘草里，和沈淳宏叙旧。

"最近啊，鬼子在这一带活动得比较频繁。"

"哦，淳宏兄，你说昨天那拨儿鬼子，是怎么摸来的？"

"这个……这个……我也不大清楚。弄不好，鬼子没准就驻扎在山里。"

"嗯，我听说，鬼子有个将军，叫阿部规秀，他打算彻底切断咱们的后方补给，最近，就在这……"忽然，邓汉涛"噌！"地坐起来。

"怎么啦？"

"不好！我不该让路达一个人出去搞肉。"

"是啊！"

"他要是有什么闪失，迫击炮就泡汤了。"

"怎么？他……"

第四章　脑袋换手艺

1939 年 6 月　河北涞源白石口　雁宿崖西北

鬼子已经涌出了雁宿崖大峡谷，在李俊生和魏广元身后放枪了。

最令李俊生不安的是，前面居然也出现了枪声。

"委屈的鬼！给我枪！"

魏广元把大抬杆递给他："把我放下！我也能打。"

"你怎么打？"

"脚坏了手没坏！趴着打！"

"那你就……哎，不对啊，前面这个……"

大路上一阵烟尘，枪响，伴着马蹄声。

"骑兵！"魏广元把长头发搂开，露出另一只眼，惊讶不已。

这支队伍，大头的是大黑马，马背上铁塔般的汉子，手里握着两支盒子炮。

"哎呀！是他！"李俊生认出了甄奉山。

"快！老徐，过去救人，其余的跟我上……"

"杀——！"李俊生乐得鼻涕泡儿都出来了，游击队的到来，如天降神兵。

老徐带着游击队员跑过来，把李俊生和魏广元接上马。

"哎！是你啊。"老徐看出李俊生眼熟来了。

"是啊，快，打鬼子！打鬼子！"李俊生晃着大抬杆那叫一个精神啊。

甄奉山兜马跑回来："你们没事儿吧？"

"没事……"李俊生耷拉着脑袋，不知道为什么，不敢看甄奉山的脸。

甄奉山歪着嘴一笑："哦……是你小子！"

李俊生看兜不住了，一呲牙："干吗？是老子。"

"逃兵……"

"我他妈不是逃……"

"老徐，把他给我扔下去！"

"队长，这……"

"扔，奔着鬼子群里扔，我看他还逞英雄。"

李俊生心说：好汉不吃眼前亏啊，拉倒吧，老子干脆认怂吧。

"大队长，你看这……"

鬼子那边支上了迫击炮、歪把子机枪。

甄奉山倒也没真的跟李俊生较劲，双枪一挥："全体注意！冲！"

游击队奔着日军就杀下去了。

李俊生端着大抬杆儿，心说：太爽啦！多少年没这感觉了，虽然现在作战的不是主力军，但是真阵势也挺过瘾了。

"冲啊！"鬼子一边喊，一边开火了。

哪知道这时候，甄奉山又一挥手："撤！"

"什么？"李俊生差点没从马上栽下去。

眼看着游击队一个急转弯，全体扭头往回跑。

李俊生急了："徐副队，这……这怎么跑了？"

"不跑？等着挨打啊？"老徐不紧不慢地瞥了他一眼。

"怎么不打？"

"打？拿什么打？你以为游击队是苏联红军啊。鬼子射程远，咱到不了射程内，全得报销。"

"那你们干嘛来了？"

"本来打算去雁宿崖那边的石河子，这不道儿上遇见你们了？先把你们送回去。"

"送哪去？"

"哪来的，送哪去呗。"

"那石河子那边怎么办？"

"怎么办？"甄奉山打马并骑："现在咱们拉住鬼子，能拉多久，就拉多久。为陈团长的队伍赢取时间。"

一名游击队员跑过来："队长！鬼子停下了，不跟咱走了。"

"阿部规秀太贼了，可能转心眼儿呢，不能让他纳过闷儿来，弟兄们！回头！杀！"

"是！"

游击队又一次掉头，杀向鬼子。

游击队不足一个连的人，逗引鬼子两个大队，那是玩儿命。阿部规秀带领的第二、第四大队，刚给拱起火儿来，那一个个的跟疯狗似的啊。

那边又喊"冲啊！"了。

甄奉山又挥手喊了声："撤！"

呼啦！游击队又把鬼子往西带进了几百米。

"徐富贵！卢万喜！"

"到！"

"你俩先把这俩废物绑回刀岭崖修械所，看见他老子就有气。"

"甄奉山！你姥姥！"李俊生破口大骂。

"小子！是爷们，就滚回去给老子研究点儿好武器出来！"

"报告队长！"

"说！"

"王政委带着先头部队到了！杨连长还带了七八门迫击炮呢。"

"好！弟兄们，给我杀——！"

游击队再次反扑，就好像一发子弹，射向漫天箭雨中。

老徐和卢万喜，带着李俊生和魏广元，扎进了八路军的队伍。

李俊生看到，一个迫击炮连，只有七八门锈迹斑斑的迫击炮，我们的装备真的有点……

八路军将士们把这几门炮，像心肝宝贝一样护着，像神仙一样供着。

李俊生心里越来越不是滋味。

"他妈的，回去。帮着沈厂长修理好机器，我再走吧。"

"啊？你说啥？"老徐回头问。

"哦，没啥。"

"没啥就别嘟囔了，回去好好搞咱的后方军工吧。咱们的队伍太需要点儿好东西啦……"

"唉……"

1939 年 6 月　河北涞源走马驿　刀岭崖修械所

日头又架在刀岭崖西山坡了，邓汉涛在修械所门口站了一下午。

直到灰色的影子再次出现在山路上，他才放了心。

路达这回推着个小推车，车上放着猪肉和面粉，沿着山路慢慢地晃悠着。

邓汉涛和沈淳宏迎着他跑过去，帮着他推车往回走。

"路上可曾遇到鬼子？"

"嗯。"路达回答得很简约。

"啊？此话当真？"

"当真。"

沈淳宏急了："他们，没把你怎么样吧？"

"没，就是搜身。"

"那你……"

"对，鬼子问了这句。"

日语"纳尼"，就是在问"什么"。"沈厂长怎么知道？"路达有点懵。

邓汉涛听出来了："呵呵，沈厂长的意思，是问你，那你怎么办的。"

"哦，鬼子搜我。"

"嗯。"

"摸到剩的那条狗腿。"

"后来呢？"

"他们就说'纳尼'。"

"再后来呢？"

"狗腿他们吃了。"

"你呢？"

"买东西去呗。"

邓汉涛心里的石头落地了，同时也庆幸没让他带那把勃朗宁去，这样，反倒更安全。

晚饭，还是猪肉，但是哑巴自作主张加上了白菜和粉条，按照邓汉涛的吩咐，在锅里多放了肥肉。

吃饭前，照例要在衣服上抹猪油，以铭记养猪人的辛苦。

黄西川照例吃他的山药蛋，和人们离得很远。

陈尚让又端着碗凑过来，一边吹一边念秧子："哎，两顿儿啦，都是肉啊。你说，这山药蛋怎么就比肉好吃呢。"

"滚！"黄西川一脚踹过去。

修械所的残砖烂瓦，一下午就收拾清了，就地搭起了几个大棚子。

沈淳宏跟工人在一堆儿，边吃边问下午工作母机的检查情况。

"车床丝杠严重变形，大托板和刀架完全摇不动。"高锁柱晃荡着大脑袋。

"刨床导轨划痕，燕尾槽严重变形。幸亏临走的时候，刨刀我拆下来了。要不连走刀精度都没了。"陈尚让嘴角挂着一根粉条儿。

"钻床还凑合，钳工这边损失不大。台虎钳我自己可以修理。"张国平把碗伸向哑巴："再来一碗。"

沈淳宏点点头，回头去看贾同和："大白蛋，镗床怎么样？"

贾同和停下筷子，低下头去："啊镗……镗……镗床主轴变形，有条痕。鬼子肯定冲它下手了。

机床对于操作工来说，就等于坦克兵的战车，骑士的马，渔人的船。

工作母机现在这种状态，是沈淳宏早已想到，并且又极不愿意看到的。

邓汉涛蹲下身子，拍拍沈淳宏："淳宏兄，机修这块，咱们有人吗？"

沈淳宏点点头，又摇摇头。

"此为何解？"邓汉涛看不明白。

黄西川不冷不热地笑了笑："原来有，现在没有。"

邓汉涛抹抹小胡子："哦……了然。"

"那也得干，"沈淳宏一拍大腿，"而且必须干成。"

"淳宏兄的决心，兄弟极为认可。有句话，这么说的……"邓汉涛站起来，望着暮色渐渐笼罩的大山："不能把困境变成动力，那就只能被困境打成绝境。"

"这话有道理……谁说的？"

"嘿嘿，我说的。"

"你说顶个屁用啊！"这句话是从门口传来的。

所有人都回头去看，见门口站着两个人。

"俊生！"沈淳宏喜出望外："老邓啊，现在咱们走出困境啦！"

黄西川歪着鼻子："哼，我看是绝境来临了。"

焦凤春端着碗跑过来："俊生，你们吃饭了吗？"

"老焦，先给他找点吃的吧，我不饿。"李俊生搀着魏广元慢慢地走进修械所的院子。

所有的眼光都像看异类一样，扎在他的身上，这种感觉李俊生已经习惯了，可是魏广元并不适应。

"俊生，这位是……"

"路上捡来的，沈厂长，先让他留在咱们这里吧。"

"哦，他是……"

"国军。"

"你敢收留国军，不怕阎锡山来要人啊？"陈尚让打着哈哈。

"你拉倒吧，阎锡山才不找来……打仗死的人多了，再说……"

"闭嘴！"李俊生瞪着眼："他是第一战区，程潜的队伍，阎锡山是第二战区，有没有常识？"

"你有常识，不还是逃兵？"黄西川依旧不冷不热。

"哦……这个我还真不知道。"焦凤春打着圆场："行啦，俊生赶紧去见见邓厂长。"

"切，"李俊生不屑一顾："我回来是冲着沈厂长，见什么邓厂长。"

黄西川瞧了一眼李俊生："哼。"

"黄半仙儿，你不服啊？"

"你回来就回来，说走就走，架子不小，我怎么敢不服你呢。"

沈淳宏跑过来，把李俊生拉到一边儿："你这不找事儿吗？去，吃饭去！"说着拍了他屁股一巴掌。

"黄西川，我告诉你，别看我们家原先在你们厂里打工，你这个地主阶级的后代还想在这儿扎刺啊？"

"李俊生，你别拿这话压人！"黄西川"噌！"地站起来："我们家原先是有点资本，怎么地？还就压你们一等了。"

"先把欠我爹那半年工钱还来！"

这俩人嚷嚷起来了，邓汉涛和沈淳宏赶紧拦下来，众人把这俩冤家拉到一边，又是劝又是吓唬。

"淳宏兄，这俩人够冲啊……"邓汉涛抹着小胡子，望着折腾最欢的李俊生。

"哎，这个李俊生啊，本来不是咱们所的，忻口会战受了伤，弹片进了身子，打不动了，就在咱这儿搞机修。"

"干活儿怎么样？"

"骨干人才。"

"哦。那黄西川……"

"黄西川家里，原来开的是修理厂。李俊生他爹，就给黄家打工，也就是地主跟长工的关系。后来日本人把黄家霸占了，黄西川的媳妇也……"沈淳宏凑到邓汉涛耳朵根儿前，低声嘀咕了几句。

"哦，够惨的。"

"是啊，再后来，黄西川一个人逃到这边，我看他有手艺，就留下干铸造，这说话……有两三年了。"

"那他俩也不至于这么不对眼啊。"

"这不，俩人又都是这破脾气。马勺碰锅沿儿的事儿，这俩就得打一个战役。"

"这是一对儿冤家啊。上辈儿的仇，这辈儿的隔阂……"

邓汉涛转了一阵儿眼珠子："淳宏兄，别急，这事儿好办。"

1939 年 6 月　河北保定府　西大街

冯斧头傻呆呆地坐在屋子里，隔壁窑子里传来撕心裂肺的呻吟和怪叫。

"啪！"他把杯子猛地放在桌子上，背着手来回溜达。

"咚、咚……"

"谁？"

"冯师傅在屋吗？"

冯斧头本就心烦，随后回应："我没在屋。"

"吱——！"门开了，走进一个穿大褂、戴礼帽的人来。

"你……你是谁？"

那人笑了笑，坐在八仙桌边上的檀木太师椅上："我是来找冯师傅谈买卖的。"

冯斧头心说：他妈的，白天一桩买卖把老婆谈没了，这又来了个谈买卖的。

来人从肩上的褡裢里摸出两个沉甸甸的纸卷儿，放到桌上，"咣！"的一声："这是一点儿小意思，请冯师傅笑纳。"

"哎呀，这个……好说，好说。"冯斧头眼眯成了一条缝儿，似乎把老婆忘到了九霄云外。

"冯师傅是在德国留过洋的，机械方面，在咱这一片儿首屈一指啊。"

这话要拍在旁人身上，那一准儿早就飘上房梁了，可冯斧头却不吃这虚套："先生，您这么说……无疑也就是想让我姓冯的给您卖卖力气。"

"哈哈！爽快！"

"说吧，看在现大洋的份儿上。"

那人摘下礼帽，放在桌上："我们那儿啊，最近我们有一挺捷克机枪，不知道为什么，老是炸膛……"

"等等！"冯斧头一摆手："你们是干什么的？"

"呵呵，我们……说出来也不怕您知道。"这人用手比划了一个"八"字。

"啊？"冯斧头压低声音："你也胆子太大了！这是什么地方？保定府啊！桑木崇明的眼皮子底下。"

"那又怎么样？"

"不行，你赶紧走！"

"冯师傅……"

冯斧头抓起两包现大洋塞在他手里："不修，你赶紧走。"

"这钱都不挣啊？"

"走！"

冯斧头连拉带拽地把这人推出了门。

1939 年 6 月　河北涞源走马驿　刀岭崖修械所

夜深了……

山风冷得很，就像一把尖刀顺着帆布的缝隙插进了窝棚。

陈尚让推了推身边的贾同和："大白蛋……起来啦。"

"干吗？"贾同和翻了个身。

"说好的啊，走……"

"哦！"

这俩小子悄悄穿上衣服，蹑手蹑脚地溜出了窝棚。

"告诉黄半仙儿吗？"

"告诉他干吗？咱俩吃也吃了，喝也喝了，走也就走了，你……没看白天他那劲儿啊。"

"哦，那咱俩就走。"

俩人绕过沈淳宏的窝棚，朝里望了一眼，见没啥动静。

"沈厂长啊，对不起了啊。"贾同和声音低得像蚊子叫唤："我俩本来不想回来，是黄半仙儿硬拽，我俩是打死也不回来啊，现在我们走了，这就算跟您道别了啊。"

"你哪那么多废话？"陈尚让敲了下他的脑袋。

俩人撒丫子就跑出了修械所的大门。

山道给月亮照得通明，幽暗的大山就像魔怪一样俯视着怀抱里的夜行的人。

还没跑到山梁上，石砬子后边一阵怪声就给这俩小子吓住了。

"哎，大白蛋，你听听，这是什么动静？"

"哎，你别吓唬我啊……"

话音刚落，石砬子后边闪出几个灰蒙蒙的影子来，一个个绿莹莹的小灯儿一闪一闪的。

"啊！山狗！"

"这……这……这玩意儿凶着呢。"

"别动，你不惹它，它不惹你……"

话没说完，七八条豹子大的山狗流着哈喇子就扑上来了。

"快跑！大白蛋！看你领的这破道儿！"陈尚让撒丫子往回跑。

"扯淡，这山上野狗多着呢，保不齐都在哪儿藏着，你倒是怪我……"

俩人拼命似的跑，后边山狗也拼命似的追。

"往哪里跑？"

"修械所吧，起码人多。"

陈尚让和贾同和刚跑下山坡，就看见修械所大门口站着个矮胖子。

"哎！路技术员！路技术员救命啊——！"

这时候，路达身后闪出一个人来，把修械所铁栅栏门关了个严严实实，抹着小胡子满脸幸灾乐祸："二位不是要走了吗？怎么如此恋恋不舍啊？"

"坏了，邓汉涛！"

"大白蛋，咱俩被逮着了。"

"哎呀，那也比给野狗逮着强啊！"

俩人也没商量，齐声冲着邓汉涛喊上了："邓厂长，我们知错啦，快让我们进门儿吧。"

"知错了？"

"知错了，知错了。"

"那你们围着刀岭崖跑一圈儿，算是认错。"

"啊？要命啊！"陈尚让吓得脸都白了。

身后那几只山狗还没甩掉，这要是围着刀岭崖转一圈儿，那不定招惹多少野狗呢。

贾同和干脆冲着邓汉涛跑过来了："邓厂长啊，我看就行了吧，我们哥儿俩一准儿以后好好工作，争取先进，啊？"

"对对对，争取先进，争取先进。"

邓汉涛叹口气："算了吧……狗阎王。"

路达点点头："你俩跑我身后边儿来。"

这俩小子撒欢似的朝着路达跑过来，藏在他身后边，上气不接下气。

说也奇怪，这七八条山狗，看见路达以后，忽然站住了，就像被什么东西钉在地上一样。

路达乐呵呵的，蹲下身子。

这些野狗吓得屁滚尿流，夹着尾巴掉头就跑了。

邓汉涛走过来，搂着陈尚让和贾同和的肩膀："嘿嘿，吾已知汝等今夜潜逃，早已作法派山狗看守，明白吗？"

这俩小子一听就毛了：哎呀！这个邓汉涛还有这种手段？光说黄西川会点儿算卦的道道儿，外号黄半仙。跟邓厂长比起来那也就是个崽儿。作法控制山狗……这多大能耐！

"邓厂长，我们再也不敢了，再也不敢了。"

"好、好、好，相信你们，你们是好同志，嘿嘿……这事儿，我绝对不跟外人提。"

"哎呀，谢谢厂长，谢谢厂长。"

"回去睡觉去吧。"

俩小子跑回去了。

路达纳闷："这些狗，不会主动攻击人啊……"

"哈哈。"邓汉涛低声坏笑："你没看他们吃饭前往裤子上抹猪油啊。"

"啊！你……"

邓汉涛抹抹小胡子："这帮人，能用，但是得洗洗再用。看来老沈以前太娇惯他们了。"

"你想洗他们？"

"然也。"

说话儿转眼过了两天，修械所的爷们儿们每顿都有肉吃那叫一个滋润。

但是沈淳宏奇怪的是，这些人饭量渐渐的小起来。

今儿中午，一锅猪排骨熬白菜，饭后还剩下小半锅。

"你再吃一碗吧！"邓汉涛盛了一碗肉递给陈尚让。

"嗝——，哎呀，不行啦，吃不下了。"

"那你来一碗？"

"我也不行啦……"张国平尽管爱吃，但是可以看出他似乎不大对饭感兴趣了。

沈淳宏可纳闷儿了："怎么这些人都这么腼腆了？"

邓汉涛偷着把沈淳宏拉到一边儿："你不知道，起先吧，人们肚子里没油水，野菜饽饽扛不住时候儿，现在他们肚子里给猪油腻住，吃不下多少东西了，以后他们不会再喊饿啦。"

"好家伙，这招儿……"沈淳宏服了气啦，这邓汉涛可真有办法。

"不过，淳宏兄啊，眼看着厂房也就位啦，咱们想开工，这些工作母机得赶紧恢复啊。"

沈淳宏点点头，指了指李俊生："这得靠他啊，咱们这些机床修起来可是个大工程。"

李俊生正蹲在破木头墩子上喝开水，魏广元站在他身边拎抱着一块大腔骨啃。

"你能修好那些个机床不？"魏广元指了指厂房里歪七扭八的工作母机。

"我得看看再说，太复杂的故障有点扎手。"李俊生把空碗塞给他："等修好了这些机床，我就带着你找八路的队伍去。"

"那咋一开始你不带我去？"

"这个……我现在欠他们人情。"

"俊生！俊生！"沈淳宏的喊声，使那头驴万分敏感。

"来啦。"李俊生跳下木墩子，三步两步跑过来："沈厂长，我知道你找我啥事儿。"

"哦，行啊，说说，我找你啥事儿？"

"修母机。"

"聪明。"

"说吧，给我多长时间？"

"这个……你要多长时间？"

"两天。"

"行，我给你三天。"

邓汉涛抹着小胡子笑了："年轻人，这么有把握啊？"

李俊生白了他一眼："这有什么？不就是机床么？"

"总要看过了再说啊，牛吹大了……容易吹破。"

"切。"李俊生翻了个白眼儿，拉着魏广元奔厂房去了："告诉你，老子现在动手，明儿就让你们恢复生产。"

"倘若不能，你作何表示？"

"老子的脑袋给你！"

"哈哈哈哈。"

邓汉涛点着头笑，沈淳宏叹了口气："老邓啊，跟李俊生不能较劲啊。"

"淳宏兄，这样的人，应该让他栽栽跟头……不过，我想起个事儿来，咱们这儿，必须得有一批好武器，要不然鬼子再来了，咱们的心血可就白费了。"

"对啊，我也想过，咱们要搞军工，必须先得学会自保，上次的事儿，就是个教训啊。"

路达远远儿地从外面跑回来，又背回来两口袋猪肉："哑巴，搭把手儿。"

"哎，我说这小子一大早儿就跑出去了，这么一会儿就弄回这些个粮食……你说，他哪儿来的钱？"贾同和悄悄地问陈尚让。

"嗨，不是说了吗？邓厂长卖了自己的怀表……"

"我说你有没有脑子？"贾同和扇了他后脑勺一下："你以为怀表是无价之宝啊，这两天咱们吃得这些个粮食，十块怀表也早进去啦。"

"难道，这个路达是财神下凡？"陈尚让抓着后脑勺，纳开了闷儿……

1939 年 7 月　河北保定府　日军一一〇师团

"报告！"

"进来！"

中岛捧着一个青花大罐子，迈步走进正厅，规矩地立在博古架的旁边，他身后跟进一个矮胖子来。

这矮胖子别看身材矮，但是长相非常精神，身上的军服倍儿挺。

他冲着雕花紫檀木大案子后面摆弄斗彩小瓶儿的人一个立正，敬了个军礼："师团长。"

师团长桑木崇明，小心地放下手里的斗彩小瓶，摘下水晶石的圆眼镜，冲矮胖子点点头："柳川君，呵呵，你辛苦啦。"

"为大日本效忠。"柳川站得更直了。

"自从 1938 年 6 月 16 日，第一一〇师团预备役人员组建我们师团以来，柳川君就一直跟着我，每到一个地方，就要把那里最好的艺术品送到我面前，呵呵，你，是最了解我的。"

"我很荣幸，阁下。"柳川的脑袋微微低了一下："今天我依旧有东西要送给阁下。"

"哦！"桑木崇明站起身，假装没看见中岛手里的东西："保定府还能有什么好东西？"

"中岛！"

"哈咦！"中岛把青花大罐子放到了桌子上。

柳川站得笔直："阁下也许听说过，保定，春秋、战国时期，燕、中山就在境内建都，具有三千多年历史，这座古城的厚重，正如您看到的这个元代的青花大罐，质实无比。相信在这里，您可以找到更多的艺术品。"

"嗯……"桑木崇明摇摇头："不是我，是我们大日本皇军需要帮助他们保护这些艺术品，支那人的审美眼光，这些艺术品在他们手中，只会当做腌咸菜的东西。"

"对不起！"柳川在长官面前措辞不当，非常懊悔。

"晋西北的板垣征四郎……前天端掉了晋绥军两个兵工厂，这件事情，柳川君了解板垣的用意吗……"桑木崇明似乎并没在意柳川的错误用词，转到了别的话题上。

"哦……对于战争而言，后方供给是很重要的，打击兵工厂和修械所，就是从根本上削弱了他们的力量。"

"没错，另一方面，我们还要建立自己的军工机构。"

"哈咦！您说的是，我已经派中岛去请保定最有名的军工修理人员来加强皇军的修械工作。"

"用支那人，为我们修理军械，再去打支那人……呵呵，你怎么控制他呢？"

柳川嘿嘿一笑，冲着门外喊了一声："带进来！"

两个鬼子推推搡搡地将一个衣衫褴褛、捆着双手的女人带进来。

1939 年 7 月　河北涞源走马驿　刀岭崖修械所

"车床大溜板下齿条移位……三爪卡盘卡爪变形。"李俊生抹了一把脸，脸上跟吃了苦瓜似的。

"能修吧？"魏广元显然很相信李俊生有这能耐。

"刨床、铣床、磨床导轨面全他妈变形了，就连立钻主轴都弯了，11 台工作母机一点儿精度都没有了。这样干出来的活儿肯定要不得。还有，光电机线圈就烧坏了 4 个，这活儿麻烦啦。"

"那你修啊！你说两天就行。"魏广元卷起袖子打算给他打下手。

"修你个头儿！"李俊生摇摇头："没那么简单。要修复导轨面，必需得回火刮研。还有这个丝扛，你看看，变成面条啦。"

"什么是……刮盐？咱们有盐吗？"

"你不懂，刮研可是保证平面精度的高精密加工方法，就我这技术……"

"啊？这么说你修不了啦？"

"嘘——！"李俊生竖起手指来："你嚷嚷什么？还嫌我不够丢人啊。"

邓汉涛在一边儿乐呵呵地抽着烟："俊生啊，你可是咱们修械所的大拿啊，所谓……"

李俊生知道这位秀才厂长又要说听不懂的话了："行、行……您老打住啊，老子承认，这回栽跟头啦，哎，可是你也甭乐，我就敢说可着直隶，你找不出比我有能耐的，我看这几台母机啊，就算是死了。"

"哈哈哈哈……"邓汉涛仰面大笑："天外有天，人外有人，你无力回天，但是天下能人却比比皆是。"

"切，那你找一个来，哎，别说找，就是你能说出一个来，我都认栽！"

"可是你脑袋已经是我的了，再打赌，你输给我什么？"

李俊生眼珠一转，立马变了一副笑脸儿："老邓啊……不，邓厂长……嘿嘿，第一次打赌我输给了你。"

"呵呵，我就知道你小子想要赖。"邓汉涛翘着小胡子。

"不会，怎么能呢？我李俊生啥时候耍过赖啊？"

"那你现在不耍赖，难道老邓我冤枉了你不成？"

"不是，邓厂长，你看，我这脑袋要是没了，谁给您鞍前马后地效力啊？"

邓汉涛不理他，扭回头去拎墙边的铡刀。

沈淳宏一看都吓惊了："老邓啊！不行！不行啊！"

李俊生也吓坏啦："怎么，真要脑袋啊？"

他三步两步跑上去按住铡刀："邓厂长，我年轻气盛，您……您怎么玩真的啊。"

"俊生，你跟邓厂长说话注意点儿啊。"

"哎呦，您看我这嘴……"

邓汉涛使劲往上抬铡刀："你松手！"

"别、别、别，我承认错误，还不行吗？"

"松手！"

"邓厂长，您消消气儿。"魏广元也来夺刀。

厂房门口一帮人探头探脑，有的幸灾乐祸，有的指指点点。

"哎呀！我让你松手！"邓汉涛使劲把铡刀扔在了地上："我要去铡点儿草，喂驴！"

"哦……敢情不是砍我脑袋啊。"李俊生放心了，赶紧捡起铡刀来，递给邓汉涛。

老邓接过铡刀来，忽然诡异地一笑："小子！还甭说，这玩意儿本来我没想着用它砍你的头，你这一提醒……嘿嘿，拿脑袋来！"

"哎！姓邓的，你怎么说话不算数啊！你不是说铡草喂驴吗？"

"可我没说不要你的脑袋啊。"

"我操！"李俊生捂着脑袋就往车间外面跑。

门口那群人，除了焦逢春和哑巴，全都想看这位爷的乐子，当即把车间门口堵了个严严实实："李俊生，愿赌服输，你打得起赌，难道输不起吗？"

"滚蛋！"李俊生扭头往回跑，一脑袋撞在邓汉涛怀里。

"小子！拿脑袋来！"

"哎呀！邓厂长啊……"李俊生扭头躲在沈淳宏身后："你想想，我脑袋没了，这些个机床咋办？"

"是啊，老邓，你就饶他一次。"

邓汉涛把铡刀戳在地上："淳宏兄，可是他现在修不好机床。"

"修得好，修得好！"

"你拿什么修？"

"不是……邓厂长，你刚才不是说，天外有天吗？我去请高人。"李俊生嘴唇都干了。

"嘿，你小子啊！"邓汉涛拖着铡刀一步步走过去，吓得李俊生围着沈淳宏转开了圈子。

"老邓啊，你看你，别跟他较真儿，你把刀先放下。"

邓汉涛长出了一口气："也罢，看在沈厂长面子上……死罪已免，活罪难逃。这么着，你……去给我跑一趟保定府。"

李俊生一听这个：得啦，这脑袋算是保住了。

其实以李俊生的身手，邓汉涛根本没法伤到他。只是如今李俊生理亏，再加上这么多人看着，实在是抹不开面子。虽然李俊生不是什么英雄，但是愿赌服输这个老理儿，还是把他压成了一条汉子。

而且，李俊生跟这个邓汉涛好像命理就相克，见到他从心眼儿里那么膈应，这大概是由于邓汉涛天生就是克制李俊生的。

"您就说吧，我这脑袋是你邓厂长的，不就是保定吗，去就去。"

邓汉涛用铡刀头儿戳着青砖地面儿："你去保定府给我找一个人回来，找不回来，脑袋搬家。"

"人在哪？"

"西大街暮虎山庄左边的铺子。"

"叫什么？"

"冯甫同。"

"他是干嘛的？"

"你未来的师父。"

"我不用师父。"

"非也，你年轻经验不足，需要正统的机修培训。"

"我技术不错。"

"技术不错为何修理不了这些故障？"

"我……反正我就不要师父。"

"你拿脑袋换手艺，这买卖亏嘛？"

"切，手艺我有，脑袋值几个钱？"

"我还是砍了你的脑袋吧。"邓汉涛一下子翻了脸。

"别别……"李俊生苦着脸："我把人请来，咱修好机床不就得了吗？"

"老邓啊，差不多啦，就这样吧。"沈淳宏拍着老邓的胳膊。

"哼！"邓汉涛把锏刀扔给沈淳宏，板着脸转身走了。

"吼——！"小青年们起了哄。

"滚蛋！"李俊生弯腰捡起半块砖扔向人群。

1939 年 7 月　保定府　望湖春酒楼

"冯师傅，我知道你一向是看钱不看人，怎么这次……连钱也看不上啦？"

还是那位阴魂不散的"八爷"，还是那身行头，只不过今儿个，他把冯斧头拉到了望湖春来喝酒，美其名曰"叙叙旧"。

冯斧头一跺脚："八爷，你……这不是让我为难吗？"

"就一挺捷克 ZB-26 轻机枪，有那么难吗？"这八爷显然也很难缠。

"不是，八爷，我再爱钱，也得要老婆不是。这事儿要是让日本人知道……"

"你尽管放心，尊夫人，我们会想办法救出来。"

"哎呀，就算救出来，我在保定城也没法混啦！"冯斧头皱着眉头喝下一盅酒，脸上流露出辛辣的表情："起先吧，我也不尿日本人，有钱挣我就干。"

"这不挺好吗？"

冯斧头欠起屁股，轻轻地拍拍八爷的胳膊，压低声音："我跟您老说吧，现在我算是没法子了，老婆给人家一抓……指不定咋糟蹋了呢……"

借着酒劲儿，冯斧头出溜回去，趴在桌子上抹开了泪儿。

"你看看，日本人你足够恨的了，还给他们干活儿。"

"哎！起码……糟蹋了，也还是个活的不是？再说了，这年头儿……作了日本人的女人，那就呼风唤雨撒豆成兵啦……"

八爷真想给冯斧头两巴掌，他现在不但没有民族骨气，就连当个爷们儿都不合格。

"这么说，你不愿意跟我们合作啦？"

冯斧头点点头儿。

"女人呢？也不要啦？"

"让她享福去吧。"

"啪！"八爷把桌子一拍："掌柜的，算账！"

这一声儿，可惊动了二楼角上的两个歪戴帽子的黑大褂儿，这俩小子早就看着这位八爷和冯斧头上了楼，这时候悄悄儿地靠了过去。

第五章　救命一泡尿

1939 年 7 月　河北唐县　刀岭崖修械所

"老邓啊，那会儿你怎么发那么大火儿？"沈淳宏点着了烟袋锅儿："要是跟李俊生生气啊，那没个完啊，这小伙子……"

"哈哈！淳宏兄，我没生气啊。"

"哦……"

邓汉涛站起来，乐呵呵地背着手在屋里溜达："放心吧，这儿的小子们还没能耐让邓某人生气。"

"这个……你的意思是……"

"刚才，我与李公俊生所演之戏，在于磨练斯人。如今吾等技术落后，造迫击炮从何入手？"

"所以，你打算磨练李俊生？"

"还有一点儿，那个黄西川似乎与李俊生不大合得来。"

"是啊，黄西川家里是财主，这个……李俊生他爸爸啊，起先就在黄家打短工，受尽了压迫，最后被逼死了。如今黄西川家里被日本人害啦，他自己逃难到了这儿，凭着他有点儿技术，就来修械所当工人。"

"这么说，这二人的关系还挺特殊，按说现在都建立抗日统一战线了，这俩人还闹什么阶级矛盾？"

"哎！家仇啊。"

"不行……这俩人的状态不好，我……得想法子给他们拴个对儿。"

"报告！"

"进来吧，这儿没延安那么有规矩。"沈淳宏见路达来了，也就不再提李黄两家的事儿了。

"狗阎王，事儿办得怎么样啦？"邓汉涛笑嘻嘻地坐在土炕头上。

"还差点。"路达擦了擦脸上的汗。

"魏广元训练民兵作战，像那么回事儿不？"沈淳宏有点担心这个捡来的国军。

"有板有眼。"路达端起桌子上的水喝了一口。

"要说，这个……护卫队，组建不是问题，可是咱们手里没好家伙啊……"沈淳宏望着自己的马刀唉声叹气。

"呵呵，淳宏兄，这个你别担心，上边儿装备紧，咱也不要他们的。"

"对，路达说他有办法。"魏广元跑进来擦汗。

"他有办法？"

"嗯，明儿我们就弄去。"魏广元显然对路达很有好感，过去搂住了路达的肩头。

"去！"路达却皱着眉把他推到一边儿去了。

"拖！拖！"哑巴蹦过来，比划着，那意思是厨房唯一的两根胡萝卜没了。

"这帮馋痨，太缺德了。"沈淳宏无奈地苦笑："给我集合！"

"慢！"邓汉涛按住了他："不就是一口吃的吗？算啦。"

1939 年 7 月　保定府　望湖春酒楼

俩黑大褂儿靠上去，一左一右拦在了楼梯口儿。

"你们干什么？"那位"八爷"并不像人们印象中那样镇定自若，他话音里带着一点儿颤音儿。

一个白净脸儿的黑大褂，呲着牙乐了，八爷清楚地看到他的一颗门牙是向外长的。这俩人长得像张爱玲所说：嘴巴切切有一碟子……但是一个是宽度，一个是厚度。

"你别问我们是干嘛的，你是干嘛的？"

"这还用问？吃饭的。"

"吃饭的？我看你的嘴光说了，根本没时间吃。"

"边吃边聊。"

"跟谁聊？"

"他……"

"他是谁？"

"一个老乡……"

"他一嘴清苑（保定周边的一个县）味儿，你跟他是老乡？"

"娘舅。"

那颗板牙又从他嘴里伸出来，伴着满脸的阴笑："我看，八路是你们俩的娘舅！"

"哼哼，我看也是。"八爷身边忽然多了俩人。

这俩人都是庄户人打扮，脑袋上裹着毛巾，有一个嘴上两撇狗油胡儿，另一个牙比那黑大褂的还大。

"你们是……"另一个黑大褂上下打量那俩人。

"兄弟们，别误会，呵呵，都是为皇军办事儿的。"

冯斧头远远地一听，心里可就发了毛："我那个老天爷！这保定城潜伏着多少日本人的眼线啊，多亏刚才我没答应那个人……"

"你俩到底是哪部分？"黑大褂问那俩庄户人。

"我们是侦缉队的，您二位是……"

黑大褂把礼帽扶正："我们是宪兵队的。"

"哦……自己人，自己人。"

"本来呢……"另一个白毛巾望着八爷："我俩看他形迹可疑，一直跟着，既然您二位……呵呵，那我们就不抢功了。"

"行啦，你们自便，我俩先把他带回队里，回头咱们爷们儿好好喝两盅。"

"一定一定……"

冯斧头眼看着那俩黑大褂带着八爷走了，那俩庄户人模样的朝这边走过来。

"冯斧头……你对皇军还是很忠诚的。"小胡子把头上的毛巾摘掉，伸手去抓盘子里的花生米。

"哼……"老冯扭过头去，起身就走。

"哎！他妈的嘞，你也不说孝敬孝敬老子？"大龅牙也摘下了白毛巾。

冯斧头一句话也不说，扭头往楼下走。

那俩汉奸见被窝了面子，有点恼羞成怒："他奶奶的，给老子站住！"

俩小子紧跟着冯斧头追下了楼，小胡子还从手里拎出了盒子炮。

1939 年 7 月　河北涞源走马驿　刀岭崖南坡

"哼，跟你一块办事儿，倒霉催的！"李俊生从地上爬起来，掸掸身上的土。

"你自己不留神地上的石头，怨谁？"黄西川面无表情，只顾往前走。

"你想挨揍啊？"李俊生追上去搭住了黄西川的肩膀。

"就凭你？"黄西川拨开他的手："哼，要不是沈厂长怕你跑了，让我盯着你……老子才懒得跟你一块出来，滚蛋。"

"你他妈的。"

"你他妈的！"

俩人骂骂咧咧，可是谁也不动真格的，为啥……因为这还在刀岭崖。

身后送出来的沈淳宏和邓汉涛还没走远呢。

而且就在几分钟前，魏广元和路达刚刚跟他们分开，抄小路到阜平去了。

"你给我记着！"

"你也给我记着。"

"这一路上别惹老子。"

"谁爱搭理你……"

黄西川不是傻子，现在能不较劲就不较劲，因为毕竟干粮和钱都在李俊生的褡裢里。

而李俊生也得掂量掂量，黄西川身上那个大水囊，能不能为他摘下来。

眼瞅着出了刀岭崖，俩人一前一后自顾自低着头走。

天儿干得不得了，李俊生口干舌燥，没多一会儿舌头就冒了泡。

这一带还真没个山泉什么的，哪怕有一家农户也好……可是现在他不得不把眼睛瞄上黄西川身上的大水囊。

"那个……"他真不知道怎么称呼黄西川，现在这当前儿，直呼黄西川，可能会充满火药味儿……喊亲爱的老黄？扯淡！

最终，李俊生选择了极其模糊的称谓："哎，你饿不饿？我给你块干粮吧。"

这小子不说想喝水，却要给人干粮，可见这想法绕了一百二十个弯子。

黄西川摘下皮囊来，打开了盖子："不饿，喝口水儿，饱一会儿。"

"我操！"李俊生看着黄西川上下移动着喉结，咕嘟咕嘟地狂饮，嘴里更干了。

李俊生心说：这可不行，老子必须把他的水壶弄过来。

"嘿嘿……"他极不情愿地换了一副笑脸儿："老黄啊……嘿嘿……"

"你有话就直说，干嘛这么装？"

"我……"李俊生的脸一下子耷拉了："姓黄的，我也不跟你藏着掖着，告诉你，我渴了，用一块干粮换你的水。"

"嘿嘿……"黄西川乐了："不换。"

"我的天爷！这样……我这有现大洋……"

"哎，那是公家的钱，你小子别打歪主意，啊，留神回去我给你揭发。"

"你敢！"

"我没说我不敢。"黄西川可算抓住理了："想堵我嘴，拿饽饽来换。"

李俊生这个气啊，心里把黄西川祖宗八代骂了个遍儿，但是最终一块山药面饽饽还是到了黄西川手上。

水还是没喝着，而且白白地折损了干粮。

奶奶的，看老子抓你个错儿，整死你……李俊生心里盘算好了，咽了口唾沫，快步走到前面去。

黄西川一心想压他一筹，也加快脚步往前追。

1939 年 7 月　保定府　马号东街

冯斧头沿着望湖春的木头楼梯，穿马号旁边的东街往西大街跑。他已经意识到身后那俩农民打扮的日本侦缉队的探子不是啥善茬儿。

西大街的铺子，还能回去吗？

身后的俩人越追越近，干脆，冯斧头撒丫子跑开了。

拐角到了天华大牌楼，冯斧头看看后面的人依旧没有放弃的意思，腿有点儿哆嗦了。

就在他六神无主的时候，旁边忽然伸出只手来，把他扽进了小胡同儿。

冯甫同还没站稳，就一眼看见了那两张香肠似的大嘴和那颗门牙。

"啊！你们……"他的心一下子凉了。

"别出声……"那颗门牙差点啃掉他的耳朵。

"你们，到底要干什么？我……我没给八路修东西啊……"

另一个黑大褂从腰里拎出两支盒子炮，把其中的一支扔给了那位"八爷"。

"作了后面的狗汉奸，把他带回安州吧……"

冯斧头这才有点意识到，这俩人感情跟"八爷"是一伙儿的。

"刚才你们在望湖春，干嘛……"他必须要确认一下这些人的来头了。

"没告诉你别出声吗！"八爷一把把他拎到后面，和两个黑大褂隐蔽在胡同口儿的大粗槐树后面。

就在这当口儿上，后面那俩小子跟到了，俩大嘴黑大褂的汉子那叫一个麻利，上去就给按住了。

"哎……你们……我们是侦缉队。"

"哼哼，老子弄得就是侦缉队。"

"你们……你们不是宪兵队……啊！"

"去你妈的宪兵队，老子是雁翎队！"

"啊——！"俩小子吓坏了，张嘴就想嚷，还没出声儿，就给俩黑大褂儿捂着嘴抹了脖子。

这速度，冯斧头看着也就是眨眼的功夫。这一眨眼，把八爷眨到了跟前儿。

"冯师傅，呵呵，受惊啦。"八爷脱掉了大褂儿，那两个大嘴汉子熟练地把俩侦缉队汉奸的尸体扔到了胡同边的破木箱子里。

"你们……那俩不是抓你的吗？"冯斧头冲着八爷堆积起了五官。

"呵呵，他俩是自己人。"

"自己人？"

"是啊。"八爷指了指那个正从大嘴里钻出一颗牙的人："他俩都是我们雁翎队的队员，刚才在望湖村，看着那俩个庄户人不像好东西，就帮我诈了一下。"

一颗牙抱着肩膀笑："哈哈哈，没想到真是兵不厌诈啊，还真被咱揪出来了。"

另一个大嘴也咧开了："哈哈，区队长这一招是未卜先知啦。"

1939 年 7 月　河北唐县　倒马关灵丘道

"哎！你帮我看着点儿啊。"黄西川忽然扭头跑向了一段破旧的城墙边上。

"你干嘛？"李俊生没好气地问。

"我尿泡尿。"

"哈哈！"李俊生可乐坏了，心说：让你兔羔子喝那么多水……

"盯着点儿啊。"黄西川对着城墙根解开了裤子。

李俊生翻了个白眼儿，忽然高声呐喊："大姑娘，小媳妇！快来看，快来看，又有嘟噜又有蛋！来得晚了看不见！"

"哎，你嚷什么？"黄西川硬生生地把尿憋回去，红着脸蹦高儿："你就缺德吧你。"

"嘿嘿……你不让老子喝水，爷就不让你放水，看着办。"李俊生摇头晃脑十分可气："有本事你再掏出来试试。"

黄西川的脸一阵儿红一阵儿白，也不知道是憋的还是气的。

"给你！一边儿喝去！"大水囊终于到了李俊生怀里。

谁知道他又把水囊扔回去："玩儿蛋去，过了倒马关就是唐河，老子下去洗澡，谁稀罕你那点儿破水……快走！耽误了任务可不行。"

"我说你……"

"哪儿那么多屁话？赶紧走！"

要说李俊生可够损的，虽然嘴干，但是依旧硬吹起了口哨。

黄西川被口哨声刺激得几乎崩溃了，他心里这个气啊：李俊生，你小子给我等着……

毕竟憋尿不如口渴压得住，人这玩意儿，可以亏着点儿，但是绝不能水满自溢。

黄西川憋了没多久可就咂了牙花子，也不管李俊生怎么喊了，一头扎进路边的小树林儿解开裤子就尿。

这一泡尿出去，甭提多舒服啦……

这两人谁也没想到，就这一泡尿可惹了祸啦！

1939 年 7 月　河北涞源县　大黄峪

"哎，老魏，等等。"路达站住不走了。

魏广元这一路上习惯了他的一惊一乍，早就不当回事儿了："干嘛？又看见什么啦？"

路达眯着眼睛指了指山崖边上的地面："看。"

"什么呀这是，什么也没看见啊？我说你究竟要干啥？"魏广元和路达俩人脾气正好相反，这几天，老魏在修械所定了神儿，话痨暴露无遗。

"先进来！"

"不是……我可什么也没看见啊，哎接着跟你说我那年跟着队伍去……"

"看那儿！"路达根本就没听他说的是什么，一把扳过他的脑袋，指着山崖边类似田垄的地面。

"嗨！我当是什么呢……不就是一块田吗？告诉你啊，这山里种田可有讲究，哎，讲就是靠山……"

路达不管他那一套，从背后摘下个锄头来扔过去："刨！"

魏广元光顾了摇头晃脑地说话了，没注意锄头飞过来，锄柄"咣唧"揍脸上了。

路达跑到山崖根儿上，蹲下身子看看地上的土，点点头："挖！"

魏广元揉着脸："哎呦，你这说扔就扔啊，君子动口不动手，你这倒好，我这儿动口你那立马就动手，咱们这可正相反啦，现在你要我挖土便挖土，要我……"

"废话！"路达一皱眉："动手！"

"好、好、好！我挖就是。"老魏扛着锄头走到山崖下，这才发现这一片儿土似乎被人翻过。

锄头刨在土里，较之其他地面松软了许多，魏广元纳闷了："哎？难道这里有谁埋了宝贝？"

"没宝贝。"

"哎呀，没宝贝你让我挖什么呀？"魏广元停了锄头。

"有钱。"

"啊呀呀，感情是赵公元帅的福地啊，那我挖了啊……"

"嗯。"

没挖几锄头，下面露出一领席来，魏广元心内渐喜："啊呀！真有东西啊！好好好，这叫有福之人不用愁，无福之人跑断肠，多亏了这张席啊，否则下面的宝贝我这一锄头没准儿也就败坏了……"他嘟嘟囔囔地弯下腰，用手捧去浮土，然后掀开席子一角儿，想看看下面是什么宝贝。

就在他掀起席子的一刹那，一股恶臭钻进了他的鼻子。

与此同时，一张半腐烂的狰狞面孔出现在席子下面。

魏广元的脑袋"嗡——！"地一下子就大了，蹦起来扔了锄头往回爬："我那个娘啊！"

路达叉着腰直眉瞪眼地问："你跑啥？"

"死……死人！"

"没见过啊？"

"见过，但是没见过……没见过烂了的……还这么近……呕——！"魏广元红的绿的吐了一地。

路达往地上看了一眼："好你个王八蛋！"

魏广元只顾吐了，把手伸进怀里。

"胡萝卜……你偷吃了。"

"我，我想上路的时候一准儿饿……"他一边说一边儿从怀里掏出另一根胡萝卜递给路达。

"国军都偷东西吃？"路达不去接，自顾自走到刨出来的死人边上，扒开席子往里瞅。

这一看，路达面露喜色，伸手揪下了死人身上的两个肩章。

"赶紧埋起来吧……受不了那个味儿。"魏广元站起来躲得远远儿的。

路达把两个肩章放在手里掂量掂量，歪着脑袋乐了："呵呵，佐官，还凑合。"

"不是，你……你要那死人身上的东西干嘛？多恶心啊！"

"拿着！"路达把肩章扔给魏广元，哪知道他却往后退了一步，肩章掉在地上。

路达皱着眉毛，上去捡起来，吹了吹上面的土，向魏广元投去鄙视的目光："不识货。"

"不就一个佐官肩章吗？"

路达歪歪斜斜地走到他跟前，歪着嘴打量魏广元："你是国军吗？"

"是啊……正牌儿的国军，程潜，第一战区的。"

"打过仗没？"路达开始围着他转圈儿了。

"打过啊！"

"当了几年？"

"共军……不是，咱们红军长征那会儿，我就当了国军！"

"真干了这么多年？"

"真的啊！达子，我不骗你，如有半点假话，天打五雷劈。这我在蒋委员长那也敢发誓。"

"得，别给我提蒋委员长。"

"真的，我，正牌儿国军。"魏广元把胸脯子拍得啪啪响。

路达弯腰拾起锄头扛在肩上："你肯定在国军里受气。"

"哦,李俊生跟你说过?"

"没有。"

"没有你咋知道?"

"跟我走,让你知道,在国军里咋不受气。"路达主动把胳膊搭在了魏广元肩头上,并且说话又超过了十个字。

"是啊,我……我在国军连队里,军事学得最好,战斗战术技巧也拔尖儿,就是受不到重视,哎,相反,比我晚去多少年的小兵卒子,都一个个地提拔成了长官,要不然就是记大功,多拿赏钱……我……我就纳闷儿了……所以,我一气之下,跑啦。"

"这就是我看不起国军的一点儿,幸好,你和他们不一样,走吧兄弟,到了地方你就知道咋回事儿啦。"

路达的胳膊搭在魏广元身上,把全部体重分担给了魏广元。

可是老魏并没觉得是负担,反而很喜欢这感觉,他再次把那根胡萝卜忐忑地递给路达:"给,你吃点吧。"

"哎,路上还有被咱们队伍埋掉的日军啊。"路达接过了胡萝卜,掰了一半给魏广元:"你得给我卖力气。"

"那没说的。"

1939 年 7 月　河北唐县　倒马关灵丘道

黄西川痛快了,但是面前的一堆树叶微微动了几下儿,随后从树叶里伸出一把明晃晃的刺刀,对准了他的咽喉。

"啊!"黄西川的惊叫声,惊动了林子外边大口喝水的李俊生。

他感觉黄西川的喊叫声不是好事,心里清楚,这绝对不是被马蜂蛰了根子那么简单。

李俊生还没跑进树林儿,就看见黄西川举着手,倒退着从树林里出来,在他脖子前边,还抵着一把明晃晃的刺刀。

"怎么回事儿?"李俊生看见那刺刀插在一柄枪身左侧带瞄准镜,类似三八大盖的枪上,而那枪端在一个长脸人手里,而长脸人浑身披挂着树叶和蒿草伪装。

他用手抹了一把湿漉漉的脸："八格！"

李俊生一下子明白了，心里一个劲儿地好笑，看起来黄西川这一泡尿一点儿没糟践。

但是转念又一想，坏菜了，鬼子这一身明显是在伪装隐蔽……难怪黄西川没看出来呢，那么树林里，还有多少鬼子？

黄西川一边往后退，一边举着手冲那鬼子赔笑："太君……太君，我就是过路……没想到您老人家在那儿猫着……误会，全是误会……"

"你是故意的！"那鬼子很强壮，满脸横肉，呲着牙，眼神几乎要把黄西川撕碎了。

"太君！我不知道你藏在那。"黄西川的日语说得出奇的好，这一点令李俊生异常惊讶。

鬼子也很惊讶："你懂日本话？"

黄西川连连哈腰："太君，我家世代伺候皇军。"

李俊生根本不知道他们说什么，眨巴着大牛眼一会儿看看这个，又一会儿看看那个。

最后那鬼子抽了黄西川两个嘴巴，转身回树林去了。

"快走！"黄西川一拉李俊生的胳膊，朝着东边一路狂奔。

李俊生也没想到那鬼子会轻易放过他俩，更没想到黄西川说了三言两语日本话就能换回一条命。

"你会日本话？你家一准儿当过狗汉奸！"

"放屁！我的日本话是当年在修理行学的。"

"那也是打算当汉奸才学的吧。"李俊生不依不饶，似乎这年头儿会说日本话就一定具备汉奸的潜质。

"懒得理你。"黄西川居然没还嘴，这又大大出乎李俊生的预料。

"没事儿了？"

"扯，没事儿才怪呢。"黄西川尥蹶子没命地跑："鬼子不是好骗的，要是发现我跟他们扯淡，一准儿会在后面放枪。"

"啊？合着你刚才没弄囫囵啊？"

"他们发现不对，肯定会追。咱们必须先跑出那枪的射程去，一会儿和后面的追兵保持这个距离！"

"你到底说什么啦？"

"没说啥，我只是告诉他们，咱俩现在愿意伺候皇军，给林子里的皇军们找点吃的去。"

"你这跟硬跑没什么区别。"

"有啊！"

"啥区别？"

"区别大了，起码咱们能趁着他们脑袋转弯儿的功夫，跑出鬼子的射程啊。"

李俊生差点没哭了："要是换个机灵鬼子肯定不相信你刚才扯的淡，一准儿把你当场挑了！"

"所以吗……赶紧尥啊！"

黄西川面色凝重："林子里的鬼子肯定打伏击呢，而且很久没吃东西了，要不我一说给找吃的去，那家伙就信了呢。"

"那要是照你这么说，他们不见得会追出来。"

"哦？"黄西川擦了一把汗："怎么见得？"

"如果是我……"李俊生跑得慢了下来："既然是伏击，肯定不会为了你撒泡尿就暴露目标。"

"嗯……"

"这第二呢，现在咱俩看见了鬼子的伏击点儿，他们等于暴露了，一准儿会把咱俩毙了灭口。"

"有道理！"黄西川也站住了脚："这事儿蹊跷。"

俩人跑得差不多远了，缩在土丘后面往树林方向看，好大一会儿，再也没出来一根儿鬼子毛儿。

"邪了。"李俊生爬起来往回走："鬼子应该追来才对啊。"

"哎！你嫌死得慢是吧？赶紧着赶路！"

"不行，我觉得这事儿不对着呢。"

"怎么不对？"

"鬼子表现的不对。"

"你拉倒吧，赶紧着走！"

正在这时候，大路上远远儿地跑来几匹马。李俊生看不真亮，但是也知道这是鬼子的袭击目标。

他奶奶的，怪不得小鬼子不动地方，原来老鼠拉木锨，大头在后头……不用说，那一准儿是自己人。

黄西川拍了大腿："坏啦！那几个人要完菜……"

"哎！别往前跑啦！有埋伏！！"李俊生脑袋一热，蹦起来冲那几匹马挥手。

马上的人也不知道看没看这边儿，只是一股脑地往前冲。

李俊生急了，拔腿往回跑，一边跑还一边跳，尽量让对方看到自己："哎！马上的那几个！有埋伏，别跑啦！"

大黑马上的汉子们，早就看到了李俊生，但是由于逆风，不知道他喊的是什么。

毕竟为首的汉子机警，他拔出两把驳壳枪来，扫了一眼左前方的林子："停下！"

"队……队……队长！什么……啊有……啊有情况？"

"掉头！跑出射程！"他勒转马头，这个小队伍跟着他呼啦向后退出几百米。

李俊生放了心，看起来这是瞅见他了，也算没白蹦跶。

可是李俊生光顾了往回跑，可没注意林子就在眼前了，他的心刚放下，树林里就响起一声从没听过的枪声……

"嘭——！"

"啊！"李俊生只觉得左肩被什么东西穿了眼儿，随后就是一阵湿漉漉的感觉，直到他捂着肩头躺在地上，林子里再也没有放出一枪来。

那边大黑马上的汉子们，听到枪响，又回头看看李俊生躺在地上，当即打了个旋子，从侧面扎进树林。

一匹大黑马，也径直奔着李俊生飞过来！

"哎！李俊生！是你啊！"

马上的汉子正是游击队的老徐。

"哎哟，疼死我啦！"李俊生捂着肩头，呲牙咧嘴。

"快上来！"老徐把李俊生扶上马，把他带到了远处黄西川的身边儿。

老徐下马，探查李俊生的枪伤，黄西川在一边儿撇嘴乐了："哼，这么大一透明窟窿哎！看看，遭报应了是吧？当初你要是让我在城墙根解决了，也没这档子事儿。"

"去你妈的！哎哟！"李俊生呲牙咧嘴："当初你小子要是尿了，咱的队伍没准儿就得遭伏击了……哎哟徐队长你轻点！"

"俊生啊，你可能从林子里的狙击手枪下，救了大队长一命啊。"

"大队长？啊——！甄奉山啊？"

"是啊，"老徐望着树林子那边儿："林子里还没动静，估计是没有大伙儿的鬼子，很可能是鬼子的狙击手要暗算大队长。"

"我操！要知道是他，老子还真不救了！"李俊生骂骂咧咧指着黄西川给老徐讲他尿出那个鬼子兵的英雄事迹。

马蹄声在树林里回荡了一阵子，甄奉山带着几个队员冲出了树林子，马蹄上的风，夹杂着尘土卷起了地上的败叶。

"哎哟！"甄奉山一眼就看见李俊生的通红的大长脸。

"哼。"李俊生扭过脸儿去，不搭理他。

老徐自顾自引了黄西川给甄奉山认识。

"甄大队长，久仰啦！"黄西川过去握手。

"呵呵，我那么有名儿吗？"甄奉山古铜色的脸上第一次露出点笑模样。

"有啥发现？"老徐装了一袋烟，递给甄奉山。

"肯定是鬼子的狙击手，高大杆儿捡了个弹壳……拿过来！"

高大杆把一个铜子弹壳递给老徐。

徐副队翻来覆去地看了看，点点头："小日本九七式狙击步枪，真是个狙击手啊。"

甄奉山点点头："这小日本鬼子，肯定看我跑出了600米精确射程以外，掉头给了碍事的李俊生一枪，算是出了气，完事儿自个儿跑了。"

"看起来，我也是在狙击手精确射程以外，要不然不可能打偏，揍在肩头上。"李俊生翻着大牛眼："爷爷这叫吉人天相。"

"扯淡！他根本就没打算打死你。"甄奉山敲了一下他的脑袋："狙击手是想把你打伤，牵制我们的搜索速度，他好有跑的时间。真想要你命，九七式狙击步枪在这样的距离能把十个你摞在一块儿打穿咯。"

"呀……那，大队长，你们得赶紧找那个狙击手！"黄西川有点急："那可是憋着要你的命呢。"

甄奉山哼了一声："想要老子命的多着呢，防得过来吗？就看他有没有那个能耐……哎，说起来，你们这是去哪儿啊？别是李俊生又当逃兵，你抓他回去吧？"

"去你的，老子是出来执行任务。"尽管肩头剧痛，李俊生还是把胸脯子拍得啪啪响。

1939 年 7 月 河北阜平县 沙窝

路达和魏广元，站在村口儿上，四处踅摸。

"哎！干什么的？"一个穿白坎肩儿的尖嘴猴腮汉子凑过来。

"呵呵，老何，是我。"路达笑呵呵儿地递过一根洋烟儿。

"哟，达子！今儿又有什么好东西啊？"老何接过烟卷儿来，划洋火点上，悠闲地吐出几个圈儿来。

路达笑眯眯地拍了拍褡裢："给老总们送点儿战功。"

老何一脸坏笑："你小子，光憋着发这路邪财。"

路达给魏广元介绍："这是老何，路子贼野。"

见面寒暄以后，老何领着路达和魏广元七扭八拐地到了一户人家。

院子里摆了桌椅板凳，上面放着洋瓷茶壶茶碗。几个穿国军军服的汉子，歪戴着帽子斜叼烟，正围着桌子甩纸牌。

魏广元一看这军服，就知道这几个货一准儿是晋绥军的，可是他们在这村子里干嘛呢？

老何上去给几个兵倒了水："长官们，你们还真没白等，呵呵，有买卖。"

路达赶紧一拉魏广元，上去给几个国军鞠躬："长官们好，长官们辛苦啦。"

一个脑门贴膏药的瘦子伸了个懒腰："他娘的嘞，再晚来一会儿，老子就走啦。钱都输了，真晦气。"

"长官……"路达挨个递上烟去："今儿我这可有好东西，哎，还是带血的呢。"

"哦！有带血的？拿出来看看。"瘦子对面一个小胡子来了精神。

路达先拿出一副大佐的肩章来，上面的确粘着殷殷血迹。

魏广元把被野山枣刺破的手指头捏了捏，心里暗笑。

"不错不错，这个可好……"小胡子伸手刚要去拿，路达把手缩回去："等等。"

"怎么的？"

"嘿嘿，长官的恩典……"

"切！"小胡子吐出几片瓜子皮，伸了五个手指头："五块大洋！"

路达摇摇头儿："不瞒您说，我今儿还真不想要大洋，嘿嘿，您看看能给点别的恩典吗？咱以后还得共事儿呢，谈钱多伤感情。"

路达平时虽然话不多，但是到了真章上，那嘴比谁都利索。

瘦子冲着身边的一个麻脸兵努了努嘴："这是个要家伙的主儿，给他。"

麻脸汉子伸手从桌子底下拎出一把晋造仿汤姆森冲锋枪，"咣"一声扔在桌子上。

早在1927年1月，阎锡山便建成专门的冲锋枪厂批量生产仿汤姆森冲锋枪。从1926年到1930年，是山西兵工最发达的几年，冲锋枪的月产量曾高达900支之多。

晋造仿汤姆森冲锋枪为了满足步兵火力的需要把枪管加长到了395毫米，差不多是一般冲锋枪枪管长的二倍了，只是弹药是特殊的11.25毫米口径的子弹。

"嘿嘿……这位长官，我们拿着这枪，这……这没法用啊。"路达嬉皮笑脸。

"怎么没法用？"瘦子瞪了眼："这可是咱们的制式武器。"

"嘿嘿，你们有这子弹，我们上哪儿淘换去啊？"路达搓着手，表情非常欠抽："这冲锋枪只能用晋造的11.25口径子弹，别的子弹概不通用，这个……"

"哟，挺懂行啊。"麻子脸倒是乐了："兄弟，你们是土匪吧？"

路达心里暗骂：你他妈才是土匪。可是他脸上却笑得比蜜都甜："哎哟，心照不宣，心照不宣……呵呵。"

"也好，"瘦子从自己身边的地上，把一个大家伙拎起来扔在桌子上："为了他妈的升官儿，老子用这个跟你换。"

"麦德森轻机枪！"魏广元认出这挺轻机枪，知道1938年国民党兵工署自行仿制过丹麦麦德森冲锋枪。但是据说当时没有啥大的进展，所以这个枪有可能是前清时候的古董。

路达看了看几个国军携带的枪械，也就是这个还像点样子，心里暗骂：这帮兔崽子，换军衔换出门道了。

当时当地的土匪武装，也经常弄些鬼子军衔跟喜欢邀功的国军换武器，久而久之这些国军学贼了，来了不是拿子弹没法通用的晋造汤姆森，要不就是一些老掉牙的前清快利或者这种老古董玩意儿来，也不知道这帮小子从哪淘换来的。

有枪总比没枪强，最后路达用三副佐官军衔，一副少将军衔，换了三挺汤姆森冲锋枪，一把魏广元熟悉的晋造六五步枪，一褡裢乱七八糟的子弹和那个老古董麦德森轻机枪。这些枪虽然打破了他来前儿的ZB-26捷克轻机枪的美梦，但是却也划得来。

修械所只要找到这些枪的弹壳，重新装填仿造还是很容易的。

　　魏广元从而也明白了自己多年没有在国军队伍里升迁的原因，但是他并不后悔。这一路上，虽然怕枪支晃眼，格外绕了小路，他却没有感觉到累。

　　俩人路上不敢耽搁，转眼间到了高家沟。

　　据说这一带经常有土匪出没，俩人走得格外小心。

　　"老魏，"路达爬上山腰，忽然摘下肩头的汤姆森冲锋枪："前面是马胡子的绺子，当心点儿，别惊了盘子。"

　　"哦！"魏广元端着大清朝的麦德森，手心儿有点出汗了。

　　"哎，你哆嗦什么？"

　　"我哪儿哆嗦了？"

　　"看你那点出息……"

　　"不是，我怀疑这麦德森还能不能打响……"

　　"啪——！"一声清脆的盒子炮响，回荡在铁桶似的山坳里。

　　"坏啦！"路达赶紧拉着魏广元往回跑。

　　没跑几步，前边儿山路上就被一伙儿人给堵了，为首的一个独眼龙光着膀子，冲着路达和魏广元脚下放了一枪："站住，身上背的什么？"

第六章　澎园绑票

1939 年 7 月　河北保定府　大西门

"你说您老这不是找事儿吗？老是跟着我干嘛？"李俊生皱着眉，自顾自地往前走。

甄奉山板着古铜脸儿："我说过，老子知恩图报，这次进保定我还非得还你这个人情儿。"

"我这是活该，不用你还人情儿。"

"奶奶的，非得还不可。"甄奉山掏出大盒子炮，顶在李俊生脑袋上："告诉你，老子不能欠逃兵的人情儿。"

李俊生彻底算是给甄奉山扣上了逃兵的帽子，而且这帽子很可能一辈子都摘不掉。

黄西川看甄奉山动了家伙，可是吓坏了："甄大队长，您可别动气儿……"

"随便你，反正你身上揣着家伙，看你咋进城。"

其实李俊生对甄奉山是怀着十二分的崇敬的，而且这人的知恩图报，也让他对这位传说中的神人更加钦佩。

但是貌似甄奉山和李俊生都有一副驴脾气，那嘴比 45 号钢板还硬。由于他俩这种似是而非的隔阂，路上反而显得黄西川有些话多。

临近城门，甄奉山忽然紧跑几步，一对凤眼睁圆，冲着刚走出城门的三个人喊："哎哟！你们这是干嘛来了？"

那三个人站住脚，一看甄奉山跑过来，赶紧迎上去连连抱拳："啊呀呀，这不是甄爷吗！"

"哈哈哈，赵爷，咱们好些日子不见了。"甄奉山看看四周，压低声音："雁翎队的同志们最近还好吧？"

"都好，都好，大队长最近怎么样？队伍在哪儿活动？"赵爷使个眼色，随从的俩大嘴汉子左右警戒。

"好着呢，最近同志们辅助杨九柸连长拦截山区扫荡的鬼子。"甄奉山给李俊生和黄西川介绍："这一位，是白洋淀雁翎队的赵立波队长，那两位是侦查员刘晓根和张二嘎。"

一颗牙露在嘴外面的张二嘎回头挤挤眼算是打招呼。

寒暄之后，赵立波问甄奉山："鬼子怎么又在山区扫荡啊？"

甄奉山挠挠小寸头儿："哎，还不是为了揪出咱们后方的军工点儿啊，彻底切断咱们的后方支援。"

"鬼子真他妈狡猾啊。"刘晓根咬着牙："我们有几挺捷克，枪管子打红变形了，想找保定府的冯甫同给看看，谁知道……鬼子把他媳妇抓去了，这老小子现在一门儿心思的就是他老婆，根本没心思给咱修东西。"

"你们也找冯斧头？"李俊生心下琢磨：看起来这冯斧头手里真有货……

甄奉山想想，摇了摇头："我想不是他没心思，是他娘的不敢给咱修东西。"

赵立波惋惜地点点头："是啊，搁谁身上，这事儿也够腻味的。可惜，冯斧头请不动了，咱雁翎队好不容易搞几挺捷克吧……新鲜了没几天，就要歇菜。"

黄西川一听就乐了："你们打红了枪管儿，没换管子吧？"

"怎么？看起来黄师傅挺懂行啊。"

"我在修械所抓过这一块儿，回头你们把 ZB-26 给我拿修械所去吧，保准给你们整好了。"

"啊呀，那敢情好！"赵立波握住黄西川的手："只是路途有点儿远，黄师傅能不能屈尊大驾去一趟安州？"

"没说的，赵队长客气啦，自己同志，还啥大驾不大驾的。"

"哎！白修啊？"李俊生看赵立波对黄西川这么热情，心里那叫一个羡慕嫉妒恨："修械所多少活儿等着你呢？"

这句话一出口，几个人全尴尬了，尤其是血性汉子甄奉山，这个气啊："李俊生，我真想毙了你。"

黄西川也咋牙花子："李俊生，你没开玩笑吧？"

还是赵立波会来事儿，赶紧掏出现大洋："黄师傅，你看我糊涂的……呵呵，咱一码说一码，亲兄弟，明算账。"

黄西川的脸一下子红了："赵队长，别听他瞎说……这小子是资本主义……"

"去你妈的资本主义！"李俊生瞪眼了："黄西川，你跟着我干嘛来了？"

"哎！我没说马上去安州白洋淀啊，"黄西川听出李俊生话头儿的意思："再说了，都是为抗日工作，所有的人民都是咱自己的队伍……"

"那合着现在蒋介石让你去修枪，你小子也一准儿撂挑子去了是吧？"李俊生话里的刺儿越来越多。

"你他妈什么意思？"

"哎哎！还吵吵！！"甄奉山脑袋都大了："你们看看这是什么地方？保定府，大鬼子桑木崇明的一一〇师团就在这儿，还想不想完成任务？"

李俊生看火儿拱得差不多了，黄西川和甄奉山脸儿也气白了，心里别提多舒坦了。

他扭脸冲着赵立波嬉皮笑脸："赵队长，都是自己人，咱不是那个意思，黄西川跟你们去修捷克，行，我没意见，可是眼巴前儿我们总得先完成自己的事儿吧。"

"哦……"赵立波听出点门道来："哈哈哈，李师傅，我明白你啥意思了。"

"我啥意思？"

"你是想着让我们帮助你们请出冯斧头！"

黄西川和甄奉山一听这话，心里一咯噔：啊呀，感情这小子还有后招儿啊。

李俊生映着大驴脸，得意洋洋："没错，赵队长圣明，呵呵。但是，刚才听你们说，冯斧头的老婆被控制了，这样，鬼子也就变相控制了他。"

"没错！"张二嘎扭过脸来："冯斧头身边还老是有鬼子侦缉队密探监视着，要是硬把他绑走，肯定会有麻烦。"

"嗯……"李俊生咬着后槽牙："看来要请动冯斧头……咱得拔了他的根儿啊。"

1939 年 7 月　河北阜平县　高家沟

"身上背的什么？"

"枪！"路达回答很简洁。

"背枪干什么？"独眼龙眼睛不离魏广元手上那挺前清的麦德森机枪。

"打鬼子……"

"哈哈哈！"一帮灰头土脸的汉子全乐了："就你俩干巴柴禾，还打鬼了？回家给你媳妇提鞋都费劲。"

独眼汉子身边的一个大胡子，指着魏广元的麦德森机枪："这玩意儿，能打死人吗？"

"能！"魏广元毫不含糊。

"来来来！"大胡子腆着长毛的大肚子："往这打！爷爷看看，你怎么打死我，别是那枪是个摆设吧？"

"哈哈哈哈……"汉子们又是一片哗然。

"你们想要什么？"路达面沉似水。

"想要什么？爷爷们想要娘们儿，可惜你们没长着那玩意儿。"

"哈哈哈哈哈！"又是一阵哄笑。

"既然我们没你们要的东西，为什么不让我们走？"魏广元的忍耐到了极限。

独眼龙撇着嘴："哼哼，你们瞎了眼，马七爷的地方也敢乱闯，还他妈背着家伙，我看，你们就是来踩盘子的。"

"我们只是过路。"路达很简洁的解释。

"没见过，过路还背着这老些枪的。"那群灰头土脸的汉子后面，闪出一个文静的中年人来。

这人给别人的感觉，是回到了前清。

都民国二十八年了，他的头上还留着扫除四夷定鼎中原的大长辫子，上身深蓝色的马褂配上里面的米黄色长袍，显得十分干净利落。往脸上看，白净的面皮和两道黄眉毛，与这些土里爬出来的汉子格格不入，下颚那一撮黑色山羊胡儿，使他看起来像个学究。

这人一说话，别人全哑巴了，恭敬地给他让出路来："七爷。"

"说吧，干什么的？"他掏出鼻烟壶来，在手指头上倒了点儿沫沫，很享受的吸进鼻子里。

从喽啰们的语气里可以看出，这人就是高家沟绺子大当家，马胡子。

路达冲他一抱拳："阁下，想必就是马七爷啦？"

马胡子不答话，自顾自打了个响亮的喷嚏，这是鼻烟发挥了效应。

"你们，到底是哪头的？七爷问你们话呢！"独眼龙咆哮了。

"是啊，姓日、姓蒋还是姓共？"大胡子也端着盒子炮咋呼。

路达一听这茬口儿，想起了马胡子不难为抗日人士的传闻。

"我们是走马驿刀岭崖修械所的。"路达实话实说。

"走马驿……你们是涞源的，干嘛跑这儿来？"马胡子有点不相信。

"来弄点装备。"

"你们一个修械所，要什么军械？"

"成立民兵护卫队。"

"哦？民兵对付鬼子？有意思。这么说……你们是共军？"

"算不上，只是后方支援。"

"哦……"马胡子将了将颌下的山羊胡儿："有意思，既然是共军，那我们井水不犯河水。"

"七爷！不能就让他们这么走了啊。"独眼龙是个坏事儿的家伙："他们说是共军，谁能证明？"

"对啊，万一是别的绺子来探山的咋办？"大胡子也跟着起哄。

"是啊！"马胡子瞪着路达："你们有什么，能证明是共军修械所的人吗？"

路达想了想，还真没有个工作证啥的东西："你们想让我怎么证明？"

马胡子看了看身后的独眼龙："是啊，怎么让他们证明？"

独眼龙趴在他耳朵上低语了一阵，马胡子连连点头，而且面露喜色，最后冲他俩一挥手："跟我们去寨子里。"

魏广元看了路达一眼，不知道马胡子葫芦里卖的什么药。

"去就去！"路达也真不含糊，如今就算是虎穴，也得进去看看老虎长得啥模样。

1939 年 7 月　河北保定府　西大街

"是你们？怎么又来了？"冯斧头看看四周，赶紧把几个人拉进屋里。

"呵呵，冯师傅还真打算死在这屋里啊。"八爷赵立波笑着摘下礼帽，习惯性地放在了八仙桌子上。

李俊生对于屋子里的一股机油味产生一股亲切感，顺眼瞟了墙角的一堆泡在油里的曲轴和墙边架子上抹着黄油的一排排齿轮。

黄西川却对桌子下面的大号儿德国酒精喷灯极感兴趣。

"你们又回来干什么？"冯斧头往后瞅了一眼，见又多了三个人，非常不快。

"冯先生，这两位可是咱们修械所的技术员，您不给我们面子，这两位总不能驳面子吧。"赵立波递上一根烟去。

冯斧头推开他的手，一个劲儿地跺脚："你们害得我还不够惨啊？那俩盯着我的侦缉队员都给你们杀了啊，回头他们还不得冲我来啊！"

"冯师傅……"李俊生晃荡着大驴脸，背着手满屋子溜达："听说你老婆给日本人抓去了，我……挺同情的。"

"哎，你缺魂儿啊？"黄西川觉得李俊生说话过于直白。

"同情？"冯斧头觉得李俊生的眼神里充满了讥笑："我看你是幸灾乐祸！"

"话不能这么说。"甄奉山急着办完事儿回去，说话开门见山："冯甫同，我甄奉山想办的事儿，还没有办不成的。"

"这位就是甄奉山大队长。"张二嘎赶紧介绍："咋样？吓着了吧。"

冯甫同想了半天，上下打量这位铁塔一般的古铜脸汉子："甄奉山……"

"怎么样……"

"没听说过。"冯斧头脑袋摇得跟拨浪鼓一般。

甄奉山哪知道冯斧头整天与机械为伍，根本就不爱打听外面的事儿，看到他这一摇头儿，有点挂不住了："得啦，不管听过没听过，你媳妇我们负责给你弄回来。"

"真的？"冯斧头立马眼就亮了，但是这光芒在他脑子里只闪了几秒钟就随即黯淡了："拉倒吧……就你们这个把人儿，能从鬼子师团把我老婆弄出来？扯淡……你们还没冲进大门儿就得被日本人打成筛子。"

李俊生拍了拍他肩头："这个你别管，我们怎么干是我们的事儿。你要做的，就是看见你老婆以后，跟我们走，咱刀岭崖修械所的 11 台工作母机等着你呢。"

"再说吧。"冯斧头坐在炕沿上闷闷地端起水杯来。

"你还想不想看见你老婆？"李俊生跳上炕去抢下了他的杯子，一股酒气扑鼻而来。

"想啊……"冯斧头把杯子抢回来。

"想见你老婆，就答应跟我们回刀岭崖。"

"再说……"

赵立波呵呵一笑："冯师傅，我觉得如果尊夫人被救回来，估计你在保定城也待不下去了，不如走远点也好。"

冯斧头翻了翻小眼儿："我做的是买卖，刀岭崖可以去，但是……我的工钱，共军能付得起吗？"

黄西川和李俊生这回同仇敌忾了，都想抽冯斧头的嘴巴，但是碍着赵立波和甄奉山，却也没发作。

"冯斧头，现在国难当头，支持后方军工就是为抗日作贡献。你这点觉悟都没有啊？"刘晓根一直没说话，现在看起来是憋不住了。

"国难不是我的难，没有大洋钱，救出媳妇也养不活，倒不如一个人吃饱了全家不饿。"冯斧头掀开杯子盖儿喝了一口酒，大大咧咧地倒在床上打起了呼噜。

甄奉山真他妈火儿了："他妈的！多么肉的汉奸、鬼子老子都见过，你个手艺人能比他们还肉？"

说着，他举起巴掌就要扇过去，却被黄西川一把拉住："哎！大队长……不兴这样啊，咱怎么说也是有事儿求他。"

赵立波也劝："别生气，咱们就按李俊生说的那个馊主意，救出他媳妇，到时候说不准一感动，他老婆枕边风儿再一吹，这事儿就成了。"

"哎，我那可不是馊主意啊。"李俊生偷着把两个非标准介轮儿藏在怀里："咱先去街上看看地形去。"

冯斧头睁开一只眼："那个……大长脸的，你们要是去街上，就把那俩介轮儿给我放下，那东西德国产的，贵着呢。"

李俊生没脸没皮，反而冲着冯斧头一呲牙："干嘛？早晚你这些东西都得给我们弄回刀岭崖去，早一天晚一天的事儿。"

几个人溜溜达达地上了街，顺着南大街一路向南，又往西过了莲池马号和直隶总督署，前面就是光园——日本一一〇师团总部驻地。

1937年七七事变爆发后，日本侵略军大举南侵，保定大部地区沦入敌手。这小日本一进保定城啊，先是四处烧杀抢掠，9月16日，日军开始派大批飞机对保定市区狂轰滥炸，顿时市区大火熊熊，许多房屋宅院变为废墟，百姓惨遭不幸。

当时西关火车站一个防空洞被炸塌后就使200余人无辜丧命。9月24日保定沦陷，小日本开始在城内外疯狂屠杀无辜百姓。

在北关，他们还将未逃脱的500多名市民堵住，集中于北关城边，用机枪扫射，无一幸免；在东大街，敌人将救火的群众包围，当众用刺刀挑死24人。当时整个市区尸横街头，血染马路，房倒屋塌，到处是断垣残壁。

一一〇师团入驻后，桑木崇明把损害相对较轻的军阀曹锟的住所光园进行了整修，入住作为师团的指挥中心。

李俊生一众，钻进了距离光园最近的一个大烟馆，躺在炕上观察光园的动静。

摩托车和列队的鬼子进进出出，四周又有不少鬼子严密布防，就连光园的圆锥形屋顶上，都立着鬼子的哨位。看起来想潜进去，真是比登天还难啊。

"娘的……太扎手了。"张二嘎叼着没点燃的大烟枪，喃喃地骂闲街。

甄奉山不动声色，用脚踹了一下张二嘎："你小子，哪儿来那么多屁话？这什么地方……说话留神。"

忽然，李俊生用烟枪捅了一下赵立波："哎，你看……"

1939 年 7 月　河北阜平县　高家沟

马胡子的寨子，建在山腰上，二十几座石头房子看似东倒西歪，实则这种就地取材的堆砌却胜似坚固的碉堡。青色的沉积岩随形而砌，中间加以砂石碎砾填充，即便是枪子儿打上去也好比挠痒痒一般。

土匪的寨子并不像想象中的水泊梁山，插着替天行道之类的旗子。从喽啰们身上瓜分穿戴的国军军服来看，这伙儿人大抵都不讲究。

一张硬木桌子早已经摆在山腰处的平坦地方，桌子上的黑布下面盖着不知什么玩意儿。而这古朴考究硬木雕花桌子不知道马胡子他们从哪抢来的，反正摆在这儿十分的扎眼。

围着桌子边上，十几双冰冷的眼睛盯着这俩生人，似乎随时都可能拔出腰里的王八盒子、左轮儿之类的把路达和魏广元放趴下。

"看看吧。"马胡子指了指桌子，喽啰们掀开了黑布。

一堆墨绿色的零散部件，赫然散在桌子上。

"马克沁！"魏广元看那个大套筒，一眼就认出，那是世界上第一种自动武器，重机枪的祖宗。

这大家伙早在 1884 年问世以后，就在战场上索命了，不说它的水冷式冷却方法，唯独那一条长达 6 米的帆布弹链，实现了为机枪连续供弹，代替传统的供弹方式来讲，就足以使当时的所有武器黯然失色。

路达这个平时话语不多，颇有经济头脑而又"爱狗如命"的狗阎王，实则是邓汉涛身边深藏不露的武器专家。

他自然很清楚，在马克沁机枪中，人类第一次运用了复进簧、可靠的抛壳系统、弹带供弹机构、加速机构、可靠调整弹底间隙、射速调节油压缓冲器这些当时非常先进的机构。

至今，专业的枪械研制人员依然遵循着由马克沁首创的火药气体能量自动射击三大基本原理——枪管后坐式、枪机后坐式和导气式。

土匪有这种装备……他们又是从哪里淘换的呢？

"怎么样，两位？如果是修械所的技术员，就给我们露一手，这东西现在哑巴了，能给我弄好了，重金相赠。"马胡子又将起了山羊胡子。

独眼龙则抱着肩："修不好，就证明你们是假的，看见了吧？"他把手里的盒子炮甩开了，冲着山腰的树杈连开几枪，稀里哗啦地落下不少树枝来。

路达摘下身上的汤姆森放在一边儿，奔着桌子上散架的机枪走过去。

魏广元紧跑两步上去："达子……你行不行啊？"

"不行你来？"

"不是，用不用我帮忙啊？"

"你在一边儿看着就行。"

"我也上上手呗。"

"不行。"

"为啥？"

"玩意修不好，俩人全完蛋。"

"啊？合着你真没准儿啊？"

"废话，我有准没准儿你不知道啊？"

魏广元汗下来了，他在修械所还真没见过路达干活儿，尤其是技术活儿。他就知道路达成天往外跑，给大伙儿弄回点吃食来的本事大得很。

路达挽起袖子，站在桌子前面，先把马克沁的三角支架打开来支在地上，然后把所有零件过了一遍数儿，回头问独眼龙："复进弹簧呢？"

独眼龙一只眼睛闪过一丝惊奇，从身后把复进弹簧拿出来，笑呵呵地扔给路达。

路达依然张着手："取弹钩。"

独眼龙这会彻底没咒念了，冲着大胡子一歪嘴："取弹钩给他。"

路达熟练地把取弹钩推进了受弹机框的垂直槽里，然后那受弹机框和机座安插在了一起，又麻利地插上了枪尾插销，把复进弹簧撞在 D 形握把一体前端的复进弹簧导杆上……

路达一边儿安装，一边儿嘟囔："这是国产仿造的二四式，7.92 毫米口径，枪管短后座自动方式，射速每秒 600 发左右……这架子橇式四脚枪架稳定……"

这一套，连马胡子都看傻了。

"切，装谁不会啊？你倒是说说现在这枪哪里坏啦？"独眼龙抱着肩，冲着马胡子挤挤眼。

"对啊，你说说看。"

路达把最后的部件"咔！"地锁紧在枪身上，拎起来架在地上的三脚架上："灌冷却液去吧，这枪，没坏！"

"啊？没坏？"马胡子直了直腰："没坏怎么打起来卡壳？"

路达笑了笑："这枪用的是 100 到 250 发的帆布弹带，一般弹带受潮就会走形，你的马克沁枪弹带一准儿受潮了。"

马胡子依旧怀疑："去，拿两条弹带来。"

小喽啰跑去了，不一会儿就拿来两条弹带。

路达接过来托在手里："看见没？这……这……还有这，都拧巴了。不卡壳会飞啊？"他说完把弹带扔给独眼龙："我们能走了吗？"

"这……"独眼龙望着马胡子。

"好吧，那么你得说说，我这弹带怎么修？"

"受潮的弹带，应该换，没法修。"

"你们不是修械所，兵工厂么？"

"修械所又不是帆布厂，七爷这么神通，再去搞几条弹带那不玩似地。"魏广元心里这个敞亮啊，对路达更佩服了。

"来呀！给两位看座。"马胡子喊喽啰们搬了椅子过来，和路达、魏广元坐下讲话，而他俩手中也多了一杯热茶。

"适才多有冒犯，两位师傅不要怪罪，呵呵。"马胡子突然异常客气，倒是令路达和魏广元格外不舒服。

路达隐隐地觉着，马胡子一准儿还有事儿……

1939 年 7 月　河北保定府　马号西街

要不说怎么那么巧，李俊生刚好看到一个鬼子军官带着个日本娘们从师团司令部走出来。

赵立波经常来保定府，认得那个鬼子军官就是一一〇师团第一一〇联队长柳川真一，不用问，他身边那个穿和服、趿拉板儿拧吱拧吱走路的女人，一定是他媳妇儿。

"哎，你说这个日本娘们儿，穿的真叫一个古怪啊。"张二嘎撇着嘴瞅那个娘们儿的扇面发髻。

甄奉山可乐了："嘿，老天爷保佑啊，咱想什么就来什么。"

李俊生一骨碌坐起来，大烟枪扔在一边儿："跟上去，摸清楚这娘们儿都在哪儿活动。"

黄西川一阵苦笑："听了你这个馊主意，我觉得可够损的，而且雁翎队和游击队的同志们也会因此违反纪律。"

甄奉山皱着眉头："老子不管什么纪律不纪律，还了大驴脸的人情儿，我也就算了了心事。"

几个人悄悄地出了大烟馆，盯着柳川和那个娘们儿上了汽车，便悄悄地尾随着奔了东边去。

保定城街上窄，再加上正午里人比较多，故此汽车开得并不是很跋扈。

日军当时也有日军的纪律，尽管是来侵略，但是他们仍然希望获得老百姓们的认可。车子缓缓地行进在主街上，到了南大街按了两声喇叭，往北拐了。

李俊生一众悄悄地跟在后面，看着汽车拐进了东大街，过了大慈阁以后，在澎园前面停下来。

澎园占地六十余亩，门口高起穿斗牌楼顶，截兽小跑一应俱全。大红门内正对着青灰影壁墙，门口立着汉白玉狮子。这里早先是保定的古玩园子，日军占领保定以后，里面的商铺全部被洗劫一空，珍宝古董大多数到了日本人手里。等到一一〇师团进驻保定城以后，这里已经成了一个空壳子。

桑木崇明便把澎园安排给自己的心腹爱将。

"这就是柳川真一的狗窝了。"赵立波靠在墙根，看着两列日本兵在门口雁翎形排开，三八大盖的刺刀闪得人眼疼。

"这里的戒备，比光园儿松多啦……"刘晓根嘴上这么说，但是他的大嘴动了以后，显然胆子并没有嘴大，这样的戒备虽然不及光园，但是作为鬼子联队长的特殊内宅府邸，保卫兵力的调拨也不会马虎的。

"我就不信柳川真一这家伙能成天陪在老娘们身边。"李俊生铁了心要抓个空子，把日本娘们儿搞到手："咱一准儿得找个空子。"

"哎！二嘎呢？"赵立波回头看身后没了张二嘎，看不到他那颗伸到嘴外边的大牙心里还真别扭得慌。

眼瞅着柳川的汽车掉了个头，慢慢地往回开，日本娘们回头礼貌地向汽车鞠躬，直到那汽车拐过了街角。

"真他妈虚伪，跟自己的老头儿还玩这虚头巴脑的。"甄奉山手心儿有点痒痒："等什么空子，机不可失失不再来……"

赵立波还没来得及阻止，甄奉山把裤腰上的双枪拎出一把扔给李俊生："你小子应该会打枪吧？"

"没问题！"

"走着！"

俩人奔着澎园大门口就跑过去了。

柳川的媳妇毕竟没有看门的日本兵机警，见几个鬼子端起三八大盖儿来，还以为这又是什么新规矩。

直到一个鬼子兵恭敬地把她往门里推，而且这鬼子脑袋上的血溅到她的和服上，才使她意识到，原来联队长的府邸也有人敢闹事。

李俊生手上沉甸甸的，那种久违的感觉使他热血沸腾。

看着甄奉山甩手干掉了几个鬼子，他也把枪打在了鬼子头上。

赵立波知道这一闹腾，柳川府上的卫队马上就会像潮水一般涌出来，而刚离去的汽车也会把大量巡逻的鬼子召到这边来。

时间……就这十几秒的空子。

赵立波拎着枪爆了两个鬼子，直奔那日本娘们而去。

"快点！鬼子大部队来了！"刘晓根开枪撂倒了最后一个站哨的鬼子，站在街角儿那儿朝街上望了一眼。

黄西川一指澎园斜对面的小胡同："趁乱出城！"

"出个屁！肯定四门封锁了！"甄奉山用枪缨子堵了日本娘们的嘴，赵立波扛着日本娘们撒腿就跑。

李俊生转回身把盒子炮扔给甄奉山："还给你。"

"想不到你小子还有两手，枪法不错。"甄奉山一边跑一边把盒子炮塞回裤腰："你不喜欢我的枪？"

"我也不想欠你人情。"李俊生连看也不看他，倒是让甄奉山非常恼火。

其实这次劫持柳川真一的媳妇，这几个人真的撞了狗屎运，这在澎园儿先前的古董行儿叫做"捡漏儿"。

本来，澎园位于大慈阁后街，背向关帝庙，正对城隍庙后墙，周围本就清净。柳川进驻澎园以后四周做买卖的都惧怕日本兵，再加上柳川的驱逐，商户早就搬出十万八千里以外了。

而且，柳川真一万万想不到有人敢在距离桑木司令部如此近的联队长府邸闹事，故此警戒相对松垮了一些。

澎园门口，枪声喊声一片，小日本叽里哇啦的乱喊乱叫，全城搜索的摩托车声、警笛声、汽车喇叭声使保定府瞬间沸腾了。

李俊生一众人沿着小胡同七扭八拐地跑到了城北城隍庙，路上到处都是奔跑的老百姓，他们还以为鬼子又在抓丁呢。

几个人带着柳川真一的老婆混在人群里也十分扎眼，毕竟一大粗老爷们儿，肩上扛着个穿和服的日本女人，在谁看来都是另类。

毕竟赵立波常来保定城，对地形十分熟悉，一挥手领着几个人钻胡同儿直奔小北门儿。

谁知道刚进胡同，迎面跑来一个鬼子。

甄奉山一咧嘴，拎出枪来就要揍。

"甄队长，是我！"那鬼子开口了，甄奉山定睛一看，好大的一颗门牙。

"二嘎子！"黄西川可乐了："你小子一下没影了，感情去装日本。"

二嘎子指了指身后不远处："赵队长安排的，赶紧着进去，那边是咱的联络站……"

李俊生一听，哦，感情赵立波早就运筹帷幄了。

一帮人紧跑几步闪进了胡同里的油盐店。

油盐店里间屋是个大铺，赵立波把柳川真一的媳妇扔在炕上，用麻绳捆了："你先委屈委屈吧。"然后转头把一身日本军服扔给李俊生："穿上！跟二嘎子门口站哨去！"

"什么意思？"李俊生不知道如何办。

"你出馊主意出了前半截儿，后半截儿可没考虑好。"

"后半截儿？"

"猪脑子！"甄奉山一跺脚："你没想好退路，逃兵。"

黄西川一拍脑门："我知道了，在门口扮日本兵……鬼子来搜查就说搜过这里了！我会日本话，我来这个吧！"

"孺子可教！"赵立波转手把日本军服扔给黄西川："关键时候，黄师傅比大驴脸管用。"

李俊生这个气啊，这回又被黄西川大大地抢了风头。

油盐店老板，雁翎队的通讯员慌慌张张跑进来："赶紧着！小鬼子进胡同了！"

二嘎子回身拎着通讯员递过来的一只烧鸡，坐在门口大嚼起来。

黄西川换好衣服，扣上屁股帘子钢盔后，赵立波问他："知道怎么演吧？"

黄西川指了指自己的少佐军衔："瞧好儿吧！"

就在这时候，鬼子兵已经闻到了烧鸡的香味儿，看见二嘎子坐在门口啃烧鸡，立马围了过来，一个军曹上去就给了二嘎子俩嘴巴："八格！"

这意思是说啊，执行军务，你小子还在这悠哉悠哉地吃鸡。尽管那军曹嘴角流着哈喇子。

二嘎子赶紧应承："哈咦！"

那军曹顺眼朝油盐店里面望了一眼，一下子就冒了汗。

"看什么看？"黄西川说着日语，板着脸从里面走出来，肩头的佐官军衔把十来个鬼子全挢直了。

"长官！"那军曹和手下的兵们，连大气儿都不敢喘。

张二嘎上去每人赏了一顿嘴巴，嘴里一个劲儿的"八格！"

"停。"黄西川假意喝止了张二嘎，问那个曹长："怎么回事？"

曹长不敢怠慢，表示奉命全城搜索。

黄西川点点头，挥手叫他们继续搜查，自己搬个凳子坐在了油盐店门口，想赶紧打发走那几个鬼子。

李俊生、赵立波和甄奉山拎着枪，躲在里屋大气都没敢出，刘晓根蹲在炕上死死地按着挣扎的日本娘们，非常吃力。

可就在这时候，日本娘们嘴里的枪缨子忽然被她的舌头顶出来了："救命！"

李俊生赶紧扑上去捂住了她的嘴。

101

这一喊可不要紧，门外那军曹耳朵灵，哗啦端起枪，想"里面滴看看"。

"八格！"黄西川虽然手心出汗，但是脸上还得硬起来，心说：你们要是里边滴看看，我们还不得死啦死啦滴啊。

1939 年 7 月　河北阜平县　高家沟

马胡子的客气，显然是怀有一定目的。

但是路达脸上可没表现出任何疑虑："七爷言重，是兄弟过来的仓促，也没跟七爷和兄弟们透个气儿，呵呵。"

马胡子端起茶杯来："路师傅……你们刀岭崖的修械所，给你们多少粮饷？"

"这个……"路达万万想不到马胡子会问出这么尴尬而又实际的问题。

"两块大洋？"

路达笑着摇摇头。

"一块半？"

路达还是摇摇头。

魏广元心里一个劲儿突突，是啊，听贾同和说，修械所现在的条件，连一块大洋都开不出来。上级调拨的钱款，由于日军的封锁，根本过不来，修械所已经好几个月没有开支了。

"一块大洋总该有吧？"马胡子的表情，似乎有些明知故问。

路达笑而不语，这使马胡子更加确定了一个观点，修械所的待遇，绝对跟白干没啥区别。

"你看看。"马胡子指了指靠近最西边的大石头房子："那里面，全是废旧家伙，路师傅如果愿意每个月挣 15 块大洋……我还是十分欢迎的。"

每个月 15 块大洋，那在当时来说可算是高薪了。

这样的条件，说实话……搁一般人一准儿动心。

而且眼瞅着这架势，路达答应则罢，如果不答应，那在土匪的哲学里，叫给脸不要，能不能出这高家沟，还是个未知数……

"呵呵，看来七爷的美意，我还必须得领略……"路达看了看土匪们手里的枪，有的已经拉开了保险。

"人往高处走，水往低处流，没人跟钱过不去……"马胡子一挥手，身后的狗头军师立马就明白了老大的意图，吩咐下去，眨眼工夫白花花的银元就摆在了路达面前。

"七爷……不是我们不愿意，修械所那边老老少少还等着……"魏广元话还没说完，一把盒子炮就顶在了脑门上。

"没问你！仨鼻子眼儿多出一口气。"独眼龙用大拇指扳下了盒子炮的击锤。

魏广元心一横，伸手把大拇指伸进了枪扳机后面的空隙里，把中指塞在了盒子炮击锤和撞针击发点之间，另一只手从身边的路达腰里托出了勃朗宁，对准独眼龙的肚子："你再搂搂试试。"

这一招，充分显示了魏广元在国军军营的训练成果。

独眼龙的枪被制住了，心里大吃一惊，想不到这个精瘦的蜡黄脸居然这么有能耐。

"反啦！"大胡子和众土匪一下子被惹毛了，呼啦抄起家伙来，把黑洞洞的枪口对准了魏广元和路达。

"看起来，这位魏师父身手还是不错的咯。"马胡子看似文静的脸上终于闪过一丝狰狞。

所有土匪的枪口都对准两个人，只要马胡子一声令下，路达和魏广元就会变成筛子。

第七章　跟鬼子换媳妇

1939 年 7 月　河北保定府　小北门胡同

对于眼巴前儿这几个想"里面滴看看"的鬼子，黄西川麻了爪儿。

如果开枪的话，大批的鬼子就会闻声而至。

李俊生又用上了甄奉山的那支没了缨子的左手驳壳枪，枪把子上已经湿漉漉的。

甄奉山一把拎起柳川真一的媳妇，拖着地直奔门外。

李俊生紧接着跟出去。

赵立波一看：好家伙，甄奉山这是要拼啊！

"刘晓根。"

"到！"

"到个屁！抄家伙吧！"

甄奉山拎着日本娘们，把她脑袋按在门上："都别动！动一动老子就打死她！"

那个军曹看见一个黑铁塔掐着一个日本打扮的女人，立刻意识到了自己被座敷童子的手摸了脑袋。

"小日本儿听着！爷爷甄奉山！前来拜访你们桑木崇明师团长，路上捡了个娘们儿，不知道是谁的。你们赶紧回去告诉桑木先生，让他用冯斧头的老婆来换！"

李俊生一听，心说：甄奉山可真够冲的……实在纳闷儿，这个天不怕地不怕的汉子是怎么活到今天的。

甄奉山这仨字儿，早就印在了晋察冀和陕甘宁所有鬼子的心头上，就像一颗随时都能引爆的炸弹。

鬼子三八大盖前边挂着的膏药旗，在没有风的情况下微微地抖动起来。

　　毕竟那个军曹还是胆儿大的，举起枪来对着甄奉山，虽然络腮胡子已经被汗水打湿了一部分。

　　"嗯？"甄奉山把枪使劲往柳川媳妇的脑袋上拧了两下："你小子试试！"

　　鬼子们还真不敢再扎刺了，或许被甄奉山的气势压倒，也或许是为了主子心爱的女人。

　　"想保住这女人，现在就送我们出城！"甄奉山使个眼色，李俊生和黄西川、赵立波、刘晓根、张二嘎围上去下鬼子的枪。

　　"呀——！"鬼子军曹脸色突变，忽然挺着刺刀去捅李俊生。

　　李俊生光顾着背着身摘另一个鬼子的家伙，没留神身后刺刀的到来。

　　"小心！"黄西川飞快地拔出佐官刀磕在三八大盖的刺刀上，然后一反手戳死了鬼子军曹！

　　李俊生感觉声音不对，回头见倒在地上的鬼子军曹和黄西川手里佐官指挥刀血槽里的红色，心里一个劲儿地翻腾。

　　"你小子又欠我个人情。"黄西川用鞋底擦了擦刀上的血。

　　"呸，谁欠你人情？"李俊生擦了一把汗："谁让你多此一举？"

　　"我打死她！"甄奉山眼都红了："小鬼子，老子跟你们讲究，你们他妈的不讲究是不是？"

　　剩下的鬼子看头儿死了，全都软了，自觉地把手里的武器稀里哗啦扔在了地上。

　　"跟着我们出城！"

　　"哈咦！哈咦！"鬼子兵们表面上乖巧，但实则心里都在算一笔账：其一，是想办法抽空子救出长官的媳妇；其二，是建立在第一的条件下的，那就是立功后补上地上那位的位子。

　　其实这一点儿赵立波早就想到他们前面了，鬼子是残忍的，是狡猾的，是没有人性的。

　　所以，对于这些外表顺从，内心伺机反扑的鬼子，绝对不能给他们任何反口机会，而且行动速度要快，鬼子大规模地一集结，事儿可就麻烦了。

　　"甄队长，咱们赶紧出城！"

　　李俊生一拍大腿："坏菜啦！我赶紧去接冯斧头。要不然这么一闹腾，他也得遭殃。"

　　黄西川看看自己的鬼子军装："我去好一些。"

"行！老黄，拜托啦！"李俊生也不知道自己怎么说出的这句非常客气的话，过后儿他给了自己俩嘴巴，觉得这时候的话非常的混蛋。

黄西川倒是点点头："俊生，你们一切小心。"

至于黄西川事后是否也抽了自己嘴巴，这个先不去关心，现在要紧的就是出城！

"赵队长！你的交通员我用用。"

"行！"赵立波把交通员，也就是油盐店老板介绍给甄奉山。

甄奉山对着交通员耳语了几句，那汉子点点头，跑出了胡同。

鬼子们靠着墙，一动也不动，眼睛死死地盯着甄奉山。

甄奉山死死地揪着柳川老婆的领子，咬着牙冲几个日本兵瞪眼："走！头前带路，要是敢耍心眼儿，老子先解决了她。"

"哈咦！守城的……我们滴……问起来，什么地说？"有个日本兵懂点中国话，这便为交流提供了大大的方便。

甄奉山一瞪眼："照实说！走！"

"哈咦！"几个日本兵苦着脸，在前面开路，李俊生和张二嘎殿后，一行人直奔小北门儿。

1939 年 7 月　河北阜平县　高家沟

黑洞洞的枪口对着路达和魏广元，随时都可能开火儿。

"马七爷！你这是什么意思？"路达不慌不忙站起来，冲着魏广元摆摆手："放下手，开枪干嘛，多伤和气。"

"不是……达子你……"

"呵呵，他们要我留下……就留下嘛！"

"啊？你小子……真给 15 块大洋打趴下啦？"

"老魏啊，这人也得吃饭不是？现在有这个好差事，我干嘛不接下来啊？"

魏广元心里这个凉啊："达子！你……你可是延安派来给咱的技术人员啊！"

"拉倒吧，你刚来几天啊……还真把修械所当了家。"

魏广元牙都咬碎了："路达！我瞎了眼，看错你啦！"

"呵呵，我觉得，这地儿不错啊。"路达笑呵呵地冲着马胡子一抱拳："七爷，我应承你不就得了，放了老魏吧。"

"哈哈哈哈！"马胡子叉着腰，盯着路达的眼睛："你应承我？"

"应承你！"

"你以为我会信吗？"

"你可以不信。"

"嘿嘿，我其实真不信。"

"为什么？"

"你上嘴皮一碰下嘴皮……我就能信了你的话……那我就不是马天鹏。"

路达脑子转得也够快："没错，我是打算暂时留下。"

"然后呢？"

"过两天，你们对我信任了，然后蔫儿撤。"

"闹了半天你他妈蔫儿撤！"大胡子用斯登冲锋枪顶住了路达的脑袋。

魏广元这才明白，他误解了路达。

马胡子叉着腰，呲着牙咗了半天牙花子："看起来，我能留住你的人，留不住你的心。"

"七爷聪明。"

"没有回旋余地？我喜欢你。"马胡子爱财，更爱才，这句话说的是肺腑之言。

"谢谢七爷，你喜欢我的什么？"

"你的手艺。"

"没别的啦？"

"还有……你他妈的敢在这时候说实话，是条汉子。"

路达一笑："恐怕七爷是担心那一屋子破烂儿，没人收拾，放着占地方吧。"

马胡子咧着嘴挠挠后脑勺："给你说中了，我就是为了那些破烂。"

"你们这些破烂还会越来越多。"

"你他妈放屁！"大胡子的斯登冲锋枪又往前递了递。

路达用手拨下他的枪管："别吓唬人了，这个也是破烂儿。"

大胡子脸一红，显出窘相儿。

"七爷，你们现在手里，能打响的枪……恐怕没几把吧？"

"这……"

"说实话，有门子。"

"什么门子？"马天鹏觉得路达这不软不硬的态度里，似乎有点儿亮儿。

"七爷，我用打不响的枪，嘟着你脑袋……您老说话会利索吗？"

"都他妈放下枪！给人家识破啦！还端着破玩意儿干嘛？"

"嘿嘿嘿……"路达重新坐下："七爷，你们这些所谓的重家伙，不是管子偏，就是卡了壳儿取不出来愣凿，毁了进弹口的。还有那几把、这个、还有这个，连撞针都摘了去……怎么打？"

土匪们面面相觑，全都没词儿了。

"路师傅，你怎么看出我这些枪使不了？"

"靠眼啊。"

"行，就算我们枪里摘了撞针，看插销和机杻能看出来，但是管儿偏，你又是怎么看出来的？"独眼龙心里对路达增加了几分佩服。

"我是钳工。"路达端起茶杯喝了一口："道儿眼啊！"

"道儿眼钳工！"马胡子听说过，在车、铣、刨、磨、铸等各大工种里，钳工的眼睛那是最刁的。

一般钳工玩儿的都是高精度的活儿，他们的计算单位是精确到 0.01 毫米的。而在机械行话里，0.01 毫米，被称作"一道儿"，钳工在长期工作中掌握了一种高精密的目估技能，这就是说的"道儿眼"。

"马七爷，既然相逢就是有缘，兄弟还真想帮你这个忙。"

马天鹏听路达这么一说，当下有了笑模样："啊呀！路师傅，你……"

"但是……这事儿需要七爷破费点儿。"

"怎么个意思？我听着有点晕。"

"手艺！我们是有的，但是也得吃饱肚子。"

"钱我们不是问题，现在就缺能用的军火。他妈的现在这些玩意儿越来越难搞了。"

路达擦了擦嘴："咱打开天窗说亮话，你这些破家伙，我们修械所包了，按照枪械复杂程度，七爷看着赏。"

"哦……这个……"马胡子有点犹豫："跟共军做买卖……"

"跟我们组织没关系，是跟我做，我个人。"

马胡子捋着山羊胡，眼珠子转了一阵儿："只是这一屋子破枪？"

"不，以后七爷这儿所有不干活儿的枪……哎，别说七爷这儿，就是跟您关系好的其他绺子，有活儿我们也接。而其他绺子要修理的东西，七爷您收货。"

"我收货？"

"对，我们只收个保底钱，其他绺子给您多少钱，我们不管。"

"啊呀！七爷！"这回独眼龙第一次露出了笑模样："他说的这个行啊！咱们随坏随修，其他绺子知道咱们有修军械的路子，还不一准儿巴结咱啊！"

马天鹏站起身来，点了点头："就这么定了。"

魏广元一听鼻涕泡都乐出来了，这个路达，不但化解了一场危机，还谈成了一桩买卖！这个活儿接的不显山不露水的，给修械所赚外快啊！

"那你派人跟我们去修械所儿。"路达马上想走。

"行，认认路，顺便让孙朝元压着一车枪先过去。"马天鹏指了指独眼龙。

"七爷……家伙就先别拉了。"路达脸一耷拉。

"哟……怎么了？"

"七爷，过两天再拉吧……我们那儿……"路达装模作样地像抹泪儿。

"哎！兄弟！"马胡子改口了："兄弟莫非家里有难事儿？"

"修械所啊，前几天给日本人毁了！"路达连跺脚带甩鼻涕。

魏广元也跟着敲锣边："是啊，现在所里爷们儿们，各大工种的能人高手全改了瓦工，修厂房呢。"

"嗨！就他妈为了这个啊！"马天鹏急于修理自己的装备："兄弟！我派人，出钱给你们修厂房！啊，别急。"

"哎呀哥哥！"路达就坡下驴，拉着马胡子的手："大哥！咱们买卖长久着呢，兄弟谢字儿就不说啦！咱手艺上见，修厂房的钱，折在修理费里。"

"不！买卖是买卖！修厂房的钱儿啊……那是交情！"

马胡子说完了，吩咐那个大胡子："三儿，去告诉附近各个绺子的瓷器，有使不动的家伙，就送咱们这儿，这买卖咱干起来！"

"好嘞！"大胡子三儿屁颠屁颠地下山去了。

魏广元暗笑："别说，这帮土匪还是急性子。"

马天鹏临行时，把一个单筒独角龙望远镜送给路达："这个，拿上，沿途各绺子看见这玩意儿，就知道你是我马天鹏的人。"

1939 年 7 月　河北保定府　西大街

俩侦缉队员被雁翎队员放平了以后，冯斧头一直缩在铺子里，一步不敢出门，他生怕日本人知道了，来找他的晦气。

将近下午了，他喝了两口酒，胡乱吃了几个花生豆儿，算作吃饭了。

忽然听到外面乱哄哄的，以为是那俩侦缉队员的事儿犯了，赶紧躲在铺地下不敢出来了。

"咚咚咚！"铺子大门被急促地敲响了。

"啊！"冯斧头听到敲门，赶紧往床底下缩。

敲门的不是旁人，正是黄西川。

他见身后有日本兵跑过去，赶紧喊了几句日本话，一边使劲儿地打门。

有俩日本兵一看有个少佐在敲门，赶紧跑过来帮着打门。

黄西川一看这架势，训了那俩日本兵几句"八格！"然后一挥手让他们滚了蛋。

屋里冯斧头可不知道外面是谁，听到那几句日本话更害怕了，连大气儿也不敢出。

黄西川急了，干脆把佐官刀伸进门缝，去挑门闩。

冯斧头吓得都尿裤子了，跑出去推过柜子挡上了门，自己跳后窗户跑了。但是他忘了自己的店门是朝外开的。

黄西川挑开门闩，拉开门，一个黑乎乎的东西矗立在眼前，把他吓了一跳。定睛一看，原来是个破铁梨木柜子。

推开柜子，见屋里空无一人，床头的柜子门开着，后窗户扇儿还在忽悠。

黄西川一跺脚："哎！这个冯斧头！"

"长官，需要帮助吗？"身后过路的日本兵还是很乖巧的。

"不用！"黄西川奔着后窗户翻出去。

诺大的保定城，想找冯斧头谈何容易……

1939 年 7 月　河北保定府　小北门

今天守备北门的日军格外警觉，就在李俊生他们从胡同里一露头的工夫，城楼上早就有两挺歪把子瞄上了他们的脑袋。

"别开枪，柳川联队长的妻子在他们手上！"开路的鬼子一边挥手一边喊。

守备的鬼子仔细眯着眼看，见一个穿和服的女子被黑铁塔似的男人用枪顶着，立刻意识到，这就是被劫持的联队长夫人。

不过日军的狡猾的确是出了名的，城头的鬼子立马儿朝天放枪。

李俊生从都明白，这是给城里的日军发信号儿呢。

"他奶奶！"甄奉山心想，左右也是响枪了，玩儿硬的是必然的了。

那几个开路的日军，没命似的撒腿就往城门口跑。

赵立波举起盒子炮朝着鬼子后背就要开枪。

"别！"李俊生按下他的手："开了枪反而不好办了。"

摩托车声由远至近，鬼子和宪兵队大头鞋的声音也越来越清晰。日本人的力量正在向北门集结。

"都他妈给老子听着！"甄奉山大嗓门扯开："甄奉山在此！老子的脑袋据说值不少大洋是吧？"

日本人听到甄奉山这仨字，手里的枪增加了一倍的开火欲望。

"现在爷爷手上，有你们联队长的老婆！明说了吧，让你们那缺德联队长，拿冯斧头的老婆来换！否则，老子的脑袋还没掉，这娘们儿的脑袋就得先开花！"

鬼子们的枪没有放下，黑洞洞的枪口反而增加了不少。

"怎么？听不懂中国话啊？"李俊生大驴脸昂起来："听不懂中国话你们还他妈的侵华？臭不要脸啊你们！放下枪！"

甄奉山对李俊生这句极其没有水准的话大为赞赏："大驴脸说得好！"

几个人挟持着柳川的媳妇，硬生生地向北门跑。

忽然，城头上一声枪响，甄奉山身前的刘晓根脑门上被穿了洞。

"小根儿！"赵立波心如刀绞，但是毕竟身经百战，没有被悲痛冲昏头脑，急忙高喊："注意！鬼子的狙击手！"

"你奶奶！"张二嘎也不管三七二十一了，对着城头上就要开枪。

甄奉山咬碎了牙："我干脆崩了她！"

就在这时候，大批的日军出现在北门周围，一辆挎斗摩托车边上，就坐着手持指挥刀的柳川真一。

"慢慢地！"柳川真一还真是个儿女情长的主儿，看见自己老婆被绑了票儿，当下就急眼了。

他知道，眼前这个黑铁塔似的男人，只是想用一个女人换取另外一个女人而已。可是这无疑使皇军蒙受了奇耻大辱。但是救不出自己的女人，男人的尊严将会大打折扣。

甄奉山的确够猛，使劲掐了下柳川老婆的胳膊，迫使她惨叫。

柳川看在眼里，心下如何不疼。都说小日本大男子主义，这不假，可到了这份上，他们也犯了嘀咕。

"带出来！"一个鬼子少佐挥挥手，身后的鬼子推出一个衣衫褴褛、满脸憔悴的女人来。

翻译官上前喊话："甄奉山先生，这就是冯甫同的夫人。请把联队长的夫人放了。皇军说到做到，答应你们的条件。"

"成了！"李俊生万万想不到鬼子这么痛快。

"不成！"甄奉山低声说："他们在这换人，我们还出得去吗？再拖延一会儿。"

"拖延？"

"对！拖延。"

"我们等什么？"

"一会儿你就知道了。"

"甄奉山先生，现在可以换人了。"翻译官又在催促了。

甄奉山哈哈大笑："换你娘的！先他妈把城头的狙击手给老子撤了！"

"快撤！"柳川喊叫着，让城头的狙击手下来。

"甄奉山先生，现在可以了吧？"翻译官抱着肩："皇军已经很给你面子了。"

"扯淡！"甄奉山凤眼圆睁："在这儿换？你们他娘的糊弄小孩儿呢？这什么地方？保定城，是你们控制的。回头你这婆娘到手，小北门一关，还不是把爷爷打成筛子？"

"这……"翻译官和鬼子真的低估了甄奉山。

"现在，放我们出城！在护城河北边儿换！"甄奉山又捏了一下柳川老婆的肉。

城外传来一声枪响，李俊生透过小北门往北看，护城河对面黑压压的全是骑着马的彪形大汉。他想起了刀岭崖下，那条小溪汇聚起来的大川……

"现在！闪开城门！"甄奉山背对着城门，倒着往外走。刚才他要求撤掉城楼的狙击手，目的在于现在倒着走不至于挨冷枪。

城外的游击队员们一阵呼啸声！这声音是李俊生有史以来听到的最震撼的喊杀声，直接刺得人耳膜生疼，一直疼到心里。

"游击队！他们早有准备！"

"甄奉山的游击队来攻打保定了吗？"

鬼子们你一言我一语的，被这喊杀声搞得很迷糊。

就在鬼子的迷糊和游击队员们野狼似地呼号中，甄奉山一众成功地退出了保定城，过了护城河上的木桥，成为了这条黑色大川中的一个水滴。

"很抱歉！晓根儿他……"甄奉山把鬼子媳妇推给老徐，望着赵立波怀里的刘晓根，脸色凝重。

"晓根，变相地支持了军工，不是吗？"赵立波把刘晓根平放在地上。

"他奶奶的！等一会儿换了媳妇，我去干掉那个狙击手，给晓根儿报仇！"甄奉山回身朝着城里喊："喂！把冯斧头的老婆弄过来吧！老子要根柳川真一直接交换！"

鬼子那边倒也乖巧，慢慢地把冯斧头的老婆推出城来。

"你让她说句话！老子不知道这个冯斧头的老婆是不是真的！"甄奉山叉着腰，站在河边："还有，柳川真一呢？叫他来领自己的媳妇！"

李俊生打心眼里佩服甄奉山的胆略和行事的谨慎，难怪鬼子对他惧怕三分。这一趟如果没有他，自己的馊主意也仅仅是个馊主意。然而，甄奉山似乎可以让所有馊主意的可行性提高到最高的层次。

那个赵立波的通讯员，趴在刘晓根身前，默默为他擦去脸上的血和后脑溅出的脑浆，李俊生也清楚，如果不为帮自己请出冯斧头，刘晓根也不会死，正如赵立波所说的，间接地为军工事业牺牲，死得其所。

甄奉山用枪顶着柳川的老婆，一步步地走过去。

那边，柳川真一用指挥刀驾着冯斧头的老婆，向这边走过来。

这场换妻，最终意外地以成功收场，没有人们设想中的那样枪来弹往的交火儿。

至于为什么，究竟是柳川对甄奉山的忌惮，还是鬼子脑子进水了……这一点只有柳川真一自己知道，为了自己老婆私自偷出冯甫同媳妇去调换，肯定会上军事法庭……

鬼子退回城里，守在北门口迟迟不退。游击队也没有退却的意思。

换媳妇的事儿了结了，但是刘晓根牺牲的仇，赵立波还没有报，而甄奉山的又一项承诺，现在到了履行的时刻。

第一颗子弹，是赵立波打出去的。

而柳川真一则堂而皇之地以八路进城救走冯甫同之妻子的名义回敬以一梭子机枪子弹。

现在，不存在媳妇交换的事儿，而是保定城守军与进犯的游击队之间的攻守战斗。

甄奉山拎过一挺捷克 ZB-26 机枪来，扔给李俊生："把我的那支枪还来！给你这个！"

李俊生今儿可是开了荤啦！捷克轻机枪让他找回了忻口会战的那种久违的感觉……但是他现在，却想着修械所那几台失去精度的工作母机。

战场是他所期待和憧憬的，但是现在他似乎经不起这挺捷克机枪的后坐力了……

怎么回事儿？李俊生自己在纳闷儿，难道这两年，自己的战斗技能和体力下降了？还是那倒掉的厂房和破损的工作母机，使他潜意识里有了牵挂……

不行，好不容易能打鬼子……他把脑子里的工作母机冲淡，捷克轻机枪的提把子转到下面，端起来要冲锋。

"你他妈干嘛去！"甄奉山踢了李俊生一脚。

"冲锋啊……"李俊生看着两个游击队员倒下去了："报仇……"

甄奉山又是一脚："给老子撤！"

"不能再有弟兄倒下去啦！撤退吧！"赵立波也赞同撤退。

"给我撤！"老徐一挥手，所有的游击队员倒转马头像潮水一般退了下去。

1939 年 7 月　河北保定府　小北门内街胡同

冯斧头趴在房上，看着鬼子们把山炮都推到了护城河边儿。

几乎城里的鬼子们全都在往这边积聚力量，他搞不明白这到底是不是鬼子知道了自己要从北门跑。

在马号后面，被赵立波他们干掉的俩侦缉队汉奸，是不是活过来，把自己私通八路的消息告诉了上边儿，要不刚才怎么会有鬼子敲自己的门呢？

他见一个鬼子似乎朝这边看了一眼，吓得赶紧溜下墙头儿，沿着胡同一步一个小心地往东关跑，他不想走，因为铺子里有他的大洋和赚取大洋的家伙。

"真他妈背了！"两个生意人缩在自己屋里闲聊。

"甄奉山可是个汉子，好家伙……"

"他们干嘛抓鬼子的老婆？"

"听说要换修理匠冯甫同的老婆呢。"

"嗨！你小子狗嘴里吐不出象牙，他们吃多了吧？换老婆玩儿。"

"我听城门口的刘老二说的，鬼子把冯甫同的媳妇弄去北门了。"

冯斧头一听，倒吸了一口凉气：完了！感情是那伙儿八路要给我救媳妇啊……我那个老天，本来侦缉队的事儿还没了结，这下子又给我救媳妇……我脑袋上这顶共军帽子扣了个瓷实啊……

正在冯斧头偷偷摸摸往那屋里探头儿的时候，一只手搭在他肩膀上，使劲往回一扭。

冯斧头差点没吓哭了！

面前站着个拎着指挥刀的鬼子少佐。

"太君！"冯斧头微微点了点头："我……"

"你老婆已经被救了，赶紧跟我们走。"

鬼子军官一口流利的中国话，说得冯斧头直纳闷，定睛看看，觉得这人面熟。

想起来了，这是那时候去店里的黄西川。

"我……我不大想走……"

"为什么？"

"我的铺子……"

"命都没啦，要什么铺子？"黄西川胸口有点堵。

"可是我走了以后……我那些个大洋……"

"你检查检查自己，除了缺魂儿以外还缺少什么？"黄西川真想给他个嘴巴。

"你们就是为了让我去给你们干活儿！"冯斧头觉得现在发生的一切，都是八路的原因，他甚至开始憎恨八路打乱他本来平静的生活了："你们出现以前……我的日子过得好好地，现在这一切都给你们毁啦！"

"你失去了什么？"

"家！"

"国都没了，家有个蛋用？"黄西川说出了一句听似俗套，但是极其有道理的话："我的家……也没了。"

"你的家也是被八路搞没的？"

"狗屁！是鬼子。"

"他们拿了你什么东西？"

"他们拿了很多中国人的一切东西。"

冯斧头蹲在地上，半天没说话。

黄西川把佐官刀杵在地上，焦急地四下里看："我说你怎么蹲下啦？赶紧着跟我走，别再幻想你的安生日子啦！"

"你让我想想……"

"你还想什么？赶紧着走。"

冯斧头站起身来，忽然指着黄西川身后："啊！鬼子！"

"你甭给我玩儿这套，我一回头儿，你就趁机跑是不是？"

冯斧头没想到这个黄西川如此鬼道……

"现在，你跟着我，咱们出城！"

"否则……"

"把你送给鬼子。"

"你不敢！"

"你看我敢不敢。"

"凭什么？鬼子一准把你抓起来。"

"……"黄西川不慌不忙吐出了一口流利的日语。

"……"冯斧头蔫儿了："我服了……"

1939 年 7 月　河北涞源　刀岭崖修械所

"情况……不大好啊。蒋介石名为联共抗日，先是拒绝了给八路军弹药供给，现在又停止了对咱们的军饷发放，咱们的任务，更艰巨了。"邓汉涛放下手里的一封信，隔窗户望着修到一半儿没了材料的厂房和一群由于工作母机瘫痪而游手好闲的工人们。

"这个……组织上也很为难，咱们现在是巧妇难为无米之炊啊。手里压着一大批活儿，干不出来……"沈淳宏耳朵根子清净了好几天，不是由于厂房里没开工，而是李俊生和黄西川这对冤家到保定府去了。

"这个……老邓啊，他们别是出了什么事儿吧。"

"呵呵，淳宏兄对此二人关爱有加啊。"

"哎，这俩小子虽然平时在身边儿觉得吵闹，但是真不在了，反而觉得空落落的。"

"哈哈哈，淳宏兄……"

邓汉涛话还没说完，哑巴一头撞进屋来："拖……拖……"

"又说不清，你拖什么拖？"贾同和端着大抬杆满头大汗把哑巴撞进屋里："沈厂长，邓厂长，不好啦！"

"别急！慢慢说。"邓汉涛看着贾同和手里的大抬杆，他的心一下提到了嗓子眼。

贾同和把哑巴推到一边，指着外面上气不接下气："外边，山下……来了一帮人……都……都拿着家伙呢！"

"日本人还是中国人？"沈淳宏从窗户朝外望。

"中国人！"

"中国人你怕什么？"邓汉涛挑开门帘，来到外边儿。

修械所的老老少少都伸着脖子往山路上看。

十来个黑衣汉子，肩上扛着重家伙，赶着四五头驴，慢慢悠悠地往这边走，看起来这就是直奔山洼子里的修械所来的。

沈淳宏站在邓汉涛边上，手心都攥出汗来了："咱们除了跟组织上，基本上不跟外界联系，这个……这帮人是干什么的？"

眼看着那帮人从南坡慢慢下来，邓汉涛一拍腿可乐了："哈哈！达子！"

路达和魏广元远远看见老少爷们儿们在修械所院子里朝这边张望，回头对独眼龙孙朝元一笑："老孙啊，看见了吧，这里个个儿都是修理高手。"

眨眼间，驴队到了修械所大门前。

"达子！你们可回来啦！"沈淳宏赶紧过去，叫人接下他们肩上扛的家伙。

"这几位……"邓汉涛的两只眼和孙朝元的一只眼对到了一起。

路达把邓汉涛拉到一边，小声说了俩字："土匪……"

"啊？"邓汉涛差点没蹦起来，看着魏广元把一众歪戴帽子斜叼烟的汉子让进大门，也顾不上拽文了："尔等……你们怎么会惹上土匪？"

"怎么叫惹上啊？"

"那叫什么？"

"人家帮咱们修厂房……"路达除了关键的时候，是惜言如金的。很显然，现在的情况远不如在高家沟危急。

"啊？他们怎么知道咱们要修厂房？"

"我说的。"

"你跟土匪说这个干嘛？"

"合作。"

"合作？咱们跟他们有什么能合作的？"

"赚钱。"

"赚谁的钱？"

"土匪的钱。"

"哦……"邓汉涛眼珠子转了转，一拍脑门儿，一把抱住路达又亲又啃："你个狗阎王！还不赶紧去给客人倒茶？"

"好！"路达乐颠儿地跑进去，帮着魏广元招呼孙朝元一众。

沈淳宏出于礼貌，招呼众人休息以后，跑过来拉住路达："哎，这些人……"

邓汉涛拍了拍路达的屁股："忙你的去，把那些驴背上的东西卸了。"

然后他把沈淳宏拉到一边儿去："淳宏兄，刚才达子可跟我说了，这些人是土匪。"

"啊！"沈淳宏跟邓汉涛当时的反应一样。

"你听我跟你说。"邓汉涛对着沈淳宏耳语了一阵子。

"那也不行！咱是八路军共产党的修械所，怎么能跟土匪混在一起？"沈淳宏听完邓汉涛的话一下子就急了。

"咱不是现在钱紧嘛！"

"钱再紧也不能跟土匪打交道！"沈淳宏火气出奇得大，他甩开邓汉涛的手："老邓啊，别的事儿你全说了算，但是这事儿，我必须得讲究个原则！"

"哎，淳宏兄，你别急嘛！"

"不行，现在马上把他们给我赶走！"

"你先别急眼啊。"

"怎么不急眼？你不去是吧？好……我去！"沈淳宏回身就往所里跑。

"淳宏兄……你……"

1939 年 7 月　河北保定府　北头台

"不管怎么说……都要谢谢甄大队长……"

"免！老子不过是还你个人情儿，现在……两不相欠。"甄奉山指了指柳树下的新坟："现在……你欠刘晓根的人情，这个人情……你还不来，也还不起。"

“是啊……”李俊生看了看赵立波：“赵队长，我……对不住小根儿啊，如果不是我的馊主意……”

“谈不上，”赵立波叹了口气：“小根儿虽然没有死在战场上，但是……”

李俊生看见赵立波和张二嘎眼圈儿有点红，低下了头。

“还不都是为了后方生产自救……”甄奉山咗咗牙花子：“他妈的，跟你这逃兵费什么话？走啦！赵队长，替我问候雁翎队的兄弟们！”

“好说，本该请甄队长去圈头小酌几杯，既然公务在身，兄弟也就不留了，改日再聚。”

赵立波和甄奉山相互一抱拳，就此别过。

甄奉山的游击队走远了，马蹄的风拂动着北头台大堤上的柳树枝条，就像千丝万缕捋顺不清的头绪一般。

“月娇！”冯斧头一把抱住面冷似冰眼神凝滞的妻子：“你受委屈啦。”

黄西川叹口气，对李俊生说：“我跟着赵队长他们先去白洋淀，修械所那边，你说说情况。”

“滚蛋，老子又不是你的传话筒。”

“哎！你属狗的啊？翻脸就咬人？”

“你个资产阶级的崽子，凭什么让老子给你传话？”

“你讲不讲理啊？”

赵立波一阵苦笑：“你俩咋回事儿啊？那会儿对着鬼子的时候，那么情真意切，怎么……”

黄西川气得呼呼的：“爱咋地咋地，赵队长，咱们走。”

“黄师傅啊……这还让我怎么敢劳动您……”

“没事儿，赵队长，咱们走就是。”黄西川穿着那身鬼子军服，瞪了李俊生一眼，气呼呼地走了。

“哎！黄师傅，回来！”张二嘎追上去拉住黄西川。

“干嘛？说去就去，咱不后悔！”黄西川脸涨得通红。

“可是……黄师傅……”张二嘎乐了：“白洋淀在这边儿……”

黄西川跟着赵立波和张二嘎走了，只留下李俊生和冯斧头夫妇。

“你哭够了没？”大老爷们哭哭啼啼本就为李俊生所不齿，何况是哭起来没完。

他再打量打量冯斧头：“别哭啦！大老爷们哭个屁啊？”

冯斧头抹抹眼泪：“我……我城里还有大洋啊……”

"哎呀，你还真是舍命不舍财！"

"没钱怎么活啊？"

"合着你老婆还不如大洋？"

"没有大洋我怎么养老婆？"

"跟我走！"

"我没说跟你走啊，虽然你们帮我救出了媳妇……我也犯不上跟共军合谋。"

"你跟鬼子合谋就能保证有大洋吗？"

"跟共军有大洋吗？"

"跟我走就有大洋！"

"有大洋？跟你走就有大洋？"

"……有！"李俊生说这话真没底气，他只想先把冯斧头弄到修械所交差，完事儿修好工作母机，他就能去找队伍，继续回到属于他的战场上。

冯斧头点点头，带着乜呆呆的妻子，跟着李俊生上路了。

哪知道他们刚动身，身后保定城方向有动静，扭头看，原来是大批的鬼子直扑北头台大堤。

"不好！鬼子出城！"李俊生脸儿都绿了："可能是鬼子们用望远镜看见游击队走了，才奔着咱捡便宜来的。"

"啊？要不……咱投降……"冯斧头腿又软了。

"放屁！"李俊生看看东西走向的大堤，脑袋上急出了汗："这可怎么办呢？"

第八章　妖术郎中

1939 年 7 月　河北涞源　刀岭崖修械所

"你们……"沈淳宏刚要冲那几个土匪吆喝，被邓汉涛从身后捂住了嘴。

"不是……他，什么意思？"孙朝元放下手里的水碗，看着沈淳宏脸色不对。

邓汉涛冲着孙朝元一笑："没事儿，呵呵，我们沈厂长是血性汉子，见到列公到来高兴之至！"

"哎呀，老邓！"沈淳宏挣脱了邓汉涛的手："你堵上我嘴干嘛？他们是土匪，我干嘛高兴？"

路达正领着几个人点查拉来的报废枪支，一听这话倒吸了一口凉气，赶紧跑过去打圆场："别在意，厂长对弟兄们不了解。"

孙朝元也不介意，笑了笑："呵呵，的确，土匪这名声不好听，也难怪沈厂长误会。"

"哎呀！孙兄真是深明大义，乃非同寻常之土匪！"邓汉涛这话说的也欠点儿，也不知道是夸还是损。

孙朝元望了望山路上一辆载着建材的马车："兔崽子，走得太慢啦，刚到啊……弟兄们，别站着啦！赶紧开工！"

"吼——！"土匪们习惯性地呼喊着，脱了光膀子直奔那辆马车，把建材扛到修械所里。

陈尚让捅了捅高锁柱和张国平："哎，咱们去帮忙扛扛，我看着土匪们没想象中那么坏。"

"这年头，不是逼得没了法子，谁愿意当土匪啊？"张国平晃悠着大方脑袋，把半根蒜薹扔进嘴里，挽起胳膊就要动手。

121

"你们干嘛？"沈淳宏瞪着张国平，满脸火气。

"我们……去帮个忙儿呗。"张国平见厂长瞪眼，有点含糊。

"我看谁敢去？"沈淳宏搬个凳子坐在厂房门口："我说，土匪们啊，我们是八路军的修械所，不是你们藏污纳垢的窝点儿，你们的东西，咱用不起，趁早给我弄走！"

"淳宏兄！你别这样嘛。"邓汉涛一面劝沈淳宏，另一边儿赶紧去看土匪们的脸色，见有几个人已经气呼呼地把搬到门口的东西搬回马车上。

"哎！弟兄们，东西运进来不容易啊，干嘛为了两句话就……"邓汉涛和路达跑过去，把装回车上的东西扛下来。

"哎呀，老沈啊！"焦凤春在围裙上擦了擦手："你不能那样对待这些弟兄们，人家大老远地来帮忙，你看看你……"

"老子用不起！这些贼骨头，上为贼父贼母，下为贼子贼孙……"好嘛……沈淳宏这话可毒啊，土匪们全都给气得呼呼的，就连送建材的黑瘦矮子，都从腰带里拔出勃朗宁来："哎！你他妈活腻味啦？"

1939 年 7 月 保定府 北头台大堤

1939 年 7 月，日军第一一〇师团 5000 余人，分别从河北保定、满城、大王店、塘湖、梁各庄等地出动，向易县、满城、徐水地区晋察冀军区第一军分区驻地娄山、团山、管头和大良岗等地合击扫荡，企图切断北岳区与冀中区的联系。

这一伙儿鬼子足有 400 多人，浩浩荡荡一路奔北。

队伍前面，是皇协军，也就是保定人称之为白脖儿的伪军。在他们后面，跟着的就是百余名正牌儿日军。

这支队伍里，普遍装备三八式步枪和 4 挺九二式重机枪，还有歪把子轻机枪十多挺，分别由几个鬼子们扛着。后面还跟着两辆缓缓开动的大卡车，这上面应该是电台，可以呼叫空中支援。

如此声势浩大的两个日军中队，抓捕李俊生等三人……显然是吃饱了撑的，那么他们往北边去，究竟是干什么呢？

经过大堤的时候，鬼子丝毫没有停留，更没注意大堤北边水里的水葱中藏着的三颗人头。

"看看鬼子这武器配置，乖乖……"李俊生压低声音自己念叨着："这些鬼子看这阵势不是冲咱来的。"

"那是冲谁啊……"冯斧头连头儿也不敢抬，死死地按着他老婆，大气不敢出。

"不知道……这队伍怎么还过不完……这臭水快他妈熏死我了。"

好不容易这伙儿鬼子过去了，李俊生站起身来，闻了闻自己的衣服，一股令人作呕的气味随之而来。

这大堤后面的所谓之河，实则已经断流很长时间了，日本人经常把烯烧的尸体和医疗器械扔进这河中。过路的人还经常在这里排放屎尿。此时正值夏至，蛆虫遍生，臭气熏天。

"他奶奶个攥儿的，这么泡下去老子得成了癞蛤蟆！"李俊生脱掉上衣，光着膀子，看了看前些天的弹伤，伤口已经微微有些发红。

"啊呀！又来啦！"冯斧头吓得一缩脖，赶紧又躲回了水里。李俊生刚透过气来，扭头一看，差点没哭了。

保定方向，又浩浩荡荡过来一队日军，这回可是一大拨儿鬼子，足有千余人，比刚才的声势还大，人数还多，武器也更加精良。卡车较之前面过去的多了好多辆，好家伙，机枪中队、掷弹筒……后面还拉着两门70毫米口径步兵炮呢！

李俊生又躲回水葱丛中，忍受着呛鼻的臭味，同时，他肩头上中的那一枪，也开始隐隐作痛。

在臭水里默默忍受的感觉，并不好受，李俊生几次想呕吐，都咽了回去，他们不敢闹动静儿啊。

好容易捱到这队伍就要过去了，一个圆溜溜的东西却飘到了冯斧头媳妇的身边，轻轻碰撞了她的胳膊。

"啊……"月娇看到那东西，眼睛里充满了恐惧！刚要尖叫就被冯斧头捂住了嘴。

那是一个骷髅头，头盖骨上还被烧得焦呼呼的……

"纳尼？"日军队伍后面骑大马的一个佐官似乎听到点动静，忽然下马，拎着指挥刀奔着河边走过来。

李俊生一咬牙……

123

1939 年 7 月　河北涞源　刀岭崖修械所

孙朝元抱着肩膀，直挺挺地站在沈淳宏的面前。

沈淳宏也抱着肩膀，坐在破椅子上瞪着孙朝元的蒙眼布。

"你们，这个……只是土匪，明白吗？"

"淳宏兄！"邓汉涛拎了拎他的袖子："别这么说……"

"我必须说清！"沈淳宏指着马车上的建材："打家劫舍得来的东西，我们是不会接受的。"

"那要怎么的你们才能接受？"孙朝元歪着嘴笑。

"二哥！咱别受这份儿气啊！"其他土匪们早就炸了庙儿："端了他们！要不就回去！"

孙朝元冲着几个土匪一瞪眼："闭嘴！老子说了算还是你们说了算？"

"哼……"沈淳宏根本不正眼去扫他们。

"沈厂长，我孙朝元也是见过大场面的，而且我的脾气……你越不让我干什么，哎！我还偏要干什么！"

沈淳宏一听："怎么的？你还想耍混怎么的？"

孙朝元挥挥手："弟兄们！把这个老杂毛儿给我扔一边去，开工！"

几个小子过来就把沈淳宏按住了。

"你们要干什么？啊？你们要干什么？放开我！"沈淳宏被四个土匪驾着，扔到了外墙根儿。

"啊呀！各位好汉啊！你们不能这么干啊！"邓汉涛嘴上说着，可没过来动手，还挤眉弄眼儿地招呼修械所的人帮着往里抬家伙。

路达和魏广元这个乐啊，心说这邓厂长也真够那个的……

土匪们和修械所的工人们，把建材运到车间外边，动手开工。

沈淳宏在墙外边大呼小叫，焦凤春不忍，拉着春喜儿跑出去。

"这……这成何体统？"沈淳宏冲着焦凤春点指："你还不去叫他们停工……哎哟我这腰啊！"

"没法子……老沈啊，我去了也最多在这墙根儿多扔一副骨头架子。再说……跟土匪合作，咱厂规厂纪上没这条限制……"

"不行，我就是拼死也不能让土匪给我修厂房！"沈淳宏抄起一块板砖，跑进厂去。

"淳宏兄！"

"老沈啊！"

1939 年 7 月　　保定府　北头台大堤

鬼子军官拎着刀，跑到河边看了看水里……见一个骷髅头漂在水面上慢慢地打漩儿，一丛水葱正随着涟漪轻轻摆动。

"嘿！"这鬼子一眼看见了柳树下刘晓根的新坟，招过俩鬼子兵来拔了简易的木头墓碑，掘出刘晓根的尸体。

李俊生在水底下死死憋着气，多亏了这河水又臭又混，否则一准儿露了馅儿。

鬼子少佐冲着水里一个手势，鬼子兵把刘晓根的尸体扔进了河里。

"哗啦——！"四溅的水花，搅得河水再次荡起波澜。

过了好大一阵儿，河水恢复了平静。

鬼子转了转眼珠儿，见河对岸悠闲地踱着几只灰色的鸭，慢慢点头说了句"哟西"，转头挥手，上了马，过了铁栏杆石桥一路奔北而去。

鬼子的队伍激起的尘土还没有落定，河里的臭水面上哗啦啦钻上三个人来。

"噗——！"冯斧头吐出一口臭水，大口大口地喘着气。

待得喘定了，赶紧趸摸他媳妇，看到月娇安然无恙，才捂着胸口长出了一口气。

李俊生的伤口有些刺痛，他捂着肩头爬上岸去，坐在大柳树底下，看见刘晓根儿的新坟被扒开了，咧着嘴骂了句："狗操的小日本！"

"啊！"冯斧头的老婆看见了不远处漂浮着的刘晓根尸体，又是一声惊叫！

"你喊什么喊？他要是不为救你啊……"李俊生再次跳下河去："不为救你，也中不了鬼子的暗枪。"

李俊生把刘晓根的尸体拽上岸，重新放在坑里："兄弟啊……欠你的情儿，我记着，等我上了战场，多杀鬼子给你报仇，保佑着我点儿……哥们儿这给你磕头啦。"

"咚咚咚咚！"四个响头磕在地上，李俊生捧起黄土扬在小根儿身上。

转眼间，仨人身上干透了。

李俊生肩头的伤口撕心裂肺的疼，在臭水里泡了半天，伤口不中水毒也得感染了病菌。

冯斧头搂着他媳妇，用手兜了兜裤裆，神色黯然："走吧……在这儿，万一鬼子再出来一批，咱还得往里跳，再说……我也不忍心看这位兄弟再被刨出来了，他经不起折腾。"

李俊生站起来，抹了一把脸，带着冯斧头和月娇顺着大堤一路往西。

1939 年 7 月　河北涞源　刀岭崖修械所

土匪们干起活儿来，丝毫不亚于专业的泥瓦匠。

贾同和和他们攀谈中才知道，这些土匪在落草前，都是各行各业的精英分子。马天鹏爱才，把这些被日本鬼子残害过的人收在寨子里，组成了这支看似松散实则彪悍的队伍。

也正是这些人心中埋藏的仇恨，成为了他们骁勇善战的先决因素。只是这股仇恨太狭义，如果把它放大到一定的高度，这股仇恨能像甄奉山的大川一样，吞没掉鬼子……

鲜血顺着孙朝元头上那个大窟窿流下来，浸湿了他的眼罩，修械所的老少爷们在脑海中把这一溜鲜血放大，并且印在自己身上。

沈淳宏的手真黑，现场的人都惊呆了。

跟土匪们勾肩搭背套近乎的小青年们，赶紧跟他们保持了距离。

人们想象中的枪林弹雨血流成河，即将来临。

邓汉涛见事已至此，赶紧给贾同和使个眼色。

修械所护卫队长赶紧抄起了唯一的一支步枪，几挺大抬杆也被护卫队员们端起来。

"二哥！"土匪们扔下了手里的瓦刀和木锯，换在手里的是盒子炮和勃朗宁。

孙朝元，缓缓地抬起手来……

老少爷们的心，都提到了嗓子眼儿，心想，他的手落下去的时候，血将覆盖修械所的青石地面……

沈淳宏手在颤抖，但是那块青砖依旧紧紧地握在手里。

魏广元不得已也抄起了大清帝国的麦德森机关枪，尽管他不敢确定这枪是否能打得响。

"停下干嘛？继续上工！"孙朝元的手放下了，谁也没想到他对土匪们说了这么一句话。

"二哥……你是说……"

"没听见吗？继续干活！"孙朝元抹了一把脸上的血迹，转回头对沈淳宏一笑，摘下了眼罩，露出那一对明亮的眸子来。

"啊？你……你不是独眼？"魏广元惊呼。

"谁说非得独眼才带着眼罩？"

"不是独眼带着眼罩干嘛？"

"一只眼好瞄枪啊。"孙朝元回头对着沈淳宏，指了指头上的伤口："你现在解气了吗？"

沈淳宏万万料不到孙朝元竟然是如此反应："你……你这土匪……"

"我想，我们应该好好谈谈，阁下如此痛恨土匪，必然受过土匪之害。"孙朝元说话忽然变得跟邓汉涛一样文绉绉的，实在令人听着不习惯。

"想不到孙先生，还是一代儒匪啊。"邓汉涛长出了一口气："老焦，给孙先生上药。"

"哼！"沈淳宏白了孙朝元一眼，扭头出了厂门，蹲在山坡上抽烟去了。

"你呀，别怪沈厂长，他们一家子都被晋西北的土匪害死了。"焦凤春拎过药箱子，给孙朝元上了止血散，又取出发了黄的绷带来。

"您看，远道而来，仗义相助……真是不好意思。"邓汉涛也是连连抱拳："我要好好做做淳宏兄的工作。"

"你以为……我真的愿意当土匪吗？"孙朝元包扎好伤口后，远远地望着外面山坡上的沈淳宏。

"这么说，孙先生也有一段往事……"

孙朝元站起身来，吆喝修厂房的土匪们："抓紧时间，天黑前必须上大梁！要下雨啦！"

沈淳宏对土匪的态度，令众人着实吃惊，然而更吃惊的是土匪孙朝元受到打击以后的态度。

眼看着孙朝元一步步地朝沈淳宏走过去，邓汉涛心里扑腾了。

"哎，孙先生……沈厂长一个人静一会儿，想通了就好啦……"

孙朝元脚下不停，拎出自己腰里的盒子炮扔给邓汉涛："这下放心了？"

"不是……鄙人可不是那个意思……"

刀岭崖的小气候，似乎不喜欢受大循环的影响，山洼西边的塘子，总是喜欢时不时地把水蒸腾成云，然后再化为雨为自己洗刷尘土。

这也是刀岭崖在特殊状态特殊时期的一种"生产自救"。

眼瞅着刀岭崖山壁的皮肤又痒痒了，乌云转眼间压到了山头。

又起风了，孙朝元的大衫儿被刮起衣襟儿来。

山坡上一站一坐两个人影，与连绵的青山形成了一幅初夏阴雨来临前的灰黄色版画。

沈淳宏不说话，孙朝元也抱着肩膀站在他身后一言不发。

但是这样的沉寂等不及暴雨来临，就由孙朝元打破了："我……"

"免开尊口，我不想听。"沈淳宏直愣愣地望着面前的一小棵野酸枣树，用手揪下一片叶子把玩着。

孙朝元歪着嘴笑笑："你爱听不听。"说着，他抹着自己的伤口，挨着沈淳宏坐下来："这么多年，你是第一个用砖拍我的人，想过后果吗？"

"想过。"

"什么后果？说说……"

"哼！"沈淳宏扭过脸去，不答话。

"哎，是你把我拍了，不是我拍了你，还这么爱答不理儿的。"

"你要不是土匪，我还懒得拍你呢。"

"喔唷！这么说我还挺荣幸的。"孙朝元叹口气："你以为……我愿意当土匪啊？"

"哼。"

孙朝元望着远处灰暗的天："我……去年打过台儿庄，在德邻将军身边效命。"

"哟！"沈淳宏斜着眼打量孙朝元。

"德邻将军说，他有仁……宜生将军说，他有义……呵呵，我他妈有什么？"孙朝元顿了顿，抹了一把脸："我想做大人物，台儿庄一战之后，我就离开了德邻将军，去寻找自己的路。"

"嗯……"沈淳宏觉得有点儿意思了。

"我去拉自己的队伍，想效仿北洋那会儿，整出一股势力来。后来全他妈给鬼子打散了，我也就一个人流落到了高家沟，幸而有马七爷收留，跟着他干到现在。"

"你跟我说这个，是为了让我同情你？"

"没那个必要，我只是让你明白我们土匪干什么。"

"打家劫舍？"

"不，打鬼子。"

沈淳宏冷笑两声："有专门打鬼子的土匪？"

孙朝元也笑两声："这只能证明你对土匪这两个字过于苛责了。我们的队伍，一不劫持百姓；二不劫持妇孺；三……就是不打共军。"

"为什么不打共军？"

"不值得打……打了半天，没有我们干鬼子一票捞得多。"

"哼，你是变相地说我们后方支援无能……"

"无能不是用嘴说的，你讨厌土匪也罢，不沾土匪也罢……总之，我们土匪并不全是杀了你全家的那种不入流的玩意儿。"

沈淳宏捂着胸口一个劲儿地喘气。

"哼，土匪能抗日……一派胡言。"

"谁说抗日只是正规军的事儿？"

孙朝元站起来，看了看天："我回了，雨就要下来啦。"

忽然，刀岭崖南坡上空一阵"嗡嗡"作响，孙朝元警觉地一转身，只见擦着山头上空的几个黑点儿越来越大……

1939 年 7 月　河北唐县　唐河边

月娇蹲在河边，使劲儿用香蒿草洗着指甲，洗洗闻一闻，然后又洗。

李俊生爬上唐河，嗅了嗅自己的身上，那种臭水味没有了，但是多了一种腐臭的味道。

"哎呀，都流脓咧……"冯斧头看见李俊生的伤口，已经溃烂，而且流出了青黄色的脓水儿。

李俊生感到一阵头晕恶心，四肢无力，浑身发烫。

自己动动枪伤口附近的皮肤，已经没了丝毫知觉，而且刺鼻的恶臭，就来自于那股脓水。

"肯定是在那臭水里泡得感染了。"

冯斧头皱着眉头："那河里边儿啥都有，我还往河里扔过废机油呢。"

"你！"李俊生这个气啊："都是你这号人造孽！难怪尿脬这么大！"

那个年月，人们虽然没有啥环境污染的概念，也没有环保这个词儿，但是好些人都知道，自然是人依靠的根本，毁坏大自然就是自找灭亡。

那条河的污染，有一部分当然是来源于日军，这却成了李俊生对日军增加一分愤恨的理由。

"我操他姥姥！"李俊生感觉伤口处痒，但是却不敢用手去抓，因为抓了，溃烂的皮肤就噼里啪啦地掉下来。

月娇简直都不敢去看那些脓水四溢的伤。

"走！"李俊生咬着牙："就是死，老子也得把你们带到刀岭崖再死。"

"到了刀岭崖就有现大洋了吧？"冯斧头满脑子都是袁世凯大总统的影子。

"少废话，走！！"李俊生又是一阵天旋地转。

"哼，你这副嘴脸，干嘛？威胁我？告诉你，那爷今儿还不走了。"冯斧头拉着他老婆站住了。

"我——"李俊生本来就打晃儿了，这一下子心里翻江倒海，眼前一黑栽倒在地……

1939 年 7 月　河北涞源　刀岭崖修械所

"鬼子飞机！快卧倒！"邓汉涛大声惊呼！

7 架日军轰炸机，排成人字形掠过刀岭崖的山尖儿，呼啸着朝修械所方向而来。

"鬼子飞机这是奔着咱来的？"修械所护卫队长贾同和，躲在砖堆后边，望着天上的飞机。

魏广元摇摇头："就咱这么一个小修械所儿，鬼子出动 7 架飞机……也太看得起咱了，说不准是过路的。"

焦凤春紧紧地搂着自己的小儿子："春喜儿别怕啊，那叫飞机，不是啥妖怪鸟儿。"

孙朝元拽着沈淳宏跑回来，远远地喊："这是轰炸机……赶紧躲……"

话还没喊完，轰炸机一个俯冲，朝着修械所和山沟子里开始拉巴巴。

"工作母机！工作母机！"沈淳宏伸着手，眼看着第一颗炸弹落在了厂房里。

"卧倒！"魏广元否定了自己的猜测。

"轰——！"爆炸声夹杂着火焰硝烟和碎砖烂瓦，从刀岭崖的山洼里腾起，震碎了在场每一个人的心。

没顶子的厂房墙壁倒了，但是 11 台工作母机依然昂首站在硝烟里，显得格外得敦厚。

沈淳宏真想跑上去抱住这些机床。但是他也明白，那明摆着是缺魂儿的表现，现在只有祈祷这 11 台母机不再受到正面轰炸。

爆炸声连连，刚刚有了个模样的修械所转眼间片瓦无存。

"他妈个巴子！"贾同和用手一锤地面，问他身边趴着的魏广元："鬼子飞机队儿的头儿叫他妈什么？"

"好像叫……德川好敏，而且他们叫飞行大队，不叫飞机队儿。"

贾同和拍拍身上的土，瞅瞅轰炸后得意地升上高空的飞机："他娘的，打完就走，这帮狗日的……有种的下来单挑。"

话音刚落，7 架飞机在天上打个旋子，扭头又回来了。

"别起来！快趴下！"焦凤春赶紧按住了刚刚爬起来的儿子春喜。

"干嘛？还觉得炸得不够干净啊？"邓汉涛推了一把路达："去给我拿个锅来！"

"啊？"

"拿去啊！"

"干嘛？"

"没看鬼子飞机又来了吗？我扣上点儿脑袋。"

"人家都在这伤心呢，你怎么倒是……注意！趴下！"路达一把按下邓汉涛的脑袋。

飞机又开始拉巴巴了，这次拉得更多更粗，还挂着不擦屁股。

有一颗炸弹就戳在刨床旁边的土堆儿里，落下的时候还把刨床侧边的绿漆连着腻子刮掉一块。

但是老天保佑，它是一堆炸弹里唯一没响的臭子儿。

这时候，火焰和硝烟里，一个人影忽然奔着工作母机跑过去。

"老陈！你不要命啦！"开铣床的牛二哲吐出嘴里的尘土，撑起身子来。

他想爬起来去拽回陈尚让，但是一颗"捻儿迟"的炸弹在他身边响了，把小牛儿横着扔出去。

陈尚让跑到自己又爱又恨的刨床边儿上，毫不犹豫地从土堆里拎出那颗炸弹，扭头就往厂外跑。

大概小日本的军工水平也稀里马虎，这颗炸弹该炸的时候不炸，偏偏不该炸的时候……大抵由于陈尚让跑得不稳当，这颗炸弹生气了……

"轰——！"唯一立着的厂门口方柱最终也随着这一道橙色的光消失了。

陈尚让最后一刻，是笑着的，因为那台相伴多年的刨床，在鬼子飞机满足地去了之后，依然昂首挺胸地站在那里，期待着下一任主人的到来……

1939 年 7 月　河北唐县　唐河边

眼前一片黑糊糊，不知道是什么地方。

脑袋瓜子里昏沉沉，那些记忆化作汤汤水水一股脑地和喜怒哀乐和成了二斤半浆糊。

李俊生觉得有一只手分明是在摸自己的额头，但是无论如何也睁不开眼睛。

也不知道过了多长时间，手背上感觉一阵生疼，像是有什么东西扎进了自己的皮肤里。

他下意识地躲了一下，便有一双手按住他的胳膊，那根尖细的东西还是扎进去了……

他心里暗自琢磨：难道老子是他娘的死了……在地狱里受刑？很显然吗，这就是小鬼儿们查出他小时候偷拿隔壁胡二愣子家玉米的事儿了，这正用钢针扎手呢……

奶奶的，扎就扎吧，反正老子不在乎。

但是转念一想，不对……小鬼儿们要是查出我逃离修械所的事儿，还不得挑了脚筋啊……不，绝对不会，阎王爷这儿不管逃兵的事儿吧……

他等待着下一支惩罚的钢针，可是小鬼儿们似乎很懒，有些偷工减料之嫌，扎了一针居然懒得拔出去，甚至不再扎第二针。

李俊生办事不愿意拖拖拉拉，想催催小鬼儿们下手痛快点，他坚信还有第二针，第三针乃至第十针。因为他小时候曾经偷过的东西不只玉米，还有辣椒、大蒜、灯油……幸好这些东西他心里有本账，否则小鬼儿们多扎了针数，他是可以到阎王爷那里上诉的……

他胡思乱想着，慢慢尝试着睁开眼，想看看地狱是啥模样的。

这一看可不要紧，真给他吓着了。

"哎呀妈呀！"李俊生猛地坐起来，蹦下了床！才发现自己身处一个墨绿色的帐篷里。

手上的钢针也从皮肤里窜出来，那一头还连着一根管子，滴滴答答地流着一些液体。

"你看，跑液啦，你不应该动的。"

李俊生盯着这个说话的人，更是惊讶："我，我真到了地狱啦！这就是鬼啊！"

那人弯腰拾起那根连着管子的针，抬头看着李俊生笑，并且说话怪里怪气的："你不要怕，来，躺下。"

"不是……你……你就是地狱的无常老爷吧？"李俊生不错眼珠地望着这人惨白脸上的深眼窝、蓝眼珠、高鼻子和梳成背头的黄头发，确信这就是地狱的无常鬼，证据就是这副皮相和身上那一身孝……

"呵呵，我怎么会是鬼呢。"那人摸了摸光秃秃的大脑门儿："坐下来，你需要治疗。"

"不对……你不是鬼，干嘛这长相？"

"因为我们人种不同。"

"当然不同，我是人，你是鬼嘛。"

"我不是鬼。"

"不是鬼干嘛还穿着一身孝袍子？"

"咔咔。"那人怪笑两声："我穿白大褂是为了卫生，我是医生，就是你们说的……郎中。"

"啊……"李俊生狐疑地上下打量他："你是郎中……没见过穿孝的郎中啊，哦，我知道了，你一准儿是手艺不行，经常把人治死，主家罚你穿孝吧？"

"不管怎么样说，你现在必须躺下来。"洋郎中指了指病床："下午你要手术，赶快躺下来输液。"

"不是……就凭这管子和针，就能治好我？不抓药，不煎药，你拿什么治我？别是想着治死我，一块穿孝吧？"

那人一阵苦笑，冲着帐篷外面喊："你来解释一下好吗？"

帐篷门帘的缝隙里，钻进一丝金黄的阳光，这光影越来越宽，尔后被一个影子完全占据。

影子的主人，披着个跟洋郎中同样的孝袍子，怪模怪样地站在门口："你可算醒了。"

"冯斧头？"李俊生上下打量他的孝袍子："你也死了？"

"说点别的吧！"

"那你咋也穿着孝袍子？"

"去你的，这是人家洋大夫的大褂儿，我的衣服又臭又脏，人家让脱了消毒去了。"

"哦……"

"你昨天晕倒了，我跟我媳妇可吓坏了，赶紧抬着你往附近村里跑，多亏人家洋大夫骑着驴经过，把你捡回来了。"

李俊生抓抓脑袋："这么说……你们救了我一命……那这是什么医院？怎么会有洋大夫？"

洋大夫呵呵一笑："这是我的东征医疗队"。

李俊生撇着嘴想想："东征医疗队？"

"是啊……"

洋大夫还没说完，帐篷外面跑进一个穿八路军衣服的小伙子，将一个信封递过去："报告，聂转达毛主席给您的电报。"

"哦……"洋郎中打开信件，恭敬地一个字一个字地读完全文，叹了几口气插腰望着帐篷窗外。

冯斧头偷偷地看他放在桌上的电函：请每月付白求恩一百元。白求恩报告称松岩口医院建设需款。请令该院照其计划执行。同意任白求恩为军区卫生顾问。对其意见、能力完全信任。一切请视伤员需要斟酌办理。

"啊，你就是……"

洋大夫转过脸，对那送信的八路一笑："请转达我对毛泽东主席和聂总的感激之情，这样回复……"

送信八路军赶紧掏出纸笔来记录。

"我自己不需要钱，因为衣食等一切均已供给。该款若系由加拿大或美国汇给我私人的，请留作烟草费，专供伤员购买烟叶及纸烟之用……诺尔曼·白求恩。"

送信人记录完毕出去了，李俊生张大嘴，下巴差点没掉下来："你……你见过毛主席？"

白求恩依然忠厚地笑着："我在延安任任八路军晋察冀军区卫生顾问，见过毛泽东主席。"

"啊呀……你这洋郎中……真是看不出来……"

"信任我吗？"

"信！信！"

"那就躺回去，你下午还要手术。"

"哦，中，我听你的。"

"你……不怕我的孝袍子？"

"啊呀……开玩笑的，我懂，这叫白大褂儿，洋大夫都穿，还有个什么口罩子……哈哈。"

白求恩摇着头笑："你可真会装糊涂。"说完他掀门帘子出去了。

"但是……什么是手术？"李俊生有点懵。

冯斧头立刻对他鄙视了："笨蛋，手术吗……就是修理你，跟我修理机床一样，把你拆了，修吧修吧再安上。"

"哪儿有这样的妖术？"

"我听说啊，洋大夫这叫西医，不切脉，不看舌苔，哎……直接动刀子。"

"狗屁！那是医人还是杀人？动刀子干嘛？"

正说着，有个带围裙的人端着个盘子进来，里面全是明晃晃的刀子、剪子啥的，一股脑倒进炉灶上的一个带盖子的铁桶里，然后给李俊生扎上了输液管儿。

"哎！同志，我问问……你们也缺粮食啊？怎么刀子都煮来吃了？"

那人白了他一眼："吃个啥子哟，这些个医疗用品要消毒啊。下午还要用在你娃身上咯。"

李俊生一缩脖："这不是真的吧！妖术！肯定是……妖术！"

冯斧头按着他肩头："莫要起来，老实躺着。哎，我问问你……"

"啥事儿？"

"我救你一命，给多少现大洋？"

"一边去吧！老子还出主意救回你老婆呢，平了！"

从上午到中午，李俊生的伤口间断性地有了疼痛的感觉，不再那么麻木了。

或许是那种叫做奎宁的药起了作用。

然而大锅里面煮的那些刀子、剪子、叉子、勺子之类的，李俊生一直认为那是用来吃饭的，决计用不到他身上。

"妖术，肯定是妖术。"他按了按伤口，却又觉得身体里伏藏两年的弹片出了奇地别扭。

虽然这四块弹片在腿上和腰间跟随他这么久，但是貌似根本没对它们有多大的感情，因为它们来自日本……

午饭时候，白求恩亲自给他端来了罕见的牛奶和一大杯糊棒子烂炭味儿的黑糊糊东西，连着两片叫做面包的东西一并装在铁盘子里，放在他的面前。

"这是……"

"吃吧，你需要体力，有足够的体力才能有抵抗力。"白求恩边说边咬着山药面饼子走到大锅前面，掀开盖子瞅了瞅。

"那个……白大夫，你怎么不吃这个？"李俊生指了指自己面前的洋饭。

"你吃那个，我喜欢这种有意思的食物。"白求恩举起手里的黑蛋蛋，眼眉挑了挑，表示很欣赏这种中国式的抗战饼。

"不对，这些东西是给你的个人供给吧？"冯斧头显然很门清："我在德国留学的时候，就知道美国和加拿大对自己外派的医护人员供给非常到位……"

"现在你必须服从我，吃下去。"白求恩不理冯斧头，坚持让李俊生吃了面包片和牛奶。

李俊生拗不过白求恩，只好"服从医嘱"，但是当那杯糊棒子烂炭味儿的咖啡入口的时候，他喷了一地："这是什么玩意儿？"

"这是使人兴奋的饮料。"

"是药吗？"

"算是，喝下去。"

就餐完毕，白求恩喊进了几个护士，又叫人捞出那些煮了消毒的刀子、剪子……

李俊生意识到，妖术开场了……

就在这时候，一枚炮弹落在了帐篷前面，"轰隆！"一声巨响。

"白大夫！鬼子又发炮啦！转移吧！"一个八路军战士背着枪跑进来。

　　"他妈的，小日本真不是人养的，连战地医院都炮轰！白大夫，赶紧着收拾吧！太危险啦！"又一个战士跑进来。

　　白求恩望着李俊生："他现在体力是最佳状态，而且手术已经筹备得差不多了……"

　　"轰隆！"又一枚炮弹落在了帐篷外面，冲击波使得帐篷一个劲儿地忽悠。

　　"好吧！转移！"白求恩当即决定立刻转移到后面的山里。

　　可是如此庞大的战地医院，怎么瞬间转移走呢？

　　"我帮你们收拾！"冯斧头喊进了自己的老婆，打算搬搬扛扛。

　　白求恩却一笑："不要慌，他说我有妖术。"

　　"还真有？"

　　"说有就有。"

第九章　拿领导开涮

1939 年 7 月　河北涞源　刀岭崖修械所

由于日军飞机没头没脑的轰炸，山体上裂了缝子，一道瀑布，从刀劈斧剁的峭壁上倾斜而下。

刀岭崖哭了……

它矗立在巍巍太行的腹地，俯瞰着山洼废墟里爬起来的老老少少，把一具具血肉模糊的尸体从废墟里刨出来，找回他们的脑袋和残肢，细心地拼凑在一起，埋葬在崖下的花椒林里。

这些人和那道泪痕，把一种愤怒与激情刻在刀岭崖的每一块石头上。

太行的凄凉，遥远的村庄、荒草和高粱红，是谁也不愿触及的旧伤。低于尘埃，食尽人间烟火，在深埋亲人的土地上播种，落泪，倔强地生长……

陈尚让、牛二哲和民兵队两个队员的坟挨着，邓汉涛之所以选择这个位置下葬，为的是在经纬线上和他们的刨床、铣床正对着。

孙朝元说，他死去的土匪弟兄们，是为了修械所死的，是否也可以就近埋在这里。因为支离破碎地弄回去，马七爷看了也会揪心。

邓汉涛去看沈淳宏，想听听他的想法。

沈淳宏站在山坡上，过了好久……他才从腰里摸出两块大洋来交给路达："去买点木板儿，钉个匣子，不能让客人也用芦席下葬……"

"沈厂长。"孙朝元上前一步，想去握沈淳宏的手。

"哼。"沈淳宏却避开了他的手，转回脸往回走了。

"他奶奶的！"张国平把手里的铁锹重重扔在地上："还没修起来，这又给炸了！没法干了！"

"怎么没法干？"邓汉涛指了指修械所废墟里挺立的工作母机："有它们在，刀岭崖不倒，修械所不倒！"

"老少爷们儿！"沈淳宏远远地喊："都回吧！"

"哦……"贾同和带着剩下的民兵，和魏广元一起捡起地上的铁锹朝修械所废墟跑过去。

"站住！"沈淳宏一抬手："你们干嘛？"

"你说回啊。"贾同和挠着脑袋。

"我让你们都回家！"沈淳宏这话说出来，带着点儿颤音儿。

焦凤春抱着春喜儿跑过来："老沈啊，你这话啥意思？"

沈淳宏苦笑着摇摇头："为了大伙儿……老焦，你也回吧。"

"淳宏兄！"邓汉涛几步走过去，叉着腰站在他身前："你把人们遣散了，修械所咋搞？"

"哎……人都没了，还拿什么搞？"

"我说，这可不是你沈淳宏的作风啊。你想想，上级的迫击炮任务不管啦？孙爷这些弟兄们和陈尚让、牛二哲等也白死？"

"可是接下来我怕死的人更多。"

"切！"路达翻了个白眼。

"达子，你什么意思？"沈淳宏知道路达的白眼是给他看的。

"你不干，死的人就不只修械所这些人了。"邓汉涛用手划拉划拉小背头儿："达子，你先去买木板子……他不干，我干。"

他窜上一块大石头，喊了六个字："留下的，跟我走！"

然后他跳下去，捡起铁锹扭头奔修械所跑去。

首先响应的，是土匪孙朝元，而后就是哑巴"拖、拖"地扛着锄头跟过去。

张国平在原地咬了一会儿牙，跺脚也往修械所跑："奶奶的，豁出去了。"

焦凤春苦着脸，拍拍沈淳宏的肩膀："我……我炸药箱子还埋着呢，要散伙……我也得先刨出家伙来……我……我不陪你了啊。"

除了留下看守土匪尸体的贾同和与呆立的沈淳宏，其他人都回到了修械所废墟上。

他们赤手空拳地翻开一块块砖瓦，默默地把一种精神灌注在这片土地上。

刀岭崖依然流着泪，这道泪从此以后将一直流下去。

在泪水中，夹杂着怒吼和狂啸，狠狠地锤在刀岭崖下的河里，激起水雾。给这条平日里平静悠然的小河注入了激昂的力量……小河不再平静，它感到了一种紧迫感和压力。

工地上再次腾起烟尘，用不了多久，这烟尘中将会发生新的奇迹……

1939年7月 河北唐县 唐河边战地医院

抗战时期，由于八路军的物质条件非常困难，行军主要靠两条腿，运送物资主要靠骡子和驴子，医疗队用的器械和药品用人力和驴骡运输都不太方便，为此常常影响救治伤员。

加拿大八路军晋察冀军区卫生顾问，诺尔曼·白求恩看见农民的毛驴背上架有一副粪驮子，立刻联想到将驮子应用到战地医疗上，于是，他向老乡借来一副粪驮子反复研究，并虚心向老乡请教，很快设计出了药驮子，并在木工师傅的帮助下，亲自动手将其制作完成，使其为阵地医院转移赢得了大量的时间……

李俊生躺在床上，眼看着四面帐篷幕墙被打开，露出这帐篷边上的一个驴骡棚来。

许多骡子、驴子簇拥着，和李俊生一起看着卫生员们在白求恩大夫的指挥下，把各式各样的医疗器械装进一个个带挂钩儿的箱子里。

有些大型设备，如躺椅，钢丝床等等……几个八路军卫生员折吧折吧就叠在了一起，然后几个一打摞起来，再加上几根拆卸分解的输液吊瓶竿子，用麻绳捆在一起。

冯斧头兜了兜裤裆，围着几个奇怪的箱子看看，这玩意儿是两个带格子抽屉的箱子用木撑子连在一起的，好像马鞍子，又像是个石拱桥。

"对不起，让让。"卫生员从冯斧头面前搬起那个奇怪的桥形箱子，拉开抽屉，非常利索地把各种药品分门别类装了进去。

牲口们很快就从圈里出来了，排着队等在硝烟战火中。

桥型箱子被搬上了骡子背，扎好肚带。又在平整的箱子顶上，罗列了一些折叠起来的医疗器械，卫生员们用皮筋条把这些东西熟练地捆扎在桥型箱子的扣环上。

不出几分钟，整个战地医院全部到了牲口背上。

"妖术！真是妖术！"李俊生瞠目结舌，就连自称留过洋的冯斧头，都流出了哈喇子："这东西好啊！白大夫，谁造的？"

"我造的。"白求恩绑好最后一组药驮子："因为战地医院随时都可能遭到攻击，而且需要经常移动位置，咱们就做了这些药驮子出来。"

"太高明啦！我看，这个就叫白求恩药驮子，挺合适。"冯斧头赞叹不已，连连拍手。

"不，我想叫他……卢沟桥。"

"卢沟桥？"

"对"

"卢沟桥，中国人民打响反对帝国主义侵略第一枪的地方。"

"白大夫这名字取得真有深意啊。"李俊生倒是琢磨出点味道来。

"用两头牲口驮上两副，就可解决战地手术的需求，两个驮架子放上一块门板或一副担架，就成了很好的战地手术台，既轻便又灵活。"白求恩说完一挥手："转移！"

前后不到 5 分钟，东征医疗队战地医院在唐河边消失了，鬼子的炮弹尽数落在了空旷的草坪上。

1939 年 7 月　保定府　日军一一〇师团司令部

"八格！"桑木崇明拍案而起。

"哈咦！"柳川真一低着头，立正在大厅门口。

"你……一个联队，在出击前，被八路闯进城里，救走了我们的人质。"桑木崇明慢慢站起来，踱着步子来到写着武运长久的膏药旗前。

"将军阁下，我承认是我疏于防范。请将军给我立功赎罪的机会。"

"你怎么赎罪？"

桑木崇明透过水晶圆眼镜片，盯着柳川真一的苍白的脸："你为了自己的妻子，去换人，以为我不知道？丢尽了大日本帝国军人的脸！"

"哈咦！"柳川真一差点没尿了裤子。

他心里惊恐，原以为换媳妇这事儿，可以用八路军游击队进城劫持人质的理由搪塞过去，谁知道竟然传到了桑木崇明的耳朵里。

日本人在自己手下身边，安插眼线，是无所不用其极的。真不明白这活儿兔崽子怎么那么多心眼儿，眼睫毛都是空的，疑人不用用人不疑的道理，他们是一点儿都没学成。

柳川胆儿颤了，桑木崇明红木案子上的东洋刀，已经有三个佐官剖腹用过了。这第四个……

"我给你增加空中支援！"桑木崇明并没有让柳川剖腹，却大大出乎他的意料。

"哈咦！"柳川冷汗早就湿透了衬衫，一阵风吹进来，搞得他身上又凉又黏。

"你，配合阿部规秀，彻底粉碎太行山区的军工组织，一举切断他们的后方支援。"

"哈咦！"

桑木崇明拍了拍柳川的肩膀："记住，皇军失去的，八路也不能得到……"

"哈咦！将军不杀之恩，在下铭记。"

柳川而后又表示了"誓死效忠皇军"一类的豪言壮语。

桑木崇明明白，在柳川真一心里点一把火，对于当前的局势而言，比杀了他更加管用。

而柳川真一，在意外侥幸保住脑袋的同时，也在猜度自己上司的心……他的命必须在战场上交给桑木崇明，而且这恰恰是桑木崇明所需要的。

1939 年 7 月　保定安州东部　白洋淀

"黄师傅，还别说，您这手艺真叫一个棒！"张二嘎摸着船头上的日本盉把子，赞不绝口："本来请您给修修捷克机枪，没想到连我们这些破铜烂铁都叫您给回了春。"

黄西川把一个嫩莲蓬掰开，看了看，失望地扔进淀里："哎，手艺不强儿，将就着用吧。"

"黄师傅，你干脆留在我们这里算了……"一名雁翎队员开了口，却被船尾的赵立波打了一竹篙。

"队长，你打我干嘛？"那队员捂着屁股满脸委屈。

赵立波把脑袋上的毛巾抹下来："你这小子，黄师傅那是专门伺候你的？告诉你，咱敌后方的军工，那才是第一位。"

"呵呵，谢谢赵队长理解。"

"甭理他，您啊，在我们这儿休息两天，我就派人送你回去。"赵立波悄悄摸起鱼叉，对准水里一下子，又上一条大鲫鱼来。

"赵队长也是好手艺！"黄西川觉得这个叉鱼的技术很神奇。

"哪儿啊，这不算手艺，白洋淀的娃都会，你在这住啊，别的咱不敢保，倒是能保证顿顿有鱼。"赵立波笑着把鱼扔进船舱。

"哎，这倒是啊！"张二嘎撇着大厚嘴唇："这年月，全国都缺粮食，就咱白洋淀的人们膘肥体壮，哈哈，全靠了这点水产啊……"

话音没落，芦苇荡里钻出一直鹰排子来："队长！鬼子拔桩了！"

"嗯！"赵立波一下子皱了眉："鬼子有多少人？"

"李铁嘴儿说两艘巡逻汽艇到赵北口去运东西。"

"带着什么家伙？"

"常规！"

"县大队知道吗？"

"不知道，队长，放过去还是干他们？"

"干他们！"张二嘎掏出了驳壳枪。

"嘎子！放下枪！我说了算还是你说了算？"赵立波训了他一句，望着黄西川："咱们有贵客在，不能冒失……"

"队长，你说……放鬼子过去？"

"放过去多可惜？"赵立波托着下巴蹲在船舷上，盯着船舱里那条垂死挣扎的鲫鱼："咱们老长时间没吃过日本罐头了……怎么也得来一下子，腻味腻味他们啊！"

"可是县大队没下达狙击命令啊。"

"去他的狙击命令，我就是要战利品。准备好，想法子揍他们的船。"赵立波挥手喊过张二嘎："你派几个弟兄，立马儿送黄师傅回去吧，给他带上点儿熏鱼，拿几块现大洋。"

"不行，我现在不走。"

"哎呀，黄师傅，鬼子来啦！"

"久闻白洋淀雁翎队水战厉害，我想看看。"

赵立波闻听，咬着牙迟疑了……

"赵队长，我不懂打仗，但是，我想看看雁翎队的大抬杆儿，究竟是怎么用的。"

"不是送给过你们大抬杆吗？"

"我们那使不出大抬杆的味道，三支大抬杆儿，就一个用着，背着跑猴沉，还一发一装，急死个人。其他两个，早就架了房梁。"

"哎，不是那样用的。大抬杆是炮，不能当枪使啊……"

"所以我要看看。"

"行！吹哨子！"

大田庄周围的所有渔民听到雁翎队的哨子声，都自觉地收起了网，摇着自家的船，为伏击让出了充分的水域。

这里淀宽水深，没有杂草，是敌汽艇和大型船只的必经之路。

大淀四周围绕的苇塘方圆几十里，芦苇长得高而且密，小船划进两三米就什么也看不见了，很便于隐蔽，是个打伏击的好地方。

雁翎队员们在大抬杆里装了比平时更多的火药，铁砂也装的是最大号的。

他们逐个调整小船上大抬杆的方向和角度，为了提高发射速度，他们不用药捻，而直接用火药将两个"大抬杆"的引火处连接起来。这一点儿，黄西川看在眼里，记在心里。

队员们找好方位，把大抬杆牢牢地固定在小木船上，然后找到最佳的射击位置，以便扩大杀伤面积。

一切就绪后，雁翎队的射手们点燃了手里的鞭杆子香，静静地躲在芦苇丛里，等待着鬼子的到来。

赵立波部署：先集中火力干掉一艘船，完事儿捷克机枪和歪把子横扫另一艘船上的鬼子，大抬杆儿借这个机会装填火药，最后继续开火。

傍晚时分，随着机器的突突声，两艘机动船出现在了大淀水域。

"注意！先放一条船过去……"赵立波压低声音指挥着作战："张二嘎……一枪干掉后面船上的舵手。"

"是！"

"杨大嘴！"

"到！"

"等前面那条船反回头的时候，干掉那条船的舵手。"

"队长你瞧好吧！"杨大嘴端起了手中那杆黄西川刚修复好的日本九七式歪筒子狙击步枪。

九七式狙击步枪是三八式标准步枪的一种狙击枪变型，安装了狙击镜座加装了狙击瞄准镜。考虑到瞄准习惯，瞄准镜左侧安置，但这种狙击步枪的狙击镜放大倍率较低，所以精确射程并不远，解决掉舵手，还要看二嘎子和杨大嘴的技术了。当然，还有黄西川校枪的精度。

1939 年 7 月 河北唐县 唐河边山沟

战地医院在半山坡的破庙边上，奇迹般地出现了。

从卸下骡驮子到李俊生进入简易"手术室"准备接受"妖术"，前后用了不到 5 分钟的时间。

李俊生躺在卢沟桥药驮子搭起来的简易手术床上，嘴还贫："咱这叫头顶卢沟桥，脚踩炸药包……哎哟！"

"咋啦？"卫生员见他呲牙咧嘴地揉着腿，眼光落在了他小腿的伤疤上。

"没事儿……"李俊生改为揉着肩头咧嘴了。

"这不对……你这伤，什么时候落下的？"

李俊生一听这个，得嘞，开始啵！

这小子滔滔不绝地开始摆弄起自己如何如何打平型关，又添油加醋地讲述了忻口会战的惨烈。

哪知道卫生员并没有如李俊生所愿，耐着性子听完这些，他只关心弹片的深度。所以，在李俊生还没有进入忻口的路上打断了，问明白这位战斗英雄身体里幸运地留下当时历史记忆的情况，转身出去了。

不多会的功夫，白求恩跟着进来了，他来到李俊生床前，轻轻地捏了下他藏有弹片的身体部位，点了点头："马上手术，这些东西在身体里，早晚要发炎的。"

冯斧头和他老婆，似乎见不得血，悄悄溜出帐篷去。

"哎！大尿脖！你……哎！"

要施法了？洋人的妖术……李俊生这样想。

当一名美国大鼻子给他进行麻醉的时候，李俊生终于明白了，这根本不是什么妖术，而是万变不离其宗的中国蒙汗药……也不对，为啥过了一会儿，身上一些部位就没了知觉？不对，这还是妖术，而且是大大的妖术。

这个东征医疗队，这么会变戏法儿，怎么不派到前线去干鬼子呢？一番掐诀念咒，让小鬼子们全盘死翘翘，不是更好？就算法力不够，让他们晕菜也是好的啊……

想着想着，他晕晕乎乎地打开了盹儿。

耳边一阵子噼里啪啦的声音，朦胧中好像谁的手伸进了自己腿上的肉里，但是他并没有感觉到任何疼痛。

直到白求恩用小刀子割他肩头的腐肉，李俊生实在是没兴趣再看下去了，干脆，闭上眼睡吧……醒来是死是活，去他的吧……

1939 年 7 月　保定安州东部　白洋淀

"打！"赵立波一声令下！

张二嘎立刻用敌船舵手的小命儿印证了黄西川修理枪支的能耐。

一阵雷鸣般的响声，一束束绿豆大的铁砂射向敌人。大抬杆火力猛，一炮就是一桶砂子。那边艇上的敌人还没明白是怎么回事，就被揍趴下了一多半，有的中枪后就掉到水里了。

前边的敌船发现情况后，立刻掉头机枪、步枪一起开火。

大抬杆刚打完，要装火药和铁砂还需要几分钟的时间。

此时，雁翎队员们已处于敌人机枪的射程之内，而大抬杆即使装好火药了，它的射程又够不着敌人，对敌人形不成威胁。

赵立波打个哨子，全部船只退回芦苇荡。

凭着强大火力赶过来的敌人，向苇塘里拼命地开枪扫射……打了一阵后，没有任何动静。

前船鬼子以为雁翎队员早已被他们打死了，便小心翼翼地进入了芦苇荡。

可找了半天，连个雁翎队员的毛儿也没发现。

"杨大嘴！"赵立波的声音也不知道从哪儿冒出来的，随后就听见一声枪响，前船舵手也趴下了。

大抬杆在青纱帐里又发了飙……刚过五月端五儿，鬼子们还没吃粽子呢，这回可算是有了粽子叶，苇叶子给大抬杆打得全落在了鬼子船上，不过这帮王八蛋估计得去阴曹地府吃粽子了。

整个战斗跟玩儿似地，打了不到 10 分钟。

两艘保运船老老实实地漂在水面上，雁翎队员们怕大抬杆引信口受潮，各自把一根雁翎毛插在引信口上……这就是雁翎队名称的来历了。

"哔——"赵立波一声哨响，惊飞了刚刚稳了神儿落在苇子杆儿上歇脚的翠鸟。

黄西川都傻了！

这么迅速的战斗，有条不紊的部署和雁翎队迅速的行动，如不亲眼看到，实在难以置信。

"黄师傅……黄师傅？"张二嘎捅了捅发呆的黄西川："走啊，咱吃鬼子孝敬去！"

"哦！"黄西川如梦初醒，跟着张二嘎从舢板上了鬼子的保运船。

雁翎队员们，有的扒光了衣服跳下水去，摸上鬼子的三八大盖，有的把鬼子尸体拖上小船准备掩埋在芦苇地里，也有的爬到船楼子上朝着日本国旗撒尿。

只是没人去动船上的物资。

从这一点儿，足以证明雁翎队虽然野了点儿，纪律却是很严明的。

直到黄西川上了保运船，赵立波一声口令，大家才开始搬运物资。

罐头、烟草大头鞋啥的不占分量，除了自己留下一小部分，其余的当下散给了听到哨声划着船重新劳作的渔民们。

"队长！全是些个吃的用的，没子弹也没手雷。"杨大嘴失望地跳上了小船。

"哎！白做了一桩子买卖。"赵立波把嘴里一截子芦苇梗儿吐进水里。

"队长，船楼子里啥也没有，就一摞废纸！"张二嘎拿着一大卷子硬邦邦而且发蓝的纸，朝着赵立波晃了晃："也不是啥作战图、布防图啥的。"

"画的啥？"赵立波一边问一边把一桶牛肉罐头扔给划着鹰排子过来的孩子。

"看不懂，都是日本字和圈圈啥的。"

"哦，都画些什么？"黄西川凑过脸儿去。

他这一看可不要紧，激动地差点把张二嘎推到水里去。

那……竟然是一套迫击炮的图纸！

1939 年 7 月　河北唐县　唐河边山沟

醒来后，李俊生觉得腿上、腰部和肩头针扎似地疼。

"感情这妖术挺他妈有后劲儿啊！"他咬着牙，打算起来。

"哎，别动啊！"冯斧头的老婆赶紧放下杯子，站起身来喊："老冯，大夫……

他醒啦。"

冯斧头兜着裤裆跑进来："哟！你还真没死啊？"

"你想什么呢？有盼着我死的功夫，让大夫给你治治你的大尿脬！"

"醒了就不要乱动。"白求恩和卫生员们过来检查了缝合的伤口，把他重新按倒在床上。

卫生员用铁盘子托着四块带着血的弹片："看看，白大夫在你身体里取出来的东西。"

"哟！"李俊生伸手去拿："这家伙，跟了我这么长时间，第一回看见它们长的啥模样啊。"

"别乱动！有细菌！"卫生员缩回盘子去："白大夫为了给你取弹片，把自己的手都划伤了。"

李俊生去看白求恩的手，果然包着纱布。

"哎呀，白大夫，您看这……"

白求恩依然笑得那么忠厚："小伤，不碍事。"

"取弹片的时候，你出血太多，白大夫还给你输了血呢。"卫生员端过一杯水放在李俊生身边的小折叠桌上："现在，你身体里还留着白大夫的血。"

"白大夫……"李俊生第二次想爬起来。

"不要起来，我是 O 型血，而且会妖术的，输点血不算什么。"

"不、不、不！白大夫，您……那不是妖术，是一种大智慧。"李俊生说起话来，居然头一次这么正儿八经。

"谈不上智慧，呵呵，只是因地制宜而已，被逼得没办法……"白求恩指了指冯斧头："听冯说，你是八路军后方搞军工的？"

"不，只是暂时在那里养伤，我早晚要回前线的。"

"为什么这么说？"

"不能打鬼子，叫啥抗日？"

"可是没有后方支援，用什么斗争？"

"这个，我想过。但是我觉得自己特别适合当战士，而不是铁匠。"

"为什么？"

"因为我喜欢噼里啪啦地放枪，看着鬼子一个个倒下去，而不是叮叮当当地挥榔头，看着一杆杆破枪戳起来。"

"怎么讲？"

"戳得再直，也是破枪。"

"假如你上了前线，破枪你用不用？"

"没法子，修吧修吧凑合着用呗，也总比缴获的三八大盖，没有子弹打强啊。"

白求恩摇摇头："你们为什么总是修着旧枪，而不去创造新的武器出来呢……"

"这个……混一天是一天，反正修械所的人都是这么想的。何况，我迟早是要回前线的，更懒得去管这些劳什子。"

白头恩叹口气："我是个医生，以前是牧师，对武器改造和制造工艺，我不在行。当然，我也不反对你回前线去，也许前线更适合你。"

"就是说吗，我天生就是个打仗的料，哎……在忻口会战……我那时……"

"但是……"显然，白求恩也并不对忻口会战李俊生的表现感兴趣："我觉得，如果你能够拿着自己造的新枪去前线，相信你会脱离枪械老化的束缚，而你的其他同志，也会因此消灭更多的敌人。"

"哦……"李俊生琢磨琢磨，似乎是这么个理儿，可是自己帮着沈淳宏修好工作母机，是依旧要走的，所以这个梦，还是让别人去做的好。

"白大夫，您给我讲讲，这药驮子是怎么设计出来的？"冯斧头用手兜了兜裤裆，蹲在卢沟桥药驮子旁边，对其大为感兴趣。

"好，我跟你讲讲……"

1939 年 7 月　河北涞源　刀岭崖修械所

邓汉涛和沈淳宏正光着膀子和几个土匪一块儿抬大梁，忽然，山坡上飞快跑下一个灰色的影子来。

"延安派人来啦！"路达一边跑一边喊。

"好啊！"沈淳宏招呼土匪们放下大梁，休息休息，乐呵呵地穿上了汗褂。

"坏菜啦！"邓汉涛却拍起了大腿。

"快！国平，老焦，跟我接去！"沈淳宏擦了擦手，就要往外跑。

"慢着！"邓汉涛拉住了沈淳宏，转脸问路达："狗阎王，何方神圣？"

"李泽林。"

"军工署的……"邓汉涛眯着眼想了想："他到了何处？"

"南坡下。"

"上山了没？"

"正在溪边洗脸。"

"你看得清楚？"

"千真万确。"路达举起了手里那个马天鹏送的单筒独角龙望远镜。

"哎呀，这个……你看延安军工署的人，咱没啥顾虑，赶紧着接去吧。"沈淳宏一个劲儿地催促。

孙朝元跑过来："邓爷，既然有上差，我们哥几个是不是先躲躲？"

邓汉涛摇摇头，摆摆手："孙爷不用躲，我觉得，这个上差还是不让他来为好。"

"为什么？"沈淳宏有点挠头："那可是延安的人啊！这个……军工署。"

"就是因为延安军工署的人，才不能让他来。"邓汉涛低声问沈淳宏："你还想不想造迫击炮啦？"

"这个……"

"人家看到此处一片狼藉，迫击炮的任务还能给你？"

沈淳宏一下子傻了，对啊！现在修械所这模样，造迫击炮？估计连个屁都放不出来了，上面的人看到这架势，说好听点那叫体谅你的条件，说不好听点，那叫"制造条件不足"，取消委派任务。

迫击炮，沈淳宏是下了决心要造出来的。

邓汉涛冲着路达使个眼色："去！先拖住李泽林。"

"是！"路达扭身儿跑上了山坡。

1939 年 7 月　河北涞源　壕树沟

"砰"地一声爆响，鸡笼内外顿时鸡飞狗跳。一个梳着发髻、扎着粗布围裙的中年妇女一脚踢开院门，叉着腰吼："哪家的小杂种，大夏天的还在这里放炮，惊得我家母鸡都不抱窝了。"

正蹲在土路边放鞭炮的几个孩子不服地抬起头来，其中一个半大小子也学那妇女的样子，叉着腰回敬："我在大路上放炮，又没在你家院子放，你管得着吗？"

"小野种，有人生没人教的东西，敢跟老娘叫板。"那妇女弯腰脱下一只鞋，作势要打那半大小子。

谁知那小子一点没后退，反而迎了上来，"你个李寡妇，有种你就打，眨一下眼睛老子跟你姓。"

"你敢叫我寡妇？"那妇女被刺到痛处，恼羞成怒，抡起那只布鞋就往那半大小子的脑袋上扇过去。

"啪！"那半大小子伸手一挡，那只布鞋抽在他胳膊上，发出一声亮响。李寡妇一时没能拿住，布鞋脱手而去，越过院墙，不知所踪。

"死寡妇，你还真敢打！"那半大小子涨红了脸，低下头拦腰向那妇女撞过去，却被路过的一个挑着粪桶的中年汉子拉住了。

"狗剩，别胡闹。李婶是你长辈，咋能乱叫？"那汉子拽着狗剩的领子，又对李婶道："李婶，你也是，咋去和小孩子计较？"

李婶也不理他，骂骂咧咧回到院内去找她那只布鞋，临了还把院门甩得震天响。狗剩还想冲上去大闹一番，但被那汉子死死拽住，"狗剩，别闹！"

"她凭啥说我野种？这死寡妇。"狗剩大骂道。

"算了，狗剩，人家是长辈。"那汉子叹了口气，摸了摸狗剩的脑袋。狗剩他爹两年前被日本人骗到东北做工，结果一去不复返。按理说，狗剩孤儿寡母，应该受人同情才是。但村里人都说狗剩他爹去给日本人做事，死有余辜。所以村里好多人都看不起这娘儿俩，刻薄一点的，都管狗剩叫野种。

"二叔！"旁边一个怯生生的小女孩上前叫了一声，那汉子又摸了摸女孩的头，转身对另一个半大小子说道："石头，你也老大不小了。整天没个正经儿，带着妹妹满世界乱晃。正月都过了半年，还满街放炮。"

石头举起一串大红鞭炮，满脸不服："二叔，这些炮都是刘叔过年前带给咱们的，咱过年没舍得放。现在不把它放了，等搁到明年，要是受潮都放不响了。"

那汉子摇了摇头，"那你们去村口放吧，但别走远了。马上就要天晚了，早点回来吃饭。这年头兵荒马乱的，哪儿都不太平……"说着，他又挑起粪桶，摇头晃脑地走了。

"走，小凤，咱去村口！"石头拉起妹妹的手，往村口走去。狗剩也紧紧跟上，但另有一大一小两个男孩却犹豫了一下。

"石头哥，我娘说了，村外有日本人啊！"

"不敢去就别去。胆小鬼，我三天两头上山砍柴，连个日本人的影子都没看到过。"石头牵着小凤，背着一个大布口袋头也不回地走了。

"哥，咱咋办？"那个小一点的男孩眼巴巴地望着哥哥，鞭炮对他们这些乡下孩子的诱惑力，实在太大了。

"大虎哥，一起去呀！"小凤扭过头，给了他们一个鬼脸。

"走，二虎，一起去！"大虎一咬牙，也跟着石头跑了。二虎喜出望外，也埋头跟在大虎背后疯跑。

这是刀岭崖以西的一个村落，壕树沟。

三十多户人家。村民世代以种地为生，农闲时分，他们也会去走马河捕鱼改善生计。可惜这走马河是唐河支流，只是一条含沙量颇高的枯水河，里面的鱼实在是少得可怜。尽管如此，那些还不到成人手指粗的小鱼，却依然是村里人渴望的美味。

"砰！"地一声，河岸边的一块石头应声裂成两半。五个小鬼也从一块大石头后面闪身出来，兴高采烈地跑向那块裂了的石头。

"不愧是十六响的，果然厉害。"狗剩一手拿着半截线香，一手捡起了那块石头，"居然连石头都能炸裂了！"

"这儿还有二踢脚，肯定够劲！"小凤从石头背上的口袋里取出一只双响炮。

"我来！"二虎从小凤手中接过双响炮，放到了一块平坦的石头上。

"二虎哥，二踢脚要拿在手里放才够劲啊！"小凤蹦着脚尖叫起来。

"拿在手里？把手炸了咋办？"二虎挠了挠头，回头看看他哥，大虎也摇了摇头。

"全他妈二娘养的，就这么点胆儿？闪开，我来！"石头骂骂咧咧捡起了双响炮，从狗剩手里抢过线香，想也没想便点着了引信。

"呼啦"一声，原本围拢在石头周围的四个小鬼四散而逃。"砰"一声，鞭炮飞上了半空，又是"啪"的一声，红色的碎片四处飞舞，爆炸声久久地在山里回荡。

"果然够劲！"狗剩从树后探出头来。石头叉着腰站在高处，俨然一个得胜归来的将军。

"喂，那几个小子！"不远处的河边突然站起来一个人，上身穿着厚厚的夹衣，却把裤管撩得老高，露出两条结实的腿，"我在这儿摸鱼呢，你们这一放炮鱼都惊跑啦，上别处去放，赶紧的……"

大家仔细一看，认得是村头的老甄大爷，他在村里可谓德高望重，他儿子就是赫赫有名的游击队大队长。

几个娃当下也不敢执拗，背起装鞭炮的口袋便跑。

"喂，别在这里放炮啊，把我的羊都吓跑啦！"一个牧童高举着鞭子大喊道。

"这里也不能放，那里也不能放，我难道要到床底下去放吗？"狗剩气得直哆嗦。

石头摇摇头，招呼道："算了，把羊惊跑了就坏了。咱还是上山那边去放吧！"石头也是放羊娃，自然知道羊对于这些穷苦人家的重要性。

"山那边，有日本人啊！"二虎尖叫起来。

"屁，日本人跑这穷山沟里来寻死啊？"石头牵着小凤，头也不回，"爱来不来，我又没请你们来！"

"石头，等等我！"狗剩急了，一溜小跑跟在他们身后。

"哥，咱咋办？去不去？"二虎拉了拉大虎的衣角，可怜巴巴地问道。

"去！"大虎一咬牙，"凭啥不去，咱又不是二娘养的！"

往北翻过一个山头，是一个乱石岗，荒无人烟，此地离开村子已经有了好几里路，在这里放鞭炮，应该不会再影响到别人。石头从口袋里取出一个双响炮，却发现线香早已在爬山的时候断了。

"糟了，这回咋办？"狗剩一屁股坐到了地上。

"放心，我带了好几根线香，还有火石。"石头从衣袋里取出一小块火石，又取出火绒，捡了一块石头开始打火。不知是受潮了还是怎的，一连几下，竟然打不着。

"哥，好像有人来啊！"小凤紧张地看着东面，拽了拽石头的胳膊。

"别胡说，荒郊野地的，哪里会有人来？"狗剩也不相信，拿起火绒帮着石头一起打火。

"石头，真的有人来啊！"大虎和二虎也发现了动静。

石头停下手里的活，竖起耳朵听着。果然，远处传来碎石被踩踏的声音，的确有人正在往这里走来，而且听那乱七八糟的声音，来的人应该还不少。

"糟了，不会是日本人吧。"石头也慌了神。虽然一直听说有日本人，但日本人究竟长什么样，谁也没见过。

"哥，咋办？"小凤拉着石头的胳膊不敢放手。

"啥咋办？赶快躲起来啊！"眼下要跑肯定是来不及了，好在离这里不远处就有一条小沟，估计是雨水冲刷出来的。

沟里并没有水。石头拽着小凤，飞跑着来到沟边，自己先跳了下去，又把小凤也抱了下来。其余三人也跟了过来，分别找石头多、蒿草密的地方藏身。

不多时，那群人就渐渐靠近。这乱石岗上根本没有道路，一群人只能踩着乱石行进，一只只硕大的皮靴把满地的碎石踩得唏里哗啦直响。石头胆大，借着几块大石的掩护，偷偷从石头缝里张望着。来了约有一百多人，清一色黄绿的军装，黑色的皮靴，每个人的肩上都扛着一支长枪，正午的艳阳照在那一排长长的刺刀上，反射出夺目金光。领头的一人挎着长刀，正摸着嘴唇上那撇小胡子洋洋自得。他身边还有一个穿着黑绸衫、戴着礼帽的家伙，正在点头哈腰地说着什么。

"糟了，真遇上日本人了。"早就听去过城里的人说，日本人就专门留这种胡子，好像叫什么"仁丹胡子"。

不远处，狗剩突然从身边捡起了一块石头，像是要冲上去。他身边的大虎、二虎大惊失色，赶紧死死地拉住他。他们这一闹腾，发出了不小的声响。石头感到一阵惊慌，回头看看日本人那边，好在众多皮靴一齐踩在乱石上，发出嘈杂的声响，谁也没有注意到这里的动静。

大虎二虎兄弟用力把狗剩按在了地上，狗剩倒也老实，并没有进一步的动作。石头也不敢再看，搂着小凤乖乖趴在沟里的蒿草丛中，只盼望着那队日本兵能赶紧过去。石头暗暗发誓，以后打死他也不到这里来了。

谁知那领头的日本小队长叽里呱啦说了一阵什么，那队日本兵居然停了下来。其中一些人在附近找了些枯枝生起几堆火，另一些人拿出锅子，竟然悠然自得地煮起饭来。

"该死，这群人要在这里歇脚吗？"石头恨得牙根痒痒。

1939 年 7 月　河北涞源　刀岭崖南坡

"知达水好甘甜。"延安军工署委派到刀岭崖的办事员李泽林，一路酷热难当，终于摸到了一条清凉的小溪。

俗话说得好，水至清则无鱼，但是这条小溪虽水清，却很有几尾小鱼在游动。

实则李泽林所言的甘甜，是冰凉溪水对顶着大毒日头远行路人的一种刺激，即便水苦，也自然不会觉得如何不上口了。

这一路走来，脚底心已经湿漉漉的了，边区生产的牛皮鞋虽然不至于烧脚，然而硬鞋底子却窝得脚疼。

李泽林将灰绿色制服上衣脱了，卷起裤管光着脚蹚在小溪里，立刻一股冰凉沁心的感觉由涌泉穴贯到天突，畅快了他全身的每一根神经。

"嘹咋咧——！"（很美）

"啪——！"

一声枪响吓得李泽林差点没趴水里，陕西方言脱口而出："阿达哈耷？"

寻着枪声望去，见南坡上下来三个人，头前儿的那个小胖子，手里还举着一把勃朗宁手枪。

"哎呀呀呀！领导远道而来，有失远迎啊！"邓汉涛快步超过了路达，抢先拉住了李泽林的手。

"放个啥枪嘛，吓得我这汗是哗哗啦呀。"李泽林见是邓汉涛，知道那一枪不是鬼子，也就放了心。

可是他却想起了在延安军工署时候的事儿……

那时候，邓汉涛作为知识分子，从上海委投靠到延安。当时知识分子可谓是军工事业里不可或缺的理论支柱，但是由于偏向于理论化，很快就与实际工作出身的工农干部们在技术工作中出现了分歧。

李泽林一众农民出身的同级干部，自然与他们形成了两派对立的局面，而这两派的首领，一个是李泽林，另一派就是邓汉涛。

这次邓汉涛被派往地方上督造迫击炮，实际上较之李泽林是官降一级，但是为了抗日，邓汉涛根本没有和组织上计较什么。

那么无疑，现在李泽林是他的上司。

"哈哈，领导受惊了……都是狗阎王惹的祸，非说什么鸣枪欢迎……这泼才！"邓汉涛把李泽林脱下的衣服，从树杈上摘下递过去，回头狠狠瞪了一眼路达。

路达这个气啊：刚才是哪个孙子交待的，离近了趁他不注意放枪，要不然吓不倒他云云……现在却把屎盆子扣我头上，太损了……

李泽林自然认得路达。

在延安的时候，路达按说官衔儿比邓汉涛高一级，但是这俩人经常"狼狈为奸"，尤其是这个路达，平时仨巴掌打不出个屁来，但是坏水儿多着呢。现在给邓汉涛当副手儿，在李泽林的概念里，那是"屈才"了。

"咦，老邓啊，达子二不愣后生，你俩，现在谁领导谁啊？"这话明显有点挑拨离间的意思："我看现在达子给你收拾得服服帖帖呢！"

邓汉涛那是什么人，眼睫毛都是心眼儿啊，哪能给这句话制住："呵呵，现在我俩互相领导，是不是，路助理？"

您瞧这话说的，互相领导，还得强调出个助理，自己不吃亏，又给路达挽住

155

了面子。

"来、来、来，"邓汉涛拉过了沈淳宏："这位是咱刀岭崖兵工厂的沈淳宏大厂长！"

老沈一听这个，压低声音问路达："咱是修械所啊……咋整出个兵工厂？"

"听他的……"路达只蹦出三个字儿。

"额！沈淳宏同志，你好！"李泽林把手在裤子上抹抹，过来抓起了沈淳宏的手。

"领导您好，延安的督导员是吧，呵呵，快……"他本想说"快请到所儿里休息"，但是邓汉涛咳嗽一声，拎着两只皮鞋挡住了李泽林的脸："领导……何不试之以足？"

李泽林这个气啊："邓汉涛，我这儿正跟沈厂长交流感情，你咋这么骚情？"

"您先高抬贵脚，穿上鞋得了。"邓汉涛刚反应过来，跟李泽林讲话，得说大白话儿。

李泽林只好接过鞋子，坐在地上开穿。

"邓汉涛啊，前一阵子，我听说有人在这一片看见唐承仪了。"

"哦！就是延安军工部走掉的那个军工专家？"邓汉涛早就听说过，这个唐承仪是全国屈指可数的技师，是个不可多得的人才。

"是啊。"

"在哪看见的？"邓汉涛很会推助领导的谈兴。

"有人说，就在山里。"

"是啊，唐承仪可是尊大佛啊，要是能撞见，把他老人家请到我们这，那可是天降神人啊。"

"这个……呵呵，唐承仪估计不会屈尊来咱们这儿，那什么，这个……领导累了，先去……"

邓汉涛掐了沈淳宏一把，咬着牙小声磨叽："你刚才想把他让进修械所？"

"这个……嗯哪！"

"那不就露馅儿了吗？你不想造迫击炮啦？"

"想啊，做梦都想……"

"那现在你能造吗？"

"这个……厂房都没有，拿什么造？"

"这不就结了……你想让这家伙回到延安军工署，跟上面美言几句，取消咱们的任务是吗？"

"傻子才那么想。"

李泽林穿鞋的速度，从那条毛乎乎的鞋带就可以看出来，他站起身拍了拍屁股："那个，你俩嘀咕什么呢？"

"没什么！"邓汉涛回头答话，并且暗暗叮嘱沈淳宏："想造迫击炮，就一切听我的。"

"既然没什么，那么咱们就走吧。"李泽林倒是个急性子："看完了你们，还得去黄崖洞看看那边兵工厂的情况。"

"哈哈，领导啊……"邓汉涛嬉皮笑脸地搓着手："你看这大老远的来了，我们应该陪着你看看这附近的风景，刀岭崖可是个好地方啊！"

"哦，这儿有好风景？"

邓汉涛笑模劲儿地指了指山腰上通往西沟的路："这边风景独好！"

"哦！物哒有好风景？"

"有！"

"你个哈耸！以为我是小鬼子？糟怪木囊（撒谎浪费时间）什么？"

邓汉涛一缩脖："领导，轻易不来一次，咱这不是好意吗？"

"你打住咧！我要去看兵工厂。"李泽林扭头就往山上走："你们那个兵工厂在什么地方？"

邓汉涛心说：在什么地方，能告诉你个哈耸娃子？……

第十章　小将当关

1939 年 7 月　河北涞源　刀岭崖南坡

"知达坑洼洼……"

李泽林深一脚浅一脚地跟着仨人往西走。

沈淳宏的心提到了嗓子眼儿，他生怕李泽林上了山头去看山洼。

"知达水……流哪里去呢？"李泽林发现了山顶处的缺口，并且有水从那个缺口流下去。

"这个……是敌机轰炸……"沈淳宏随口说了出来，给邓汉涛捂住了嘴。

"什么敌机？"李泽林听着不对劲儿……

"毛主席！"邓汉涛高声惊呼。

"毛主席？"李泽林一激灵，四下里看："毛主席在什么——地方？"

"我是说，毛主席……指示咱们开展生产自救，咱就近轰炸开凿了这么个口子，为的是铸工冷却用水方便。"

"额……"

路达脑袋都见汗了："沈厂长……少说两句。"

几个人翻山越岭地朝西边走，烈日当空，这片大山似乎没完没了，始终走不到头。

"老邓……兵……兵工厂在什么地方？"

"快啦，快啦。"

"到底在什么地方……"李泽林显然顶不住了，但是在邓汉涛等人面前，却不愿意认怂，依然跟着邓汉涛的屁股颠儿颠儿地转山。

也不知道转了多久，就到了刀岭崖后山。

李泽林越来越觉得不对劲儿了，为什么刚才邓汉涛他们是从山顶上下来的呢？

想着想着，李泽林开始向山顶处攀爬。

邓汉涛岂不知这是什么意思，心说：哈耸，让你爬上去不就看见修械所了吗……我得给你鼓捣下来。

其实这李泽林也不简单，很显然，能在延安跟古灵精怪的邓汉涛对上夹子的，想必脑子里是比别人多着一根筋儿的。

"哎！老李！"邓汉涛窜过去一把将他拎住："不能上山顶啊！"

"为啥不能上？"

"你……你就是不能上！"

"我偏要上去看看！"

"你上去干什么？"

"哈哈，邓汉涛……别是你们的修械所规模不够，怕我看见上报军工署，取消你们的迫击炮任务吧……"

这话一出口，吓得沈淳宏心里咯噔一下！

"山上危险……"邓汉涛不知道这个蛋该往哪边扯了，头上有点冒汗。

"危险？危险你个耸娃子，你就是怕我登上了山顶，看见你们藏在山沟沟里的破修械所。"

"不能够！"邓汉涛强自镇定："我们那么大规模，还怕你看？哎，11台工作母机啊，你见过晋察冀边区有这配置的吗？"

"哼，我要看看么，11台工作母机是不是纸糊的。"李泽林坚持要上山。

"这个……"沈淳宏关键时候跑过去挡在他身前："领导，11台工作母机句句属实啊。"

沈淳宏这话不假，的确数量属实，但是质量如何，另当别论。

"属实？"

"属实！"

"眼见为实。"李泽林用手扒拉开沈淳宏，迈步就朝山上走。

"哎！李泽林！"邓汉涛跑过去按住他，咬着牙声音低得像蚊子："就算咱俩在延安为了工作吵几句，你也犯不上处处跟我为难吧……"

"哼哼，你在延安的时候，对我的方案就一直打压，我当年没说过什么……你今天离开了延安，怎么？还想拉我的后腿啊？"

"不是拖后腿的问题……"

"那……你是说我打击报复？"

"更不存在这个问题嘛。"

"那你就让我上山头去看看山沟沟，看看你所谓的大修械所是不是藏在山沟沟里。"

就在这时候，山背后传来一声高亢铿锵的鸣唱："呜哇——呜哇、呜哇、呜哇——"

"额，有驴叫！修械所一定就在山背后！"李泽林得意地甩开邓汉涛，大步流星向山顶走去。

"他娘的这头蠢驴！"邓汉涛气得一跺脚，心里一下子凉了。

1939 年 7 月　河北涞源　壕树沟

那群日本人埋锅造饭，吃饱喝足，便横七竖八地躺在了地上。这满地乱石堆，他们居然也没觉得硌人。石头将小凤护在胸前，焦急地从石缝里观察着这群人的动静。

只见那个穿着黑绸衫的人正蹲在火堆边，和旁边的那个小队长说着些什么。好在周围已渐渐安静下来，石头伸长了耳朵，倒也勉强能够听到他们的对话。

"太君，过了这道山岗，再往前一百多里就是个山口，被这里老百姓称为鹞子背。只要占领了这个渡口，皇军就可以挺进山西了。然后再到山西的马斗关渡口，皇军就能挺进陕西。"

"哟西！"那个日本小队长很满意地点着头，"好，大大的好！"

那人又得意地说道："只要我们先占领马斗关渡口，再回头接应吉田大佐，拿下隰县、蒲县，通往黄河西岸的大门就打开了。到时候，整个山西都是皇军的地盘，这些个村庄都在皇军的控制之下，八路再也没有藏身之地。另外……这附近听说，有八路军的兵工厂，大大地！"

日本小队长拍拍那人的肩膀，用一种很古怪的音调说道："你的，这次功劳大大的，隰县、蒲县拿下的，你的，金钱、美女，大大的！我们滴计划，先找出兵工厂！干掉！然后，山西滴干活。"

那人满脸堆笑着，"太君这叫一箭双雕！行军途中顺便搞掉八路的后方供应！

这真是好主意！看起来，我的功劳小小的，太君功劳才是大大的。"

石头看着那张令人作呕的脸，心中突然闪过一个词，"汉奸？"

那日本小队长又问道："老百姓，会不会发现的？"

那汉奸摇摇头，"太君放心，这地方本来人就少，就算有人看到皇军，也早吓跑了，哪里还会注意到我们的计划！"

"哟西！"那小队长满意地点点头，"这些地方的，马上的，都是皇军的！兵工厂……嘿嘿，统统地干掉！"

石头心中一惊，日本人看上这块地方了吗？他们到底想干什么？隰县、蒲县……石头的爹和大虎二虎兄弟的爹就在蒲县做工，难道日本人不久就要攻打这两个县城？这样的话，他们的爹是不是也要遭殃了？何况，东边山坳里的修械所里，还有一批叔叔大爷，成天给他们做木头枪玩儿……呀！鬼子要去搞掉那地方啊？

"哥，我饿了！"小凤把嘴凑到他耳边，轻声说道。

经妹妹这一提醒，石头也觉得肚子咕咕叫。从早晨起来，他们就再没吃过别的东西。一摸口袋，里面全是鞭炮、火石、火绒之类的，翻遍了口袋，才翻出半个馍，应该是中午吃剩下随手塞在口袋里的，便赶紧塞给了小凤。

五个人趴在那里，动都不敢动。石头心里着急，娘还在等他们回家吃晌午饭呢，现在肯定已经着急了。不知道家里人会不会出来找他们，如果找到这里，遇到了日本人，那可就完了。

石头觉得肚子已经叫得越来越厉害，但又无可奈何。离他们不到 20 米远的地方，日本人围着一圈篝火，或坐或卧，他们是不是打算在这里歇菜了？

突然，有几个日本兵起身向他们这里走来。他们几个顿时紧张起来，难道是被发现了？不可能啊，他们几个藏得好好的，根本没有发出任何声音。如果这都能被发现，那日本人也太神通广大了。

皮靴踩着乱石，一步步地逼近。石头只觉得心已经提到了嗓子眼，把头扎下去，用手捂着自己的脸，另一只手搂着小凤。

他已经能非常清晰地听到那些日本人叽里呱啦的说话声，虽然听不懂他们说的是什么，看起来他们好像还挺兴奋。怀里的小凤不停地颤抖着，石头只能搂紧妹妹表示安慰。

那几个日本人在离他们不到五步远的地方终于停了下来。

虽然远远的钻在密密麻麻的蒿草里，但石头却依然不敢抬头，缩着脖子躲在那里。突然间，他听到了一阵很奇怪的声音，像是一股水流轻轻冲刷着地面的声音。随着好几股这种声音先后响起，一股浓浓的骚味飘来的时候，他终于意识到，这几个日本人原来是到这里来撒尿的。

听着那些水流声，石头连大气都不敢喘。他心中暗骂，难怪别人说日本人根本不是人，连一泡尿都能撒那么久。好容易等到这些人全都撒完了尿转身往回走，照例又踩得满地的乱石"哗啦"作响。

那边几个鬼子开始敲着头盔大声地唱日本歌，还有的居然拎出了日本三弦助兴。

石头突然灵机一动，借着这些声音的掩护，抱着小凤，在沟底猫着腰小心翼翼地向着相反的方向走去。他走得非常小心，尽量不发出响声。一点声音也不发出是绝对不可能的。好在日本人扎营的地方声音比较嘈杂，又有那些来撒尿的日本人脚步声作为掩护，他倒也没有被人发现。

悄悄地走出一段距离后，他正在暗自庆幸，却突然听到身后有一阵细碎的脚步声。石头顿时觉得一股凉气从脊背上升腾而起，牙齿也不受控制地开始拼命打颤。随着他心神慌乱，一脚没踩稳，乱石发出"哗啦"一声。

石头愣在那里，动也不敢动。许久，他才回过神来，发现那些日本人还在那里围着地灶，叽里咕噜地唱着怪声怪调的日本歌！似乎没有发现这里的动静。

他回头仔细一看，跟在身后的居然是狗剩、大虎和二虎他们三人。这三个小子也真是机灵，居然和他想的一样，也趁着这个机会逃了出来。

此时离日本人宿营的地方已经有了近百米。

"石头，现在咋办？"大虎看着石头，没了主意。在他们这几个人中，石头、狗剩和大虎这三个人差不多大，狗剩 15 岁，石头和大虎都是 14 岁。二虎和小凤一个 10 岁，一个 9 岁。虽然这三个大点的小子年龄差不多，但大虎却是最没主意的。石头尽管比狗剩要小一岁，但却是这几个人的头儿，其他几个人凡事都听石头的。

"哥，咱回家吧，这里好吓人！"小凤把脸埋在石头怀里，她连眼睛都不敢睁。

"现在咱就是想回也回不去！"石头摇摇头，"谷口被日本人堵住了，绕路回去的话，得爬几十里山路。"

几个人顿时都傻了，大家都知道石头说的是事实。他们现在的位置是在村子东面的一个山谷里，离村子只有几里路。但日本人现在宿营的地方，正好是通往村子的谷口。如果要回家，他们现在只有两个选择：要么经过日本人的营地；要么走上几十里的山路绕路回去。

"你们走吧，我不走！"狗剩突然咆哮起来，"我要去杀日本人，我要给我爹报仇！"

"小子，找死啊！"石头和大虎赶紧扑上去捂住他的嘴。这里离日本人的营地只有一两百米远，如果让日本人听到了，大家一起完蛋。

狗剩手舞足蹈地挣扎着，他的嘴被大虎紧紧地捂住，发出"唔唔"的声响，二虎见势不妙也赶紧上来帮忙。他越是挣扎，那三人就按得越紧。直到他渐渐不动了，三人才发现不对，赶紧松开。

"你们想捂死我啊？"狗剩张大嘴猛喘了一阵，刚才石头他们下手没轻没重，差点把他给憋死。不过，现在他老实了很多，再也不敢大声说话了。

"就凭你一个人，还想给你爹报仇？你当你是关云长啊？"大虎不禁埋怨道："你想找死你一个人去，别把咱们给带上。"

"好了好了，别吵。你们刚才都听到那汉奸跟日本人说啥了吗？"石头问道。但几个人都摇摇头，他们刚才三魂吓丢了俩，根本没注意到别的情况。石头只得将刚才听到的话又重复了一遍。

"他们要去打蒲县？我爹在蒲县啊！"二虎的声音明显带上了哭腔。

"马斗关渡口，我听老甄叔说过，说马斗关渡口自古是兵家必争之地，从这个渡口可以到黄河西边去。"狗剩说着说着，也哭丧起了脸，"我四表姐就嫁到河那边儿去了啊，我听刘叔说了，说日本人专糟蹋人家花姑娘。"

"那咋办？"石头低头看了看被狗剩吓得直往他怀里钻的小凤，也没了主意，"我爹也在蒲县，老人都说'兵丁过、篱笆破'，那我爹岂不是也危险了。"

"那些日本人说了，说周围这些村庄全都是他们的，那咱村咋办？"大虎一愣一愣的，讲话也开始不利索起来："他们还说，要去顺道干掉给咱们做小木枪的那个修械所呢。"

1939 年 7 月　河北涞源　刀岭崖南坡

驴并不是十分凶恶的野兽，但是这个节骨眼儿上唱起山歌，却使得邓汉涛、沈淳宏和路达远比听到老虎叫还要恐惧。

李泽林判断得没错，只要上了山头，就一定能看到山坳里的修械所，因为一片山荒凉得很，谁家的驴能放到这里来？那么除了修械所，必然无他。

邓汉涛和路达俩人拉着李泽林，显然玩了硬的了。

沈淳宏在一边搓手，也不知道该不该上去拦着。

就在这时候，山头上"啪！啪！"两声枪响。

四个人全是一愣，尤其李泽林，听到这两声还真不敢再挪动一下步子。

"鬼子？"路达抹了一把汗，而这汗的来历，不清楚是由于烈日的温度还是那两枪的力度。

"怎么会有鬼子？"李泽林也不是吃素的，一把摸出了腰里插的驳壳枪。

按说李泽林是文职，这盒子炮是他下基层防身用的，至于里面有没有子弹，可能他自己都不知道。

"哎！你们看！"沈淳宏忽见山尖儿上出现了一批高头大马！

邓汉涛一看，鼻涕泡都乐出来了，来者不是旁人，正是马天鹏的二当家，假装独眼龙的孙朝元。

他怎么来了？要说孙朝元的脑袋，也是个琉璃球儿，他知道邓汉涛去迎接上差的真正目的，这驴一叫唤，他就知道要坏事儿，赶紧骑马领着几个土匪奔山上来了。

山路蜿蜒，孙朝元怕浪费时间，打马直行，直奔山顶，也仗着土匪的马匹不同于普通干活儿的牲口，在坑洼不平的山地上四蹄敞开，如履平地，这才在千钧一发之际来到邓汉涛他们身边。

"嗨！那几个汉子！你们是哪儿的？"孙朝元身后的大龅牙宋春子，咧着大嘴叉子说了话。

邓汉涛和路达听他这么问，知道这是要唱一出儿大戏。

"哟！这位爷！我们……过路的。"邓汉涛点头哈腰儿。

"过路的？"孙朝元拱马上前，佯装打量打量邓汉涛："你不就是北边山里那个修械所的管事儿的吗？"他这话纯属扯淡，修械所就在他身后山下，故意说成北边山里，看起来明显是帮邓汉涛圆谎。

"是兵工厂！"邓汉涛陪着笑脸，上去帮着孙朝元拉马。

"哎！老孙！"沈淳宏喜上眉梢，冲着孙朝元就过去了。

"啪！"孙朝元甩了一下马鞭，心说：这个榆木疙瘩啊！你怎么能这么大大咧咧地过来呢？

李泽林注意了这个细节："哦，你们……你们认识……"

"怎么不认识？"邓汉涛拽住了沈淳宏，使劲拧了他胳膊一下，对李泽林一笑："这不成天进进出出的，都在一片儿混，都是脸儿熟。"

"不对……"李泽林把大拇指咬在手里。

邓汉涛一看这个姿势，心里一阵扑腾儿：李泽林这一咬手指头，那脑子转得就跟变速齿轮似地，可不能让他纳过闷来。

想罢，他冲着孙朝元一个眼神过去。

"你他奶奶的！"孙朝元跳下马，冲着李泽林就是一个嘴巴！直打得老李眼冒金星，脑子里的齿轮也不得不停止转动。

"你！你怎么打人？"李泽林捂着火辣辣的腮帮子，望着孙朝元脑袋上的绷带。

沈淳宏自然也望着那绷带，感觉孙朝元这样对待上面派来的检查员有点过分："老孙，你……"

"啪！"又一个嘴巴抽在了沈淳宏脸上："你他妈的闭嘴！有你什么事儿啊？"

路达捂着嘴这个乐啊。

还别说，这嘴巴抽得沈淳宏挺怀旧的，他已经多年没享受如此待遇了。最后一次挨嘴巴，还是在上海虹口大街上，被一个日本人抽的。

"你们仨吗……我看着眼熟，"孙朝元用鞭子一指李泽林："这个鸟人是干嘛的？"

"他……他是我们领导！"邓汉涛心里暗笑，但是脸上却吓出了七荤八素。

"呸！"孙朝元的唾沫星子落在了李泽林的驳壳枪管上："老子最恨当官的！春子！绑上他！"

"哎！你们怎么说绑人就绑人啊？"邓汉涛上去推住宋春子，压低声音跟他嘀咕："别忘了把我们也绑上……"

宋春子还真激灵，大嘴叉子一撇，大牛眼一翻："去你奶奶的！再挡着，老子把你也绑了！"

"对！把他也绑上！"土匪们七嘴八舌地嚷嚷。

李泽林举起驳壳枪："我看你们哪个敢绑我？"

土匪们哗啦哗啦！全举起枪，对准了李泽林的脑袋。

最终，李泽林还是没有扣动驳壳枪的扳机，他不是不知道保险在哪儿，而是知道面对着土匪这么多枪，即便打死一个又能如何？

孙朝元带着土匪把这一众人用绳子串了，赶着往山下走。

沈淳宏有点沉不住气："哎，这是……上哪儿去啊？"

是啊，去哪儿，孙朝元也不知道，他只知道不能让李泽林看到修械所。

邓汉涛瞪了沈淳宏一眼，忽然高声喊："哎呀！孙老大啊！你可不能把我们带到山东头那个洞里啊……"

孙朝元心里这个敞亮啊：这邓汉涛跟咱还真是心有灵犀一点通，赶明儿抗战胜利了，一定拉他去当土匪。

"嘿嘿！我偏要拉你们去那个洞！弟兄们，去山东头找洞！"

"好！找洞去！"

李泽林又听出点问题："怎么，找……找洞？"

"方言，河北方言。"邓汉涛赶紧说。

转眼又慢慢悠悠地原路绕到了山东头儿的大路上，孙朝元又傻眼了，都说有洞，那洞在哪儿呢？得嘞，接着转吧！

就这么的，几个土匪拉着穿成一串儿的李泽林、邓汉涛、沈淳宏和路达，跟游街似的在山脚下转足了圈子。

转悠转悠，这天儿可就黑了。

"我要喝水。"李泽林提出了抗议。

"喝你个头，走。"宋春子用枪托给了他一下子。

"你们到底要把我们弄到哪儿去？"沈淳宏半真半假地问。

是啊，这转悠了一下午了，也没看见那个洞。

孙朝元看看东山的月亮，冲着邓汉涛一咧嘴："你去前面带路，去那个洞。"

邓汉涛在这个串子上被拴在第二个，他看看李泽林，撇着嘴扭了扭肩膀："行啊，那你得给我解开。"

"休想。"宋春子倒是个不错的演员，只是没看剧本。

"哎哟，你还怕我跑了啊？"

"真跑了我也能追回来，春子，解开他。"孙朝元跳下马，拿起皮囊喝了几口水。

"哎——"李泽林脑袋里的齿轮好像上了油，飞快地旋转了几周："不对！你们根本不认识那个什么洞……到底是怎么回事？"

"奶奶的，老子不是土匪是什么？"孙朝元把水朝他脸上泼过去，这一手的确诠释了他的匪气。

"我感觉你们和邓……"李泽林直着身子，眼珠上下打量孙朝元和一众土匪："这里面，我咋觉得在唱戏呢……"

沈淳宏真沉不住气了："老邓！别玩啦……赶紧着……"

"哎——前面的——怎么回事？"

就在这时候，山前大路上影影绰绰地跑过来三个人，为首的手里拎着一杆儿鬼子的三八大盖儿！

"哎，你们……"孙朝元话音还没落，那人抬手就是一枪，子弹擦着孙朝元的耳朵飞过去。

"他奶奶的！"孙朝元莫名其妙被对方当了靶子，自然火往上撞，拎出驳壳枪回手就是一发！

1939 年 7 月　河北涞源　壕树沟

夜幕终于拉下来了……刀岭崖附近特殊地理环境形成的小气候，把这里的晚上变得四时不正，呜呜的寒风在山坳里肆虐。

"啥咋办？干他娘的！"狗剩又嚷了起来，"捱到夜里，他们要是不走，黑灯瞎火的，咱点一串炮扔过去，准能把他们吓跑了，没准还能吓死两个！"

"去去去，你以为日本人都你那心眼儿？"大虎一瞪眼，狗剩不服，也瞪了回去。虽然在朦胧的月光下，谁也看不清对方的脸，但两人却也较上了劲儿。

"别吵，让我想想。"石头用力捶了捶脑袋。

"石头哥，刚才你说，那些日本人是让一个汉奸带路的？"一直没说话的二虎突然冒出一句。

"对啊！"石头一拍脑袋，"只要干掉那个汉奸，剩下的日本人不认识路，也就没法走了。"

"那咋干呢？你们谁带着刀子？"大虎给他们泼了一盆冷水。

几个人你看我，我看你，都摇起了头，别说他们谁都没带刀子，就算带了刀子又怎么样？总不见得冲到日本人的营地里，给那汉奸来上一刀吧。而且，虽说这几个娃都是山里的穷孩子，从小帮着大人干农活，杀猪宰羊的事没少干，但真的要让他们动手杀人，他们还下不了这个手。

夜风依然在"呼呼"地吹着，几个人不约而同地缩起了身子。虽然已经过了六月，但这天气却是一点没见暖和，尤其是到了晚上，北风一吹，更是刺骨的冷。

"要不，咱趁他出来撒尿的时候，用石头砸死他。"石头提议道。

"不成，他要是临死前大叫一声，那咱们就全完了。"大虎又给他泼了一盆冷水。

"那就捂住他的嘴再砸。"狗剩嚷道。

"去!"几个人一起给了他一个白眼。

"你们就捂我的能耐。"狗剩嘟哝着,扭过头不再理他们。

"妈的,想不出来。"石头猛地站了起来,"还是用石头砸,砸完往山上一躲,我就不信这群小日本能找得到咱们。"说着,他迈开大步往日本人的营地走去。

"哥,那我咋办?"小凤离开了石头的怀抱,一下子又惊又怕。

石头回头看了看小凤,叹道:"要不,大虎、二虎,你们带着小凤到东边儿的山上躲起来。狗剩,跟我去干掉那个汉奸,敢不敢?"

"娘的,有啥不敢?"狗剩往地上吐了口唾沫,搬起一块大石头跟在石头身后。大虎一时也没了主意,只得拉着二虎和小凤往东面的山上跑。

前进了几十米后,石头和狗剩不得不放慢了脚步,这里离日本人的营地已经很近了,夜深人静,在这乱石堆上行走,也许只要弄出一点声音来,这两个半大小子就会小命不保。狗剩刚才凭一时血气之勇搬起一块大石头,早已累得双臂发软,只得轻轻地把大石头放到了一边。反正这里是乱石岗,不缺石头。

两人悄悄地来到了刚才他们藏身的沟里,日本人的营地只在20米开外。狗剩虽然莽撞,但此时也知道小命重要,不敢胡来,只是乖乖地趴在那里等着。只等那汉奸起身到这里来撒尿,就立马一石头砍晕,然后狠狠砸几下走人。反正黑灯瞎火,往山上一躲,不信这群日本人能找到他们。

石头远远地望着,大多数的日本人都已经躺下了。只有那日本小队长和那汉奸依然坐在火堆边谈着什么。石头伸长了耳朵,但听到的全是风声。寒冷的北风吹透了他们的衣衫,两个人都冻得牙关直打战。

也不知趴了多久,那两人却依然坐在那里小声交谈着什么。石头心里发慌,万一那汉奸一宿不起来撒尿,或是没来这个方向撒尿,那岂不是他们要白白在这里挨一宿冻?

总算,那日本小队长不知从哪里取出一条毯子,盖着躺下了。那汉奸屁颠屁颠地帮他将毯子裹好,然后起身向石头和狗剩藏身的地方走来。

"来了!"石头和狗剩浑身一激灵,各自从身边摸了石块抓在手里,但不动不知道,他们全身都已经被冻僵了,手脚都是麻木的。石头一边暗骂着,一边悄悄地活动着手脚。

天上飘来一朵乌云,正好遮住了月光,四周顿时一片黑暗。只有借日本人营地那边透来的火光，才能勉强看清那汉奸的动向。石头只听到那家伙踩在乱石堆上，所发出的一声声细碎的"哗啦"声。看他渐渐走近，石头屏住了气，只等那家伙一到面前，便立即动手。

没想到，关键时刻，刀岭崖方向远远地传来一阵枪响！

那汉奸受惊！一边大喊着"太君，有八路"，一边连滚带爬地向日军营地跑去。

石头犹豫了一下，打不定主意究竟是追上去干掉他，还是赶紧往山上跑。

就在此时，石头突然听到了一阵很熟悉的呼喊声，"石头、小凤！"

"坏了，是我二叔。"石头意识到，村里人发现他们没回来，肯定是派人找他们来了。

"娘的，怎么这时候来了？"狗剩骂道。他又捡起一块石头向那汉奸砸过去，但距离远了，没能砸中。

"太君，有八路……有八路啊，太君……"那汉奸一边喊着，一边跑向日军营地。但慌乱中，满地的乱石让他跑不了几步就会被绊倒，但求生的欲望让他不断爬起来继续逃跑。

石头隐隐地看到山谷那边出现了一点火光，顿时心头一颤。同时，他又听到了老甄叔的呼喊声："狗剩、大虎、二虎！"

日本人的营地顿时炸开了锅，日本兵纷纷翻身起来，着急慌忙地去拿自己的三八大盖，慌乱中难免错拿了别人的。更有人在起身的时候，懵懂中踩了同伴的脑袋。于是，叫骂声、抢夺声和乱石被踩踏的声音响成一片。

"糟了！"石头愣在了原地，如果老甄叔和二叔他们被日本人发现，肯定是死路一条，但他们现在日本人营地的另一头，根本通知不到他们，只能指望他们听到这边的动静，能赶紧逃走。

那汉奸连滚带爬，好容易回到了那日本小队长的身边，拽着他的胳膊大喊道："太君，那边儿……那儿……八路……八路……有八路……"

"纳尼？"那日本小队长扭头望着那汉奸跑来的方向，但睡眼惺忪的他根本什么都看不见。

情急之下，狗剩从口袋里取出一串鞭炮，又从石头的口袋里掏出火石和火绒，居然被他一下就打着了火，点燃了引信。随后，他用尽全身的力气，将那串鞭炮扔向了日军营地。但他的手根本用不出力，那鞭炮又轻飘飘的吃不上劲儿，向前飞了不到3米远，就掉在了地上摔灭了。

狗剩一咬牙，紧跑几步捡起来再次点燃。但是鬼子已经惊觉了！

1939 年 7 月　河北涞源　刀岭崖南坡

李泽林觉得坏菜了，邓汉涛也觉得坏菜了。

前者是听见了刀岭崖西边一阵奇怪的类似于枪声的响动，另外就是眼前这个开枪的汉子究竟是干嘛的？

后者邓汉涛却觉得，李俊生的出现，很可能跟孙朝元发生误会，而此时山那边类似枪声的响动，也恰恰成为了李俊生对这几个土匪怀疑的因素。

"放了沈厂长！"李俊生不敢判断那远远的所谓枪声是什么先进武器，只是远远的端着东征医疗队送给他防身的三八大盖，瞄着孙朝元的头。

孙朝元一听这个，当即明白了，这小子敢情是修械所的人。但是李泽林在场，为了大局，还得继续装卜去，当然，对于孙朝元来说，土匪自然是不用装的。

"你是干嘛的？"孙朝元明知故问。

"你管我干嘛的？"

"你想怎么样？"

"放了沈厂长！"

"这四个人跟你什么关系？"宋春子插嘴问道。

"我让你们放了沈厂长！那仨人跟我没啥关系！"

"啊！李俊生，你可别没良心啊，我怎么跟你没关系？"邓汉涛这个气啊，心说：这幸好是在演戏呢，要是真事儿你小子还不给我撂这儿啊？

孙朝元也是一愣，用枪指着李俊生："你小子怎么回事儿？救人还有单个挑的吗？"

"俊生啊……"冯斧头在他身后打开了哆嗦："这土匪，无非就是为了要钱，人为财死，鸟为食亡而已，给他们俩钱儿打发走了吧，犯不上……"

"钱？你有啊？"李俊生连搭理也不搭理他。

哪知道冯斧头哆哆嗦嗦地解开了裤子……

"我这儿打土匪，你脱裤子干嘛？你又不是老娘们！"李俊生有点匪夷所思。

冯斧头哆哆嗦嗦地又系上了裤子："没什么。"

"啊！"李俊生匪夷所思："难道是尿裤子了？"

"没……"

"你们嘀咕什么呢？"孙朝元干脆把枪戳在地上："你们还打不打？"

李俊生觉得有事儿，不搭理孙朝元，一把拽过了冯斧头，把手伸进他裤裆里。

"哎！你……你干什么？"冯斧头的老婆自然不愿意有人随意接触自己男人的禁区。

孙朝元愣住了，李泽林也愣住了，路达和沈淳宏更是愣住了，唯独邓汉涛眯着眼儿静静地思考着接下来将发生什么。

冯斧头不断地往后缩，两手死死抓着裤裆。

李俊生一边往他裤裆里掏，一边死死地盯着土匪的动静。

就这时候，山西边的声音愈发猛烈了。

"坏了，这是不是土匪大部队？"李俊生单手端着枪指着身后的孙朝元，另一只手依旧用力地去掏冯斧头的裤裆。

1939 年 7 月　　河北涞源　壕树沟

随着一阵"辟哩叭啦"的声响，那些个大号鞭炮炸响开来，在这静静的山谷中，显得特别刺耳。石头赶紧拉住狗剩，重又趴回了沟里。那些日本兵正睡得稀里糊涂，乍一听到鞭炮的声音，还以为是枪炮声，慌乱中也来不及分辨，纷纷开枪射击。虽然根本没弄清敌人在哪里，但还是习惯性地先进行火力压制。

"嗯，八路的干活！"日本小队长当胸一把揪住那汉奸，"你的，不是说，这里的，没有八路的干活！"

"太君、太君，这个我也不知道啊！"那汉奸辩解道。

"你的，八路的干活，良心坏了坏了的！"那小队长将汉奸一把扔在地上，拔出腰刀对他当头砍下。那汉奸卖国求荣，没想到最后居然死在日本人手里，还落得个死无全尸。

石头趴在沟里，透过石缝看得明白，心中暗暗一喜。远远地，他看见山谷那边的火光已经消失了，想来是老甄叔他们听到枪声，便赶紧逃走了。眼下汉奸已除，他们待在这里也没有任何意义，便拉着狗剩，猫着腰，顺着这条沟向远处跑去。反正枪声大作，日本人也不可能发现这里的动静。

俩人凭借着对地形的熟悉，绕开日本人的营地，往东面的山上跑去。这里树木丛生，只要跑到山上，日本人就再也找不到他们的影子了。

"石头、狗剩，这边……"他们刚跑了没多远，便听到大虎在招呼他们。原来大虎他们并没有跑远，一直躲在山脚处的一丛小树林里等他们。

"哥……"小凤一下子扑进了石头的怀里大哭起来。石头却顾不上这些，抱起小凤，带着众人往山上跑去。这些娃都是在山里长大的，尽管只有黯淡的月光，但爬山上坡依然如履平地。

一边跑着，石头一边和大虎等人交待了刚才的情况，"那汉奸被那日本人的头子给劈了。老甄叔和二叔他们刚才来找咱们，估计是听到枪声以后逃走了……"

"他们不会杀到咱村里去吧，咱村离这儿就一座山头，也就几里地！"大虎不无担忧地说道。

"那咋办？"石头停了下来。远处，日本人的枪声还在不断响起。虽然狗剩刚才扔出的那串鞭炮早已放完了，但草木皆兵的日本人却依然不敢放松，还在向着不知所踪的敌人进行火力压制。

"咱得想办法干掉他们！"狗剩拿着一串鞭炮，又高声嚷了起来，反正枪声正响，也不怕日本人听见。

"屁！"石头和大虎差点没冲上去揍他。刚才误打误撞弄掉了那个汉奸，已经是额骨撞天了。就凭他们几个，凭那几串鞭炮，要干掉这一百多个日本人？这种话大概也只有狗剩这种二愣子能说出来。

"石头，我听老甄叔说，咱村甄大爷家的儿子，就在北边山上当游击队打日本人，这两天刚回来。咱去找他吧！"大虎提议道。

"说得对，咱去找甄大叔，让他带游击队来干掉这帮孙子。"狗剩一拽大虎的胳膊，"走，现在就去。"

"等一下！"石头赶紧拉住他们，"你们知道游击队在哪座山头？"

狗剩和大虎大眼瞪着小眼，双双摇了摇头。

"我倒是听说过！"石头得意地昂了昂头，"就在北面那座山上，山脚下有一堆老槐树的那座，离这里也不过20里地，我有一次放羊经过那里，还见过有人扛着枪。"

"那好啊，你带路吧！"大虎喜出望外。

"要是咱一下子找不到甄大叔他们，这帮小日本跑去打咱村子咋办？"石头突然想到了另一条。虽说老甄大爷现在应该已经逃走了，但不代表日本人不会找到他们村子。听人说，日本鬼子一进村，那是要抢光、杀光、烧光的。

"那咋办？"狗剩瞪着石头。他是个孝子，现在他老娘在村子里，不容他不惦记。

"但咱待着也不是个办法啊，还是赶紧去找甄大叔他们吧。只有尽快找到，才能救村子啊！"关键时刻，大虎脑子转得倒挺快。

"你们去找游击队，我留在这里盯着他们！"狗剩背起那个装着鞭炮的口袋，"我再去干掉他们几个！"

"狗剩，别胡闹！"石头一把拉住狗剩。日本人毕竟不是傻子，扔鞭炮这种手段，用一次行，多用就不灵了。而且，日本人刚才一时慌乱砍了汉奸，总不能指望他再去砍自己人吧。

"石头，狗剩说得对！"大虎赞同道："我也留在这里盯着他们，你带着小凤去找游击队吧。"

石头想想没有别的办法，便只能答应了。毕竟只有他熟悉那个地方，小凤他当然得带着一起走，把妹妹留在这个鬼地方，他可不放心。

"你可快着点儿啊，咱等你回来。"大虎向石头挥挥手。

"我赶快！不过你们可悠着点儿，别胡来。大虎，你看着点狗剩，别让他胡来。"石头牵着小凤的手，沿着小路，直奔北面去了。

远处，日本人放了一阵枪，便停了下来，接着传来一阵嘈杂。虽然叽哩哇啦的，一句也听不懂，但听那口气，明显是在骂娘。狗剩爬到高处，远远地眺望着，这里离日本人的营地虽然也只有不到半里路，但好在居高临下，看得倒也清楚。而且这里树木繁茂，倒也不怕那帮家伙们发现。只是日本人在经历了这次事件后，把篝火全都灭了，今晚的月色虽好，隔了这么远，也只能看个大概。

狗剩看了看天色，月已偏西，应该至少已经四更了。那些日本人没有再睡觉，而是围在一起，像是在商量着什么。现在，他们已经不敢再大意，一部分人依然坐着休息，另一部分人三三两两地站在外围，放起了岗哨。

"哥，我饿了！"二虎拉了拉大虎的袖子。他不说还好，一说出来，三人都觉得饥不可耐。他们出来放鞭炮，原打算放完回家吃晌午饭，没想到被日本人堵在这里，饿了大半天。

"荒山野地，哪里给你找吃的？忍着！"狗剩骂道。二虎冤枉地揉揉眼睛，想哭却又哭不出来。本来已经饿得要命，夏天白天穿得单薄，加上山里冰凉的夜风吹在身上，更是饥寒交迫。大虎找了几根枯枝，想点堆火暖和一下，却被狗剩一巴掌打翻了。

"笨蛋，你这是要给小日本报信啊？"

火又不能点，肚子里又饿着，这样的时间总是特别难熬。狗剩努力睁大眼睛，一眨不眨地盯着那群日本人，很想拿块石头下去砸死两个。

这个家伙虽然莽撞，但毕竟还没有丧失理智，所以将一块大石头拿在手里揉了半天，还是没下得了决心。

第十一章　卖身契

1939 年 7 月　河北涞源　刀岭崖南坡

山西头的响动闹腾的不只是李俊生的心，同时也把李泽林和邓汉涛乃至孙朝元的心提到了嗓子眼。

如果说这块儿有哪个坎子，那孙朝元是相当的清楚，离刀岭崖最近的几支土匪武装，见到自己老大马天鹏也得恭恭敬敬地作揖，他担心的字眼儿，和在场每个人心里是一样的……

要说李俊生跟别人不一样就在这儿，认准了的东西，必须要得到结果，至于临时发生什么，在他现在的意识里，那全是扯淡。眼巴前儿的好奇心必须证实。

趁着冯斧头对奇怪的声音惊愕的功夫，他手上一使劲儿，愣从冯斧头裤裆里拎出一个小布口袋来，口袋那头有一小骨碌绳子。

"啊呀！"冯斧头面目扭曲："我的根子！"

李俊生到手的布袋有点压手，再看看那绳子，又见冯斧头把手伸进裤裆里貌似在解绳扣，才明白……

"奶奶的，怪不得看你的尿脬这么大……"李俊生唾了一口："感情藏着东西！"

"我操！你还有心思干这个！"孙朝元听到西边真的变成了枪声，沉不住气了："春子！给那个从尿脬里掏出玩意的人一条枪！戒备！"

宋春子把自己马上的步枪扔给了冯斧头，指着月娇："二哥！这娘们咋办？"

"你他妈还想上了她啊！给老子探探去！"

其他土匪给邓汉涛一众人解了绑绳，把自己的步枪分发下去，各自从腰里拎出短家伙来，齐齐冲着西边。

李泽林脑子里齿轮挂了高速档："好啊！你们是　伙的……"

"闭嘴！"路达回身给了李泽林一脚："总比跟日本人一伙强！"

"好啊，狗阎王……你敢……"

路达回头瞪了他一眼："再废话……毙了你。"

"好啊你个路达、邓汉涛啊……"李泽林依旧端着架子，咯咯地咬牙。

邓汉涛端着枪杆子："老孙，你们先派俩弟兄，回去告诉修械所转移。"

"好……你们俩！赶紧回修械所，告诉他们，转移。"

"好嘞！"俩土匪转身往回走。

"带上这个女人！这场合不适合老娘们家！"沈淳宏指了指冯斧头的老婆。

孙朝元点点头："好，带上这娘们……哎！记得护住咱们拉来修的那些枪！"

"二哥您瞧好吧！"

俩土匪打马，带着冯斧头的老婆走了。

李泽林捏碎了拳头……好家伙，全明白啦，这些土匪是真的，敢情还跟邓汉涛有买卖作……这下子可不单单是蒙骗上差的罪过啦……邓汉涛他们这叫胆儿肥啊。

"俊生，过来！"

"哦！"李俊生跑过去站在邓汉涛面前，指了指孙朝元："这唱的是哪一出？"

"赶紧的，咱们去西边看看情况，边走边说。"

1939 年 7 月　河北涞源　壕树沟

天越来越黑，所有的日本人全部起身，排成两列纵队，那个小队长哇哩哇啦不知说了些什么，所有人便跟着他，一起沿着来时的路，向西方走去。

"小日本跑了？"狗剩傻了眼。

"跑了？"大虎和二虎也一下惊醒过来，趴到狗剩身边。的确，日本兵的皮靴依然将乱石堆踩得"哗啦"直响，没多久就消失在了山谷那边，失去了踪影，只留下那一地的狼籍。

"走，去看看！"狗剩一骨碌爬起来，向着那个地方狂奔而去。大虎和二虎也赶紧去追他，只是他们刚睡醒，手脚根本不听使唤，没跑多远就被狗剩甩开了。

兄弟俩好容易跑到狗剩的身边，那家伙正在呆呆地看着什么。二虎顺着他的目光看去，吓得差点尿了裤子。原来，是那汉奸的尸体，脑袋已经被劈成了两半，分成两处的脸上，却依然写满临死前的恐惧，无神的双眼瞪着星空，仿佛还在诉说着那时发生的一切。

"呸！"狗剩朝那汉奸的脸上吐了口唾沫。大虎也想吐，却不敢。

"哥，咱还是赶快回去吧！"二虎拽着大虎的袖子。

"狗剩，咱走吧。我娘肯定等急了。"大虎也催促起来。

"等一下！"狗剩蹲下身子，在那汉奸的尸体上摸索起来。大虎和二虎在旁边看得差点吐出来，狗剩这家伙胆子大，还真不是盖的，连脑袋被劈成两半的死人都敢摸。

"你们看！"狗剩兴奋地从那汉奸腰上解下一件东西，用力地挥着。

"盒子炮？"大虎也顿时兴奋起来，狗剩手中所拿的，就是一把通常被称为"盒子炮"的驳壳枪。他一时间忘记了恐惧，伸手来抢那驳壳枪，却被狗剩一下塞到了自己的腰带里。

"我拿到算我的，谁也不许抢。"

大虎不服地瞪瞪眼睛，他也只是一时兴奋，要他在家里藏把盒子炮，他可没那个胆儿。

狗剩又继续在那汉奸的尸体上摸索着，随后，他从那汉奸的怀里掏出一个金灿灿的东西来。

"看，金壳怀表！"

大虎和二虎张大嘴站在那里，金壳怀表啊，传说中的东西。传说城里的大财主才能用得起这东西，没想到今天居然出现在了他们面前。但吃惊的还在后面，狗剩又从那汉奸的身上，摸出了一个小袋子，轻轻一晃就"叮当"作响。大虎的口水早在不知不觉间滴落，不用说，那袋子里肯定是满满一袋大洋，至少有 30 块。

"这下咱可发财了！"狗剩还没死心，把那汉奸从头到脚又摸了一遍。不但把他那双大皮靴脱了下来，连那已被劈成两半的嘴也被他掰开看了一眼，怕里面有颗金牙之类的。

"走，回家！"狗剩最后一脚踢翻了那具尸体，将大洋和怀表都装在那双大皮靴里，往肩上一扛就往村子方向走。

"狗剩，那石头和小凤咋办？"大虎突然想到了这对兄妹。

狗剩挠了挠头，他也没办法。也不知道石头找到游击队了没有，即使找到也没用了，日本人都走了。游击队来，最多也只是给那汉奸收尸了。

"算了，还是回去吧。咱待在这儿也顶不了事儿，还是先回家吃点东西，我都饿扁了。"狗剩背着那双大皮靴往村子方向走去，那些大洋一颠，发出"叮叮当当"的响声。在这三个人听来，无疑是天籁之音。

三人哼着小调儿，慢慢地走着。不经意间，大虎突然听见，身后又传来一阵细碎的声音，便赶紧拉了拉狗剩。

狗剩一下子觉得身上的汗毛都竖起来了，那声音他们太熟悉了，就是日本人的军靴踩在石头上的声音。而且，听声音，他们已经不远了，转过一个山坳就能看到这里。

慌忙间，他们赶紧躲到一块大石头后面。刚藏好身子，就听到那队日本人已经转过了山坳，正在往这个方向走来。

"该死，咋又回来了呢？他们这是要去村子啊！"狗剩惊呆了。只要出了这个山谷，往前走几里地就是他们的村子。这队荷枪实弹的日本兵过去，或许村里人会被他们全部杀光的。

"咋办？""咋办？"狗剩和大虎大眼瞪小眼，虽然心急如焚，却又无可奈何，只得眼睁睁地看着这队日本兵一步步往这里走来。

"管他娘的，看我的。"狗剩一咬牙，从口袋里取出一串鞭炮，又掏出火石打着了火，拿着火绒就去点引信。

"狗剩……"大虎赶紧去拉狗剩，但还是晚了一步。引信已被点燃，闪着火花迅速向那鞭炮靠近。狗剩想用力将鞭炮扔出去，没想到手却被大虎拉住了。

"噼哩啪噼哩啪……"鞭炮在他手里开了花。狗剩和大虎同时一惊，双双松了手，那串鞭炮掉在了乱石堆里，不断炸响着。

日本兵顿时一阵混乱，个别胆小的已经盲目地向着四周开枪了，那个小队长不断喝斥着，引导手下排成阵势，搜索着敌人的下落。

但日本人毕竟不是笨蛋，鞭炮的声音和枪声还是有着很大的区别的，很快他们就发现上当了。不用太多搜索，鞭炮爆炸时所飘出的硝烟已经完全暴露了狗剩他们的位置。那小队长手一挥，十几个日本人平端着步枪，开始往狗剩他们藏身的大石头靠近。

"完了，闯祸了！"狗剩冷汗不停地往下流。他的莽撞之举，极可能把他们三条小命搁在这儿了。

"咋办？"大虎小声问道，他已经吓得两腿发软。

狗剩看了看身后，不到 30 米远的地方就是一片树林，一直通到山上。只要能够逃进这片林子，然后逃到山上，说不定就有一条活路。

包抄上来的日本人离他们已经不到 50 米了，狗剩小声对大虎、二虎兄弟说道："我数到二，咱们一起往林子里跑，只要能跑到山上就没事了。"

见兄弟俩点头答应，狗剩便开始数："一……"

日本人依然保持着队型，有条不紊地包抄上来。

"二……"

大虎、二虎全部都握紧了拳头，他们不再看前方，只盯着身后那片林子。

"三！"

话音刚落，狗剩第一个转身向着林子飞奔而去。大虎和二虎也紧随其后，日本人没想到有这一着，慌乱之中纷纷开枪射击，枪声顿时划破了寂静的山谷。但在匆忙中，所有人都欠准头，尽管子弹在狗剩他们的身边飞过，但却没有打中他们。狗剩在慌乱中，居然还没忘了带上那双大皮靴，大洋被他抖得"叮当"直响。尽管如此，他还是跑得飞快，把大虎和二虎远远地甩在了身后。

"当"地一声，一块大洋从靴筒里飞了出来。大虎急着逃命没有看到，但跑在最后的二虎却犹豫了一下，弯腰去捡那块大洋，却被结结实实地绊倒在地。

狗剩和大虎一口气跑到林子深处才停了下来，扶着树干直喘气。日本人的枪声早已停了下来，狗剩拍着胸口，总算捡了条命。

"二虎呢？"大虎发现不对劲，二虎居然没跟来。

"糟了！"大虎回身要去找二虎，却被狗剩一把拽住。

"放开我，我要去找二虎！"大虎拼命挣扎着，但狗剩却死死地抱住他。

"别胡来，现在回去咱一块儿玩玩！"狗剩狠狠锤了一下大虎的脑袋，他这才冷静下来。

"走，咱悄悄过去看看。"狗剩看了看身后，确定没有日本人跟来，便悄悄地穿过林子，又向刚才的那个山谷走去。

"那……那……"大虎猛地指着前方，似乎是想说什么，却一句话也说不出来。

狗剩定睛一看，远处的景像顿时让他目瞪口呆。

二虎被一个日本兵用刺刀挑着，高高地举过头顶。他的手脚还在微微地挣扎着，鲜血顺着他的双脚和枪杆，不停地滴落。

"二虎……"大虎突然惨嚎起来，狗剩赶紧扑上去一把捂住他的嘴。

"走，走，赶快走。"狗剩顾不上大虎的挣扎，用力将他往林子深处拖。

"呜呜呜……"大虎泪流满面，想放声大哭，但嘴却被狗剩捂着。

日本人显然也很恼火，昨晚误杀了那个带路的汉奸，弄得他们现在进退两难。这阵儿又被吓得不轻，最后发现，居然是 3 个孩子搞的鬼，叫他们如何咽得下这口气。当下，那个小队长腰刀一指，带着三四十个日本兵追进了林子，四处搜索。

"糟了，快走！"狗剩顾不上许多，强行拉着大虎就跑。好在日本人是一边搜索一边前进的，速度倒也不快。狗剩只管拉着大虎猛跑，却不提防大树后突然钻出一个人来，和他撞了个满怀。那人穿着一身黑布衣服，像铁塔一样，手中拿着两把驳壳枪。

"甄大叔……"狗剩喜出望外。眼前的这个人，就是老甄大爷的儿子，游击队的那位甄奉山。

"我都看到了！"甄奉山叹了口气，从狗剩的口袋里拿出一串鞭炮，点着后远远地扔了出去。

"甄大叔，你这是……"狗剩吃了一惊。还没等他反应过来，那鞭炮已经炸响了。那些日本人上了两次当后，已经知道了这是鞭炮的声音，便不再慌乱，顺着鞭炮的声音向他们追来。

"快走！"甄奉山拉着大虎，招呼狗剩跟他往山上跑。那群日本人追了一阵，又失去了方向。甄奉山便又点一串鞭炮，继续引着他们紧追而来。

"趴下！"跑了一阵后，甄大叔把狗剩和大虎双双按倒在地，他自己也趴到了地上。

没多久，日本人便追了过来。一个个端平了步枪，东张西望。大虎的眼泪一个劲儿地往外涌，他偷偷地从狗剩的腰里拔出从汉奸那里得来的那把驳壳枪，咬着牙，对准那帮日本人扣下了扳机。

"咔哒"一声轻响，枪并没有打响，倒是把身边的甄大叔吓了一大跳。原来大虎根本没有打过枪，那机头还关着，怎么能打得响？

"别胡闹！"甄奉山一把夺下了驳壳枪。没想到经这一折腾，日本人已经发现了这里的动静，那小队长腰刀一指，日本兵四散向这里包抄而来。

"甄大叔，咋办？"狗剩也没了主意。

"别慌，趴着别动！"甄奉山趴在草丛里，透过草缝紧盯着那群日本人。

日本人一边搜索一边前进，离他们已不到 50 米远。不知为何，狗剩也已经没有了先前的劲头，吓得牙关直打战。北风依旧在一阵阵地吹过，他感觉到了彻骨的寒意。

突然，他听到不远处有人大喊了一声："打！"

随即，四处像开了锅一样，到处响起枪声。那群日本人措不及防，迎面被撂倒了一排。剩下的人赶紧趴到地上，胡乱开枪还击。

"打得好！"狗剩大喊着，如果不是甄奉山使劲把他按在地上，他说不定会冲上去，拿石头砸那群日本人。

与此同时，远处的山谷中也同样响起了激烈的枪声，伴随着手榴弹的爆炸声。显然，那边的战斗也已经打响。

那日本小队长挥舞着腰刀，指挥已经越来越少的部下一边负隅顽抗，一边向树林外逃窜。虽然他也知道山谷中的部队也肯定受到了伏击，但慌乱之中他根本分不清东南西北，只得沿得来时的路，全力逃蹿。

"冲啊！"距离狗剩他们不远处，突然有一个人一跃而起，手持一支驳壳枪，一边开枪一边向日本人追去。随即，像变戏法一样，周围的草丛里，跳出了很多穿着粗布衣衫的游击队员，端着步枪冲向日本人。

剩余的日本兵只有十多个了，他们已经顾不上还击，只是拼命地抱头鼠蹿。但身处这长满树木的山坡上，他们即使已经尽了全力，又怎么能跑得过在这里土生土长的游击队？很快便被游击队员们一一追上并击毙。

甄大叔也已经跳了起来，举着驳壳枪向日本人连连开火。他也看到了二虎惨死的那一幕，新恨旧仇一起涌上心头，他不顾一切地冲向那个日本小队长，要为他的娘和二虎报仇雪恨。

剩下的日本兵已经被冲散，正慌不择路地向着四方逃蹿。那日本小队长看看身边已经没有了手下，只能认准大方向，一咬牙一低头，玩了命地跑。他的身后，甄大叔紧追不舍。

茂密的树林很快把那日本小队长的体力耗尽了，气喘吁吁的他被树根绊倒。想爬起来，却发现扭伤了脚，甄大叔已经追到了他的身后。

无奈中，他拔出手枪向追来的甄奉山连连开枪射击。

一发子弹擦着甄奉山的脖子飞过，他甚至能感觉到一股灼热从颈边掠过。

他迅速就近躲到一棵大树后面。

刚才那发子弹要是偏上那么一寸，他这一百多斤就算是交待了。还得说甄奉山是个爷们！以树干为掩护，骂了一句："你奶奶的！老子甄奉山还能死在你狗日的手里？"转身向那日本小队长甩出一枪。

鬼子谁不知道甄奉山这仨字儿啊！这一听可不要紧，真给吓傻了，不敢往前一步，只顾站在那儿朝着树干放枪了。

树干上被打得伤痕累累，甄奉山的子弹太宝贵，轻易不发。稍后听到那日本小队长的机头连连空响，知道他的子弹肯定已经打光了。

那日本小队长知道已经逃不过这一劫，日本人骨子里那一股倔强劲儿也涌了上来，猛地站起身，拔出腰刀指向甄奉山，摆出一副决斗的架势来。

甄奉山可不理他这一套，大吼一声，扣动了扳机。谁知机头"咔嗒"一声，却没有子弹射出。甄奉山的子弹也打空了："这他娘破枪！"

那日本小队长见状大喜，双手握刀向他逼来，并不断叫嚣着："你的，死啦死啦的！"

甄奉山一声冷笑，从腰间又拔出一把驳壳枪，对着那日本小队长连开两枪，一枪打在他大腿上，一枪打在他手腕上，将他手中的长刀打落。那日本小队长再也没有了精气神，跪倒在地上，惊恐万状地看着甄奉山。

"小鬼子，这就是中国人的骨气，懂不懂？"甄奉山怒吼着，猛地扣下了扳机。

面对外敌的侵略，中国人民又有哪一刻是屈服过的？

1938 年 7 月，侵华日军向山西省南部及西部进犯。先后占领临汾、蒲县，并企图进军马斗关黄河渡口，威胁陕甘宁边区。3 月 14 日，日军在隰县午城、蒲县井沟一线遭到八路军第一一五师的顽强阻击，西犯黄河的企图被彻底粉碎。这就是中国抗日战争史上著名的"午城、井沟战役"。

在此过程中，日军所派出的一支袭击我军后方的小分队，意外被 5 个当地少年所发现，并最终被根据地游击队所全歼，并且间接地保护了刀岭崖修械所。

二虎被安葬在了他倒下的那片乱石岗里。

"甄大叔。"石头抬头望着甄奉山："刚才你那一支枪为啥没打响？"

"哎！用文明话说，叫故障！"

"故障？"

"就是尿催！"

"为啥尿催？"

"石头啊……"甄奉山蹲下身子，抚弄着他的小脑袋："咱们自己的军工技术不到位呗。"

石头似乎明白啥叫军工，因为经常听修械所的沈大大他们说……

"甄大叔！鬼子的军工厉害吗？"

"鬼子军工……也就那么回事儿。但是比咱们强点儿。"

石头、狗剩、小凤和趴在地上抽泣的大虎，暗暗地咬了牙。

"出来吧！别缩着了。"甄奉山回头朝小树林儿里喊了一句。

邓汉涛、沈淳宏、李泽林一众闪出了树林，慢慢地往这边走。李俊生不知道为啥，看见甄奉山心里就格外的膈应，所以走在最后。

"这几个孩子！"甄奉山叹口气，望着沈淳宏和邓汉涛："你们看……"

邓汉涛点点头："的确怪可怜的，送他们回村子吧。"

"队、啊队……"高大杆跳下马来，上气不接下气地奔着甄奉山跑过来："啊队……"

"队你媳妇个脚！"

"啊队长！"

"有屁快放！"

"啊就……啊就……那村子……活的……啊就……啊就剩下几头驴了。"

小凤虽然年幼，但是听出了这意思，眼泪刷刷地往下掉。

但是出乎意料的是，几个孩子居然谁也没有过激的行为。眼泪掉过以后，便略显平静了。

邓汉涛拉过孩子们的手："跟着我们走吧，以后就在我那里学手艺。"

石头耷拉着脑袋想了想，又看了看其他的伙伴。

"邓汉涛！你哈耸想干什么？用童工吗？"李泽林在那本账上又记了邓汉涛一笔。

"你爱咋样咋样！"邓汉涛慢慢地站起来："你也看见了，鬼子在这片山里，一次次的扫荡，我们修械所啥样，你也清楚。"

李泽林叹了口气："你也别当我是傻子……"

"我知道你不会那么轻易相信任何事儿，就像在延安，我否定了你的图纸，你当时……"

"我没有相信你的建议。"

"后来你的设计图成了？"

李泽林慢慢地走了几步，站住脚摇了摇头。

沈淳宏刚要说什么，路达拉住他，摆了摆手："老邓的事……自己办。"

甄奉山扭头看着李俊生手里的袋子："这是啥？"

李俊生指了指冯斧头："他的尿脬。"

"啊？"

1939 年 7 月　河北涞源　刀岭崖修械所

"哎呀，哎呀呀！"甄奉山呲着牙花子："这回比上回热闹啊。"

一帮歪歪斜斜的老老少少，站在晨雾笼罩的修械所里，与碎砖烂瓦混为一种颜色。11 台工作母机，尽管全部失去了精度，但是却依然昂首挺立在烟尘中。

"老李啊，你看吧，情况……就是这样。"沈淳宏不愿去看李泽林的脸："正如你说的，这些工作母机的运输，还是请延安来人拉走吧。"

"什么意思？"张国平和焦凤春凑过来，悄悄地问路达。

"玩儿砸了，露馅了。"路达皱着眉，接过哑巴递过来的一根大葱，狠狠地咬下去。

李泽林慢慢地围着瓦砾中的这些工作母机转悠，一边嘴里嘟嘟囔囔："……这台铣床……就是昨晚说的那个，陈尚让同志用性命护住的？"

"怎么？你觉得假啊？"

"怎么？老陈他……"李俊生刚回来，这才发现没了陈尚让。

贾同和把他拽到一边去了："哎，老陈是个好样的啊。"

"去你妈的！你他妈护卫队吃干饭的啊？"

"李俊生！"邓汉涛喊叫一嗓子："你瞎叫唤什么？"

"不是……我说这护卫队……"

"以后没有护卫队了！"邓汉涛看着李泽林，心里盘算着这一下子，大伙铁定就要散了。

魏广元抱着焦凤春的小儿子凑过来："邓厂长，您这意思是说……"

"上级来的不是时候啊……"邓汉涛背过脸去，望着石头、小凤、大虎和狗剩："你们以后跟着我，我走到哪儿，都有你们吃的。"

李泽林在废墟里转悠了半个钟点儿，老少爷们似乎感觉到了不祥，因为哑巴已经把余下的全部肉和菜拿了出来，大伙儿明白……这叫散伙饭。

谁也不说话，直愣愣地站在当地，看着李泽林掏出本子记录现场的情况。只有冯斧头在一边儿不错眼珠地盯着李俊生手里的布袋子："你们要散伙儿是吧？那我这次来的工钱谁付？"

李俊生冲他一呲牙："付个毛，什么活儿也没干，还要工钱？"

"那你把袋子还给我，这是我个人的东西。"

"我又没说不给，还没看里面是什么呢？"

"你给我！你都拿了半天啦！"

"俊生！"邓汉涛皱了眉："拿了冯师傅的东西，就赶紧给人家。"

李俊生这时候已经把手指头伸进了口袋里……但是邓汉涛的面沉似水仿佛给了李俊生前所未有的压力。

他不明白，在兵工厂纵横多年，没有一个人敢给他脸色看，为什么这个邓汉涛的到来，却仿佛给自己拴了个套子一般……难道，上辈子自己是驴，而邓汉涛是赶驴的人么？注定老天爷派他来压住自己的么？

"给他！"邓汉涛又发话了，本来心情极差的他，脸上多了一重严霜。

说也奇怪，李俊生的手不由自主地把那个袋子递给了冯斧头，而且还有点颤抖。

但是冯斧头接过去死死地抱在怀里，仿佛自己的命一般。至于那个小口袋里装的什么，谁也不知道。

焦凤春这阵子不知道在地上埋什么东西，东转转西转转，拿着小洋镐四处刨开，又埋上。别人说什么他也爱答不理。

现在到了这节骨眼上，老焦依旧继续他的爱好，啥也视若不见。

李泽林终于转悠完了，他咬着铅笔头儿，似乎很得意地走回来，站在了邓汉涛面前。

"点查完了？"邓汉涛现在反而轻松了。

"其实，没有啥可点查的。"李泽林似乎比他还轻松。

"一块儿吃点饭吧，炖肉。"

"好啊。"

"哑巴！火欢点儿，加大红！"

"拖！拖！"

修械所的老少爷们儿们和蔫头耷拉脑的几个土匪，本应该去继续修建厂房。可是现在谁都明白，这厂房兴许修建好了，也等于是白搭了。

邓汉涛拉着李泽林坐在老歪脖树下，沈淳宏陪坐在一边，焦凤春不知道从哪里抱来半个西瓜，用哑巴的切菜刀分了，端过来放在砖头砌起来的桌子上。

李俊生眼珠转了转，把冯斧头拉到了一边儿："哎，你跟我来。"

"干嘛去？"

"我跟你说要钱的事儿。"

一听说钱，冯斧头两眼冒光，他回头嘱咐月娇："你别乱跑啊，等我跟他去说点事儿。"

他怕李俊生再打那个口袋的主意，提前塞给了他媳妇，随后跟着李俊生来到树后站定。

"你看啊，"李俊生开始翻坏账了："本来，你大老远的跑一趟来，为啥来的？"

"挣钱啊！"

"对啊，挣钱，可是你挣到了吗？"

"我挣个屁啊！你看看这像是有钱的地方吗？"

"不，本来，是有钱的。"李俊生指了指工作母机："厂房炸了，这没错，但是就这些机子，你在保定城见过吗？"

"哦！"冯斧头寻思寻思，这没错，这么多的工作母机的确不是个小规模，但是他可不知道，这些机床自打沈淳宏从延安带来，压根就没开过荤。

"你看看，就凭这些工作母机，这地方生产规模小不了。"

"那……"

"但是，现在啊，有人使坏，不让它继续经营下去了。"李俊生偷偷指了指李泽林："就那小子，想弄得工厂停产了，自认也就没产值，没产值拿什么给你钱啊？"

"你拉倒吧！"冯斧头自然也不傻："就算他不阻挠，这场子也完蛋了，你说点别的吧，你小子就是想让我去把他弄走。"

"哟！"李俊生一下子惊了，敢情人家冯斧头早就知道自己葫芦里的药啊。

"你是想，把人弄走，然后我给你们修好了机子，你问心无愧了，自己蔫儿撤，对吧？"

"我……"李俊生被点中心思，满脸通红。

"不过……如果我修好你说的机子，有没有钱拿？"冯斧头似乎并没在意李俊生忽悠他。

"有！"俊生眼睛一亮，心说：怎么着，有门儿啊！

"真有钱拿？"冯斧头远远望着哑巴从锅里捞出的大肉，香气已经把他老婆勾引到了锅边儿上。

"有啊！"其实说这话，李俊生心里一万个没底气……有个屁。

冯斧头叹口气："你得跟我说，如果我干完了，没钱拿……"

"你说咋办？"李俊生望着那边着急搓手的沈淳宏，只想先过了这一关。

"这个……"冯斧头从不做亏本买卖，挠着下巴左思右想："得啦！要是没钱，你就给我当一辈子学徒，伺候我。"

李俊生一撇嘴："说点别的。"

"那就是说你不敢承诺有钱拿……"

"怎么不敢？我李俊生在忻口会战……"

"我就问你，行！还是不行？"

"我……"

"行，就给我写上点，不行，就证明你唬我，没钱拿，活儿，自然我也不干。"

李俊生眼珠转了几转，心想：反正钱的事儿邓汉涛也得给想办法去，答应了又何妨。

"行！我应承你！"

"应承我？"

"应承你。"

"来！写上。"冯斧头早就看见树下破砖头桌上有笔和纸，拿起来递给李俊生。

"咋写？"

"你就写……卖身契……"

"去你妈的，这词儿好像我真卖给你了，别忘了，咱这算是个打赌。"

"不管啥，我是生意人，写上点总是心里有底。"

李泽林转悠够了远远地就看见李俊生和冯斧头在大树后面嘀咕，并且屡屡朝这边指指点点，有点不自在。

再瞅瞅周围的老老少少，所谓恭敬的目光后隐藏着一丝不满的情绪。

"拖！拖！"哑巴挥着勺子，招呼大伙儿开饭。

"愣着干什么？"邓汉涛拍了身边张国平的屁股："去招呼领导过来吃饭……吃肉。"

"老邓……"路达捅了邓汉涛胳膊一下："这就完啦？你那鬼点子呢？"

邓汉涛摇摇头："李泽林这回来，代表的是组织，是党。其实一开始……我就错了。"

"这个……你有啥错？"沈淳宏挤过来："你不也是为了咱修械所和迫击炮的任务能保住么，错不在你。"

邓汉涛叹口气："对党，要忠诚。对组织，不能动心眼儿。李泽林是李泽林，组织是组织。"

"吃饭吧。"焦凤春刨完了地，放下洋镐，从魏广元怀里接过自己的六岁儿子奔着大锅去了："这一顿下来……以后不知道去哪儿吃啊。"

李泽林背着手，闻着猪肉的香味儿，绕过碎砖烂瓦来到锅边上，老少爷们儿们都直愣愣地站着，谁也没动。

"伙食不错啊……"李泽林看了看工作母机，又捞起一块猪肉闻了闻："每天吃这个？"

"拖！"哑巴点点头。

"你们这些个肉，哪来的？"

"买的呗。"贾同和没好气地端着碗，腿一颠一颠的。

"谁买的？"

"厂里。"路达怕兜出他赚钱的诡道道儿，赶紧撒了个谎。

"哦……"李泽林脑子里的齿轮飞速地继续旋转，转速达到了每分钟 2000 转："这么好的伙食……邓汉涛这小子看起来经营的真不错呢……"

"喂！你还让不让我们开饭？"张国平实在是兜不住哈喇子了，拿着个破碗敲盆边儿。

"哦，你们吃。"李泽林扭头出了人群，迎面正撞到瞪着眼的冯斧头。

"你……"

冯斧头一伸手："拿钱来。"

"我去！什……什么就拿钱来？我没吃啊？"李泽林以为这里吃饭要钱呢。

冯斧头往前走一步："你吃不吃关我屁事啊？我要的是我的修理费。"

李泽林一下子懵了："怎么个修理费？谁欠你的？"

"你！"

"我？"

"对，就是你。"

"咱们……是昨儿晚上才见的面吧？"

沈淳宏也纳闷："冯师傅，他……他怎么会欠你的钱？这个……再说……您还没给我们修东西啊。"

"来来来。"冯斧头一手拉着李泽林，一手拉着沈淳宏，蹲在砖堆边上："我给你们摆列摆列啊……本来嘛，我大老远的从保定府来，这没错吧？"

"没错啊。"沈淳宏点点头："辛苦冯师傅了，可是现在，咱们办不了厂了。"

"对啊！"冯斧头一拍大腿："本来嘛，你们厂能办下去，我的钱也挣到了，修理费么……"

"那是。"李俊生也走过来敲锣边。

"可是现在，因为他，"冯斧头一指李泽林："因为他，你们厂办不下去了对吧？"

"那是！"李俊生赶紧点头。

"所以我的修理费也就没了着落，这一路上还差点让日本人给打死。我冤不冤？"

"冤，实在是冤！"李俊生使劲儿点头。

"俊生！"沈淳宏把脸一沉。

"所以！"冯斧头使劲拍了沈淳宏的大腿："这钱，就得他出！"

冯斧头这一指头虽然离着老远，却把李泽林戳了个屁股墩儿："我说……你……你这什么账儿啊？"

"孙子！我这钱，还就冲着你要啦！"冯斧头上去就揪住了李泽林。

"冯师傅！放手，他是上级干部！"邓汉涛心里乐，但是还得跑过来假惺惺地劝。

"他是你们的干部，可不是我的干部！没钱，什么干部也扯淡！"

整个修械所的人全围过来了，只有张国平蹲在锅边上，自顾自大口大口地吃。

就在这时候，修械所外面"啪——！啪——！"几声盒子炮响，甄奉山带着两个游击队员跑进来："你们闹腾什么？阿部规秀的扫荡队来啦！赶紧躲起来！"

第十二章　一波三折的调令

1939 年 7 月　河北涞源　刀岭崖修械所

"阿部规秀的扫荡队来了……"

甄奉山这一嗓子，给修械所的老老少少们心头塞了一块冻着冰的砖。

心里又冷又沉的感觉，这些人其实已经不是头一次体会到了。而且对付这类事儿的第一反应，就是抄起自己常用的生产工具，迅速撤离。

冯斧头赶紧缩在墙根儿，拉着他老婆趴下装死。

"护卫队，跟着我断后！"魏广元和贾同和非常熟悉自己此时的位置，就连哑巴也把锅里的汤汤水水倒进瓦罐，把还没有凉透的锅背在身上。

孙朝元招呼自己的兄弟们，拉开枪栓趴在了瓦砾上，枪瞄子正对着刀岭崖南面山坡顶端起伏的那条蜿蜒的线……

焦凤春小儿子春喜儿别看年纪小，在自己家门口装得很是经过风浪，他拉过四个孩子拍着胸脯："别怕，小鬼子没啥大不了。"

"哎呀，我说老张啊，你怎么还吃？赶紧着走吧……"贾同和夺下张国平的碗，拉着他去收拾自己的钳工工具。

"快！护送领导先走。"甄奉山使劲儿推了一把李俊生："往西边跑。"

"干嘛是我？"

"你他妈打过仗啊。"

"可是老子没当过保镖。"

"啥意思？"

"我凭啥给他当保镖？"

"那是你领导。"

"去他娘的，老子的领导是沈淳宏，以后回了战场还会有新的领导，军工部算什么……"

沈淳宏闻听跑过来："这个……俊生啊，他是我领导，也就是你领导的领导，你小子必须给我安安全全地把他护送回延安。"

"魏广元也能……"

"李俊生，你再废话我保证让你回不了战场。"甄奉山有点急眼了："他妈的，逃兵就是这么孬。"

"姓甄的，你说谁孬? 老子打过忻口会战……"

"吁——! "甄奉山像吆喝驴那样，制止了李俊生的话，盯着他的大长脸："别给老子拿忻口会战说事儿啊。有种的护着上级领导闯过鬼子陕甘宁的哨卡，平安抵达延安，那才是爷们儿! 到时候我亲自送你去主力部队打鬼子。"

"你别给老子玩激将法啊，咱不吃这套。"李俊生还真不是白给的，知道甄奉山那是激他呢，但是这小子把脸乐开了："不过你说说，送我去哪个部队? 这买卖能做。"

"你拿任务当买卖做啊? "

李俊生不管哪一套："你先说说，能保举我去哪支部队? "

"晋察冀军区第一团，怎么样? 陈正湘团长可是个汉子! "

李俊生想了想："行! "

"哎呀，你们还磨叽什么啊，赶紧掩护领导撤退啊! "邓汉涛跑过来，红着眼朝李俊生喊："领导要是少了一根汗毛，唯你是问。滚! "

"是! "李俊生不知道为啥，只要邓汉涛一瞪眼……而且他真瞪了眼，一股不可抗拒的压力扑面而来。

"广元! 你跟着! "邓汉涛要过路达那只勃朗宁，扔给魏广元："一路上，眼观六路，耳听八方。"

"是。"

甄奉山从腰里拎出缴获鬼子的那把驳壳枪，递给李俊生："拿着，能活着回来就还我。"

"去你的，盼着老子死啊。"李俊生接过枪，一边招呼魏广元和李泽林："走啦走啦。"

就在这时候，山尖儿上晃动出一个黑脑袋瓜来。

"全体注意。"路达眼尖，举起单筒望远镜去瞄山尖上的黑影。

"鬼子露头了，你们赶紧走。"甄奉山微微一愣，手指西边掩藏在沟壑里的小路："顺着这条路一直往西，别回头！出啥事儿也别回头。"

李俊生一咬牙："哎，说好了啊，晋察冀军区第一团……"

"你真娘们儿，我甄奉山答应的事儿，啥时候后悔过？赶紧滚。"

"走！"李俊生放了心，冲邓汉涛和沈淳宏挥了挥手，领着李泽林和魏广元一路跑下去。

李俊生走后不久，山尖上那个影子已经逐渐清晰起来。

路达跟邓汉涛耳语了几句，然后收起望远镜和甄奉山相对一阵大笑。

"哎，这个……你们笑什么？"沈淳宏有点懵了："不是扫荡队来了么？你们还笑得出来？"

"淳宏兄，哈哈哈……"邓汉涛也笑得上气不接下气："哪有什么扫荡队？这是达子和甄大队长演的一出戏。"

"啊？"沈淳宏毕竟不是转不过弯子来的人，他其实起先也觉得李俊生跟甄奉山在那啰里啰嗦的谈条件，鬼子却半天都不出现，感情这是支走李泽林的计策啊。

大虎和狗剩、小凤、石头年纪小，还慌里慌张地解开那头叫俊生的毛驴打算往后山跑呢，被孙朝元拉住："宝贝，还没明白咋回事儿呢？"

小凤抬头看见孙朝元一脸匪气外加横肉，一下子吓哭了。

冯斧头拉着他老婆，正在地上装死，偷眼看看，纳了闷儿，大伙儿怎么全歇菜了？

"哎，怎么都不跑了？"

邓汉涛笑呵呵地把他拉起来："跑了，还怎么请冯师傅修机床？咱还怎么做军工啊，哈哈哈。"

"你倒是说清楚啊。"

"冯师傅先把尊夫人拉起来吧，哟，尊夫人装死的本事可是比你高明啊，您看这架势……啧啧……"

"呵呵，习惯了。这年头兵荒马乱的，这也算是门技术。"

嘿！冯斧头还真满不在乎。

山坡上那个影子越来越近，孙朝元哄孩子不在行，打打杀杀却专业得很。他见小凤不爱听自己唱歌，也就作罢，拎起了一把步枪，瞄准山坡上的来人："点子，哪路？"

"等等，那不是什么点子。"邓汉涛按下他的枪管："是黄西川回来啦！"

山坡上，正是怀揣迫击炮图，从白洋淀赶回来的黄西川。

他在山坡上就看到了再次变成废墟的修械所，心里就一凉。

但是不管咋说，修械所的老老少少在他概念中虽然讨厌，但也总算比小鬼子看着舒服。但是，他可不知道，身后不出百米，有一杆黑洞洞的枪口，正对着自己的后脑勺。

1939 年 7 月　河北涞源　刀岭崖西沟

李俊生护着李泽林，跌跌撞撞地沿着西沟跑出去好远。

"我说，后面没听见放枪啊。"李泽林依旧在怀疑。

"怎么？"李俊生没明白咋回事儿。

"我觉得……那是他们弄走我的理由。"

"我说你是曹操转世啊？这么多心眼？"

李泽林沉着脸。回头望着刀岭崖："我觉得这敌人来得蹊跷。"

"我他妈还觉得你来得蹊跷呢！少废话，走。"

李泽林碰上李俊生这个四六不讲理的主儿，还真算是遇到了克星，乖乖地停止了脑袋里旋转的齿轮，跟着李俊生深一脚浅一脚地往西走。

"说说，怎么个蹊跷？"没想到李俊生一边走还一边问。

李泽林叹口气："邓汉涛不是个省油的灯，一开始他带着我往山里转圈子，还找了些假土匪挟持我。现在这些敌人，弄不好又是他支走我的计策。"

"现在修械所一塌糊涂，接下来邓汉涛在哪儿，与我无关。"李俊生也叹口气："我只是负责把你护送走了，接下来，我去找队伍，回前线打鬼子。"

"呵呵，你还挺有抱负的啊。"

"那是，你这一报，修械所一准儿玩完，我不去找队伍，留下来看坟地啊。"

"不过……我还真没想往军工署报。"

"啊，别介！你可得报啊。"

"我说你是哪头儿的？"李泽林真纳闷李俊生是不是修械所群体里的一员。

"你干嘛不报啊？"李俊生都有点急了："你报了修械所就能取消了，我……"

"嗯？"李泽林脑子里的齿轮这回真卡住了："修械所取消了对你有啥好处？"

"不取消的话，对你又有啥好处？"

李泽林停下步子来："哎，要说邓汉涛以前在延安啊，跟我那是死对头……"

"那你还不趁这机会出出气啊。"

"我怎么听着你对邓汉涛倒是苦大仇深啊？"

李俊生一跺脚："我实话跟你说了吧，我呢，是个正牌战士，打过平型关和忻口会战，后来负了伤，队伍经过的时候，把我丢在修械所养伤。"

"哦！你这意思是说，不想干军工了，想回前线去。"

"对啊。"

"不可能。"

"为啥？"

"你想过没有，一头驴子，如果拉磨一年，它还会走直线么？"

李俊生歪着脑袋琢磨半天："我怎么听着你这话像是损我……"

李泽林一笑，继续往前走："其实，你已经不再是一名战士了，你要知道，培养一名战士，用半年。但是培养一名军工，没有机械知识底子的话，起码要三年啊。所以你现在比原来有价值。"

"怎么讲？"

"驴子学会拉磨，还舍得让它去赶集啊？"

"我听着还是像损我啊。"

"呵呵，是夸是损，冷暖自知。"李泽林背着手，自顾自地往前走。

"啊！"李俊生紧跑两步，绕到李泽林面前，倒退着走："我明白了，怪不得你跟邓汉涛斗来斗去的，感情你俩一样鬼灵啊。"

"实话告诉你，我来这边考察，本来就没打算取消修械所。"

"那是……那你干嘛来了？"

李泽林站住脚："其实，是为了调走一个人。"

"调走谁我不管，就问你，为什么修械所一片废墟，你还不取消它？"

"修械所你以为就是几间屋子啊？"李泽林回头望着雾蒙蒙的刀岭崖："这个修械所，已经在邓汉涛的带领下，逐渐凝聚出了一种精神。吃猪肉也好，那些工作母机也好，都不是修械所存在的理由，而这种骨子里的精神，是永远压不垮的。"

李俊生一下子愣在那儿了，他虽然没有打好自己的小算盘，但是知道，有一个大算盘正在邓汉涛手里拨得噼里啪啦响。

"你一会儿就回去吧，修械所的重建，你也是一份力量。"李泽林从怀里掏出一个信封交给李俊生："那边演戏也好，真来了鬼子也好，你务必把这个交给邓汉涛。"

"不是，你这……"

"去吧，直接交给邓汉涛，他看了，就明白我这回来的真正目的了。"

1939 年 7 月 河北涞源 刀岭崖修械所

黄西川还没跑下山岗，他身后一声冷枪："啪！"

这一枪打得还不算准，子弹擦着黄西川的耳朵飞过去，打得路边的石头冒了烟。

黄西川一激灵，立马反应过味儿来了，这是有孙子打冷枪啊。

没等第二枪子弹上膛，黄西川就地横着卧倒，骨碌碌滚下山坡。

修械所的爷们儿们早就听见枪声啦，魏广元、贾同和和孙朝元，端着家伙藏到了修械所倒塌的断壁残垣间。

"啊！鬼子真来啦？"甄奉山没想到，日本人悄无声息地上了南坡。

"那边儿，支上扫帚炮！"贾同和挥着手，部署着防卫。

"确认是你们的人？"孙朝元撇着嘴问魏广元。

"嗯，他叫黄西川。"

"我去。"贾同和拎着步枪窜出了掩体。

"嗨！"魏广元拉住他："你去照顾孩子们，看我的。"

贾同和不顾老魏，自顾自地往前靠拢。

山顶上的枪声开始密集起来。

"不是……不是支走延安领导的计吗？"冯斧头哭丧着脸。

邓汉涛咬着牙："起先是计，可是谁知道，真鬼子随后就来了……"

"咱们是仰攻，那边是俯冲，高打低，咱不占便宜。"魏广元很清楚现在的局势。

"你们俩，给我回来！"沈淳宏躲在树后，不放心了。

冯斧头和他媳妇缩在墙根儿打着哆嗦："要不咱还装死吧。"

张国平咽下了最后一口肉，打了个饱嗝："奶奶的，还有没有完？"

"咚咚咚……"

山顶上一阵烟雾，邓汉涛听声音就知道，这是鬼子的掷弹筒！

甄奉山带着游击队员率先响枪："快卧倒！救下黄西川，大伙儿往后山撤！"

话没说完，山坡上就开了花。

烟火中，贾同和和护卫队死死地护着黄西川往下撤啊，飞溅的弹片擦破了贾同和的脸，但是他依然把黄西川护在自己身后。

"老贾！你……你受伤啦！"黄西川过意不去了。

"没事儿，我们都是粗人，你这个技术骨干没事，修械所铸造和热处理这块儿就倒不了！"

"咚——！"一颗榴弹在贾同和不远的地方开了花。

老贾把黄西川扑倒，死死地抱着他的脑袋。

血，滴在了黄西川的脸上，流血的人，再也起不来了。

"老贾——！"魏广元回身端起步枪，调高了瞄准器，放倒了山尖上俯冲下来的一个鬼子。

邓汉涛和路达抱起了大虎几个孩子："快！转移！"

甄奉山扔出一颗手榴弹："奶奶的，端个修械所用得着一个中队吗？"

黄西川爬起来，抱着贾同和尚有余温的身体，眼泪可就下来了："老贾！兄弟！"

孙朝元一把拉他："走啊！小鬼子火力太猛，不快点走还得死人。"

"我要抱着老贾一起走。"

"他已经死啦！"

"死了也要一起走。"

"笨蛋，抱个死人影响移动速度。"孙朝元一把拉起黄西川："扔掉尸体，赶紧走。"

"我不！"黄西川死死地抱着贾同和。

"啊！"魏广元肩头中弹，身子一歪，他咬着牙举起枪来，端着刺刀，硬生生迎着压上来的鬼子跑上去。

这时候，甄奉山到了，他见魏广元冲上去了，一跺脚："这个笨蛋……弟兄们，压住小鬼子前排冲锋兵。"

游击队员们就地卧倒在路边的石头后面，拉开枪栓干起来。

甄奉山甩开双枪，三步两步追上魏广元，不由分说扛起来就往回跑。

"大队长，你……"

"你傻呀？老贾死了，修械所护卫队不能没人带啊。"

"我毙了这些鬼子，给老贾报仇！"

"你说这话属于没屁股眼儿，不用想也知道，你这是白给。"

"那也得对得起哥们儿，我在国军那没几个朋友，来到这以后……不行！你放我下去。"

"休想！就你们那些破枪杆子，拿什么跟他们干？"甄奉山话音未落，小鬼子的歪把子机关枪开了火儿。

这一通扫射，游击队员们倒下去几个。

要说甄奉山不心疼，那纯属瞎话，但是战场上容不得任何对亲人的留恋，为了保存实力，他们只能看着同伴的尸体被敌人践踏，忍着泪水在这片深埋亲人的土地上倔强地生长。

1939 年 7 月　河北涞源　刀岭崖西沟

"鬼子开火了！"李俊生一激灵。

"真有鬼子啊。"李泽林的脸也白了。

李俊生一推他的后背："赶紧着走。"

"不行……"李泽林从怀里又掏出一张纸来，打开看了看。

"哎，你哪儿这么多纸？东一张西一张的。"

"别废话，现在跟着我往北走。"

"路在西边儿。"

"让你跟着就跟着，哪儿那么多废话？"

刀岭崖的枪声越来越响，起初还是掷弹筒和步枪，当听到"哒哒哒……"的声音，李泽林和李俊生都意识到，这是鬼子歪把子机枪的特有声响。

李俊生脑海里，浮现出老少爷们倒下去的场景，他也相信，绝对没有任何一个人屈服。

"老子要是有一挺捷克机枪，肯定杀回去参战……"李俊生觉得自己嘴里咸咸的，伸手摸摸，脸已经潮了。

"怎么？哭啦？"李泽林回头递给他一个手帕。

"扯淡，我巴不得他们全死光，这下没人管我了，老子好回前线。"

"你先擦了脸，大男人哭哭啼啼，像什么——样子。"

"我想回去，我要去帮着打！"

"打什么打！"李泽林脸上闪过一丝诡异的笑容："那个焦凤春不简单啊。可是，鬼子更不简单，不能低估敌人啊……"

"不是，你这话我听着糊涂。"

"赶紧跟我走吧。"

1939 年 7 月　河北涞源　刀岭崖修械所

"小鬼子这是要绝了咱们军工的根儿啊。"邓汉涛顶着哑巴的那口黑锅，吩咐路达："快，去把甄奉山大队长他们接应回来。"

"好！"路达拎着勃朗宁冲出去。

邓汉涛扭过头："淳宏兄，你上次说的那个，后山有个山洞？"

"是。这个……但是不知道保险不保险。"

邓汉涛一挥手："往后山撤！"

"孩子们呢？"张国平咬着半个萝卜问。

游击队副队长老徐拍了他一巴掌："你是干什么吃的？孩子们你带着。"

大虎拍拍胸脯："我们自己会走，凭啥用他照顾？狗剩，小凤，石头，咱们走。"

鬼子压到了半山腰，掷弹筒不惜血本地发射着。

甄奉山把魏广元扛回来了，黄西川也终于被孙朝元抢回来了。

邓汉涛、沈淳宏和甄奉山指挥着所有工人、游击队员和土匪往后山撤。

冯斧头自然也不再装死，以为周围没有其他尸体，鬼子来了，一准会变成真的尸体。他拉起老婆，跑得比谁都快。

只有焦凤春，却蔫巴巴地弯着腰，在地上鼓捣。

"老焦！你……你还不走。"沈淳宏跑回来想拉起焦凤春。

再看焦凤春，正趴在地上在一个发黄的本子上计算着什么。

"老焦，快走啊。"沈淳宏使劲拎起焦凤春。

"别闹，你们先走。"焦凤春重新趴下去，算一会儿，回头看看山路，用手在地上一划拉，地上的浮土扬起了线形的烟尘。

"这是什么？"张国平护着孩子们跑，发现地上出现一根长长的引信，直通后山。

"赶紧走吧！"焦凤春收起本子，望着即将冲到修械所大门的日军，回头飞快地和沈淳宏沿着地上那条引信跑上刀岭崖后山的北坡。

跑着跑着，老焦回身看看，鬼子已经跑进了修械所。

沈淳宏催促大家加快步子："老焦，你快点，哎，你怎么蹲下啦？"

再看焦凤春蹲在地上胳膊动了几下，一股青烟飘起来，随后山风中夹杂了一股火药味儿。

"快走。"这回是焦凤春急了，推着沈淳宏追上了前面的邓汉涛。

"你刚才是在算……"邓汉涛多聪明，马上明白了焦凤春的想法和做法。

"哎，那些工作母机……"沈淳宏也明白了这阵子焦凤春蔫不劲儿地在修械所里搞的名堂。

"放心吧，工作母机都躲开了。大伙儿都不用跑了，歇歇脚吧。"焦凤春很自信。

正当鬼子们涌进兵工厂的时候，带队的佐官瞅见了北边的一股青烟。

这小子眼珠子一瞪，知道不妙："不好，赶快离开这里——"

杀猪似的喊叫之后，便是阵阵闷雷般的轰鸣，修械所的地面开了花。

这爆炸声，带着对死去同胞的思念与民族尊严响彻了天际，鬼子们彻底地尝到了中国工人阶级的厉害。

焦凤春刚才由于被催得急，计算稍有一些误差，时间上爆炸得早了一点儿，倘若那根引信点燃位置再往后一点儿，那么这伙儿鬼子一个活着出去的都没有。

尽管如此，这队鬼子依旧死伤过半。

甄奉山都看傻了，他想不到焦凤春这个其貌不扬的小老头儿，竟然有这么大的手笔。

孙朝元脑子快："弟兄们，咱现在是上打下啊，冲回去杀他个狗操的！"

魏广元端起手中的晋造六五："民兵！杀——！"

黄西川、张国平也和工人们一起抡起锤头、刮刀冲下去。

"杀！"甄奉山也醒过味儿来，带着游击队紧跟着土匪们冲下去，就连石头、大虎……包括焦凤春的小儿子春喜，都跟着喊起来。

冯斧头掏出自己裤裆里的布袋子交给邓汉涛："给。能用得上就用。"

邓汉涛打开一看："好家伙……你把这玩意儿藏在裤裆里啊！"

那袋子里，除了几张银票，还有一枚日本造甜瓜手雷。敢情冯斧头心眼不少，带着这玩意儿的用意，就是为了打不过的时候，同归于尽。

"这东西本来是留着自己用的，现在……十个大洋，卖给你。"

"我去……"邓汉涛差点没哭了，感情冯斧头这小子见机会就捞钱儿啊……"你还是留着自杀吧。"

土匪们、游击队、民兵和工人，并肩作战，四把利剑，以压倒一切的气势，砸在了敌人的心脏上。

局势在瞬间扭转了……

这场战斗，没有被载入史册……

1937年7月，在河北省涞源县太行山区，一场劳动人民和地方武装为保护我后方军工事业的小规模自卫战宣告胜利。这是整个抗战史上，罕见的一次土匪、民兵、工人和游击队的联合作战。他们以少量的参战人员和血的代价，击退了日军阿部规秀部为击垮我后方军工而派出的扫荡小分队，捍卫了自己的铁打一般的事业和民族尊严。

风在吼，硝烟在弥漫……撕毁的日本旗被逃窜掉的日本兵扔在了修械所门外的蒿草丛里。

孙朝元的弟兄们挨个捡起炸死的日军遗落的武器。

沈淳宏捂着胸口，望着毫发无伤的工作母机，冲着焦凤春一挑大拇指："好啊，好啊！"可是焦凤春却先看看春喜是否捡了什么晦气的物件。

果然，几个孩子正捡起鬼子的头盔扣在自己头上。

"哎呀，死人的衣服和东西不能往身上带啊。"焦凤春跑上去给了春喜屁股一巴掌。

"哇……"春喜哭了。

邓汉涛跑过去："哎，老焦，孩子嘛，别动不动就上手。"

"沈厂长啊，我其实不是气他捡东西，关键是，这小日本的帽子，咱的孩子顶在头上……"

"哈哈，老焦，看不出你还……"

"沈厂长，现场炸死的一共是145个鬼子"一个游击队员给邓汉涛交代了一下鬼子死伤情况。

"好，你去吧。"邓汉涛又回头教育焦凤春："老焦，看不出你还……"

"邓厂长，工作母机完好，老焦的爆炸手段真高啊。"车工贺东坡报告了工作母机情况。

"知道了，你去吧。"邓汉涛又一回头："老焦啊……"

孙朝元叼着个草棍儿，眼睛转了几转，忽然站起来："宋春子。"

"在！"

"马上集结兄弟们。"

"是……二哥，干嘛啊？"

孙朝元咬着牙："鬼子跑了，斩草……除根！"说完他狠狠地把草棍扔在地上："跟我追！"

魏广元赶紧拉住他："哎，孙爷，你干嘛去？"

"去追跑了的鬼子，挨个儿放倒。"

"孙爷，兵法有云，穷寇莫追啊。"

"去你妈的兵法，老子就知道，这伙儿鬼子只要缓过口气儿来，一准儿掉头咬一口。"

这话说得接受过正规军训的魏广元一怔："哦，这么说，还真在理儿……"

孙朝元拍着他的肩膀："兄弟，狗回头，咱不惧。"

"哪有狗？"路达听见狗字儿，魂都没了，他好些天没吃狗肉了。

"去你娘的，别扯淡。"孙朝元斜了路达一眼，接着对魏广元说："这狗回头，咱不惧，怕的是这几条狗，惹来更多的狗。"

这一番话可给甄奉山听了个真。

甄大队长心说：罢了，这孙朝元的脑袋瓜子倒是转得快。当土匪，真糟蹋了。

"孙爷。"甄奉山一抱拳："好头脑，看得够远。"

"甄爷过奖。"

"同去？"

"好嘞！"

孙朝元反身上马，挥挥手："兄弟们，跑了的鬼子，给老子连根拔！"

甄奉山的大黑马给日本人掷弹筒炸瘸了，临时没有坐骑。

他左顾右盼，看上了北边石桩子上拴的叫驴俊生："快，把那头驴给我拉过来！"

"要驴干嘛？"老徐纳闷儿。

"驴跑开了比马不慢。"

不多时，甄奉山蹦腿上驴，猛抽驴屁股。

这头黑驴被甄奉山骑上，似乎立刻从甄大队长的屁股上感觉到了"一腔"数量的血气，撒开四蹄直冲南坡。

就在这时候儿，刀岭崖顶上"唰！唰！"飞下两枚黑糊糊的东西来。

孙朝元却是听见了两声闷响，但是接下来的大响动让跑在最前面的孙朝元差点跌下马来："狗日的，迫击炮来啦！"

崖顶上，重新布满了密密麻麻的日军。

甄奉山倒吸一口凉气："孙爷，撤！"

孙朝元挥手带着土匪们掉头就跑。

"这批鬼子看来早就停在南坡下啦，攻击修械所的只是他们其中的一小部分。"老徐靠近甄奉山的驴。

甄奉山使劲拍打着驴屁股："废话，这还用说，一定是跑了的鬼子通的气儿。"

"怎么办？还能再炸第二次吗？"邓汉涛远远地看着潮水般的日军涌下刀岭崖，顿时蔫菜了。

"拾起地上的武器，拼啦！"黄西川捡起一支步枪，踩着鬼子的尸体大步朝修械所门口走去。

"这是迫击炮啊……比刚才的掷弹筒可牛多了啊。"魏广元的手都出汗了。

大虎、石头、狗剩、小凤和春喜，吓得腿都哆嗦了，他们从没见过这么多的鬼子。壕树沟那一波儿，充其量算是个零儿。

邓汉涛咬牙跺脚："还得往后山撤啊。"

"不！"路达往西边一指："下西沟。"

"非也！西沟地势太低。"

"这个……我也觉得不大合适。"

路达皱着眉："西沟之西。"

"西沟之西？"

"对啊。"路达招呼大伙儿："快，下西沟，往西走。"

鬼子的炮火更加猛烈了，似乎他们的指挥官远远地用望远镜看出了修械所老少爷们的企图，纷纷将迫击炮弹的落点集中在西沟附近。

一朵朵橘红色的玫瑰，伸展着黑色的叶子在西沟入口绽放。弹片夹杂着炸开的碎石飞溅在河里，激起凌乱的水花和涟漪。

"快，下了西沟，鬼子的远程武器就打不到了。"黄西川抢先扑进那玫瑰花丛里，尽管会有刺伤的危险，但是那后面就有安全的屏障。

人们还在犹豫，两个小青年悄悄地奔后山去了。

孙朝元跑过去把他俩拉回来："笨蛋，后坡位置暴露，你俩还敢上？找死啊。"

"刚才不是也这么跑的么？"

"笨蛋，看看现在鬼子用的什么武器？"

邓汉涛咬着下嘴唇，一拉沈淳宏："淳宏兄，听黄西川的，下西沟。"

"嗯，这个……好！下西沟！"

甄奉山骑着那头叫俊生的驴子，望着刀岭崖上潮水一般的日军："下西沟……你们都好说，孩子们跑得慢，必须想法子减弱他们的火力。"

孙朝元撇着嘴："甄爷，你这话明摆着是给我说的啊。"

"呵呵，孙爷，老子一辈子没跟土匪一块儿干过活儿，这次算是明白了个道理。"

"啥？"

"打日本，土匪真他妈是好样的！"

"那还费什么话？"

"游击队的弟兄们！冲啊——！"

"兄弟们，翻身，杀点子！"

魏广元一直惦着贾同和的恨，他把这份恨装进枪膛里，以愤怒为底火，调高晋造六五的瞄具，夹杂着利剑般的眼神，直插鬼子的心脏。

1939 年 7 月　河北涞源　刀岭崖西沟

"坏了，听这个动静，鬼子火力更猛了。"

李俊生脚下有点拌蒜。

李泽林使劲拉他："快点走，你等着小鬼子追上来啊。"

"鬼子能下西沟追？"

"你以为鬼子跟你一样缺魂儿？你能下西沟，他们就不会下来追啊？"

"那……那他们追下来，修械所的人们也死光了。"

"很有可能。"

"不行，我得回去。"

李俊生转脸往回跑，李泽林拉住他："哎，你回去也是大不了多死一个。"

"我……"

"你以为邓汉涛会让他的队伍死光了吗？走，别回头，全力跑。"

"不是，咱们跑有什么用？"李俊生使劲甩开李泽林。

"走吧你。"李泽林使劲推着李俊生。

"不行，你说清楚，我这次的任务是护送你安全离开太行山区。但是你必须告诉我你想干嘛？"

"你能追上我，我就告诉你。"李泽林撒开腿，在西沟前面的岔道，向北跑去。

李俊生是个痛快人，最受不了别人给他留话把儿，但是身后的炮火声，依然让他的心纠结。

看李泽林的行事和眼神，李俊生感觉到了一股诡异。

为什么他来了，鬼子也来了……为什么他一味的把自己往西沟北边带？

诸如此类的为什么，让李俊生脑海里对李泽林一次又一次的猜度。

嗯，还是追上去问个明白为好。

李俊生脚上加劲，追着李泽林拐过了岔道。

他还没看清岔道北边的山影，却发现这条岔道里密密麻麻塞满了人，一眼望不到边……一个黑洞洞的枪口，已经顶在了自己鼻子前面。

1939 年 7 月　河北涞源　刀岭崖西沟

"快，快下西沟来。"邓汉涛已经把全部的修械所人员转移下西沟，尽管略有伤亡，但是尽最大可能地保存了实力。

孙朝元和魏广元倒退着进入西沟和甄奉山一起对抗着压下来的鬼子。

眼看着游击队的弹药消耗殆尽，已经出现放空枪的现象了。

"他奶奶的，快退！退啊！"孙朝元肩部中弹了，手里端着空枪跟抱着一根甘蔗没啥区别。

当所有的人手里的武器都变成甘蔗，鬼子已经突破了最后的防线进入西沟。

邓海涛带着一众人，此时已经非常狼狈。

西沟入口狭窄，鬼子很自觉地排成了三队，有秩序地进入不足 4 米宽，两边由页岩构成的石壁夹缝中。

这是一种看起来十分可怕的秩序，在战争中因地制宜的改变行进策略的自发性军事素质，不得不说这是日本兵的又一恐怖之处。

相对他们来说，二十多个修械所技术工人，包括土匪和游击队等等，是没有这种意识的，他们在危险来临的时候，心底的求生欲望令他们挤成了一团，使之行进速度大幅度慢下来。

日军和他们的距离拉近了，而且抛在后面的人，已经开始倒下去了。

三八大盖的子弹配备，较之寸弹寸金的游击队和土匪来说，简直是天文数字。

邓汉涛心如刀绞，满头大汗，心说：看起来今天这一劫，是该着了。

"啊！"冯斧头的老婆，脚小，跑得慢，胸前忽然开了一朵大红花。

"月娇——！"冯斧头的拳头攥得"咯、咯"响，跑过去抱起了老婆："老婆，你……你怎么不装死啊？"

冯斧头的泪水滴在了月娇的脸上。

"赶紧走啊！"魏广元带着几个民兵哗啦把冯斧头围上了。

"我老婆……我老婆啊……"

月娇并没有想象中那临危的豪言壮语和缠绵情话，她只告诉冯斧头，自己在日军司令部可能怀了小日本的种。

冯斧头拳头真的捏碎了，随后，一个黑乎乎的东西从魏广元的头顶上飞出去，在闯进西沟的鬼子队伍里开了花。

冯斧头这一颗甜瓜手雷，并不是为修械所的老少爷们扔出去的。他只是想自己的老婆在黄泉路上，能有更多的日本鬼子伺候着。

看着鬼子兵倒下几个，着实让人打心眼里那么痛快。

但是烟雾散去，被炸死同伴的日本兵更加疯狂了……

以往鬼子扫荡，那是皇协军白脖在前，后面才是日本人，为的是要死先死中国人。

可是这次面对弹尽粮绝的这帮老老少少，却毫无顾忌地让"皇军"在前面出风头，事实证明，过分的自信是要吃苦头的。

甜瓜手雷，没有为冯斧头换来大洋，对于日军浩浩荡荡的队伍，仅仅擦破点皮而已。但是鱼贯而入的日军，却被这点皮肉之伤激怒了。

"冯斧头！扔了你老婆，快走啊！"黄西川红着眼，看着两个民兵队员倒下去。

冯斧头死死抱着他老婆尚有余温的尸体，矗立在当地，纹丝不动。

鬼子真急了，在狭窄的西沟里架上了迫击炮，黑洞洞的炮口瞬间将吞噬所有的灵魂。

沈淳宏一闭眼：完了，没想到这辈子没造出迫击炮，却要死在迫击炮下……

第十三章 借火儿

1939 年 7 月　河北涞源　刀岭崖西沟

沈淳宏原本要造的迫击炮，现在却近距离地对着自己和修械所的一众老少。

鬼子们拿起炮弹，放在迫击炮滑膛口上，只要一松手，炮弹滑进炮筒，撞针激发底火，西沟狭窄的空间里就会被炮火和弹片填充。

鬼子佐官的指挥刀寒光闪闪，这意味着开炮的信号就要到来。

"跑啊。"张国平嚼着棒子面饼子，拽了拽路达。

"往哪跑？"

"往西啊。"

"你跑得过炮弹？"

黄西川皱着眉，四下踅摸，也找不到一个藏身的地方。

几个孩子也感觉到了事情的严重性，一个劲儿往焦凤春怀里钻。

邓汉涛和甄奉山对望一眼，见对方眼里的无奈比自己还多。

"准备！"鬼子佐官举起了指挥刀。

邓汉涛一闭眼："完了，死的憋屈啊……"

"啪——！"一声枪响，鬼子佐官的刀还没落下来，脑门儿上就多了个窟窿。活该，谁让他臭美不戴钢盔呢。

还没等老少爷们儿们纳过闷来，西沟两侧头顶上热闹起来。

很显然，鬼子们也没纳过闷来。尤其那几个迫击炮小组，头一个就被收拾了。

这几枪来的神不知鬼不觉，乐得邓汉涛拍着手一个劲地叫好："好！好枪法！倭人败类必去其势也。"

一阵异样的响声，让甄奉山和孙朝元兴奋了。

"突突突……突突突……"这声音，是 ZB-26 捷克式轻机枪。这样的装备，是日本鬼子歪把子机枪的克星啊。

"跑！赶紧过来。"这一声来自人们身后，回过头，见李俊生端着一杆调高瞄具的步枪冲着大伙儿挥手。

再看他身后，正涌出大批身着灰色军装的人。

"八路军！"甄奉山喜出望外："谁的队伍？"

几名战士飞快地端着捷克式轻机枪经过他身边："陈团长的队伍。"

捷克机枪和西沟顶上的火力，终于把鬼子顶出了西沟……

1939 年 7 月　河北涞源　刀岭崖修械所

邓汉涛望着笑嘻嘻的李泽林和灰头土脸的李俊生，咬着下嘴唇点点头。

李泽林拍拍邓汉涛的肩头："你的事业，做下去。"

"老李啊……"邓汉涛叹口气："不管怎么说，我要替修械所的爷们儿们谢谢你。"

"其实，老邓，我挺佩服你的。"李泽林抓住了邓汉涛的手："如果，想把修械所变成兵工厂，也只有你邓汉涛。"

"你来的目的，不是为了视察。"

"不是。"

"嗯，修械所毁了……"

"可以再建起来。"

"老李啊……我错怪你了，兄弟跟你赔不是了。"

"得啦，这话说得远了。"

"嗯，以后有用得着兄弟的地方，言语一声。但是……有个事想问问。"

"李俊生跟你说了吧。"

"嗯……只是问问啊……你要调走谁？"邓汉涛很认真："咱这里，实在不能再缺人了。"

"邓厂长，沈厂长。"一名八路军排长战士跑过来指了指李俊生："这位同志很能打啊，杨连长看上他啦，请问……"

沈淳宏明白这是什么意思："这个……同志啊，李俊生的去留，还是听听他自己的意见。"

八路排长又看了看邓汉涛。

邓汉涛冲李俊生一指:"你们谈。"

李俊生咂咂嘴:"甄奉山大队长说,我如果能保证领导的安全,就送我去陈正湘团长的部队,去前线杀敌。"

甄奉山站在一边,点点头:"这话没错。"

黄西川抱着肩头笑了笑:"这机会可难得啊,他早想离开了。"

"滚,你没死在白洋淀啊?"李俊生跟黄西川恢复了见面就招架的状态。

"哎!我说到你心坎里去了是不是?"黄西川丝毫不示弱。

"你小子……"李俊生刚想挽袖子动手,就被焦凤春拉开了。

"都别闹了,说说吧,俊生,这个……你自己的事儿,自己拿主意。"沈淳宏苦着脸。

"报告连长!战场打扫完毕,可以走了。"一名八路军战士跑过来向留下来督促打扫战场的杨连长请示。

"嗯,稍等一下。"

"是!"战士敬了个礼,跑回去了。

"李俊生同志,想好了吗?"杨连长转头问李俊生。

"我……沈厂长……"李俊生犹豫不决:"对了,我还有个事儿,领导有一封信要交给厂长呢,在我这,先说这个事儿。"

李泽林眯着眼睛点点头:"是啊,交给沈厂长最好。"

全场的老老少少,都把目光关注到沈淳宏拿着的这封信上,下一刻,不知道又有哪个伙伴要离开了……

邓汉涛凑过来,望着沈淳宏抖动的手:"淳宏兄,什么消息?"

"哦……这个……是一封调令。"

调令!

这个字眼让在场的人打心眼里那么不舒服,因为有人要走了,而且还是上面下达的命令,没有回旋的余地。

李俊生知道,这调令上不会是自己,因为他在这里本就没有正规编制。而自己此时的离去,属于顺理成章,自然与调令无关。

张国平把半根胡萝卜扔进嘴里咀嚼,模糊不清地扔出一句:"不会是要调走我吧?"

"你扯淡吧。"身边的黄西川白了他一眼："调你去干嘛？延安哪有那么多饭给你吃？"

"会是谁呢？"

"不会是黄西川吧？"

"不可能，黄西川这臭脾气，要他干啥？"

"拖！拖！"

"那会不会是焦爷？"

"焦爷有孩子，春喜儿跟着……"

修械所里开了锅，人们七嘴八舌地叽叽喳喳起来。每个人都在猜测，却又害怕身边这些人离去。虽然平时互相看不对眼，但是此时却有一种莫名其妙的眷恋。

"沈厂长，到底谁要调走啊？"

沈淳宏闭了一会儿眼，眉头紧紧地皱在一起，深呼吸一口刀岭崖夹杂着硝烟味道的空气："你们都别吵吵了。"

"都别嚷嚷了啊，听沈厂长说。"焦凤春摆着手："无论谁离开，这都是上面的合理化安排，啊，别嚷啦。"

过了好久，才安静下来。

沈淳宏折叠起手里的调令："都别嚷啦，要走的是我……"

"啊？"

"调走沈厂长？"

"为啥？沈厂长走了，咱这可咋办啊？"

"拖！拖！"

"沈厂长啊，你不能走啊。"

"是啊，你走了，咱修械所可咋办哟。"

沈淳宏正了正鸭舌帽："修械所还有邓厂长呢，这是组织上的命令，为了大局，我们必须遵守。"

"淳宏兄……"邓汉涛抓住沈淳宏的手，也不知道该说啥。

"该离开，就得离开。"沈淳宏装上一袋烟："其实，这个……我早就有预感要走了。"

"为什么？"

"这个……前一阵啊，石家峪兵工厂的老周厂长，给鬼子抓了。所以那边没人主事。"

　　邓汉涛点点头："那是你一手创建的老点子了。"

　　"是啊。我觉得，上边要给那边派一个短时间内就能熟悉各个加工环节的人，全晋察冀，也就你我二人啊。"

　　"我的到来，是有点多余。"

　　"不，打你一来，我就知道，组织上派你来，是来接替我的。"

　　"哎……"邓汉涛点点头，半晌不语，然后从上衣兜摸出一张纸给沈淳宏："这是我带来的，第一份调令。我隐瞒了组织上的命令……"

　　李泽林在一边插着腰："组织上知道你邓厂长的性格，料到可能会做出这样的事儿。能理解，你想和沈厂长一道叙叙旧，顺便熟悉熟悉这里的一切……"

　　"所以你现在来了？"邓汉涛望着李泽林。

　　李泽林点点头："是啊，我来，就是为了这个事儿。"

　　"组织上怎么罚我？"邓汉涛抱着肩头，来回踱着步子。

　　"哈哈哈……"李泽林乐了："怎么罚你？告诉你，你要是两天不出点妖蛾子，就不是邓汉涛啦。"

　　"那……"

　　"你捡便宜吧。上边交代，你接替沈厂长把迫击炮搞出来，就是惩罚。"

　　李俊生蔫头耷拉脑，把脸转过去。

　　"沈厂长，你要是走了……这、这修械所还不翻了天啊？"焦凤春表示了他的不舍："老沈啊，大伙儿写个联名折儿……让李领导给递上去。"

　　沈淳宏摇摇头，慢慢地踩着地上的碎砖烂瓦，朝那11台工作母机走去。

　　这11台母机，是沈淳宏当年和邓汉涛从上海带到延安，又从延安带来这里的。

　　沈淳宏挨个抚摸这些工作母机，一股温度从手心直达内心。

　　既然走，就不缠绵，依依惜别，那是浪费时间加扯淡，沈淳宏不是黏黏糊糊的人，尽管有时候办事拿不定主意，但是在这个事儿上，他清楚，多停留一分，就多一份牵肠挂肚。

　　刀岭崖的风，刀岭崖的云，一切都如此难舍，可是在这风云交错的年代里，一切都要以翻云覆雨为第一位。

　　李俊生撇着嘴，想上去劝劝沈淳宏，却被邓汉涛拉住。

　　"干嘛拉我？"

　　"不要打扰沈厂长，他想在这里带走一些东西。"

　　"他拿什么，我给他扛着啊，反正我也要走了。"

"哎，你往哪儿走？"冯斧头一听这个可不干了："谁让你走来着啊？"

一边的八路军连长纳闷儿了："这位同志，你是李俊生同志的什么人？"

冯斧头一瞪眼，从怀里摸出一张纸来："他还欠我钱呢。"

"我操！"李俊生大驴脸拉下来："你扯淡呢，修械所欠你的，你找修械所要，关我屁事啊！"

邓汉涛一听这个，忙问冯斧头："怎么回事儿？"

冯斧头把手里的字据递给邓汉涛："你看看，这上面写的名字，是李俊生。我不找他要找谁啊。"

"这个亏心的！"李俊生急了："邓厂长，你评评理，我按说是为了保住咱修械所才签下这个条约啊，当时李领导要取消咱……"

李泽林冲邓汉涛一挤眼儿："哎，这里头没我的事儿啊，我什么时候要取消修械所啊？我说了吗？"

"是啊，他说了吗？"邓汉涛眨巴着眼装傻："再说了，你签这个玩意儿跟谁商量了？"

"我……"李俊生心里这个窝火啊，邓汉涛啊……你现在跟我装糊涂啊这是。

冯斧头摊开手："哎，你看看，李俊生，君子一言快马一鞭，你小子别给我赖账。"

"得、得……我不是赖账的人啊，但是这理儿得说清楚啊。"

杨连长有点不耐烦了："这年月还有卖身契啊？我说，邓厂长，您到底放不放人，就您一句话，李俊生我们就带回连里。"

邓汉涛抹了抹小胡子，又来了劲儿："子曰，君子者……"

"你别子曰诗云的了，就说放我还是不放吧。"

"此乃后话。"

"怎么成后话啦？"

"你看看，沈厂长要走了。"邓汉涛指了指沈淳宏，对杨连长说："你看，现在这时候，大伙都在难过，这时候带走李俊生，不合适吧？"

"怎么不合适？"李俊生急得插嘴了。

"子曰……"邓汉涛又来了："君子者不夺人所爱。"

"我呸！"李俊生拉着大驴脸："我是你们所爱吗？我呸，呸，真他妈牙碜。你别说旁人，哎，就甄奉山大队长，他拿正眼瞧过我一眼吗？"

甄奉山一直不吭声，听他这么说，翻愣着白眼："让不让人瞧得起，得自己拿出做派来。"

"我呸！"李俊生脸都紫了："老子现在走了，不跟你们这帮臭打铁的混在一块，就是做派。"

"那你就走。"黄西川慢慢地走过来："李俊生，你要是铁了心要回前线，我绝对不留你。你走了反而清净。"

"去你的。"

"哎，咱们签下这卖身契的时候，你可是说得清楚啊。"冯斧头掏出个小铜算盘，一边打一边用眼瞟李俊生："这来的出工费，是……"

李俊生假装没瞅见，眼睛直勾勾地望着工作母机旁边的沈淳宏。

冯斧头才不管他是不是理会，自顾自地算完了账，把小算盘举到他跟前："哎，看看，这是365块现大洋，你要走，行，拿钱来。"

杨连长叹了口气："看来你们这儿的事儿还挺乱腾，我看，要不就算了……"

"哎，别啊！"李俊生赶紧拉住杨连长："你别听他的，那张纸不算数。"

"不算数？当初你可是言之凿凿啊。"冯斧头说完把脸朝着杨连长："这位太君……啊不，这位同志啊，李俊生说话不算话，你们八路敢要这样的人啊？"

这话说得排长一个劲儿地呲牙花子。

沈淳宏往回走了，邓汉涛咳嗽一声："嗯咳。"

人们都静了下来，眼光跟着沈淳宏来到邓汉涛跟前。

"这个……呵呵，我想，我没啥挂念的了。迫击炮的事儿，你老邓就费心吧。"

"沈厂长。"黄西川从油布包里掏出一叠泛黄的图纸来交给沈淳宏："你要走了，我不说啥没用的，让你看看这个，也提提气。"

"啊！"沈淳宏慢慢展开一张张的图样，脸上百感交集："好……好啊……这个……好。"

"这是鬼子的迫击炮制造图，我从白洋淀跟着赵立波队长打保运船时候得来的。"

"好……好啊。"

李俊生，包括邓汉涛、路达等人都很吃惊，想不到黄西川能拿回这么宝贵的技术资料。

沈淳宏反复看了半晌，长叹一声："这个……不服不行啊，小日本的制造公差，是精确到两道儿啊。（工业行话：一道儿，就是0.01毫米）"

黄西川点点头："您还有什么遗憾吗？"

"没有啦……"

"那就别留恋了,走吧。"

"黄西川!你他妈还有人情味儿吗?"张国平跳着脚喊。

修械所老老少少全炸开了锅:"是啊,黄西川,你忘了沈厂长寒冬腊月的,怕你冻着,把自己的被子给你了?"

"是啊,你都快饿死了,沈厂长把你收留了,现在全忘了?"

"哼,到底是地主阶级的崽子啊……"

"都给我闭嘴!"邓汉涛板了脸,拎出勃朗宁交给路达:"你给我盯着,谁再废话我就不客气了!"

几个孩子跑过去抱住沈淳宏:"沈大大,我们不想让你走。"

沈淳宏挨个抱了抱几个孩子:"这个……莫哭,呵呵,沈大大还回来看你们呢,要不……你们跟着沈大大走?"

小凤撅着嘴:"我们想沈大大留下来。"

"沈大大不定哪天就回来了。"焦凤春抱下小凤,抚弄着她乱蓬蓬的刘海儿。

"是啊!"沈淳宏伸了个懒腰:"这个……保不齐,半年后我就会回来。"

"为何是半年?"邓汉涛不解地问,但是眼睛里闪出了一丝光芒。

"这个……不知道,但至少有希望。"

"但是……"

"哪怕很渺茫。"

"嗯,我们先撑着。"

"这个……撑半年过去,也许什么都改变了。对了,汉涛啊,还记得李泽林领导提到的那个唐承仪吗?"

"记得,军工里的奇迹嘛,最近有人在咱们这边山里看到过他。"

沈淳宏点点头:"有机会找到唐承仪技师,如果能请来点拨一二,咱们的技术水平,这个……啊,能飞升不少啊。"

"嗯,如果遇到,我一定请他老人家来指导指导。"

李俊生一直酸着鼻子不言语,这时候沈淳宏却径直奔他去了。

"沈厂长……"

"俊生啊,你跟着杨连长走吧。"

"啊?"李俊生佯装掏了掏耳朵。

"这个……呵呵,我知道你想回前线。"

"做梦都想啊,您看看,现在你刚离职,他们就拿着个卖身契挤兑我。"

"这个……你不用对我用激将法。"

李俊生被识破，一吐舌头："厂长，我在这没价值，只有上前线才能……"

"卖身契都签了，你还想抵赖！要人，拿钱来。"冯斧头四六不认。

"冯师傅，委屈你了。"沈淳宏拉过冯斧头的手："这个……你看看，修械所现在实在付不起你的修理费。"

"那你们让我干啥来了？"冯斧头气呼呼地蹲下身。

沈淳宏笑呵呵地陪着他蹲下："你这笔账，记在我头上，回头随时可以去黄崖洞，我每个月的工资，都给你。"

"这……又不是你卖身，你犯得上啊？"

"这个你不要顾及，我给他赎身。这个……您就冲我说吧。"

"你犯不上。"

沈淳宏看看李俊生："这孩子，我打他到修械所第一天，就把他当儿子啦。他背着债务在前线打仗，我不放心。"

"365块现大洋。"冯斧头账头利索。

"好，我一年还清你。"沈淳宏转过头望着李泽林："走，你送我去黄崖洞？"

李泽林点点头："我也是那意思，黄崖洞那边的一帮邪性小子，可不是省油的灯。"

李俊生心里忽然很不是滋味，但是为什么不是滋味，他自己也说不清。

黄西川走过来，扔给他半包烟："拿着吧，赵立波队长缴获的小日本的战利品。"

李俊生接下，奇怪地问："你干嘛给我东西？"

"你这就要滚蛋了，以后再也没人跟我吵嘴了，这包烟算是感谢吧。"

"你他娘的！感谢啥？"

"你他娘的，感谢老天啊，你可算滚蛋了。"

甄奉山的游击队，在下午离开了刀岭崖。

杨连长带着李俊生，最终还是走了。

"各位，回吧。"

沈淳宏背着包袱，和李泽林一起冲大伙儿挥挥手。

"拖、拖……"

"哑巴，回吧。"

"淳宏兄，保重啊。"

"老邓，修械所你多费心吧。西川的迫击炮图，要保管好啊。"

"老沈。"

"老焦，回吧。"

"嗨！记得，我每个月去黄崖洞收账……"

"忘不了，你记得……"

"沈大大……"

沈淳宏，终于走了……人们不忍心站在大路上，因为怕抹去沈淳宏留下的脚印。

1939 年 7 月　河北涞源　壕树沟

他从废墟里爬出来的时候，闻到了全村弥漫着烧焦的味道。

他并不庆幸自己命大，反而觉得这种孤独比死了还难受。

鬼子一夜之间扫荡了壕树沟，他躲在墙角的干草垛里，看着自己相濡以沫的老婆被鬼子轮流侮辱，最后用刺刀挑了，然后连同一众老老少少的尸体，就堆在这……草垛前面，浇上汽油焚烧。

就在身后这堵墙倒塌的时候，他觉得自己可能解脱了，谁知道老天爷又给了他一条命。

自己的儿子大虎和二虎，不知跑到哪去了，还活着么？

他似乎有活下去的理由了，带着这个疑惑，他踩着亲人和乡亲们的骨灰，一步步地挪出了自家院子。

忽然，一声怪叫吓得他一激灵！

"啥玩意？"

再听那叫声："呜哇——"

1939 年 7 月　河北涞源　葛条垭

杨连长带着李俊生和几个八路军战士，慢慢地在山路上走着。

"哎，你怎么耷拉着个脑袋啊？"

"我为什么就不能耷拉着脑袋？"

"你要是舍不得修械所，我劝你还是回去。"

"切，那破地方，老子做梦都想离开。"

杨连长坐在唐河河边的大石头上，回忆着刀岭崖已经消逝的影子："你真的对修械所没任何依恋？"

"没有。"

"绝对没有？"

"一点儿也没有。"

"哎……"杨连长叹口气："你在修械所待了多长时间？"

"两年。"

"两年……修械所愣没值得你留恋的东西？"

"没有，本来有沈厂长，现在他也走了。"

杨连长点点头："你就真的一个人缘也没落下？"

"一个也没有……"

眼瞅着天就黑了，李俊生的意思，是找个地方休息，而杨连长却坚持连夜往庙儿沟赶，因为据杨连长说，阿部规秀的主力部队最近已经开进了黄土岭，队伍随时开拔。

一名八路军战士念叨起来："看看，要不是留下来等他，咱们没准早就跟着大队伍到了庙儿沟，这黑灯瞎火的，万一遇见鬼子，咱们几个身单势孤的……"

"尽说没用的。"另一个战士掏出烟杆子来，吧嗒吧嗒地抽了几口："现在天儿越来越黑，看样子啊，今儿晚上连月亮也出不来了。"

"那更要赶紧走了。"杨连长招呼大家休息完毕，分发了干粮，边走边吃。

七个人，在夜色里摸黑前进，谁也不说话，只听见脚步激起沙沙的草动声响和水声。

夜太长，在这样的夜里行进，前景是未知，或许下一秒就会撞上拦在草间的蜘蛛网。

唐河边，以前是一条栈道，究竟谁走过，已经无人得知而且也没有去考证的必要。

现在……他们只盼着早点平安到达庙儿沟，千万别遇上夜间休憩的鬼子……

前面水流声发生了改变，那是唐河分叉口。

杨连长很清楚地形："沿着唐河沿分叉向北一直走，在河源尽头向西北五里地，就是庙儿沟啦。"

其他人也不言语，跟着他默默地向北折行。

李俊生不喜欢这样死气沉沉的感觉，掏出黄西川给他的那半盒烟来，心里忽然又不是滋味了，老黄啊……我走了……以后还会有人跟我吵架玩儿吗？

他定定神，捅了捅身边的一个人："哎，给你一根。"

那人不吱声，接过烟去。

李俊生是第一次抽烟，以前看别人抽，觉得好玩儿，但是受不了那种烟熏火燎夹杂的怪味道对自己喉咙的蹂躏。

他现在感到左右无聊，身边这些八路军战士跟石头人一样，根本不会聊天。咋不派几个健谈的战士留下来呢……

所以，他现在有时间来尝试一下烟卷这东西到底好在哪里。

摸来摸去，身上还没个火儿。

就在这时候，刚才拿烟卷的那个人，把一朵跳动的火苗送到自己面前。

"哦，嗯。"李俊生学着沈淳宏那样，用手挡着风，把烟卷对准了那朵火苗。

他忽然发现这火苗来自于一个长方形的小东西，而且火苗里夹杂着一股汽油味儿。

哎，这有意思啊……一个滚轮，一个掀盖儿，不同于火柴，更不同于火刀火镰，跟变戏法儿一样。

他还没端详够，那火苗啪的一声被掀起的盖子扣灭了。

李俊生不再去关心那火苗，自顾自地吸他的烟。

这味道跟沈淳宏他们抽的山东蛤蟆叶是不一样的。

黄西川说，这是打日军的战利品，想必是小鬼子的烟叶儿。这一口下去，气门就像封住了一样，就连鼻子眼也仿佛被堵住了。但是其间一股辛辣淋漓的感觉，是他从没体会过的。

连着抽了几口，李俊生觉得可以适应了。

有人说，吸烟是一种享受，享受的是那份怡然自得的感觉，在吞吐的过程中，吸食的是舒心，畅快，吐出的是郁闷和焦虑。

初尝中的惴惴不安，兴奋的感觉，或许要比抽的本身，更让人感觉难以描述，淡淡的烟草味道，久久的留在口腔中，久久难以消散。但是，忍不住还是要咳嗽的，而且有点头晕恶心想呕吐。

他手扶着额头，身子晃了晃，感觉像是驾云一般。

身边那个人赶紧递过一个行军水壶来，李俊生谢过，打开来喝了几口水，把烟卷重重地扔在地上，发誓以后再也不碰这玩意，而且心里骂开了黄西川。

大伙儿默默地走着……走着……

十几里地，由于道路崎岖，可视条件差，走了一宿。

直到东方的第一道光，把叶子上的露水点亮，人们才互相看到对方疲惫而且睡眼惺忪的面容。

这七个人……啊，不对！怎么多了一倍的人？

八路军和李俊生一下子惊醒了，尤其是李俊生，发现身边手挽手走了一夜，而且分享香烟的那个人，是一身黄色军装！

那个人看见八路的灰蓝军装，也是吃了一惊："纳尼？"

哗啦！哗啦！

两拨人手里的长枪短炮全举起来了。

好家伙，昨晚上人们谁也没说话，要不然一准儿在黑暗里就打乱套了。

杨连长模模糊糊打量了一下这些鬼子，模样也很狼狈。

"八路……"一个瘦长脸鬼子，就是抽烟那位，中国话居然说得很流利。

李俊生回想起昨晚那个先进的洋火来……感情是鬼子啊，自己跟他们并肩走了一晚上，坏了，他们这是要到哪去。

"放下枪！"杨连长高声断喝。

那瘦长脸的鬼子也瞪着眼："全放下武器，我们的，可以谈谈。"

"你们先放下！"

"一块放！"

稀里哗啦！

两拨人放下枪，面对面站在了一起，他们有七个……这边也是七个。

"说说吧，你们跟我们有啥好谈的？"

"我姓吉田，来自北海道。"说着，瘦长脸的吉田掏出一张照片，给杨连长和李俊生看："这，是我的母亲。"

"谁家没爹没娘啊？"杨连长皱着鼻子，手紧紧地按着腰里的驳壳枪。

"哦，我们的，军工人员，战士的，不是。"

"你说你们不是战士？"

"哈咦！我们的，军工，工人滴干活。"

"那他妈也是日本人！"李俊生的手实在抖得厉害，稍微压制不住，手里的大枪就要发飙。

1939 年 7 月　河北涞源　壕树沟

这一夜，他都蜷缩在村头的破祠堂里。

他并不怕村里那一排排烧焦的死尸，他最怕的是这种混杂着烧焦尸体味道的寂寥和孤独。

唯一证明时间尚未凝滞的，是这五头傻呵呵的驴子。

驴子们的倔强，是一种打不垮的能量。

这五头驴不愿像其他同伴一样被日本人牵走，因为它们不想帮着日本人践踏自己家乡的土地。当然这只是猜测，如果猜错了也无可厚非，因为他不是驴。

不管这些驴在想什么，他想的是，天亮了，带着这五头驴去哪里。

他漫无日的地迈出祠堂门口，把五头驴拴在一起拉着，慢慢悠悠地往东走。

地上鬼子留下的子弹壳，走一路就能捡到一裰裰，这些东西能卖钱，换几顿饱饭也是可以的。

1939 年 7 月　河北涞源　葛条垭

"我们，只是军工，修理，修理滴干活。"吉田比划着。

"那你们怎么和我们搅在了一起？"杨连长依旧扶着驳壳枪。

"我抽烟，感觉到了家乡的味道。"吉田指了指李俊生。

"没问你们这个，"李俊生瞪着大牛眼："问你们怎么混进我们的队伍。"

"没有，我们的，看不见。你们的，也看不见。"

"你们去北边干什么？"杨连长更关心他们下一步的行动。

"我想，这个，军事机密的干活。我们离开家乡，你们也离开家乡。"吉田干脆盘腿坐下来："我们也不愿意来这里。"

"不愿意来……可是你们毕竟来了。"

"那是长官们的事情，我们的，不喜欢打仗。长官要我们拿起枪，我们必须拿起枪。"

"嗯……"其他六个日本人面带哀怨。

李俊生和杨连长听完这个，略微平静了。

"你们，想家吗？"杨连长声音柔和了一些。

"哈咿，我想……今年樱花开的时候，我的妈妈一定和纯子在院子里赏花。"

"纯子是谁？"李俊生很好奇，愿意听下去。

"是我的新娘……"吉田眼睛里闪着泪花："我们的婚礼还等着我回去完成……"

"那你们就走啊！"

"无奈……战争是无奈的，也是残酷的。"

杨连长点点头："其实你们不来，我的孩子也应该三岁了。"

"我们的，表示抱歉……"吉田低下头："替我们的长官，说抱歉。"

"真希望这场战争赶快结束……哎，你们说，这场战争谁会胜利？"

"我们的，不敢想象，但是不管哪一方战败，我都无所谓，关键是能回到家人身边。"吉田说得很诚恳。

"那好……你们走吧。"杨连长摆摆手。

"能告诉我你的名字吗？"吉田忽然问李俊生："我想再要一根烟，你给我的那种。"

李俊生一皱眉，掏出半盒烟："你拿去吧，我不大会。"

"谢谢。"吉田双手接过了烟，转身离去。

忽然，杨连长一激灵，拎出驳壳枪，甩手放倒了吉田。

还没等这几个日本人回过神来，其他八路军战士也端起枪结果了那几个日本军工。

李俊生愣了："你们，干嘛要打死他们？刚才不是说得好好的吗？"

杨连长把枪插回腰里："你以为他们真的跟咱们讲和？"

"怎么讲？"

"他们是军工，为啥讲和？因为要急着去北边干活儿。"

"啊……不至于吧。"

"战争很残酷，他们有老婆老母，可是你想过没有，他们害了咱们多少人的老婆和母亲？"

"这……"

"罄竹难书啊！军工是军队装备的保障，打仗你以为拼的是匹夫之勇？其实打得就是资源啊！"

李俊生大驴脸拉长了："你凭什么这么说？我们打忻口会战的时候，那叫一个……"

杨连长打断了他："其实我还可以断言，不光现在，未来战争也是拼的资源和装备……"

"杨连长！"八路军战士搜了鬼子的身，拿着一个长方形小盒跑过来："发现他们带着个奇怪的东西。"

"哦？"杨连长接过盒子打开，见里面放着个弯镰刀似地玩意儿和一本小册子。

盒子里这玩意厚也就是一公分，前面是个半圆形的架子，后面长着个尾巴，而且尾巴后端有个旋钮儿，尾巴呢，是个套管，围着套管前端刻了一圈儿刻度线，套管里面也是个亮晶晶圆柱，圆柱侧面中心有一条直线，上下有细细的刻度线。更好玩的是，拧一拧尾巴后面的旋钮，套管也跟着转，转到头儿以后啊，就发出嘎啦嘎啦的响声。

"哎，这他妈保不齐是个尺子。"杨连长自言自语："我杨九枰这辈子都没见过这样的古怪玩意儿，小日本净这个样子的怪东西。"

李俊生一看这玩意儿，眼睛睁大了："天哪，这……这就是……"

1939 年 7 月　河北涞源　刀岭崖修械所

"干嘛都不吃饭啊？嗯？"邓汉涛叉着腰，站在修械所破院子里喊："早饭不吃，全糗在被窝里，赶紧起床，上工啦！"

孙朝元蹲在地上苦笑："邓爷，我看除了沈厂长，别人使不动他们。"

魏广元也想带着剩下的几个民兵继续训练，无奈床较之训练场，还是多了一筹魅力。

冯斧头一大早就坐在自己老婆坟前，哭哭啼啼，一直哭得路达闹心。但是人家丧妻之苦，也不好说什么，只能蹲在一边唉声叹气。

屋里，焦凤春糗在炕上，悄悄地对身边的张国平咬耳朵："哎，要不咱们起来干活去吧。"

222

"干个啥啊？修械所建不起来了，再搞下去，这里就成坟地啦。"

"是啊，你看看外边那些个坟……哎。"贺东坡翻了个身，继续打他的呼噜。

他身边的白猛踢了他一脚："妈的，打呼噜小点声，老子正做美梦呢。"

"哎，黄西川呢？"焦凤春想爬起来踅摸，被张国平按住："老焦，你想叛变啊？昨晚上怎么商量的？"

邓汉涛站在外面，见迟迟没人答应，坏水儿可冒上来了：好小子们，这老领导刚走，就不服管了，看老子怎么治你们！

第十四章　千分尺

1939 年 7 月　河北涞源　刀岭崖修械所

"铿——铿——铿铿铿……"

这声音听得人打心眼里那么"牙酸"，浑身汗毛眼仿佛被堵住，就连舌根也一个劲儿地反酸水儿。

孙朝元刚从草窠里拉了一泡屎，被大毒蚊子咬了屁股，本就痒痒，听到这声音，更加闹心："哎！别刳嚓啦，挠嚷！"

邓汉涛不管他那一套，自顾自地左手拿个钢锅，右手拿着铁勺子，在锅底连敲带刳嚓，不亦乐乎。

孙朝元歪叼着烟卷，一脸无奈地呲着牙："邓厂长，你以为他们这就能起床啊？"

"谁说我叫他们起床？我帮哑巴刳嚓锅呢。"

屋里，焦凤春年纪偏大，而且心脏略有些问题，实在受不了这样的煎熬，不顾别人劝阻，从大通铺上跳下床去。

张国平向他投去鄙视的目光，拉开脚下的被子捂住了脑袋。

几个小青年也受不了了，纷纷皱着眉，趿拉着鞋子跳下床去，懒洋洋地骂着街走出屋去，无精打采地来到早已备好的简陋餐桌前，伸出懒洋洋的筷子去夹上几口吃食。

冯斧头和路达慢慢地从外面走回来，裤腿上带着露珠。

"老邓。"路达跑过去把邓汉涛拽到一边，趴在他耳朵上："冯斧头说……"

邓汉涛闭着眼听完了，把锅往地上一放，脏手在自己的白衬衫上擦擦，过来抓住了冯斧头的手："哎呀！冯师傅……邓某，不胜感激涕零……"

冯斧头沉着脸："别说感激涕零什么的空话，我只是为了多赚点钱。干完活儿，你要付钱。"

"这……"邓汉涛心里发虚："多少钱？"

冯斧头回头望了一眼山坳里自己老婆的坟："看看再说吧。"

这一句看看再说，可把邓汉涛拿住了。

如果说有个数目，至少心里有个底，尤其是这样子模模糊糊的"看看再说"，最使人心里忐忑。

"邓厂长，我带着几个民兵去南坡练冲锋了啊。"魏广元背着大枪跑过来。

邓汉涛挥挥手，转过脸依然瞧着冯斧头的眼睛。

"冯师傅，咱大体上说个价吧。"

冯斧头扫了一眼饭桌边上懒洋洋的工人们："价钱么……时价。"

这话等于没说，不过，毕竟工作母机修好了，才能说接下来的事儿，毕竟这玩意是生产的命脉么。干脆，由他去吧，邓汉涛已经做好了到时候给他来个死不认账的准备。

冯斧头慢慢悠悠地来到一台车床前面，动了动溜板箱手轮，又抓住进给箱的变速手柄变了几个位置，微微点点头："看起来不是绝症，要是我就直接毁了大托板上的丝杠。"

几个孩子们举着窝窝头围拢过来看，被焦凤春拉走："人家干活儿呢，别捣乱。"

冯斧头看过几台其他的机床后，心里有谱了，看起来日本人作战部队还是注重表面的东西，并没有毁坏这些机床的关键部件，只要调整，矫正，再恢复精度就没问题。

最后，冯斧头问这些机床的动力问题。

焦凤春指了指后山的一处隐蔽洞口："发电机在那里面。"

"嗯，那里没破坏吧？"

"没有，只是发电机的油，被鬼子点了。"

冯斧头坐下来，邓汉涛和焦凤春赶紧蹲在他身边："咋样，能修好吧？"

"修好不是问题，但是，你们能保证修好了不出问题吗？"

"此话怎讲？"邓汉涛听出点问题来。

"咱先说这些机子的精度啊，一水儿全是德国标准，你们现在干活儿的度量衡是多少？"

"这……咱们最小单位是十道儿左右吧。"

"这么大的公差，你们能干精密的活儿？"

邓汉涛咬着嘴唇："不好说。"

冯斧头站起来，邓汉涛和焦凤春也跟着站起来。

"我要看你们的量具。"

"达子！叫他们别吃啦！全把自己的量具拿出来。"邓汉涛朝着路达喊。

不一会儿，除了几个赖床的小子，其他人的量具全部摆在了地上。

冯斧头拿起卡尺、钢板尺翻来覆去地挨个看完，笑了："就这样精度的量具，想恢复这些工作母机的初始精度，难啊。"

"不用，能干活儿就行。"焦凤春倒是很随便。

"是啊，卡尺的精度，咱能到两道儿呢，还不行啊。"邓汉涛以为"卡尺精度甲天下了"。

冯斧头摇摇头："卡尺的两道儿精度，是游标对比出来的，另外存在着很大的视觉误差，你们原来修理军械，最后检测是不是经常莫名其妙地出现尺寸对不上号？"

一边的检验员郗国才一听，当即震惊："你……你通过这个就能知道我们经常对不上尺寸？"

"呵呵，"冯斧头摇着头笑笑："很简单，你们用这样的量具，本来就有视觉误差，再加上道具本身的加工误差和形状位置误差，产生了积累误差，单个检验零件，这个差两道，那个差两道，最后装在一起，有仇的报仇，有冤的报冤，一股脑的误差就体现出来了。"

"哦……"路达从来没听过这样的理论："那咋办啊？"

"是啊，我们的量具全不行，那怎么办？"邓汉涛也问。

"有一种量具，"冯斧头用手指着天："精度能到一道儿。而且视觉误差非常小。"

"那是啥量具呢？"

1939 年 7 月　河北涞源　葛条堰

"千分尺！"

"哎，你认得这东西？"杨九枰连长望着李俊生手里的那个怪玩意儿。

"好像听人念叨过这个，大概就是这么个形状。"

"干嘛用的？"

李俊生捧看那怪尺子："据说，这玩意能量出一根头发丝的粗细……不，头发丝八道儿，卡尺也能量，这玩意还能更精确。"

"哦，这样啊，那我们打仗用不着，给你吧。"杨连长连手里的小盒儿连同那个满是日本字的小册子一股脑塞给李俊生。

"哟，这……这多么……"

"拿着吧，而且，刚才我看到这几个日本军工，改变主意了。"

"啥？"李俊生的大驴脸又耷拉了，他感觉到了这事儿有变。

果不其然，杨连长指着来时的路："宋岭春！"

"到！"

"送李俊生回去！"

"啊？"

"没听见啊？送他回去。"

"哎！杨连长，咱不能说话不算啊，要不，这千分尺我不要了。"

"回去吧，跟千分尺没关系。"杨九枰叹口气："我今天带走一名军工，就很可能拆了抗日战争的台。"

"不，那没关系……"

杨九枰摆摆手："你回去吧，那里，才是你的战场。你在后方，能顶一百个战士。但是在前方，你就是你。"

"杨连长，我在忻口会战上……哎，你别拉我啊，我跟你说，撒手……哎，杨连长，你看这怎么说的……"

"队伍开拔！"杨连长一挥手，带着四个八路军战士扬长而去。

"杨连长！杨九枰！你不要老子，老子去参加国军！"

杨连长站住脚："宋岭春！"

"有！"

"你用枪给我顶着他回去，敢跑就一枪崩了他。"

"是！"

1939 年 7 月 河北涞源 刀岭崖南坡

"魏队长，你看那是什么？"一个民兵忽然趴在山腰的大石头后面，警觉地举起了枪。

是啊，鬼子这几次突然袭击，可是让民兵们风声鹤唳了。

"黑的。"

"废话，我不是色盲。没问你什么颜色。"魏广元趴在石头面，仔细看山下的溪流边上那一丛黑色的东西。

"哎，你看，地上好像趴着个人。那是……哎，真是个人。"

"咱过去看看。"

"那些个黑的……是驴啊，好家伙，一、二、三……七头驴啊！"

"是个卖驴的吧？"

魏广元端着枪："不可大意，慢慢靠拢。"

几个人弯着腰，沿着山上一条大冲沟，迤逦地摸下山去。

果然，小溪边上趴着的是个汉子，那几条驴看见一伙儿拎着枪的人下山来，都纷纷跑开了。但是也不跑远，就在不远的地方惊恐地望着魏广元和民兵在小溪边蹲下，围在那汉子身边。

魏广元伸手探探那人还有呼吸，赶紧叫队员打水来。自己掐掐那人的脉搏，再看看干裂的嘴唇，顿时明白了，这家伙可能是饿的。

"丁克！"

"到！"

"杀头驴！"

这一喊，驴子们仿佛听懂了一般，纷纷朝远处扬着蹶子跑去。

"不能……不能杀驴……"那人忽然醒了，听到要杀驴，挣扎着要爬起来。

"哎，醒啦！快，泡点干粮。"

"队长，不杀驴啦？"

"废话，杀驴干嘛。"

"你说的啊。"丁克一脸的苦相。

"我不说那个他能醒过来吃东西吗？"魏广元得意洋洋："这些驴，在他趴下的时候都不离去，可见对他已经有了感情，换言之，就是说，这些驴是他的命根子。"

那人咽卜一口水泡饽饽，有气无力地摇摇头："这些驴……我当他们兄弟一样。"

"为什么？"魏广元又给他喂了一口盔子里的糊糊。

"全村都死了……就剩下我们了。"

"还有谁？"

"没了，就这些驴。"

"你是哪儿的人？"

"壕树沟……我叫李四合……"

魏广元望望西边："壕树沟……你认识狗剩吗？还有大虎、石头、小凤……"

"大虎和二虎是我儿子。"

"啊！"

李四合眼睛有了光芒："我儿子……你知道下落？"

魏广元叹了口气："大虎在我们修械所。"

"那二虎呢？"李四合浑身有了劲儿，死死地抓住魏广元的衣领。

"二虎……"魏广元一犹豫，端起盔子来："你先吃了这口饭再说。"

"二虎被鬼子挑了。"丁克岁数小，嘴最快。

此话出口，李四合听了又晕了过去。

魏广元想起了李泽林的口头语："丁克，你个哈耸！"

1939 年 7 月　河北涞源　刀岭崖修械所

"千分尺按照测量范围，分不同的规格。"

"你意思说，还得要一套？"邓汉涛像看鬼一样看着冯甫同："那得多少啊？"

冯斧头皱着眉："一般的就是四个，0 至 25 毫米；25 到 50 毫米，还有一个 50 到 75 毫米，一个 75 毫米到 100 毫米的。这就是一套。按照这儿的零件来看，俩就够用了。"

"一个也没有啊。"邓汉涛拿眼去看路达。

"切，别看我。"路达扭过脸去。

"嘿嘿嘿……达子啊，贤弟啊。"邓汉涛真能拉下脸去，冲着路达点头哈腰，一副媚态。

"干嘛？"路达浑身起鸡皮疙瘩。

"贤弟啊，你可是神通广大无所不能啊，你跟哥哥想想办法，啊？"邓汉涛的眼睛眯成了一条缝儿："贤弟，你就想想办法吗。"

"我真没法子。"

"真没有？哎，就要两个。"

"一个也没有。"

邓汉涛的脸跟耍猴儿似地，立马就变了，换了一套鄙夷的神色："切，就知道你不行。滚蛋。"

"哎，你个死老邓。"

孙朝元急性子，他想着那些拉来的破枪，如果工作机械修不好，他就没法给马老大交差。

"冯师傅，你知道谁家有？我带着人去抢一个来不就得了吗？"

"哎呦，孙爷啊，你还别说。"冯斧头真够阴的，他对土匪本来就没啥好感，因为他爹就是给土匪害死的，这下子可有了出气的因由："我知道个地方儿，真有一把 25 毫米到 50 毫米的千分尺。"

"在哪儿？"邓汉涛的眼都跟着亮了。

"算了，孙爷不敢去的。"冯斧头给孙朝元拱火儿。

孙朝元那性子，你跟他对着干行，但是说他怂可不行，当下，老孙把独眼眼罩摘下来重重扔在地上："你说吧，没有孙爷不敢去的地方。"

邓汉涛心里一扑腾儿："难道是鬼子那儿？"

"嘿嘿……是晋绥军的军工部。"

"国军！"孙朝元一听这个，倒吸一口凉气："他奶奶的，还以为是小鬼子那儿……"

邓汉涛皱了眉，因为这一片的土匪，大多都不把鬼子放在眼里，有时候也不给八路军面子，但是晋绥军……却另当别论。

阎锡山坐镇山西，下令大力发展军工，连送礼都送军火，所以晋绥军的军工部有千分尺是很正常的。

但是晋绥军可不像八路那样友善，八路军是只要抗日，都是伙伴。晋绥军虽然打鬼子，但是对地方土匪武装却是弹压得厉害。动不动"剿匪演习"，用孙朝元的老大马天鹏的话说，那叫"打鬼子没劲儿，打中国人倒是下手狠着呢"。

"怎么样？孙爷敢不敢去晋绥军的军工部搞一把千分尺来？"

就在这时候儿，修械所外面一阵喧哗。

"咋回事儿？"邓汉涛回头去看，只见魏广元和几个民兵赶着一群驴稀里哗啦地往回跑。

"拖！拖！"哑巴以为晚饭是红焖驴肉了。

魏广元指了指驴背上驮着的一个人："邓厂长，大虎的爹。"

大虎早就看到了李四合，迎着跑上去："爹——！"

大虎还没看到李四合的脸，刀岭崖山坡上一声呼啸，随后便是阵阵枪声！

"我的娘啊！又来啦！"魏广元咬牙，挥手指挥仅存的护卫队员："兄弟们，拼！"

1939 年 7 月 河北涞源 独山城

"宋岭春啊，你说你累不累啊？"李俊生嬉皮笑脸地想回头去看看遣送他的宋岭春："这一路你手里的枪就没放下过。"

"别废话，杨连长让我一路押着你。"

"啊！你看，鬼子！"李俊生忽然睁大眼，指着前面的山顶。

"你别跟我玩这'里格儿楞'，一路上你玩了八回了，少废话，走。"

宋岭春不吃这一套，李俊生吐了吐舌头，只得缩着脖子继续往前走。

这里是独山城，过了镇店，就要一直往东了。

李俊生寻思，得赶紧找个茬口跑了，沿着唐河一路走回去，太窝囊了。

"宋岭春啊。我……你想撒尿不？"

"不想。"

"我想啊。"

"你想？"

"对啊，憋死我了。"

"尿裤子里吧。"

"去你的！这叫人话吗？"

"你脱离后方，撤军工的梯子，办得这叫人事儿吗？"

"我……"李俊生想不到宋岭春的嘴这么厉害。说不过宋岭春，干脆耍赖："哎呀，我肚子疼。"

"你肚子疼啊？来月经事儿见红啦？"

"我呸！我又不是大姑娘，来个屁的红啊？"

"你要是耍赖，连大姑娘都不如。"

"臭小子，你等着的……"

"哎，你说啥呢？嘟嘟囔囔的，大点声。"

"没事，我说啊，我见红了。"李俊生蔫头耷拉脑地被宋岭春用枪顶着后脑勺，迈步朝镇店走去。

"站住，往这边走。"

"这么走绕远儿。"

"废话，我不能这么用枪顶着你在镇店里走吧，走山路。"

"哎呦，干嘛那么死心眼儿啊。"

"这是我的任务。你也有你的任务，但是你没做好。"

李俊生一撇嘴："好好好，任务，任务！绕道就绕道，干嘛那么凶，老子打过忻口会战，你小子那时候指不定在哪儿和尿泥玩呢。"

"我和尿泥管你蛋疼啊？少废话，走。"

"救命啊！"一个女子的声音远远地从前面山坳子里传出来，李俊生心头一喜："哎！宋岭春啊，你看这事儿，咱管不管？"

1939 年 7 月　河北涞源　刀岭崖修械所

魏广元趴在路达的身边，举起望远镜去看，却一眼望见了手里这个南洋单筒望远镜的主人。

"是马胡子！"魏广元望了一眼路达。

眼瞅着马胡子带着几个喽啰纵马朝修械所来，路达回头喊孙朝元："孙爷！马七爷驾到。"

孙朝元也是一愣："怎么？大哥干嘛来了？"

转眼间。马天鹏马到人到，他翻身下马，怒气冲冲走近修械所。

邓汉涛赶忙迎上去，一抱拳："请问这位爷……"

马天鹏连理都没理，径直奔孙朝元过去了："老二，你他妈这是此间乐不思蜀啊？"

孙朝元叹口气，硬着头皮走上去："大哥，我这边遇到点麻烦。"

马天鹏一欠屁股，立刻有喽啰把一边的破藤椅拎过来给他塞在腚下。

路达悄悄告诉邓汉涛："这就是马天鹏，马胡子。"

邓汉涛一只眼睛闭上，用另一只眼去看清瘦的马天鹏："这身子骨不像土匪，倒像是教书先生。"

马天鹏好像听见了，转脸向邓汉涛投去尖锐无比的眼光。

孙朝元站在马天鹏一边儿："大哥，这位就是邓汉涛厂长。"

"嗯，那个打你的厂长……在哪儿啊？"马天鹏来的目的不明，但是这一点却很直白。

魏广元赶紧跑过来："呵呵，马七爷，他不在了。"

路达也跟着点头，并且端过水来。

马胡子接过水，冲着路达点点头，倒也没再纠缠孙朝元受委屈的事儿："那个……宋春子回去，把这里的事儿跟我讲了。我以为是他妈的宋春子臭盖，没想到这小子说的还真是实话。"

"我这么多天不回去，怕大哥担心，派春子回去报个平安。"孙朝元苦笑一阵："只是，小鬼子出现得太突然，炸了修械所，也打死咱们不少兄弟。"

"那咱们的军火，修好了吗？"马胡子看看孙朝元，又瞪了一眼路达。

"呵呵，鬼子炸了设备，拿什么修啊？"魏广元站在一边，似笑非笑却又不得不陪着笑。

马胡子靠在椅子背上："老二啊，既然他们修不了了，你干嘛不回去？"

"我觉得，可以帮他们……"

"糊涂！"马胡子瞪眼了："咱们是绺子，是绿林人，不是他妈的慈善会。犯得上给他们这儿送人情吗？"

"大哥，您说这话就不对了，咱们虽然是绿林，可是也抗日啊。"

"你别说了，啊，咱这笔买卖，就算是赔了。"马天鹏站起身来："老二啊，宋春子说得对啊，这年头，谁顾谁啊……"

"马七爷。"邓汉涛真够气势的，慢慢走过来站在马天鹏跟前："我听着您这话儿，是想着把孙爷带回去？"

"不只是这个。"

"那还想怎么样？"

"呵呵呵呵呵……"马天鹏咧开嘴阴阳怪气地笑："我们在这儿死的那些个兄弟，怎么着也得得个抚恤吧？"

邓汉涛也不客气："谈你的条件。"

马天鹏闭上眼，仰起头："我要你们一命抵一命，估计也犯不上。"

"开你的价码儿。"邓汉涛何其聪明，以为道出了马胡子的初衷。但是却出乎他的意料。

马胡子一指路达："他一命抵百命。"

"怎么讲？"

"路达跟我走，我的高家沟至少不会给人炸两次。路达这样的人才，能换我一百个兄弟，明白吗？"

"哈哈哈，此话当真？"邓汉涛乐得鼻涕泡都出来了。

路达一听急了："哎，老邓，你把我卖了啊？"

邓汉涛拍拍路达，对马胡子一乐："他真的顶一百个？那就给你了。"

马胡子也想不到邓汉涛这么痛快，其实，他下一步准备血洗刀岭崖，土匪的大部队就驻扎在南坡。

"来来来，马七爷是讲信用的人，咱得写上点儿。达子，拿纸笔伺候！"

路达这个气啊，好嘛，合着把我卖了，我还得伺候纸笔啊："老邓，你太不够意思了啊……"

"去，拿去。"邓汉涛拧了路达一把。

全修械所的老少爷们一下子就对邓汉涛的看法来了个一百八十度大转弯儿。

最后谁也不动地方，还是狗剩跑进窝棚把自己练字的纸拿来了。

"狗剩！"大虎依偎在李四合怀里，瞪着小眼睛："你也要把路叔叔卖了啊！"

狗剩冲他挤挤眼，压低声音："我觉得邓大大没那么简单。"

黄西川眯着凤眼，唾了一口："邓汉涛，你真是个孬种。"

邓汉涛苦着脸："没法子啊，嘿嘿，人家找咱偿命……狗阎王就卖了吧……"

他提笔刚要写，马胡子忽然一激灵："不对！等等，不能写！"

邓汉涛心说：坏了，这家伙心眼还真多，本来想给他玩个花活，这小子想通了？那我可是猪八戒照镜子——里外不是人了。

马天鹏挥手，喽啰上去把纸笔夺过来。

1939 年 7 月　河北涞源　独山城

"救命啊！"一个穿花褂的年轻姑娘，跌跌撞撞沿着山间的羊肠小路跑过来。

李俊生见状，赶紧冲宋岭春一呲牙："哎，看见没，见死不救不丈夫啊。"

宋岭春只好放下枪，跑过去拦住那女子："咋回事儿？"

"鬼……鬼子。"姑娘慌慌张张地指着身后。

"怎么又是鬼子？"李俊生脑袋都大了："有多少？"

那姑娘眼睛里闪烁着惊恐的光，额头流着汗："一个……"

"一个？"李俊生来了劲儿："一个鬼子怕他个毛？"

姑娘咽了口唾沫："一个连。"

宋岭春差点没栽倒："你咋说话大喘气啊，再说了，鬼子不分连和排，他们是小队，中队……"

"反正好些，铺天盖地。"

李俊生朝她身后瞧瞧，没见跟着人："在哪儿呢？"

"后……后面……"

她的话还没说完，就听见山路拐弯处一阵马蹄声。

"上山，躲起来！"宋岭春看见路边有一条上山的小道儿，而且这里是两山夹一沟，躲在高处应该没啥问题。

"哎，走快点啊……哎！弯腰，你还嫌鬼子看不见你啊，我可是打过忻口会战的，这玩意儿……"李俊生嫌姑娘跑得别扭，拿今天的话说那叫攀爬动作不够专业。

姑娘回头，鄙视了他一眼："你哪儿那么多废话？要不是俺，你们一准儿撞上鬼子。"

"哎，老乡，你说话过不过脑子？"

"俺咋不过脑子啦？"

"明明是你喊救命，让俺俩救了啊。"

"拉倒吧你们。"姑娘用袖子擦了把脸："你俩赶紧跟着我趴下。"

说完，姑娘跑到了前面去，趴在了山崖边上的草丛里。

这时候，鬼子已经进了山沟沟……

好家伙，这么多黄军装，齐刷刷一水儿的鬼子骑兵，膏药旗在枪杆子上挑着，钢盔后面挂着屁股帘子。

宋岭春端起大枪来，瞄着队伍头里骑着高头大马的鬼子军官。

那姑娘一把按下他的枪："你干嘛？"

"狙击啊！"宋岭春是队伍里的狙击手，他手上这杆鬼子九七式狙击步枪，玩得精熟。

日本在 1937 年在三八式步枪的基础上设计出九七式狙击步枪，因为三八式步枪本身射击精度较高，所以仅为其配上放大倍率为 2.5 倍的瞄准镜和加装由粗铁丝制成的单脚架。

瞄准镜固定在机匣左侧的位置，由于瞄准镜的放大倍率太低，因此只适合对出现在 300 米以内的目标进行精确打击。而宋岭春恰恰摸清了这一点儿，并且凭借祖上打猎的神枪技巧，驯服了手里的冷血战友。

姑娘皱着鼻子："轮不到你呢。"

说着，她指了指这一大片蒿草丛。

李俊生和宋岭春这才看到，草丛里趴着一大批穿黑袄的人。他们的脸就像黑铁一样，只有眼睛里的怒火能证明他们还有生命。

"哦，原来有埋伏啊！"李俊生拍了拍脑袋："姑娘，你知道这儿埋伏着人，干嘛还喊救命？"

"废话，你俩瞎蛄乱撞，我在下面能喊咱们的人在上面埋伏吗？只能说有鬼子啊。"

"哦，敢情你是在救我们……"宋岭春明白了。

"哎，这大热的天儿……都穿黑棉袄，跟甄奉山的游击队一样,脑袋让驴踢了。"李俊生觉得趴着的这些人脑子有问题。

话刚出口，后脑勺上就被一只脚踩住。

"你妈……"李俊生吓得一激灵，但是嘴上死活也要先占了便宜。

"你脑袋才让驴踢了。"那只脚的主人发话了，但还是他依然舍不得从李俊生的后脑勺上挪开脚。

李俊生听到这声音，心里一惊，随后大喜，但是接下来又想骂街。

他脑袋被死死踩着，只听见那女子冲着身后的人喊了句："大队长，鬼子全部进包围圈了。"

"他奶奶的，看看完县造的土地雷有没有他们吹得那么邪性……拉弦儿！"

"甄奉山！你拉你的弦儿，先放了老子的脑袋！"李俊生的鼻子都快拱进土里了。

游击队员们拉了弦儿，却没有听到想象中的电闪雷鸣……

大路上埋的所谓地雷，全部像井喷一样，吐出了一股硝烟和火焰，好似一丛丛火的喷泉。

这一下甄奉山骂了街，鬼子也骂了街。

自然，这双方的共识是十分不容易达成的。

甄奉山骂街是由于完县游击队的王玉林——王大扇呼把自己土造的地雷威力吹大了，以致这一次对鬼子骑兵的伏击"大大的丢了面子"。

鬼子骂街的原因，是土八路的新式武器烧了他们的马，使得一些骑兵精锐因此被掀下马去。

当然还有一些被踩扁脑袋的，他们连想都不用想了。马蹄上的脑浆子是无法再回到那些精锐的脑壳里了。

"啪——！"宋岭春放枪了，鬼子骑兵指挥官应声下马。

"打！"甄奉山挥手发信号。

游击队就像从草里长出来的一样，唰啦啦从蒿草丛里窜出来，先朝山沟扔下一批手榴弹，随后端起枪来射击。

李俊生这个爽啊，他就爱干这个，这回可撒了欢儿，别看手里没枪，枪——可以抢吗！

他扑过去抓宋岭春的枪。

"别捣乱！你没看他们……"宋岭春抬枪撂倒了一个蹲在地上组装迫击炮的鬼子："没看他们架上迫击炮了吗？"

"奶奶的，鬼子不按套路出牌啊。"甄奉山用手捶地面："骑兵带着迫击炮，这玩意儿也就是阿部规秀想得出来。"

宋岭春又去瞄准迫击炮小组："他们的迫击炮，是分解开装在几匹马上，这样移动起来……"他扣扳机又放倒了个炮手："移动起来就会很方便，咱们也不易察觉。用的时候现场组装。"

李俊生忽然想起了唐河边上白求恩的战地医院。

毕竟宋岭春那样的神枪手，在部队里是少数，好汉架不住人多，鬼子几门迫击炮的组装虽然受了影响，但也只是时间问题。

这不，一门迫击炮先发射了。

"咚——嗤！"黑呼呼的炮弹冒着烟奔着本就不高的山头来了，不偏不倚地正冲着宋岭春的方向。

这发炮弹由于仰射倾角较大，几乎垂直，故此速度还是受了影响，崖上的人们全都预测出了这枚炮弹的落点。

宋岭春一惊：鬼子不简单啊，这么短时间就测出我方狙击手的位置了。

李俊生趴在宋岭春身边，眼看着这发炮弹奔这里来了，想翻身跑开，衣服却被树枝挂住了。

"他妈的！"李俊生破口大骂。

完蛋了，只要迫击炮弹的"小脑袋"杵到地上，李俊生就要去阎王爷那里给他老人家讲忻口会战的故事了。

1939 年 7 月　河北涞源　刀岭崖修械所

马天鹏拿过纸笔，仔细看了看："邓爷，最近我听说，洋人有一种墨水儿，写上以后几天就没字儿了……"

邓汉涛擦了一把汗："哎呀，马爷，你若是担心这个，大可不必。"

"说你的理由，我为什么不用担心？"

"我们哪儿去弄你说的那种墨水啊，我看你是过于小心了。"

"防人之心不可无。"

"可是从我这儿说，害人之心也不可有啊。"

路达咬着牙冲邓汉涛咧嘴："你还不害人啊？把我都卖了。"

邓汉涛不理他那茬，一把拉过路达："马爷，路达一个人换你一百个弟兄，这话是您说的。"

"没错。"

"马爷虽为绿林，然，也乃吾辈……"

"你别爷爷奶奶的，我听着牙碜。"

"哦，好，这么说吧……马七爷为人，邓某是敬佩的。你对兄弟们，那是义气为先。"

任何土匪，都要打着义气的幌子，马胡子自然爱听："那不假。"

邓汉涛看他有点笑模样了，接着拱："另外，马七爷跟别的绿林好汉不一样的一点儿，也是最讲信用的。"

"那也没错。"马胡子也不简单："不过，邓汉涛，这得看什么事儿。"

"那是那是。"邓汉涛搓着手，问马天鹏身边的喽啰们："你们说，马七爷讲不讲信用？够不够义气？"

喽啰们自然往好里说："那是，七爷一言九鼎，对我们是友情为重啊。"

孙朝元也跟着敲锣边："我跟随七爷多年，最清楚这个。"

邓汉涛点点头："既然七爷这么讲义气，那些成仁的兄弟们，英灵不可不告慰。路达去抵命，板上钉钉。"

路达一缩脖：邓汉涛啊，你是卖定我了……我冤不冤啊，当年在延安，我主动降级给你当副手，现在可好……早知道就不来了，还让李泽林骑在头上耀武扬威的，我图什么啊……

"不过，这个字儿还是得写，你，邓爷，用我的笔写。"

邓汉涛一听，心说：这个马胡子真是名不虚传啊。早就听说这家伙心细如发，但是……嘿嘿，比我还差点儿。

"行啊，请马七爷赐笔墨。"

马胡子挥手，喽啰们递上一摞黄草纸，马胡子把自己的钢笔交给邓汉涛。

"那，我可就写了啊。"邓汉涛笑呵呵的，在纸上写下一行字：

兹，以刀岭崖修械所技术员——路达，字子明，抵偿马天鹏队伍百名逝者英灵，特此为凭。

写完后又抄了一份，双方都在文书上画了押，按了手印儿。

马天鹏拿着文书，满意地露着大金牙笑了："路达啊，路师傅！以后，你在我绺子就是个宝贝啦！"

路达彻底算是绝望了，狠狠瞪了邓汉涛一眼，却不动地方，他的手暗暗地转到身后去，摸出了勃朗宁手枪。

马天鹏站起来，冲着孙朝元挥挥手："走啦，回绺子。"

"等等！"邓汉涛忽然一阵儿坏笑："现在马七爷还不能带走路达。"

"怎么你要反悔？"马天鹏回头瞪着邓汉涛。

焦凤春赶紧站在俩人中间："有话好说，有话好说。"

邓汉涛晃着脑袋："马七爷，我没反悔。"

"哦？"马胡子回来重新坐在破藤椅上，翘着二郎腿："那你什么意思？"

"我想问问七爷，你在这里一共成仁了多少弟兄？"邓汉涛不卑不亢地问。

路达一听这个，眼珠转了两转，当即一拍手，赶紧给邓汉涛也搬了把破椅子，让他对着马胡子坐下。

马胡子看看孙朝元："对啊，咱们死了多少弟兄？"

孙朝元算了算："13个。"

"嗯，我们死了13个……"马胡子垂下眼皮，看了看刚才的文书，忽然睁大眼睛，一拍藤椅："坏啦！中计了！"

邓汉涛乘胜追击："七爷怎么能说中计了，这是咱达成的协议啊，要履行的呀。这么多弟兄都是证人。"

马天鹏的脸都青了，依然嘴硬："我们死了13个兄弟，又怎么样……"

邓汉涛也翘起二郎腿："合同上写的是路达以一命换百命啊，您成仁了13个兄弟，这哪行啊？还有87条命，您上哪儿给我弄去？"

马胡子真能拉下脸来，"唰！"地把枪就托出来了，抵着邓汉涛的脑袋："你他妈玩儿我……"

邓汉涛面无惧色，翻着眼去瞅孙朝元："呵呵，孙爷，马七爷可吓着我了。我问问您，孙爷看见过修械所地面开花吗？"

孙朝元一拍脑袋："哦，是，看见过……"

邓汉涛冲着焦凤春喊："老焦啊，地下炸药这回埋得片大不？"

焦凤春搂着春喜、石头和小凤："大……大着嘞。"

"呵呵，"邓汉涛用手指捏着马胡子的左轮枪转轮："你这枪一响，整个修械所都能开花，玉石俱焚……你信不信？"

马胡子是宁可信其有不可信其无，何况孙朝元亲眼见过焦凤春下炸药的本事，这可不是吹的。

"大哥，他们真有这本事，炸的小鬼子尸骨无存啊。"孙朝元趴在马胡子耳朵上扇风："这回……对大哥不利啊。"

马胡子慢慢放下枪："邓汉涛，我知道你。你外号叫鬼见愁啊。我来了处处小心，没想到还是钻了你的圈套。"

邓汉涛嘿嘿一笑，把自己那份文书递给马胡子："其实，这不是什么圈套，不过马七爷考虑了你的兄弟，有没有考虑中国所有被鬼子杀害的人？他们的命谁来抵？"

"对啊！"路达叉着腰，有了底气。

马胡子眯着眼好半天，直愣愣地盯着地上的碎砖烂瓦出神，最后一拍手："邓汉涛，你想以德服人？呵呵，告诉你，老子不想欠人的情，栽了就是栽了。这文书你拿回去。"

"干嘛？"

"我回去杀 87 个人，还给你，算是给你履行了合约。"

"啊？"孙朝元吓了一跳："大哥，这么做不妥。"

马胡子摆了摆手："我相信邓爷也不会让我这么做的。"

"呵呵，马爷反将一军，不错，我不是嗜杀的人，何况当着我们修械所的老少爷们，您这一步将军，我支士挡上。"

"你怎么支士？"

"我想求马七爷一件事儿，就算扯平，以后这个坎子过去了，您的枪我们还接着修，分文不取。您和别的绺子的买卖照做，我不过问。"

"嗯……你现在拿什么给我修枪？"

"这要看马七爷给不给帮忙了。"

"说来听听吧，我是痛快人。"

"呵呵，我想，求七爷给弄一把千分尺。"

"千分尺？"

"对，精密量具。"

"哪里有？"

"晋绥军……"

"我去！"马天鹏"啪！"的一声拍了桌子。

第十五章　邪眼

1939 年 7 月　河北涞源　独山城

迫击炮弹就落在李俊生的身边……是大头朝下落下来的，"小脑袋"正杵在地上。

宋岭春再怎么神枪，是无法把抛物线上的炮弹一枪打下来的。

甄奉山再如何英雄了得，也知道这个玩意儿不是闹着玩儿的。

李俊生直愣愣地看着身边这枚迫击炮弹……要说他想到了什么高风亮节的豪言壮语，那纯属扯淡，他脑子里现在只剩下一片空白。

然而……那颗炮弹迟迟没炸。

山沟里的鬼子骑兵，在受到游击队高处两面夹击的劣势下，被收拾了个干干净净。

李俊生坐在地上，小心翼翼地捧起那枚尚有余温的炮弹："他奶奶的，小日本的军工也出伪劣产品啊？"

宋岭春背起枪来："小日本也有你这样心不在焉的军工。"

甄奉山清点完队伍，走过来蹲在李俊生身边："我发现跟你真是有缘啊，你这阴魂不散的劲儿，太让我挠头了。"

"我咋个阴魂不散啊？"

"这刚分开几天啊，又见面了。"

"扯淡！"李俊生的心刚不跳了，就被嘴征服了："鬼才愿意遇见你。"

"拿来。"

"啥？"

"炮弹啊！"甄奉山伸出手去："把炮弹给我，这太危险了，我们去处理掉。"

"我……我不给。"

"你还想留着它做媳妇啊？"宋岭春也建议这枚哑炮让甄奉山处理掉。

李俊生叹口气："我回去把它给老焦研究研究，沈厂长的愿望，还没实现呢。"

"哟呵！不跑了啊？"宋岭春调侃道："你不是一心想回前线吗？"

李俊生摇摇头："其实，我刚才想透了。日本人的炮弹没炸死我……但是决不能让咱们的炮弹炸不死日本人。"

甄奉山和宋岭春对望一眼，两人扭头冲着李俊生投去从未有过的笑容。

1939 年 7 月　河北涞源　刀岭崖修械所

"怎么？"邓汉涛见马天鹏拍了桌子，真不知道咋回事儿。

"邓爷想让我去晋绥军那里帮你们搞一把什么尺？"

"千分尺。"

马天鹏忽然仰天大笑："要说别的地儿，我兴许得想想，要说晋绥军，那一准儿没门儿。"

"啊？为什么？"邓汉涛明知这事儿不好办，但是也打算给马胡子拱火，让他去试试。

哪知道马天鹏那心眼也多得很，他才不会去碰兵强马壮的晋绥军呢："邓爷，你也别给我拱火儿，不就是个什么尺吗？"

"千分尺。"

"晋绥军那儿你确定有？"

"冯师傅！"邓汉涛喊过冯斧头来："晋绥军有千分尺吗？"

冯斧头点点头："一准儿有。"

马胡子站起身来，身边的喽啰递上鼻烟壶。他打开壶盖，倒了一点粉末儿搁在鼻子眼里，半晌儿，打了个响亮的喷嚏。

"千分尺……"马天鹏指着邓汉涛："别管我咋弄，一准儿给你淘换一个就是，至于我怎么弄，你就别管了。"

"无以为报……"邓汉涛抱拳。

"不求你报，记得条件，修枪。"

"了然，了然。"

马天鹏带着喽啰，当然还有孙朝元，骑着马消失在刀岭崖的山巅。

邓汉涛长出了一口气："呼……可算对付走了。明儿个，就是 8 月份了，淳宏兄啊，迫击炮的任务，我咋帮你完成哦。"

路达走过来给了邓汉涛一拳："我可让你吓死了。"

"邓厂长！"黄西川忽然指着刀岭崖山头："你看，那又是谁？"

两匹大黑马，从北坡冲下来，马上的汉子，穿着黑棉袄，与此时的烈日炎炎很不搭调。

他身后，坐着李俊生。

邓汉涛眼睛一亮："哈哈，回来了。"

黄西川一瞧见李俊生，把嘴一咧，抱着自己的迫击炮图纸，跑阴凉儿地里研究去了。

甄奉山下马，回身喊老徐："宋岭春就别下马啦，一会儿跟着我回队里。"

"哎呀，使不得，杨连长……"宋岭春一听这个连连摆手。

"去他娘的杨九秤，老子要的人他敢不给？"甄奉山说完拉着李俊生的胳膊往邓汉涛面前一推："人，我又送回来啦。"

"好，好啊，哈哈哈！"邓汉涛招呼甄奉山："大队长先坐下休息休息，大热天儿的脱了棉袄乘乘凉？"

甄奉山拍拍棉袄："这可是咱们的土坦克，脱不得。还有任务，走了啊。"

"甄大叔！"石头、大虎、狗剩和小凤跑过来，抓住甄奉山的衣服："你又要去哪儿啊？"

"是啊，大叔，你啥时候能歇歇啊？"小凤很懂事。

甄奉山摸着几个孩子的头："等抗战胜利了，我就歇了。"

"小凤，甄大叔有任务，先让他去。"李四合拉开几个孩子："老甄啊，去吧。"

"四合！"甄奉山瞅见老乡，自是亲热："其他人呢？"

李四合一阵心酸："壕树沟……全成了灰……"

"他奶奶！"甄奉山牙根痒痒："带队的鬼子是哪个？"

"不知道！"

"不知道？你没打听打听？"

"人都死了，往哪打听去。"

"你除了养驴，啥也不行。"甄奉山真是火爆脾气。

"好啦，别嚷了。"魏广元把李四合拉开："大队长，那支队伍是阿部规秀的。"

甄奉山拳头攥得咯咯响："……奶奶的……老徐！"

"哎！"

"走！咱赶紧赶到黄土岭，打他的阿部规秀。"

"我要回连队！"宋岭春连喊带叫。

"闭嘴！跟着我比你在连队舒坦！"甄奉山翻身上马。

抗日战争进入相持阶段后，1939 年，国民党顽固派发动了第一次反共高潮，向八路军总部和一二九师所在的太行地区发动大规模军事进攻。同时，日军加强了对我敌后方军工事业的排查和扫荡袭击，给我军正面战场造成了重大损失。

驻保定一一〇师团师团长兼参谋长桑木崇明中将，计划对涞源山区进行大规模扫荡活动，我军后方晋察冀太行山根据地军工事业再次受到威胁。

1939 年 8 月 河北涞源 刀岭崖修械所

这几天，刀岭崖附近不断有形形色色的土匪经过，往西南方走。

魏广元打听，说他们去高家沟参加马七爷的英雄会。

他回来跟邓汉涛说了说，老邓点点头，告诉大伙儿，马天鹏拿千分尺的茬儿真当了个事儿。

但是，其他地方传来的消息，说是国军和共军飙上了，日本人趁这当口在陕甘宁边区进行了大规模的扫荡，眼瞅着就要趟到这边来了。

李俊生带回来的千分尺，还没有用上？

日子，还是得一天一天地过，修械所的初秋，悄悄地来临了，但是人们还并未感觉出来。因为，秋天来了是很自然的，最起码比鬼子来了要安逸得多……

"俊生啊，你拿回来的这个玩意儿，就是迫击炮的炸弹？"焦凤春翻来覆去地看着手里这个玩意儿。上半拉像个没长开的萝卜，顶上有个小圆帽儿，后面带着几个放射状小翅膀。

"哎，焦爷，你可别乱按啊，这玩意……"李俊生用眼扫了一遍围着探头探脑的几个工人："看头上这个铜帽儿，当时这个玩意那是扎在石头窝窝里，没炸啊，要是这个杵上……咚——！"

他这一咋呼，吓得围观的几个人全一哆嗦。

黄西川远远地坐在地上和路达研究他的图纸，见这情景，朝这边嗤了一声："切，故弄玄虚。"

"黄西川！你找死啊？"李俊生拿着炸弹佯装要扔过来。

"啊！"石头、春喜、狗剩、大虎和小凤几个孩子正跟着李四合在一边刷驴，见李俊生要混全吓得跑进屋里。

"闹什么闹？"邓汉涛从复建完毕的厂房里出来，叉着腰喊："全体开会！

"切，这晌不响夜不夜的开什么会？"李俊生把迫击炮弹交给焦凤春，懒洋洋地伸了个懒腰。

"少废话，赶紧着。"

黄西川和李俊生同时来到办公室前面，红着脸挤在门槛那里，非要自己先进去不可。

"铛、铛……"邓汉涛沉着脸用钢笔敲了敲炕桌上的缸子："快点进来，坐好，像话吗？"

冯斧头早就坐在了炕沿上，慢悠悠地喝他的烧酒，并且把哑巴特意为他炒的黄豆扔进嘴里，然后上下牙使劲一咬，发出"咯嘣！"的声音。

众人就坐，邓汉涛让路达把门关上，用钢笔敲着桌面："同志们，这么长时间了，大家都受委屈啦。"

"谁说不是啊！"张国平站起来高声喊，但是看别人没有响应的，就他自己在那儿喊，当下脸一红，重新坐下来，把脑袋扎进裤裆里。

五个孩子和李四合包括他们的驴，在屋子外面都笑了（有人说，驴子叫就是驴在笑）。

尤其是那头叫俊生的头驴，笑得更欢。

"四合！"邓汉涛站起来冲着窗户外面喊："别让俊生叫啦！这里开会呢。"

李俊生听着这个别扭啊："行啦行啦！我回头一准儿把它宰了吃肉。"

1939 年 8 月　河北涞源　黄土岭

膏药旗插在石头屋子外面，被黄土岭的山风吹得呼啦啦地飘。

独立混成第二旅团长阿部规秀少将把手里的一张纸条狠狠地揉成团儿。

"将军阁下，"黄土岭维持会会长偏四爷点头哈腰："别看刀岭崖的土八路军工一而再再而三地起摊子，只要咱们的人还插在那儿，就万事大吉。"

"嗯……"阿部规秀把纸团扔进废纸篓里，摘了白手套慢慢地抹那两撇小胡子："涞源滴，刀岭崖，壕树沟，西杨村一带，已经被我们变成了无人区，我奇怪的是，刀岭崖的那些人，为什么生命力那么顽强。"

"那是皇军慈悲，不忍心杀光他们啊。"

"不……"阿部规秀摇摇头："杀光他们不是目的，华北山区……"他踱到墙边，指着一幅地图，给偏四爷点指出刀岭崖："华北山区的军工，我们只要切断，那么正面战场上对我们大大的有利。"

"可是现在您还没切断，他们眼瞅着又盖起了厂房。"

"野火吹不尽，春风吹又生……你们支那人很信奉这句话。"阿部规秀用折扇使劲戳地图上的几个点："清苑冉庄的地下兵工厂，桑木君围剿了很多次，还在搞。黄崖洞、刀岭崖、安州、同口……是皇军华北战场版图上的钉子啊。难道支那工人……比战士还不怕死？"

"那就连连不断地打他们。"

阿部规秀眉毛一挑："你可以回去了。"

"啊，是！是！"偏四爷呲着牙从脸上挤出笑容，用礼帽捂着长衫的前襟，连连地鞠躬，倒退着走出了石屋。

"将军，"一边的白脖头子插话："其实再打他们一次，也就差不多了，我就不信了……"

"经得起推敲的东西，往往最耐得住被破，或者连续不断被破。"阿部规秀打断了他的话："这是哲理，恒久不变的哲理……他们已经意识到了军工的重要性……因为他们杀了我们的军工，这样一来，支那的军工更加懂得如何保护自己了。"

"那，就任凭他们发展？"

"我们以前之所以让这些野草重新发芽，主要是没有除掉他们的根……"

"将军的意思是……"

"锄草不干净，总是院子里最大的烦恼。"阿部规秀从桌子上捧起一个青花瓷瓶："马上把这个送到保定一一〇师团，告诉桑木君，如果战争多打一天，这些东西就晚一天回到日本。"

"哦……"白脖头子小心地接下青花瓷瓶。

"我和聂荣臻的对峙，是长期的，不能再抽调人去进行锄草……"

"您是说请求桑木崇明将军……"

"不是请求，是劝告。他马上就要进行涞源大扫荡……"阿部规秀狠狠地在地图上的刀岭崖位置抠了个窟窿："桑木君可以顺手锄草，告诉他，一定要锄干净。"

1939 年 8 月　河北涞源　刀岭崖修械所

"俊生，把你带回来的东西拿出来吧。"

"啊？"李俊生拉着大驴脸望着邓汉涛："我……我还带回什么了？迫击炮弹不是给了老焦吗？"

"是，"焦凤春举起手里的炮弹："我马上研究。"

"不是这个。"邓汉涛面沉似水："还有……"

"还有啥？"李俊生装傻了。

"石头！"邓汉涛站起来喊："把你那玩意儿拿进来！"

小石头答应一声，捧着个方盒子进屋来，进过李俊生身边的时候，冲他挤眼吐舌头。

"哎，你这小兔崽子！谁让你翻我东西？"

"你别冲孩子发威！"邓汉涛瞪了他一眼："你跑后山拉屎去了，把这个落在了后山石头后面，人家石头给你捡回来的。"

打开盒子，大伙儿全站起来，脖子就像许多鹅一样，伸长了，奋力把目光扔在盒子里。

冯斧头看见这东西，把刚喝进去的酒喷出来："噗——！这是，咳、咳……千分尺！"

邓汉涛拍了拍手："都坐下都坐下。"他扭头对冯斧头一笑："冯师傅，这回能修那些设备了吧？"

冯斧头拿起千分尺来："嗯……基本上，修好几台不是问题了。但是还缺一把……"

李俊生跑上来抢过尺子："不行！这东西是我的。"

邓汉涛一皱眉："你有点儿品行不行？你的，你会用吗？"

听到这个，换别人早臊个大红脸，但是他是李俊生："我……我有说明书。"这小子抓起了盒子里的说明书，翻开看了看，全是日本字儿。

冯斧头靠在被摞儿上，眯着眼依然喝他的酒："呵呵，既然这东西是个人的，那也别怪我不干活儿。"

邓汉涛这个气啊："李俊生，你不是个抠门儿的人啊，你这么干，到底想干嘛？"

"嘿嘿……"李俊生晃了晃手里的千分尺："没别的，尺子是我的，别人不能碰。"

"我呸！你要不要脸？"黄西川站起来："要不是石头捡回来，你这东西指不定是谁的呢。"

"你给我一边儿去！"李俊生白了黄西川一眼："什么时候轮得着你说话啦？"

"随便吧……"冯斧头指了指李俊生："这小子按说给我签了卖身契，你干活儿就等于我干了活儿。这活儿你干吧。"

老老少少全指着李俊生一通埋怨。

张国平苦着脸，把两颗炒黄豆扔进嘴去："哎，干脆，干不了散伙儿拉倒！"

邓汉涛也不急，端起缸子喝了口水："李俊生，你小子撅屁股，我就知道你拉的什么屎……说吧，说你的条件。"

李俊生一听这个："罢了……还是邓厂长了解我。"

"少废话，你肯定有什么条件要谈。赶紧说，趁着我还没发火儿。"

李俊生点点头："好吧，其实……我觉得那些机床咱不要修了。"

"什么？"

"混蛋！"

"眼看着厂房修好了，就要开工了……"

"这小子，哼！"

大伙儿闻听这话，可炸了锅，尽管有些人早就盘算好了回家后的生活，但是大面儿还得显得惋惜或者愤怒。

李俊生抱着肩膀："我是说，咱们如果修好了机床，重建了修械所，鬼子再给炸了怎么办？这个你们想过吗？"

邓汉涛一拍脑袋："好啊，原来你也有这个想法！"

"嗯，我觉得，咱们一次次的修理，一次次的被炸，这样，大多数的时间都用在了修理上，生产的时间哪里还有？"

"这就像，被别人打了，好不容易养好了伤，不知道跑，依然站在原地等人家来打……"邓汉涛拍着手："说得好，正好……老老少少的都在呢，你说说你的想法。"

李俊生把千分尺放在桌子上："我想请冯师傅，把咱的修械所变成移动的。"

"移动的？"在场的人全愣了。

冯斧头闭着眼不理他，自顾自吃他的黄豆。

李俊生用屁股把邓汉涛拱去一边儿，自己坐在炕沿儿上，冲大伙儿呲牙一笑："我和冯斧头回来的时候，在唐河边儿遇见了个洋郎中……叫什么白……白什么来着。"

冯斧头闭着眼，依旧半躺着："白求恩，姓诺尔曼，加拿大人。"

"对、对、对，他就把战地医院放在了骡子背上。"

李俊生的话，使黄西川也不得不支起耳朵，瞪大眼睛去听。

冯斧头睁开眼，拍了拍邓汉涛："其实，这也是我一直想对你说的。"

"哎呀……这个能实现吗？"邓汉涛搓着手："那机床多沉啊。"

冯斧头坐起来，喝了一口酒，喷着高粱红的味道："这不是我说胡话，与其修好那些大机床，还不如拆了它们，用它们自身的零件，来攒几台牲口驮得动的小机床。"

邓汉涛咧着嘴，一个劲儿地吸凉气："11台工作母机，全拆了，怎么跟淳宏兄交代啊。"

"我觉得李俊生说的话虽然混蛋，但是不是没道理。"黄西川只要提及李俊生，就要变着法儿的恶心恶心他。

"黄西川，你找揍啊？"

"行啦！"沈淳宏用手抓了抓头发："这个问题，下来再议。先说今儿的正事儿啊。现在，咱们厂房也修复了，啊，除了机加工，各部门，炸药、铸造……西川，你那头儿，还有锻造，都给我开工。所有钳工。都归冯师傅调遣，全力修理机床。"

没想到冯斧头却来了劲儿："别介，我不管，所有钳工都得让李俊生调遣才行。"

"冯师傅，你别跟他一样儿着啊。"邓汉涛赶紧说软话，他真怕冯斧头撂下挑子："他那是逗着玩呢，千分尺还是您拿着吧。"

"不行，李俊生是大拿呀，他来吧，我不会看千分尺。"冯斧头把脑袋摇得跟拨浪鼓似的。

邓汉涛瞪着李俊生："你小子，还不赶紧过来给你师父赔个不是？"

"我去！他啥时候成我师父啦？"李俊生大驴脸拉得很长。

冯斧头也连连摆手："不行，我可不敢收这么个徒弟。"

路达这个乐啊，心说：邓汉涛这又把李俊生卖了，看起来自打来了涞源，邓汉涛学会了一样本事，卖人。

邓汉涛表情很认真："哎，冯师傅，这个徒弟你不能不收啊！别忘了，他卖给你了！有卖身契啊。"

"他连自己都不服我，我看啊，那卖身契也当不得什么，还是李俊生大师自己修吧。"

众人有惋惜的，有看热闹的，还有出馊主意的，乱作一团。

就在这时候，黄西川忽然跑过来，咕咚跪倒，冲着冯斧头就磕头。

大伙儿全傻了！连冯斧头也是一激灵，赶紧扔了手里的黄豆，滚下床搀扶起了黄西川："哎，黄师傅，你这……这是什么意思？"

黄西川跪着不起来："师父在上，徒弟给你磕头了！"

"哎呀呀，你看看……"冯斧头很囧："我不收徒弟，再说，我学费很贵的。"

"能学本事就行，给师父白干三年活儿。"邓汉涛这个锣边敲得响："冯师傅，您看，西川可是特别的敬佩你。再说，夫人仙逝，您膝下无儿，怎么也得有个人伺候吧，打个酒洗个脚啥的……"

路达这一听，捂着嘴又乐了：得，邓汉涛又卖了一个。

冯斧头一听提到夫人，心里咯噔一下，好半天，他叹口气："哎！西川啊……起来吧。"

"师父不收，我……"

"起来，给师父去厨房抓把黄豆。"

全屋子的爷们都高兴了，这一句话，就等于承认了黄西川。也就是说，江湖上传闻的机修之神冯斧头的机修绝活儿，要在修械所承袭了。

"等等！师父！我是大师兄！"

这一嗓子喊出来，顿时屋里鸦雀无声。

冯斧头低头一看，鼻子差点气歪了，只见李俊生揪着黄西川的裤带，正朝着自己跪着呢。

更可气的是，李俊生别看跪着，大驴脸上可是咬牙切齿。

邓汉涛太清楚了，李俊生这一跪，主要原因是黄西川这个铸工拜了冯斧头为师，他这个钳工怎么能够落在地主资本家后代的后面呢。

"你小子跟着起什么哄？"黄西川以冯斧头徒弟的身份呵斥李俊生。

"是啊，你这是干什么？"冯斧头还真不清楚李俊生跟黄西川之间怎么回事儿。

"干什么？老子拜师！"

"哟——！拜师还这么牛？"黄西川每一句话都足以吃到李俊生的拳头。

李俊生膝行几步抱住冯斧头的腿，面无表情而且咬着牙："师父，我早就卖给您老人家了，你一定要收下我！"

"这个……"冯斧头哭笑不得："你不是说那个不算数吗？"

"不，我认为特别算数。"

"呵呵……"冯斧头望着桌上的千分尺："当着这么多人，我也不为难你。"说着他一指院子里钻出的野草："你能量出那草叶的厚度，我就收你。"

"好，你等着。"李俊生起身就要出去。

"等等。"

"哦。"

"你拿什么量？"

李俊生一拍胸脯："卡尺呗！"

冯斧头摇摇头："我要求精确到一道儿，丝毫不差。"

邓汉涛赶紧给他使了个眼色，又指了指桌上的千分尺。

1939 年 8 月　河北涞源　刀岭崖南坡

说话儿，山里的老香椿到了这个季节，格外的苦粗。但是冯斧头偏爱这一口儿。

刀岭崖附近的香椿树，已经采得比二战区长官阎锡山的脑袋还光溜。哑巴不得不往西多走几步，去壕树沟附近采摘。

狗剩跟着他，在后面背着筐头打下手，爷俩晃晃悠悠地顺着山路往西溜达，眼睛四处踅摸沿途的香椿树。

"哑巴叔，我想撒尿。"狗剩人小，尿脬也小，架不住刚下山在刀岭崖山下灌得那一肚子泉水了。

"拖！"哑巴拽住他，蹲下身子，捡了根小棍，歪歪曲曲地在地上写下"周正华"三个字。

"什么啊？"狗剩歪着头看那仨字。

"拖！拖！"哑巴用树枝在"周正华"周围画了个圈儿，然后指指自己。

"哑巴叔，我不认识字啊。"

"拖！"哑巴真无语了，摆摆手让狗剩去大石头根儿撒尿。

忽然，西边山路上传来一阵串铃儿响。

哑巴警觉地拎出腰里根本打不响的一把破撸子来，这是他下山时候，在孙朝元送来的那批待修的军火里挑的，带在身边主要的目的就是壮胆加显摆。

他急忙拉着狗剩躲到了一处凹进去的山壁中，偷眼往山路上看。

只见一个影子远远地由远至近地飘过来。

那是一辆黑色自行车，一个精瘦的人，骑在上面摇头晃尾巴的，把车铃铛按得"叮铛哗啦"一串响。

这小子，一身白色绸缎凉裤褂儿，脑袋上顶着个黑礼帽儿，鼻梁上架着茶晶圆眼镜，嘴里嘟嘟囔囔唱着时下流行的小曲儿。

"拖……"哑巴看见了小子腰上的枪匣子，觉得这家伙一准儿不是好人。但是如果他就这么过去了，也就算了。

谁知道这小子骑到跟前，忽然捏闸停下了。

然后他支上车撑子，左右看看，把枪匣子摘下来跟礼帽一块儿扣在车后架上，开始解裤子，然后急匆匆奔着路对面的岩壁撒尿去了。

哑巴盯着自行车上那礼帽下边扣的德国大镜面手枪，馋得哈喇子都下来了。别看他是修械所的厨子，做梦都想用自己的枪打死几个日本人，为自己的舌头出气。

那小子正对着岩壁享受液体流过尿道的酣畅："小妹子儿，我先摸你的手，再摸你的肘哇，顺着那……"

"拖——！"一声断喝！把这家伙的尿给吓回去了。

随后，一个硬邦邦的东西顶在了他的后腰上。

这小子体如筛糠："好汉饶命……我，我只是皇军一个跑腿儿的。"这句话，表明这小子是汉奸无疑了。

狗剩上去抓起自行车上的帽子扣在自己脑袋上，一股头油味儿呛得他一皱眉。然后那把德国大镜面就到了哑巴手上。

"拖！"

"是、是！我脱。"汉奸哆哆嗦嗦地脱下了汗褂儿，扔在路边，乖乖地用手抱着脑袋。

"拖！"哑巴使劲用枪管戳了他的后脊梁。

"怎么……还脱啊?"汉奸苦着脸脱下了裤子。

哑巴用脚把裤子和地上的汗褂儿挑给了狗剩。

"拖!"

汉奸苦着脸想回头看看这是哪位好汉如此钟爱人体艺术。

"拖!"哑巴用枪顶着他后脑勺。

"是、是!脱,脱!"汉奸把背心也脱了。

哑巴心里这个郁闷啊:奶奶的,我就会说个拖,本来想让他走的……

"大爷啊,再脱,就没什么啦!"

"拖!"哑巴硬着头皮继续喊拖。

终于,汉奸赤条条的了,再脱就只能扒皮了。哑巴用脚指了指筐头上的绳子,狗剩会意,用麻绳把汉奸绑了个结结实实。

"走!"狗剩其实也不明白哑巴的意图,只想着先带回刀岭崖再说。

爷俩用枪指着汉奸,慢慢地往回走。

"二位八爷,给咱个裤衩穿行吗?"

"拖!"

"哎呦……没啦!"

1939 年 8 月 河北涞源 刀岭崖修械所

黄西川跟着冯斧头在车间里调水平。

李俊生绕过张国平等校正枪械的钳工摊子,嬉皮笑脸地来到黄西川身后:"嘿嘿……老黄啊,哟,师父,您老辛苦,嘿嘿。"

"干嘛?"黄西川觉得这小子今儿这态度反常,准没好事儿。

冯斧头不理李俊生:"西川啊,你看啊,这个水平要是有经纬仪,咱就好搞了,单靠铅坠儿,还是不精确。"

李俊生呲咪呲咪地挤出一丝笑来:"老黄,我这有几个日本字儿不认识,你给我看看呗。"

"哎呀,没空没空,工作母机必须抓紧恢复。"黄西川把李俊生推到了一边儿,继续跟冯斧头干活儿。

"就一段话……你给看看。"

"李俊生，你烦不烦啊！"黄西川拿着扳子去调机床的垫铁。

"哼！"李俊生凶相毕露了："有啥了不起的，不就是会几句日本话吗？哎，我猜你啊，肯定是看不懂我这……"

"你甭使激将法，我还就是不给你看！"黄西川一语道破，李俊生灰溜溜地走出车间。

经过钳工工位，张国平和几个钳工一阵起哄，让李俊生火往上撞。

出了车间，李俊生掏出千分尺，对着日文说明书挠头："奶奶的，我就不信我自己琢磨不透。"

路达不知道从哪儿淘换来一笸箩早熟的大枣儿，放在大院树荫下："各位爷，歇工啦！"

"哦，歇会儿。"焦凤春从炸药房里出来，捏着个引信管儿："哟呵，好大的枣儿啊。"

邓汉涛叉着腰喊："都别抢啊，按个来，一人仨！"

李俊生晃晃悠悠的，跑过去抓了三个，转身递给黄西川："呵呵，兄弟，我不爱吃枣儿，给你吃了吧。"

黄西川冷笑一声："哼，我也不爱吃。"

"哎，你怎么这么不识抬举？"李俊生要发火儿，但是依然压下去了。

张国平手快，一把抢过李俊生的枣儿："得了，你不爱吃，我替你吃。"

"要不要脸你？"李俊生大驴脸一拉，抢回枣子塞给了小凤："丫头，拿着吃去。"

看着黄西川摇头晃脑地跟冯斧头在那吃枣儿，李俊生暗暗咬牙：兔崽子，你看我怎么治你……我非得压你一筹不行……你个破铸工，拜钳工师父……我也得拜，还得当大师兄。

休息完了，黄西川多喝了几口凉水，枣子在他肚子里可就闹腾了。

李俊生看见这个茬口儿，赶紧跑到后山山路上等着。

果不其然，黄西川拿着草纸往山上跑。

"哈哈！小子，我看你这回给不给我翻译说明书。"李俊生蔫坏，一屁股坐在本就不宽的山路上。

"哎，你干嘛坐在这儿？"黄西川跑得那叫一个急。

"你给不给我翻译？"

"回头再说！你……你先让开。"

"你先翻译。"

"你给我让开！告诉你，老子要是拉裤子里，你一辈子甭想让我给你翻译。"

李俊生一听这个，苦着脸让开来："好、好、好，你去吧。"

黄西川跑得比兔子还快，上了后山坡，找了个干净地儿解开裤子一通狂泻。

解压后，是惬意的，黄西川正为刚才的胜利暗自喜悦的时候，一双手快速地从身后伸出来，抢走了他手上的草纸。

"哎！李俊生，你真卑鄙！"

"哈哈！你看看，这周围连个树叶儿都没有，不给我翻译，就在这儿蹲着吧！"李俊生笑的那模样，谁看见都想给他个嘴巴。

黄西川虎着脸，鼓着腮帮子不言语。

但是毕竟人不能久蹲，黄西川的重心从左腿换到右腿，又换回来，最后俩腿完全酸了："李俊生！拿来！老子给你翻！"

"嘿嘿，你在哪儿蹲着吧。"李俊生叼着草棍儿，阴阳怪气儿地躺在树荫下，翘起二郎腿来气人。

"行啦，赶紧着吧，我这不行啦！把那日文说明书拿来！"

"不行，拿过去你擦了屁股怎么办？我远远地拿着，你给我念就行啦。"

"行！你赶紧着。"

李俊生得意洋洋地把说明书举到黄西川面前："直接给我念中国话。"

黄西川这个气啊："哎，行。"

"念。"

"测微套筒上每一圈是 0.5 毫米，每个小刻线代表 0.01 毫米……旋动测微手柄使千分尺两卡爪接触工件……先读出，大套筒主尺露出的毫米整数儿，再看测微套筒某刻线与主尺中线对齐，读出小数数值……"

"嗯，你等等我试试啊。"李俊生掏出千分尺来，旋动测微手柄。

"哎呀！你先给我纸啊！"

"不行，我得看看你翻译的对不对，骗我可不行。"

"千真万确，给我纸。"

"嗯，明白啦！哈哈哈，原来这么简单，给你纸。"李俊生把草纸扔在距离黄西川几米远的地方："拿去吧。"然后他自己跑下了山。

黄西川这个骂街啊……蹲着身子，撅着屁股去够那两张纸，一阵风吹过，纸吹飞了……

李俊生欢天喜地地跑下山，用千分尺夹着车间边上的草叶子，旋动了测微旋钮，依照说明书上的读数方法，获得草叶厚度数值。

张国平和白猛伸着脑袋来看，李俊生回头就骂："滚蛋，看什么看？这也是你们看的？"

"切，看看能怎的？又看不丢……"白猛鼓着腮帮子。

"咋回事儿？"

正巧冯斧头经过，这一小堆儿人们看他来了，一阵嘀咕。

"师父！"李俊生真够脸皮厚的，拉着冯斧头蹲下："我告诉你啊，这草叶子我量出来了。"

"别介，你先别叫师父……"冯斧头揪下一片草叶子："多厚？"

"嘿嘿……这个……"李俊生手里攥着千分尺的测微螺杆，把尺架转起来，洋洋得意地要报数儿了。

冯斧头笑了笑："1.82。"

李俊生下巴差点砸了脚："啊！你……你蒙的吧？"

"你量量啊。"

"我量什么量？"李俊生摇着千分尺："我量过了，1.82毫米啊。"

"嘿嘿。"冯斧头又揪下一根草梗儿："这个多少？"

"直径？"

"对，直径。"

李俊生张开千分尺就量，没等他读出数来，冯斧头眯着眼说了句："3.75。"

"啊！"李俊生又傻了，他一把把草梗儿扔在地上："你肯定偷了我的千分尺，自己量来着。"

"呵呵……你要怀疑我偷了你的尺子，那么……"冯斧头忽然伸手揪下李俊生一根头发，眯着眼看了几眼，递给李俊生："我说这个0.08，你量量看。"

李俊生狐疑地接过自己那根头发，张开那把测量范围0到25的千分尺去量，心说：这冯斧头真他妈邪门儿，好像这里的一切他都清楚地知道尺寸。

"啊！"李俊生吃惊了："这怎么可能……"

"读出数值。"冯斧头端起缸子抿了一口酒，脸上露出辛辣的表情。

"我……"

"读数啊。"围观的人们也在催促。

李俊生颤抖着嘴唇报出读数："0.08……"

"邪眼！一定是邪眼！"周围的人们也哗然了，惊恐地望着冯斧头。

第十六章 扬帆远航

1939 年 8 月 河北涞源 刀岭崖修械所

"邪眼！一定是邪眼！"

"这是妖术！"

"啥啊，骗人的把戏而已。"

"不对，是串通好的骗人。"

围观的人们哗然，惊恐地望着冯斧头。

"放屁！老子才懒得跟他串通。"李俊生反驳了张国平，盯着冯斧头："你是怎么做到的？"

"你承认我没偷你的尺子吗？"冯斧头今儿吃的花生，把那花生豆儿嚼得咯咯响。

"哦……"

黄西川也觉得稀奇："师父，你到底是咋量出来的？单凭卡尺，怎么能量出小数点后两位的单数呢？"

"嘿嘿，用眼看。"冯斧头满布血丝的眼里，忽然瞬间闪了一道光。

"不可能，哈哈，绝对不可能。"李俊生认定他在扯淡。

张国平拎来一只死耗子："冯师傅，这只死耗子的尾巴多粗？"

冯斧头喝了一口酒，把缸子放在地上："耗子尾巴带膔（锥形），你问哪一段儿？"

张国平故意刁难："就尾巴尖儿吧。"

大伙儿都以为冯斧头认怂了，谁知道他捏着鼻子看了看："0。"

"切，就说你是蒙的吧。"张国平鄙视了他。

"任何锥形到了尖端尺寸都会消失为 0。"这话是李俊生说的:"我师父说得没错。"

焦凤春扒拉开人群走进来:"行啦行啦,有啥值得奇怪的,冯师傅是机修钳工,这眼力就是钳工最高境界,'道儿'眼。小子们,学着点吧。"

"啊,'道儿'眼!"人们全惊呆了。

传说"道儿"眼是一些优秀的钳工日积月累,练就的一种目估能力,其目估能力能达到丝毫不差。冯斧头具备这样的能力,足以体现出他经验丰富,技艺精湛。

"师父,"李俊生举着千分尺,"话说回来,我能用千分尺了,你该收我了吧?"

冯斧头哼笑了一声:"你拿什么交学费?"

李俊生翻脸了:"不带这样的啊,你说话不算话。"

"邓厂长——!"魏广元从厂门外跑进来:"孙朝元来了!"

孙朝元骑着一匹大黑马,风尘仆仆地停在厂门口。

邓汉涛迎出去:"孙爷,怎么不进来?"

孙朝元抱了抱拳:"邓爷,马七爷带着绺子里的弟兄们跟晋绥军干起来了,我去道子沟喊救兵。"

"哟,怎么跟国军干起来了?道子沟有自己人啊。"魏广元端了碗水递给马上的孙朝元:"先喝口水。"

"哎,现在也就道子沟安定了,还得让咱调去打仗。"孙朝元也不客气,仰脖喝了那碗水,用袖子抹了抹嘴:"行,七爷让我顺路把这个送过来。"说着,从马兜里掏出个方盒子递给邓汉涛:"七爷说话算话。"

邓汉涛打开盒子一看,暗挑大拇指:马胡子真是有办法。

这是一把测量范围 25 到 50 的千分尺,尺架和测微套筒上抹着油,看起来保养得不错。

"这个,七爷从哪儿弄的?"

孙朝元一笑:"七爷有七爷的办法。得了,我得赶紧走了。"

"好,事情紧急,我不留你。你们的枪,基本上修好了一大半儿了,可以先拉走一批。"

"那敢情好!我回去告诉马七爷,必有重谢。"

"不必谢,说过分文不取。"

"邓爷守信,是条汉子!"

"马七爷和孙爷也是条汉子,呵呵。"

"告辞！"

"走好。"

孙朝元没有再走回头路，而是沿着刀岭崖山洼的谷底，一路奔驰，插小路直奔道子沟。

众人刚要转身，却见刀岭崖山头上翻过一条身影。

"哎，光屁股溜，打灯笼，人家婆媳妇他跟着……"石头和大虎正在玩路达的望远镜，跳着脚乐呢。

"什么光屁股溜儿？"李四合扇了大虎后脑勺："成天没正形，去喂驴去。"

大虎依旧拿着望远镜看："爹，光屁股，爹，真是光屁股。那俩蛋还扑扑的。"

1939 年 8 月　河北保定　一一〇师团司令部

"哈咦！"

参谋片桐更次郎放下电报机，回身一个立正："将军，阿部阁下问，您是否收到了送来的图和花瓶。"

桑木崇明慢慢地放下手里的青花瓷瓶："嗯？什么图？"

"阿部阁下说，为了怕路上有意外，花瓶和军工点情报图是分两批送来的。"

桑木崇明垂着眼皮想了片刻："嗯，想必是第二次送东西的人，路上出了问题。"

"怎么回应？"

"阿部君是想让我在大扫荡的时候，彻底挖出八路在太行山里的军工……回应他，问清具体地理坐标，不用再送图之类的东西。"

"哈咦！"

桑木崇明慢慢从古董架上拿下一个带望远目镜的显微镜似的东西："有了经纬仪，我们就能定位出他们军工点的位置。"

"哈咦！"

桑木崇明抱着肩，来回踱着步子："如果……送图的人被八路抓到，那么我们的目的就会暴露。"

"我想他们没那么聪明。"

"不要小看你的敌人，当然，更不要小看自己。"

"哈咦。"

桑木崇明的拳头砸在硬木条案上："所以……大扫荡提前一周进行，绝不给他们转移的机会。"

1939 年 8 月　河北涞源　刀岭崖修械所

哑巴带着那个汉奸，回到了修械所。

汉奸光着屁股，本来走在山路上，还觉不出什么。这时候看到修械所大门口探出许多头来，顿时觉得脸上发烧。

"拖!"哑巴拎着德国大镜面就像个得胜的将军。

李俊生捂着嘴才乐呢："这他妈俘虏怎么光屁股啊。"

李四合蹲下身捂着小凤的眼睛："去，进屋去，别看这个。"

魏广元还是有心计，赶紧带着民兵抄家伙围拢了这光屁股的汉奸。

哑巴不会说话，邓汉涛向狗剩打听了来龙去脉，忍着笑告诉魏广元："把他给我带屋去。"

"拖、拖!"哑巴被大伙儿围着，连比划带指地炫耀他的战绩，又把缴获的所谓战利品摆在桌子上。

就在他把汉奸的汗褂抖起来铺在桌子上的时候，从那汗褂的口袋里掉出一张折叠的纸来……

李俊生和黄西川趴在窗台上，你挤我，我挤你，踮着脚尖往屋里看。

邓汉涛坐在炕沿儿前，盯着眼前这个五花大绑的汉奸："广元，先给他把裤子拿回来穿上。"

"谢谢，谢谢大当家。"汉奸点头哈腰。

邓汉涛一听：哦，这是拿我们当了土匪了……

"贵姓啊？"

"免贵，偏四儿，这一带的维持会会长，呵呵。"

裤子是得穿，但是绑绳依然没松，邓汉涛是见过大世面的人，拄着炕桌面沉似水："为什么抓你来，你清楚吗？"其实邓汉涛也不知道为啥抓他来，只能诈了。

"是，是，因为我给皇军……啊，不是，给鬼子，给鬼子做事。"

偏四的心虚表明这是个不折不扣的汉奸。

"去往何处？"邓汉涛直截了当地问。

"回大当家的，我……"汉奸也贼着呢，自然不肯轻易说实话："我就是路过去探亲。"

"仙乡何处啊？"

"家在道子沟。"

"哦，道子沟民风如何？"邓汉涛有意无意的一句话，倒是让偏四儿转了眼珠。

"呵呵，道子沟乱得很啊，八路跟鬼子在那边打得如火如荼，实不相瞒，我这次就是想把家眷接到黄土岭。大当家，咱都是有爹有娘的人。"

邓汉涛想起孙朝元说的话来：现在也就道子沟安定了，还得让咱调去打仗……

很显然，孙朝元不会说瞎话，是偏四在放屁。

偏四认定了邓汉涛是关起门过日子的土匪，自然对外事不甚了了："前几天，我的表妹就被八路抢了去，后来，表姐又被鬼子……"

"老邓，发现一张图。"路达跑进来，把偏四衣服里发现的图展开铺在桌面上。

邓汉涛捧起图纸，见上面画的是涞源地图，而且黄崖洞、刀岭崖等等军工点全部用红笔圈出。

不好！邓汉涛何许人也，当即明白了这张图的用意。

汉奸偏四见事已至此，浑身哆嗦，心道：完了，这下子恐怕小命不保。

邓汉涛拿着这张图，很平静地问偏四："这个也是探亲用的？"

偏四支支吾吾地不知道说什么。

邓汉涛二话没说，起身奔外面去了。

"李俊生！"

"啥情况？"李俊生本来就在门口，看见邓汉涛满头大汗，当即意识到可能有什么大事儿。

"冯师傅呢？"邓汉涛四下踅摸。

"在车间里修机床呢。"

邓汉涛四下望望，趴在他耳朵上嘀咕了几句。

李俊生先是一惊，而后似乎又有些得意，转身往车间跑，一边跑一边喊："全体注意哦，全部进车间，工作母机旁边。"

"干嘛啊，抽风啊？"张国平吐掉嘴里的毛豆皮儿，慵懒地跟着人们往里跑。

路达把邓汉涛拉到一边："他们的目的很明确。"

"是啊。"邓汉涛指了指屋里："我们动作必须得快。"

"干嘛？"

"扬帆远航。"

"扬帆远航？"路达显然个大明白这话，但是隐隐约约感觉到，邓汉涛可能接纳了李俊生的建议。

"李四合，那些驴没问题吧？"

李四合眨着眼："驴……干嘛？咋啦？"

"没事，先保证这些驴子的体力。"

路达咬着嘴唇："那个汉奸，咱怎么处理？"

邓汉涛想了想："让他在这待着。"

"待到什么时候？"

"待到鬼子来到这里。"

"哦，他不回去，鬼子怎么找来？"

"哼哼，"邓汉涛一笑："你以为他不回去，鬼子就找不到这儿？"

车间里，老老少少都望着站在划线平台上的冯斧头和李俊生。

"同志们，老少爷们儿们，现在我们要做出一项紧急调整，也就是说，打现在起，咱们人分成两拨儿，昼夜开工，人停工不停，除了焦爷、魏广元的护卫队和养驴的李四合和孩子们，所有人全部参与到工作母机的拆装上。"

"不是……这是要干嘛呀？"贺东坡挤到前面问。

李俊生看了一眼冯斧头。

冯斧头摇摇头："你说吧，我只负责干活儿。"

"嗯……我也说不好。就是……把咱们的机床和工具，全部搬上驴背。"

此言一出，全场哗然，任凭李俊生怎么求爷爷告奶奶，就是安静不下来。

"都别嚷嚷啦！"邓汉涛走近车间，全场顿时鸦雀无声。

邓汉涛走上划线平台："同志们，现在鬼子短期内就会来拔咱们的根子。"

"啊？是真的？"人们又一片轰动："刚修好，又来啦？当咱是泥瓦匠啊。"

"安静，安静。"邓汉涛示意大伙儿闭嘴，接着说："我们现在要马上改变套路，变固定为流动，这样才能让鬼子摸不着咱们的具体位置。也是……下策啊。"

"工作母机太沉了，咋搬走啊？"贺东坡抚摸着他的车床："大卸八块了也搬不动啊。"

冯斧头喝了一口酒："笨蛋，改造啊。"

"咋改啊？"

冯斧头蹲在平台边上："例如这车床吧，只留下常用速度，保留卡盘，大托板变导轨，四刀位回转刀架变固定刀位。"

"那干活儿还不累死啊？"贺东坡吐了舌头。

"那你就留下让鬼子连根儿拔吧！"邓汉涛真急了："现在，不愿意跟着流动工作团扬帆远航的，可以走，邓某不拦着。丑话说到前头喽，以后咱们过的可就是风雨飘摇的日子。吃不了苦的，趁早别跟着。"

人们全不说话了……

邓汉涛环视着人们："谁留下来？举手。"

一个举手的都没有……

忽然，门外一个稚嫩的声音喊道："我！"

众人转脸去看，只见小凤站在车间门口，阳光将她娇小的身躯投射成一条很长很长的影子。

这条影子瞬间变得顶天立地，高大威武。

另外一条影子出现了，声音依然稚嫩："还有我。"

这是狗剩。

稍后，石头、大虎和春喜的影子都出现在了门口。

他们的影子铺在车间的地上，一个比一个长……

1939 年 8 月　河北涞源　刀岭崖南坡

路达躺在山坡上，叼着草棍儿上下晃悠。

"多美的刀岭崖啊。"邓汉涛躺在他身边："马上就要走了，怕再也看不到这里的风景了。"

"以后再来看啊。"

邓汉涛摇摇头："不一样啊，以前，这里是家，以后，这里只是旧址，漂泊的心，是无法落定的。"

"不懂。"路达翻了个身，从怀里掏出一条狗腿来啃："我就知道，这狗是越来越难找了啊。"

"道子沟也被鬼子打了。"

"哦。"路达面色木讷。

"那是涞源南部山区最后一块纯净的地带。"

"嗯……"

"刀岭崖过不了多久，也会再次腾起硝烟的。"

这时候，山后面一阵嘈杂。

邓汉涛蹦起来赶紧去看，见李四合、魏广元和几个孩子正对几头驴子围追堵截。

"咋回事儿？"邓汉涛把手捂在嘴边高声喊。

魏广元苦着脸："这些驴太倔，驮子一上身就尥蹶子啊。"

路达嘿嘿一笑："扬帆远航，哪儿那么容易？"

1939 年 8 月　河北涞源　刀岭崖修械所

冯斧头把最后一颗螺钉上紧，把一根铅丝塞进这台便携式小铣床的齿轮牙子里。

"哎，刚装上，干嘛搞破坏？"李俊生吓坏了："这不伤了机床齿轮吗？"

冯斧头用千分尺测量了一下被齿轮咬扁了的铅丝："不行，拆了调整。"

"哎！你还没收我当徒弟呢，就这么拾掇我啊？"李俊生炸庙儿了，冲着冯斧头瞪眼。

"少废话，这样的精度，我都觉得丢人，拆！"冯斧头收起千分尺来，坐在一边喝酒吃豆儿。

"这都拆了第六遍了，你存心整我是吧？"李俊生把扳手扔在一边儿。

冯斧头连眼皮也不抬："你爱修不修，反正机械这玩意儿，你糊弄它，它就糊弄你。"

黄西川从外面跑进来："师父，铸造小机床床身的料不够啦。"

李俊生看黄西川来了，立马跳起来甩开膀子拆起来，一边拆一边嘟囔："师父就是向着我，嘿嘿，这么好的训练机会，哪儿找去。"

黄西川也不理他，气喘吁吁地给冯斧头说："就算做空心铸造，材料都不够。"

冯斧头抓了抓后脊梁："废话，本来就是空心铸造吗，弄实心的得把驴累死。"

"那材料也不够啊。"

冯斧头睁开一只眼，朝一边的立式铣床努了努嘴："那个，留着它干嘛？咱们有一台小铣床了，那个，化了铸。"

"这……"黄西川犹豫了。

"咋啦？"

"邓厂长说，这个留着当丰碑，因为陈尚让就是为了保护它牺牲的啊。"

"扯淡，丰碑能吃吗？搞这些虚头巴脑的东西干嘛？人都死了，留这个破玩意儿当念想啊？少废话，拆了铸底座去。"

这句话可是激起了民愤。

车间里所有的人都听了个真真切切。

"冯斧头，你怎么不把你媳妇的坟扒拉开，拿她的骨头当机座啊？"张国平这句混蛋话出口，听着粗，也给了冯斧头心头一记重锤。

本以为，冯斧头一定会暴跳如雷，谁料想他却很平静："行啊，如果工作需要的话，你们可以扒了她的坟，但是，我的价钱要翻一倍。"

"守财奴。"

"狼心狗肺。"

"没人味儿。"

"黄西川是他徒弟，也不是好东西。"

"李俊生呢？他也是冯斧头的徒弟。"

"李俊生不是，冯斧头不认他……"

人们骂骂咧咧地散开了。

冯斧头瞅了一眼黄西川："西川，你冤不冤？"

"师父，不冤。"

"不冤愣着干嘛？拆啊！"

"我看谁敢拆陈尚让的铣床！"张国平喊叫着，抱住了那台沾着血的立式铣床："谁要是想拆，先拆了我！"

黄西川还真犹豫了。

李俊生幸灾乐祸："哈哈，完不成师父的任务，你算个屁徒弟？"

张国平的眼里冒着火，和黄西川眼中惯性的冰冷撞击到了一起。

1930 年 8 月　河北涞源　刀岭崖北坡

"拦住它！"

驴在前面跑得很轻松，邓汉涛却追得异常吃力。

六七条驴，在头驴俊生的带领下，满世界乱窜。

这一阵子，所有的驴好像都看俊生的脸色行事，而且脾气越来越倔，每天吃得也异常挑食。修械所的细粮，几乎全被他们吃光了，今儿早上要试驮子，这些家伙居然集体撞栏，跑到外面胡作非为。

李四合越追越远，最后干脆跪在地上，呼呼喘气。

路达跑过去，把他搀扶起来："你怎么不动鞭子？"

"什么？"李四合像驴一样惊了："用鞭子抽？你好狠心啊。"

"一个牲口，至于吗你？"魏广元也呼哧呼哧地跑来了："早跟你说过，这个驴啊，不能当祖宗供着。"

"你……你放屁！"

"哎，你怎么张嘴就骂人啊？"

"你知道吗？"李四合瞪着眼，颤抖着指着远处的驴："它们……是整个壕树沟的幸存者，它们身上，有村长、二伯、二虎、大娟子……好多人的影子！"

"那它们毕竟是牲口啊。"

"胡说！"李四合有些歇斯底里了："它们，全是我的兄弟！"

自打李四合来了这么多天，路达和魏广元头一次见他这么神神叨叨，神经兮兮的，但是可以肯定，李四合对这些驴的爱，早已经达到了变态的地步。

"四合！"路达上前抓着他的胳膊："清醒点儿……那只是驴！咱还得指着它们扬帆远航呢。"

"去你的扬帆远航！告诉你，我这些驴兄弟只能享福，谁也不能亏待它们。"

魏广元咬着牙嘀咕："不定啥时候我全给你卷了火烧。（指的保定名小吃，驴肉火烧）"

邓汉涛也慢慢地走回来，说也可笑，邓汉涛追，驴就跑，他往回走，驴子也跟回来。但是邓汉涛一回头，驴子转身撒腿就跑。

"我算是拉了胯啦。"邓汉涛苦笑着摇摇头："我这些年，管人无数，可是遇见驴，我可是管不了啦。"

"嘿嘿，你也有这一天啊。"路达挤出一丝坏笑。

邓汉涛正色道："必须驯服这些驴，否则扬帆远航就是个空谈。"

"邓厂长，咱不让驴驮东西行吗？"李四合真是爱驴如命。

"那你就去驮！"邓汉涛下了有史以来的第一道霸王命令："流动工作团在鬼子扫荡前走不了，唯你是问！"

老邓气呼呼地走了，那几头驴蔫不劲儿的跟在邓汉涛身后，慢慢地往回走，但是总保持着一段距离。

路达噗嗤笑了："看不出老邓还挺有驴缘儿。"

1939 年 8 月　河北涞源　刀岭崖修械所

邓汉涛一进大院儿，就听见车间里嘈杂一片。

"哎哟，老邓啊，你快去看看吧。"焦凤春拍着大腿，神色紧张。

"什么情况？"

"你快去车间看看吧，要出人命啦！"焦凤春把邓汉涛推进车间去。

一进车间大门，迎面飞过来一片齿轮，正冲邓汉涛面门而来。

老邓多亏身手还算敏捷，脑袋一歪，"咣！"齿轮砸在了车间的大铁门上。

再看立式铣床旁边，张国平和黄西川正扭在一起，一个鼻子流血，另一个左眼淤青。一帮人谁也不敢近前去拉。

更可气的是冯斧头和李俊生。

"徒弟啊，你扣他的鼻子啊，这小子别看鼻子大，不禁打！"

"张国平，你摔他啊，脚下使绊儿，你个笨蛋。"

俩人一个帮一头儿，给俩打架的支招儿，看那样子比自己打架还卖力气。

"你们干什么？"邓汉涛的脸刷就沉下去了。

这一嗓子还别说，整个车间除了黄西川和张国平，全老实了。

"厂长来了……咱躲躲吧。"

"哎，刚才你还拱火儿来着。"

"放屁。"

邓汉涛见自己喊了，黄西川和张国平都不停手，三步两步跑上前，一手一个，往两边一分："给我开！"

大伙儿都没看清怎么回事儿，黄西川和张国平就四仰朝天躺在了地上。

"哟！"李俊生看仕眼里一吐舌头："敢情厂长是练家子啊。"

邓汉涛也不谦虚："上三门，形意拳。"

"啊……以前真没看出来。"

"好家伙，多亏我没犯他手上。"

邓汉涛深藏不露的上三门功夫，当即震撼了车间里的所有人，黄西川和张国平虽然骂骂咧咧，却也不敢再动手了。

"等着吧，你他妈的。"

"等就等，你他妈的。"

"怎么回事儿？"邓汉涛瞪着李俊生厉声问道。

"哎，你干嘛啥事儿都瞅着我啊？"李俊生拉拉着大驴脸，牛眼睛瞪得溜圆。

"就你吵吵得欢，不问你问谁？"

黄西川擦去了鼻子上的血："厂长，刚才那个齿轮是我扔的。"

"哎呀，你看看，拍着人咋办啊？这大铁疙瘩。"焦凤春捡回了齿轮，放在机床上。

"没问你这个，我问你们为啥打架？"邓汉涛铁青着脸。

黄西川看了一眼冯斧头："是我铸造机座料不够了……想拆了你留作丰碑的立式铣床。"

冯斧头耸耸肩："邓厂长，你都听见了啊，没我什么事儿啊，工钱你不许克扣。"

李俊生一听这个："哎，我说你讲理不讲理？明明是你说拆了铣床去铸造机座的啊。"

"我没说。"

"你就说了。"

"混蛋，我是你师父。"

"老子现在不认了！"李俊生的眼珠子都快瞪出来了："你这样的货，不配做我师父。"

黄西川一哆嗦，望着李俊生："老李……"

"去你妈的，"李俊生是腰里掖冲牌，逮谁跟谁来："老子是说事儿不说人。"

"行啦！"邓汉涛背着手，望着立式铣床："不就是缺料吗……拆了。"

"厂长！"黄西川不知道说啥好。

"你们俩坏事儿的家伙。"邓汉涛回身指着李俊生和黄西川："一个动不动打架，另一个唯恐天下不乱，罚你俩管理驴务三天！这些驴调教不好，你们等着！"

"我不会养驴。"李俊生还想磨叽。

"我看你那脸就是个养驴的天才。"邓汉涛洒完了坏水儿，捂着嘴跑出了车间，因为他怕再装下去，会笑出声来。

1939年8月　河北涞源　刀岭崖后山

"都怪你，本来在车间干得好好的，现在派出来养驴了。"李俊生狠狠地给了头驴一鞭子。

黄西川直愣愣地望着几头驴，也不言语。

"你看看李四合，那就是养驴的料，现在人家跑哑巴那儿帮厨去了，咱俩呢……哎……"李俊生依然嘟嘟囔囔。

"行啦，也不知道路达会不会铸造和热处理，他别给机座铸出砂眼来啊。"黄西川干脆躺在黄草坪上，眼睛盯着柿子树上挂着的一个马蜂窝。

"他妈的！"李俊生狠狠地又抽了那驴一鞭子。

"哎，你要是拿驴出气，怎么也得给它躲的机会吧？你看看你，把俊生的四条腿全绑在桩子上了，干嘛啊这是？"

"滚蛋，你管不着。"李俊生托出刀子来，吓得其他的驴一个劲儿往后退。

"你……你别是想着把这俊生给骟了吧？"

"俗话说，公驴不骟，必有后乱。你这认字儿出身的小白脸懂个屁。"他转过脸笑嘻嘻地对着头驴："西川，别怕啊，你上辈子啊，就是太监托生……"

"你可不兴给俊生瞎改名字啊。"

头驴俊生一声惨叫，震荡了后山……

李俊生真下的去手啊，更缺德的是，他骟头驴，还让别的驴看着，用他的话说，这叫杀一儆百。

还别说，自打老少爷们晚饭里多了点"驴蛋"以后，这群驴怎么摆弄怎么是。就连孩子们骑着它们出去挖野菜，也没有一头敢造反的。

李四合起先对李俊生的行径颇为鄙夷，但是看着驴群不再挑食，乖乖地吃那点拌着粗料的花姐草，他也时不时地趴在驴圈外面嘿嘿傻笑。

1939 年 8 月　河北涞源　刀岭崖修械所

今天有点微凉，山雨把一股清新的泥土味道带进了刀岭崖。

焦凤春坐在车间一角新做成的 8 台小机床后面，对照着黄西川拿回来的图纸，小心翼翼地把李俊生带回来的那一枚迫击炮弹分解开来。

他身边，李俊生用千分尺精确地记录着每一个部件的尺寸。

火帽……击针……雷管取下后，焦凤春屏住呼吸，小心翼翼地用尖嘴钳子拽出了传爆管，尽可能地放在距拆下来的底火和推进药远一些。

"你说就这些东西，组合到一块儿，还真能有那么大的杀伤力啊？"

焦凤春擦擦手，直起腰来喘口气："最关键的还是炸药,其他的都是引爆装置。"

春喜儿顶着一顶破草帽跑过来："爹，爹……邓大大喊你去一趟。"

焦凤春摸摸春喜儿的头："好，你看着这些东西，千万别让别人碰啊。"

外面的雨越来越大，焦凤春和李俊生捂着脑袋，踮起脚尖踩着院里的水跑进办公室去。

邓汉涛给他俩掀着帘子："快进来，呵呵，好大的雨啊。"

随后跑进来黄西川和冯斧头。

路达递过手巾来给黄西川："给，先擦擦。"

李俊生却一把抢过来："谢谢路技术员。"

"嗨，我说你要不要脸啊？"黄西川知道李俊生又在挑衅了。

"怎么的？不服啊？"李俊生得意洋洋地擦完了，又擦了擦脚，扔给了黄西川。

"你是不是找揍？"

"行啦！"邓汉涛喝止了他俩："见面就打，你俩上辈子是冤家啊？"

"这辈子也是。"李俊生一屁股坐在了炕沿上。

邓汉涛让大伙儿都坐好，拿起一摞纸来："这么个情况啊……咱们的队伍，马上就要开拔了，具体的情况，这么安排。咱们移动的目的地，最好是靠近主力部队。这样，一来可以及时接受修理任务；二来呢，也可以利用主力部队对咱们进行保护。"

黄西川点点头："嗯，我看行，但是咱们的铸工，需要开设土造的炼炉，这个怎么解决？"

邓汉涛翻了两片纸："这个我考虑过，铸工可以定在一个相对隐蔽的点儿，西川你带着铸工们驻扎，随时保持和我们联系就行。"

"嗯。"

"别人还有啥意见？"

焦凤春装上一锅烟："我这倒是没什么，就是有一点儿，这个硫酸啊，是火药之母，制造硫酸需要个清静的环境，尤其是安全……"

邓汉涛笑笑："这个也想到了，咱们行进的时候，会安排出时间来定点驻扎一段时间，你就利用这个时间制作硫酸。"

"嗯，那就好，那就好。"

"再一个，就是迫击炮的任务了……"邓汉涛透过窗户望着北边："淳宏兄那边，是不是也在发愁啊……"

"图纸咱们有，加上我师父这个技师的指导，焦爷的炸药专家……主要就是材料齐备了，啥都不是问题。"黄西川信心十足。

邓汉涛指了指桌子上一封信："上边又派人送信来催了，要是有材料，我又何尝会愁到如此地步啊。"

张国平翻翻白眼："咱一个土八路，用哪门子迫击炮啊。"

"放屁！"李俊生很冲："谁说咱土八路就不能有好家伙用啊？"

正说着，忽听院子里"轰隆——！"一声震天巨响。

1939 年 8 月　河北涞源　道子沟

桑木崇明披着雨衣，尽情地欣赏着压在山头的云，这场雨，会将道儿沟流淌的血洗刷干净，同时掩盖住日军在这里的肆虐行为。

"什么声音？"桑木崇明听到一声巨响，打马跑到高处，眯着眼四下观望。

参谋片桐紧随其后："不清楚。"

"是不是八路？"桑木崇明首先想到的就是太行山区聂荣臻的部队。因为在此之前他们吃过聂帅部队的苦头。

"我觉得不会，因为阿部规秀阁下的队伍在黄土岭，距离很远，这边没有皇军和八路交锋。"片桐很喜欢分析八路军和日军的活动范围，可谓是知己知彼。

"这声音会不会是八路的军工？"

"从地图上看，很有可能，八路是不懂得情调的，这样好的雨景，被这样讨厌的声音打扰，是不应该的。"桑木崇明咬牙切齿。

"那么，将军……"

"我要去教教他们，在这样的风景里，如何安静下来。"桑木崇明打马回到山下的队伍前面。

"明白了。"

"全体集合，目标西南方，刀岭崖。"闪亮的指挥刀指向了刀岭崖。

1939 年 8 月　河北涞源　刀岭崖修械所

老少爷们站在雨中，望着半塌的车间，眼睛里充满了哀怨。

"赶紧挖……赶紧挖！"焦凤春几乎疯狂了，趴在地上去刨那些碎砖烂瓦，指甲都刨出血来了。

"春喜这孩子，连个念想都没留下啊……"李四合眼圈也湿了。

"挖！挖！挖……"焦凤春眼睛直愣愣的，只顾去挖。

"焦爷！冷静。"路达上前拉起焦凤春："冷静……"

"老焦，我们也十分痛心！"邓汉涛拍了拍他的肩。

"传爆管、雷管离炸药很远……"李俊生也不知道说什么好："春喜可能拿着玩儿……"

"哪壶不开提哪壶！"黄西川皱着眉："你还提那个干嘛？"

焦凤春胸口一起一伏，好半天，他咽了口唾沫，又俯下身去刨。

"别刨啦，进屋去吧！"邓汉涛实在看不下去了。

"新修的厂房，让他儿子玩炸药给毁了……"张国平撇着嘴，扭身打算离去。

"啪！"一记响亮的耳光，打在张国平的脸上，这一巴掌沾着雨水，抽得又狠又疼。

"李俊生，你他妈干嘛？"张国平捂着脸，愤恨地看着李俊生。

"你这说的叫人话吗？"李俊生扯着脖子："老焦的儿子没了，你还在分析什么事故责任？"

"别嚷啦！"焦凤春咬着牙，眼泪和脸上的雨水混在一起："那 8 台便携机床，还在里面埋着，快挖啊！"

"老焦啊。"邓汉涛眼眶也湿了:"我知道你心里苦,还想着机床……"

"厂长——!"魏广元从外面跑进厂来:"不好啦,刚才在南坡遇见行军的游击队,说鬼子奔着刀岭崖来啦。"

"啊?"邓汉涛大吃一惊:"这么快!"

魏广元擦了一把脸:"咱得赶紧跑啊!"

邓汉涛攥着拳头:"这大雨泡天的……春喜又刚没了……哎!"

李俊生一跺脚:"别愣着了!都动手挖啊!"

"挖啥?鬼子来啦!"冯斧头腿有点哆嗦。

"废话,鬼子来了才挖,早晚也是走,赶紧挖出小机床,上驴背,咱们扬帆远航啊!"

"哦……"邓汉涛一激灵:"对啊,扬帆远航!"

第十七章　留下油灯光

1939 年 8 月　河北涞源　刀岭崖修械所

"李四合！快！拉驴过来！"

"不行啊，驴驮子有点宽，待不稳。"

"你不会绑上点啊！"李俊生连蹦带跳。

一台小钻床，两台小车床，一台小镗床，两台小铣床，一台小刨床和一台小磨床，由于爆炸和墙体倒塌的压迫，精度完全超差。

冯斧头皱着眉蹲在地上，端着缸子唉声叹气。

魏广元凑近邓汉涛："厂长，那个偏四儿一块带走不？"

邓汉涛正指挥人们收拾辎重，闻听这话一拍脑门："哎呀，你看我真把这小子忘了。"

"咋办？"

"咋办？谁请来的谁送走。"邓汉涛忙得顾不上了，他这意思是说随便处理，放了也行。

魏广元闻听，径直找哑巴去了："哎，你先把锅放下。"

"拖。"

"哎呀，放下。"魏广元指了指地下发电机室："你先把那汉奸解决了。"

"拖？"哑巴一脸苦相。

"厂长说了，谁请来的谁送走。"说完，魏广元跑了。

这可难为了哑巴，他慢慢走到地下电机室，推开大铁盖子，一股柴油味儿迎面扑来。

"拖！"哑巴喊了两声，见没动静，顺着梯子走下去。

雨更大了，从地下室口往里灌。

汉奸偏四儿绑在铁柱子上，耷拉着脑袋，见有人进来，赶紧叫唤："哎，好汉爷，放了我吧，我上有 80 岁的老母……"

"拖！"哑巴犹豫了半天，给他解开了绳子，指了指上面："拖！"

偏四知道这是要放了自己，赶紧点头哈腰地一个劲儿作揖。

这时候，洞口忽然跑下来一个人。

"拖！"

"啊——！是你……"

俩人都是一惊，那人不由分说，举起一把小手枪来"啪！啪！"两枪。

哑巴和偏四儿倒在血泊中。

那人跑过来，在发电机进油口里，扔进一颗甜瓜手雷，转身出了地洞。

"快，加把劲儿！"邓汉涛挽着胳膊，和工人们一块儿把小机床抬到驴背的驮子上，用麻绳捆扎好。

因为这些便携机床是头一次上驴背，故此捆绑得乱七八糟，这些养尊处优的驴大爷，骤然吃重，也有些不服不忿。

"咚——！"

这一声爆炸来自地下发电机室，伴着一股浓烟，发电机室里燃起了熊熊烈火。

"哑巴！"魏广元冲到发电机室入口，想往里钻，但是火实在太大了，逼得他步步后退。

"奶奶的，怎么这里面又炸了？"黄西川正和几个人抬着机床，见此情景，差点没撒了手。

冯斧头倒吸一口凉气："妈的，坏菜了，发电机被破坏了。"

邓汉涛脑袋里面"嗡"的一声，和路达跑到地下室口上，傻了眼："这……哑巴，哑巴？"

路达咬着嘴唇，冲邓汉涛低声道："先组织好转移，我早就怀疑，修械所有内鬼……"

邓汉涛强忍悲痛，恢复了理智："嗯，说的是……转移。"

"我进去，哑巴的尸体，得找到。"李俊生给自己身上浇了一瓢水，就要往里进。

邓汉涛一把拉住他："干活去！找什么找？"

"我说邓汉涛，你有没有人性啊？哑巴白给你做了那么多好吃的了？"李俊生的眼都红了。

"我让你干活儿去！没听见吗？"邓汉涛站起来，一把将李俊生推得倒退十几步："为了一具尸休，会延误更多的生命！"

"你他妈是不是人？"

"俊生，赶快转移要紧啊。"焦凤春赶紧拉住李俊生。

"不行，我必须去找哑巴。"

这时候，刀岭崖东南方向，响起了枪声，大概是游击队和鬼子遭遇了。

"快！驴驮子装好了没？队伍开拔！"邓汉涛抓起自己的箱子背上："全部下西沟！"

"邓汉涛……你等着的。"李俊生唾了一口，回身抓起地上的扳手，狠狠地扔进自己的工具箱，把其他工具撞得跳出来。

这第一次远航，并没有来得及扬起风帆，反倒折断了两根桅杆。

春喜儿和哑巴的尸首，最终没能和其他人一样埋在刀岭崖下面，他们的热血流淌在刀岭崖修械所的地上，被雨水稀释，扩散……

等到春天来了，在他们流血的地方，一定会生出许多蒲公英，到了秋季，那些绒花就会飘飘扬扬朝崖下的坟包飞去，在那里生根，发芽……

1939 年 9 月，涞源山区又经受了一次日寇大规模扫荡。驻保定日军一一〇师团，在师团长兼参谋长桑木崇明的带领下，对涞源 23 个村子以及我军后方十余个中小型军工企业进行了"清洗"……

刀岭崖修械所在硝烟烈焰中消失了，但是与之同时，一个游走于太行山区的移动性军工队伍出现在历史的书页里，这就是八路军流动工作团创建初期的真实写照。

他们没有固定的厂址，设备简陋，工具缺乏，手工操作，处于作坊式的生产方式。职工行动军工化，生活集体化，工作地点随机化，自称"驴背上的兵工厂"。

1939 年 9 月　河北涞源　插箭岭

"敌人谈起我们八路军啊，往往称之为土八路，其实土八路并不土。八路军的将领大部分是中华民族优秀的知识分子，整个队伍中有学识的青年乃是八路军的骨干。哎，你们还别不信，就咱这流动工作团而言，便是一支人才济济的大军啊！"

"别胡扯了，咱们八路军的装备，要真像你说的那样儿啊，鬼子敢挑战？"

"哎，我邓汉涛虽然爱吹牛，但是这事儿上不瞎说，你可别不信啊。"他弯腰从地上端起一支冲锋枪："看看，认得不？"

一群老乡伸着脖子看了半天，摇摇头："这么个大家伙，端着都累。"

"哎，这叫捷克 ZB-26 式，风冷的，我打一梭子给你们看看啊，哎，看了就知道我邓汉涛没瞎说了。"

"哒、哒、哒、哒、哒……"捷克机枪开了火，打得老乡房檐瓦片四分五裂，连人家烟囱都给打烂了。

老乡们可惊着啦，抱着脑袋全蹲在地上。

"厉害吧？咱八路不是没好东西。"

"哎！你这个八路，怎么能随便毁坏俺们家房呢？"

"哎，我邓汉涛就是试试枪而已，你们这叫变向为军工作出贡献了。"

"那你也不能拿我们家烟囱当靶子啊。"

"你这老乡，怎么这么不懂事儿啊？哎，你要是不服，可以告到延安军工部，啊，我邓汉涛随时奉陪。"

"李俊生！"一声断喝，胡同口闪出了拿着扫帚疙瘩的邓汉涛，他身边跟着黄西川。

李俊生见邓汉涛来了，一缩脖，拎着 ZB-26 扭头就跑。

"你个臭小子，发嘎使坏，还辱我名声，看我不收拾你！"邓汉涛拎着扫帚疙瘩就追。

"邓厂长，杨团长来啦。"魏广元远远地跑来："您赶紧回去吧，杨团长脸色有点不好看。"

"嗯，杨团长亲自跑到这里干嘛？"邓汉涛停下步子，眼珠转了两转。

黄西川凑近他的耳朵："可能是为了咱修的那些枪……"

"这个杨团长……"邓汉涛把扫帚扔给魏广元："你去把李俊生给我抓回来。"

工作队驻地是插箭岭南边村子的一个大院儿，邓汉涛未到院门口，远远地看见一匹大青马拴在老槐树上，两个八路军战士直挺挺地立在门前。

邓汉涛急匆匆地穿过院门来到正堂屋。

一个高个子的圆脸汉子背着手在屋里溜达，焦凤春陪着笑脸递过水去。

"哟，杨团长，所谓'有朋自远方来不亦乐乎'啊。"邓汉涛人没进屋儿，客套话先飞进来了。

"好你个雁过拔毛邓汉涛啊。"杨团长迎上去，叉着腰把邓汉涛堵在门口。

"哟，汉涛愚钝，不知雁过拔毛何解啊？"邓汉涛溜着边儿进了屋："老焦，赶紧给杨团长上烟。"

"你少给老子装糊涂。"杨团长推开焦凤春递过来的烟卷儿："你小子雁过拔毛，拔到我老杨的头上了啊？"

"哎哟，您看您夸奖，汉涛承受不起啊！"

"哇哇呸！少给我嬉皮笑脸，我问你，我那一百条枪送到你这里干嘛来了？"

"校正瞄具啊。"

"你是怎么干的？"

"校正好了啊，连膛线都给你擦了油啊。"

"没问你这个！"杨团长指着邓汉涛的鼻子："我问问你，我那一百条枪，背带扣环儿哪去了？"

邓汉涛一拍脑袋："哎哟，你看你看，说起这背带扣环来了，我估摸着没有扣环，也就没有了背带对吧。"

"废话，没扣环背带栓哪儿啊？"

"哦，战士不用背带，是不是打仗的时候省去了从背上摘枪的时间啊。"

"怎么个意思？"

"就是说，战士们不用背带，直接拎着枪……那多利索啊？"

"去你的！"杨团长哭笑不得："上次，你给吕司令那边修一门九四山炮，有这事儿吧？"

"没错。"

"后来给人家山炮前挡板卸了，换了个木头的，有这事儿吧？"

邓汉涛嘿嘿一笑："我那不是怕他们拉着沉吗？"

"放屁！"杨团长噗嗤气乐了："你这都是谬论。"

"我这是技术革新。"

"我不管你革新不革新，后天，你小子必须带着人，去我团里，把那一百条枪的 200 个背带扣环给我安上，我的兵不能抱着枪行军。"

"好、好、好……你看看你，说说就急眼了。哎，中午别走了，在我这喝点儿？"

"心领了，我还有事儿，先走了。记住啊，后天，你要是还不上那 200 个扣环，看我怎么闹腾你小子。"

"嘿嘿……"

"走!"杨团长气呼呼地带着俩警卫员,跨上大青马扬长而去。

邓汉涛一拍手:"西川!"

"到!"

"来、来、来……"

"嗯,那200个背带扣环是不是给他还回去?"

邓汉涛张着嘴望了黄西川半天:"还回去?上嘴皮一碰下嘴皮就还回去?我弄点铁容易吗我?"

"那您这意思是……"

"下午你就把那些扣环全拿大砟沟去,一块儿炼了。"

"啊?"

"啊什么啊?让你去你就去,对了,告诉所有人,下午开拔。"

"干嘛?"

"走啊。"

"干嘛走啊?"

"不走,你等着老杨来闹腾啊?"

"走不了啊。"路达在一边屋里挑帘子出来了:"焦爷的硫酸还没做好呢。"

"嗯……还要多久?"

"大概得后天去了,因为天气温度原因,有点慢。"焦凤春指了指西屋里的几个大缸。

1939 年 9 月　河北涞源　插箭岭古长城

魏广元和李俊生坐在古长城垛口上,望着群山环绕的插箭岭。

"哎,你为啥老是打着邓厂长的旗号去捣乱?"

李俊生打个哈哈:"嘿嘿,好玩呗。"

"其实老邓挺不容易的。"魏广元拎过李俊生的 ZB-26,熟练地拆下了枪管子。

"我就是跟他较劲,邓汉涛一点儿人情味儿都没有。"

"怎么说?"

"就拿那天咱们跑来说吧,哑巴和春喜儿全死了,他连个尸首都不让找啊。"

"你想过没有？如果大伙儿看到了哑巴的尸体，或者焦爷看到了春喜儿的尸体，肯定会更难受，到时候鬼子来了，大伙儿弄不好又有几条命就丢了。"魏广元把枪管儿插回去，用力扣上锁紧扳手。

李俊生踢腾着两条腿："其实我也想过这一点，但是我跟邓汉涛好像上辈子就是冤家，就是看不惯他们那种文绉绉的模样，感觉特装逼。"

"你看不上的人多了。"魏广元把捷克机枪还给李俊生："黄西川，你们是上一代的事儿，我觉得不应该带到这一代来。你有没有想过你自己？"

"我自己？"

"对啊，为啥你跟修械所所有的人都合不来？"

"哼，这个你就别管了，反正咱俩合得来就行啊。我帮着他们，完成了沈厂长的那60门迫击炮任务，立马就回前线……"李俊生跳下垛口："走啦，回去了，该吃晌午饭。下午还得跟着冯斧头试着装迫击炮架子呢。"

俩人一前一后从古长城的垛口走下山去。

刚来到村边上，迎面看见了路达。

"哟，路技术员，你干嘛去？"

路达一笑："哦，正找你俩，跟我走。"

"偷狗我可不去啊。"李俊生撅着嘴。

"哎，没狗可偷。"

"是啊，"李俊生把 ZB-26 轻机枪扛在肩上："全村的狗都让你吃了，哪还有狗？"

"跟我走，别废话。"

俩人稀里糊涂地跟着路达朝村西走去，拐弯抹角来到一片坟地前面。

"哎，狗阎王，先说好了啊，我可不干这个偷坟掘墓的勾当。"李俊生靠着歪脖树，大驴脸拉得老长。

路达一笑："不让你挖坟，等会儿。"

过了不久，从山旮旯里，慌慌张张地跑出几个人来。

李俊生一看，黄军装，屁股帘儿……顿时浑身一激灵，急忙端起捷克冲锋枪："不许动！"

那几个人一看李俊生这架势，赶紧缩回去，躲在山旮旯不敢出来了。

路达皱着眉："哎呀，你端枪干嘛？"

"鬼子啊！"

281

"什么鬼子？"路达瞪着小眼儿："这是咱主顾。"

说完路达朝着山里喊："哎，出来吧。有我呢，别怕。"

过了好久，山旮旯还是没人露头。

·路达摊开手："看，完菜。"

魏广元看看路达，再看看李俊生，又瞅瞅山旮旯："这到底鬼鬼祟祟的干嘛呢？"

过了好大一阵儿，一个人慢慢探出脑袋来。

路达赶紧喊："嗨，太君，银钱大大滴！"

"你真无耻。"李俊生只好放下枪，让几个日本人过来。

几个鬼子兵又看了一会儿，确认安全了，才搬着一个大箱子，慢慢地朝这边来。

路达从怀里掏出几块银元来，当着日本人的面儿，展示了钱的数量，然后装进一个布袋，远远地扔过去。

"哟西。"鬼子兵捡起布袋，打开确认了数目，留下那个箱子，飞快地跑了。

李俊生和魏广元跑过去，朝箱子里一看，见摆满了黄澄澄的九四山炮弹壳儿。

"你花那么多大洋，买日本人的东西，还是他妈的破弹壳啊？"李俊生觉得路达做事儿有点二。

"哎，我问问你啊，"路达忽然打开了话匣子："日本人买咱们的金属，作了武器打咱们，这你知不知道？"

"知道啊。"

"那我现在买他们的弹壳，提炼黄铜作底火封口，反过来打他们，这有错吗？"

"哦，错倒是没有……"

"所以吗，咱现在材料短缺，只许他们买咱们的原料做军火打咱们，不许咱们买他们点东西，做军火揍他们啊？"

"这……听这倒是合情合理。"

"少废话，搬起来，弄回去。"

"但是……你哪来的那么多钱？"

"呵呵，鬼子的。"

"啊？"李俊生和魏广元着实吃惊，路达从哪弄的鬼子的钱？

"很简单，捉点野味啥的，弄熟了高价卖给他们。"

"哼，我看……还有狗肉吧。"李俊生很会联想。

"那你就甭管了，反正我一个人也吃不了那么些狗。"

"那就是说，你这些钱是偷的。"

"少废话，搬走。"

1939 年 9 月　河北涞源　插箭岭

"哎呀……哎呀……"焦凤春哭丧着脸，望着一大缸一大缸冒着白沫的液体，眼泪都快下来了："这是谁干的啊？"

"怎么啦？"冯斧头虽然不懂化工，但是看焦凤春的表情，就知道这玩意儿弄砸了。

"全……全白瞎啦！"焦凤春捶胸顿足。

"别急，是不是你制造的时候，某个环节不对路啊？"

"我跟你说啊，"焦凤春指着一边的配料堆："咱们这工艺，是先把硫铁矿在空气中氧化生成二氧化硫，完事儿再用五氧化二钒、氧化铁和氧化亚铜做催化剂，把二氧化硫氧化为三氧化硫，最后三氧化硫与水反应生成硫酸。我做了多少年了，从来没失手过。"

冯斧头咂着腮帮子，往嘴里扔了一颗花生豆儿："你确信没错？"

"我这有工作记录啊。"焦凤春拿起记录本给冯斧头看。

"嗯……那保不齐就是有人搞破坏了……"

"啥意思？"

"我想起原来鬼子几次袭击刀岭崖，还有咱们启程那天的发电机房大火。"冯斧头狠狠捶了捶墙，掉下几块墙皮来："他奶奶的，发电机全烧坏了，害得我把那些机床全改成手摇的了。"

"现在不是发电机的问题，至少你能改成手摇。可是硫酸是炸药之母啊，没有它，就提炼不了硝酸钾，接下来炮弹的研发就是个问题啊。还有，一些机构的表面酸洗，也要延误了。"焦凤春耷拉下脑袋去。

"不管，反正我就是干活儿赚钱，哎，算起来，我挣了九九八十一……七八五十六……"冯斧头掰着手指头，翻着白眼儿出了屋儿。

焦凤春忽然发现缸边有一股儿白色的粉末，他忙不迭地爬过去，捻起来嗅了嗅："啊……硼砂！"

他又跑到自己的材料箱前，打开箱子，却见装着硼砂的袋子已经底朝天了。

"谁给我乱搁东西来着？"焦凤春头一次暴跳如雷。

"咋回事？"邓汉涛挑帘子出来了。

"硫酸，被人搁了硼砂，全破坏了！"

"啊！这谁啊？是不是李俊生？"

正说着，李俊生和魏广元、路达抬着一箱子铜弹壳进了院子。

"李俊生……"邓汉涛几步上去，劈头就问："是不是你搞的？"

"啥？"李俊生被问得一愣。

"硫酸！是不是你放的硼砂？"

"不是……你凭什么冤枉我？"李俊生一听就急了："邓汉涛，我吃饱了撑的啊？"

"好……好啊，你不承认是吧？"

"我干嘛要承认？"

"李俊生，你对我有意见明来，干嘛祸害工作团？"

"邓汉涛，你吃枪药了啊？没错，老子对你是有意见，但是犯不上祸害老焦啊。"

邓汉涛想想也是，没证据也不好随便怀疑人。

邓汉涛是人，不是神，谁都有犯迷糊的时候，例如这次老邓确实冤枉了李俊生，这也使李俊生与他之间的隔阂，越来越大。

"全体集合！"邓汉涛喊完了，搬椅子坐在了廊檐下。

李四合和几个孩子刚从外面放驴回来，看这阵势吓得没敢进来。

"四合，你也进来，在外面干嘛？"

"驴呢？"

"驴也进来。"

邓汉涛见人都到齐了，拍了拍桌子："都注意了，现在焦凤春的硫酸被人放了硼砂，这样的恶意破坏，从广义上讲，叫破坏军工生产。"

"切！"李俊生嗤之以鼻。

邓汉涛扫视了大伙儿一眼："现在，每个人都有嫌疑，从李俊生开始，骂街！"

"啊？骂街？"大家你看看我，我看看你，不知道这跟骂街有啥关系。

邓汉涛解释："谁骂得越痛快，证明心里没鬼，谁要是不骂，嘿嘿……那他的嫌疑就最大！明白吗？"

好家伙，这招可损。

邓汉涛接着说："即便是那罪魁祸首也跟着骂了，那最起码他心里憋屈，那

284

咱就气死他。硫酸的材料可以再找，但是这个性质是恶劣的，应该让他受到大家谴责。"

"行，那俺就先骂！"贺东坡好热闹，第一个跳出来。

"不，李俊生先骂。"

"哎！凭啥我先骂？"

"哎呀，让你骂你就骂呗。"魏广元劝他当着众人，别显得心虚。

"骂就骂！"李俊生其实心里早就把那搞破坏的人骂到了乾隆十二年："开始了啊……谁在焦凤春的硫酸缸里，放了……放了……那叫硼砂是吧？"

"对，硼砂。"

"嗯，谁放了他妈的硼砂！就让母猪……"

李俊生一连串地骂了将近 5 分钟，句句没有重样儿的。

邓汉涛仔细注视着人群，见幸灾乐祸者多，也有几个腼腆的，李四合把四个孩子哄到屋里去，表示最好不要听。

李俊生刚骂完，第二个轮到了黄西川。

邓汉涛摆手："够啦！"然后他站起来，背着手走到人群里："刚才李俊生骂街，我已经从大家的表情上看出，是谁搞的破坏。"

人们哄哄起来："哦，谁啊？"

"是你。"

"放屁，是你。"

邓汉涛接着摆摆手："安静，都安静。"

李俊生拉着驴脸："他们还没骂呢，光看老子的笑话啊？"

邓汉涛也不理他那茬儿："这硫酸材料呢，要说也不难找，但是我要告诉那个搞破坏的人，今儿我给你留个面子，大家风里雨里的，都不容易，如果你再企图破坏工作团的生产，那我可就对不起了！"

说完，邓汉涛甩袖子扭身进屋了。

"好啦好啦！解散解散。"路达把大伙儿赶散了，追进屋去。

邓汉涛正盘着腿在炕上喝水，路达凑到他耳边，小声问："你看出来了？"

"嗯？"

"我想问，是谁干的？"

"啊——！"邓汉涛喝饱了水，放下茶缸子："我也不知道，是谁谁知道。"

"啊？"

1939 年 9 月　河北涞源　大砟沟

"伙计们，又没料儿啦。"黄西川刚到大砟沟，来不及歇脚就去路边查看。

"是啊，你拿来的这点背带扣，还不够塞牙缝的呢。"

"哎！这咋办？"

"要不，咱去柳沟铁厂先弄点？"

"拉倒吧！柳沟铁厂冶炼的生铁是白口生铁，也就是碳化铁，硬度高，质地脆，不能切削加工，只能做手榴弹。能切削加工成形，这是制造炮弹的关键。"黄西川蹲在炼炉边上，挠着脑袋："60 门迫击炮，从弹筒到炮弹，这得用多少料啊……"

"黄段长。"铸工刘福贵蹭过来："不是先试制吗？咱够一门的材料，先用着呗，挠啥头啊？"

黄西川捡起一条铁锭来，瞄准了石头用力一摔，"咔吧！"铁锭应声而裂。

"啊？"几个铸工都傻了眼："黄段长，我们可是，可是按照老法儿炼的，丝毫没敢偷懒儿啊。"

"不在你们啊……"黄西川摇摇头："咱传统的生铁焖火技术，根本造不出迫击炮所需要的那种钢材。"

"那……那啥技术行啊？"

"我在国外读书的时候……"黄西川望着连绵的山峰，欲言又止。

"哟，你还在外国念过书啊。"

"得啦，在哪念书都一样，呵呵。过去的事儿，咱不提，就说这技术。"

"哦、哦……"刘福贵狠劲儿点头。

"我要说的是，德国式白心韧化技术原理和美国式黑心韧化技术原理，这些原理我懂，但是咱目前的条件可不够啊。"

"咋不行呢？"

"你就看看咱这土炉，得改啊。"

"咋改？"

"这几天，我反复琢磨这个事儿来着，咱这大锅台似的土炉，没法实现火焰反射，所以即便再多的煤放进去，也达不到需要的温度啊。"黄西川背着手，围着土炉一遍遍地转悠。

"黄段长！"孙喜才慌慌张张地从北边跑来："不好啦！"

"嗯？别急，啥情况？"

孙喜才喘匀实了气："可了不得了，小鬼子在东边修开铁路了。看样子，路线一准儿直奔大砟沟啊。"

"哎呀！"黄西川心里一翻个儿："我得马上回工作团。"

1939 年 9 月　河北涞源　插箭岭

"反正这批硫酸造不成了。咱们明儿就开拔吧。"邓汉涛脱了鞋，躺在炕上。

焦凤春心有不甘："我想再试一次。"

邓汉涛晃晃脚丫子："不行啊，下次定点咱再做吧，因为……杨团长要来索要那些背带扣环了。"

"哦，这事儿我听说了，那些扣环儿哪去了？"

邓汉涛躺着，抬起胳膊来，左手 90 度弯曲指了指北边："大砟沟。"

"啊？炼了啊？"

"炼了。"

"这个黄西川！胆子太大了。"焦凤春喝了一口水。

"不是黄西川，是我的主意。"

焦凤春喝的水一口喷出来："噗——！什么？"

"厂长！黄西川回来了！"魏广元挑着煤油灯笼跑进来。

"嗯，"邓汉涛坐起来："不安心在大砟沟炼铁，跑回来干嘛？"

"厂长，"黄西川满头大汗跑进屋子："不好啦！"

邓汉涛一看他的神色，知道这里面有事儿："别着急，慢慢说。"

黄西川上气不接下气："鬼子，鬼子在大砟沟东边修铁路。孙喜才去探听了一下啊，方向直冲大砟沟。"

"啊！"邓汉涛先是一惊，随后陷入沉思。

"广元。"

"哎！"

"达子呢？"

魏广元朝院里望了望："晚饭以后就没影了。"

"赶紧去把他给我找来。"

"是！"

"等等！"

"哦。"

"还有李俊生，一块儿喊来。"

1939 年 9 月　河北涞源　插箭岭村西

这棵歪脖槐树，是村里唯一的一棵百年以上树龄的老树。

这栋二层的阁楼，也是村子里屈指可数的大户人家的宅邸。

阁楼的窗户紧闭着，里面的人，心扉却对槐树上坐着的这个人，慢慢地敞开……

"这阵子，谢谢你听我讲故事。"路达靠着树干，两条腿一曲一伸，舒在向外伸展的枝杈上。

"嗯……这阵子，也谢谢你听我讲故事。"

路达叹口气，从怀里掏出一条烧熟的狗腿："你再开一点儿窗户，我给你这个。"

好半天，窗户打开一条缝儿，从里面伸出一只带着白玉镯子的手来，那手的颜色却把镯子映衬得有些发灰。

狗腿被拿进了阁楼。

"这是村里最后一条狗了。"

"嗯……以前我不知道狗也能拿来吃……"

"你爷们儿不让你吃这个吧。"

"嘻嘻……"

窗户里的笑声，是路达最喜欢听的，他每天晚上为了听这笑声，宁可不吃饭。当然，尽管揣着狗腿与她共享，但是往往自己这条烤狗腿凉硬了，也记不起吃。对于狗肉口味极度挑剔的路达，只有这个时候会忘记肉的味道，把笑声吃进肚子里。

"你的爷们儿，啥时候回来？"路达提起了这个，以保持俩人的距离。

"国军胜利了，他兴许会回来。"

"哦。"

"你说，你们就要开拔了？"

"是啊，就这两天吧。"

窗户扇儿忽然打开了，路达心里一惊，急忙扭过头去。

"你看看我吧。"

"……我……"

"没事儿，看一眼吧。"

"不看。"

"为什么？"

"因为我怕破坏了我脑袋里对你的印象。"

"我长得有那么丑么？"

"不是……我怕我会放不下。"

"看一眼吧。"

"哎……"

"狗阎王！路达——！路技术员！"魏广元的喊声，使那扇窗"咣当！"关闭了。

路达在回首的那一刹那，看到了窗户缝中的一只眼睛，只是一只眼睛……那眼睛在油灯光里，显得异常清澈。

"我要走了，或许……我们还会再见面，也许……不再见面，你在我心中只留下一只眼睛，这……就够了。"

窗户里再也没有任何动静……只有跳动的油灯光。

"你的眼睛……就是我心里那只眼睛。"路达说完，一咬牙，翻身窜下树去。

"吱呀——！"窗户又开了一道缝，一个白色的东西落下来，"吧嗒！"掉在地上。

油灯光从窗户里渗出来，随即又消失了。

路达弯腰拾起那东西，见是一方手帕包裹着一个银镯子。

他把帕子放在鼻子下嗅了嗅，一股淡淡的茶花香从鼻子眼儿钻进心里……

"路技术员，厂长找你。"

"嗯，你先回吧。"路达回头望了一眼楼上的窗户，猛一转脸，咬着牙跑回了工作团驻地。

1939 年 9 月　河北涞源　插箭岭

李俊生、路达和黄西川，并排坐在邓汉涛的办公室里。

桌上油灯的火苗跳动不停，使路达放不下那扇窗子里的油灯光。

"铁路修到了大砟沟……这不是坏事儿。"邓汉涛看着墙上一张地图。

"这还不是坏事儿？难道铁路修到延安才是坏事儿啊？"李俊生处处要抓邓汉涛的小辫子，并且拿起本子歪歪扭扭地记下：某年某月，邓汉 X 说，鬼子 X 路 X 到大 X 沟不是坏 X……

邓汉涛显然知道他那本子绝对没写啥好话："李俊生，你斗大的字儿还没学会写一筐，就想给我立黑账本儿啊？"

李俊生一吐舌头："我这是会议记录。"

邓汉涛也不在乎，背着手来回踱着步子："他们不是修铁路吗？咱可以让他们修不成啊。"

"拉倒吧！"李俊生写完黑账，抠着脚丫子："咱这几个人，还不够给鬼子垫底儿呢。"

"你听我说完啊。"邓汉涛望着黄西川："你不是一直哭穷吗？"

"缺材料是事实啊。"黄西川叹口气："最近又炼出一批废品，我……"

"行啦，我也知道，练好钢，必须得有好坯子。"邓汉涛在地图上用手比划了比划距离："阻挠他们修铁路……嗯，不见得要打他们啊。"

"哦！你是说！"路达反应快，拍手大笑："哈哈，这招儿够损。"

邓汉涛点点头："道轨钢，多么好的材料啊。"

"你是说，去搞他们的道轨！"黄西川眼睛放光："这样既有了材料，又阻挠了他们铁路挺进太行山腹地……妙啊！"

"其实，你小子已经想到了吧？"邓汉涛一句话说到了黄西川的心坎儿里："你回来跟我商量，目的在于你不敢擅自做主，这很好。第二，就是你那批铸工伙计，没这贼胆儿。"

"呵呵，厂长圣明。"

"你小子的心眼儿，我是一摸一个准儿，这不，给你派了俩胆大的。"

李俊生一听："敢情喊我来是干这个去啊！"

邓汉涛点点头："没错，给你个上正面战场的机会。"

"扯淡！这是让我去送死啊。"

"你打过忻口会战。"

"那没错……可是那时候我是什么装备？现在是啥装备？就一挺 ZB-26 捷克机枪，修好了玩两天还得给甄奉山送回去。"

"但是胆子比武器更重要。"

"谁有胆子？"

"你有。"

"狗屁！这是傻愣头！"

"你真不去？"

"不去！"

"哎呀……那就可惜了，我还说跟冯斧头说说，让你当大师兄呢。"

"你别胡咧咧，你压根就没想。"

"我还真想来着……"说完他看了一眼黄西川。

"嗯，是这样的。"黄西川跟着胡说八道。

"哼，那也不去。"

"当真不去？"

"不去。"

"李俊生！"邓汉涛忽然把脸一沉："你小子就是个孬种，怪不得杨团长不要你。"

"嗯？不是……这事儿从哪儿说起啊？"李俊生懵了。

邓汉涛重新坐下："杨团长上午来，提起让你去一线的事儿来，杨团长摇着头说你没胆子，我开始还不信……"

"不行，你得信啊！"李俊生跑过来坐在他身边："邓厂长，嘿嘿，杨团长还说啥了？"

"滚蛋，离我远点。"邓汉涛把屁股往里挪了挪。

"他……他还说啥了？咋就说我没种啦？"

"杨团长说啊，你这小子丢下刘德胜，自己跑了，让鬼子把刘德胜打成了筛子，有这事儿吧？"

李俊生一听就急了："不是啊，德胜是为了保护我……我当时没想跑……我……我去找杨团长去。"

"站住！"邓汉涛喊住他："你干什么去？"

"找杨团长说道说道！"李俊生一脸铁青。

"你说个球啊？"邓汉涛拉住他："那时候，我还没到修械所，刘德胜这事儿，我起先也不知道。现在看你这么在乎，这么冲动……我还真有点信了。"

"信啥？"

"你没种呗……"

"哎！不对啊。"李俊生也不是榆木疙瘩："这事儿，杨团长怎么知道的？"

"嗨！"邓汉涛一拍手掌："要不说你缺魂儿啊，甄奉山知道吧？"

"哦，对啊，他知道。"

"甄奉山是杨团长直辖的游击队啊。"

"我这名声弄不好全团都知道了，我咋说杨九桦半道儿让我回来呢……"李俊生被邓汉涛忽悠的胡思乱想。

"你看看，我给你个扬名立万儿的机会，你还不珍惜，行啦，走吧你，我用不起你。"

"哎，你等等！"李俊生用手托着脑袋："嗯……也对啊，我去干一票，显显能耐，看他们还敢瞧不起我不。"

"算啦，我另找别人。"邓汉涛甩开李俊生："谁去呢？对咧，张国平，我看他行。"

"你快拉倒吧！张国平那吃货！鸿门宴他去合适，这弄道轨钢啊，还得我来。"

"不行不行！"

"就这么定了！啊，我，狗阎王，还有地主崽子……"

"去你的！你才是崽子！"黄西川不爱听了。

"就这么定了啊！"李俊生美滋滋地跑了："啥时候去就喊我啊，我先准备家伙去！"

李俊生跑了，路达站起来伸了个懒腰："老邓，杨团长啥时候说他来着？"

邓汉涛一捂嘴："根本没那宗事儿。杨团长知道他是谁啊？"

"啊？"黄西川这才明白过来。

邓汉涛低声跟他俩说："我不这么激他，这倔驴肯去？"

第十八章　抓鬼子当壮丁

1939 年 9 月　河北涞源　大砟沟东部

"哪有铁道了？"李俊生东张西望。

"下去！"路达按着他的脑袋："你没看小鬼子的工兵来回转悠吗？"

"哎，你啥时候说话这么顺溜了？"李俊生不管多危险，也不忘记打屁。

"修铁路的都是附近抓来的老百姓，看工地的鬼子不多。"黄西川慢慢地缩回头来，把单筒望远镜还给路达："你看看，那边帆布下面盖着的，是不是道轨钢？"

"笨蛋，那是枕木。"李俊生显然很懂："铁轨没有那么大块儿的。"

"那道轨钢在哪儿？"黄西川四下里找。

"奶奶的，看起来，咱们想法子拆他们铺好的最合适。"李俊生咧着嘴，指了指对面的山："按说铺设铁路的时候，他们看着，我就不信鬼子修好的路段也派人看着？"

路达想了想："对啊！而且铺好的路段儿，多半儿是安全的。"

"那就想法子搞一下，多带点人，争取干一票就多拿点儿。"黄西川摩拳擦掌。

李俊生拍了他后背一下："这主意是我出的啊，你小子自己想辙去。"

黄西川也不示弱："行啊，你出的主意，自己去拆铁轨，自己扛，我不伺候。"

"哎，我这是给你找材料，你不派人老子怎么干？"

黄西川回敬道："铸工组是我的人，你……"

"哎呀，你俩咋见面就掐啊？"路达皱着眉："也不看看时候。真纳闷老邓怎么把你俩拴一块儿了。"

"谁稀罕跟他掐啊？"黄西川皱着鼻子，溜下山坡去。

"你干嘛去？"路达轻喊。

"去调点儿人，拆他们铺好的铁轨去。"

"真没见过这么不要脸的。"李俊生还拱火儿。

"李俊生，你是不是诚心？"

"行啦，别搭理他，我跟你去。"路达也溜下山去。

李俊生见自己有点失道寡助，鼓着腮帮子跟着下了山。

回到大砟沟，刘福贵和孙喜才带着一帮工人围过来："咋样？材料有戏了？"

"有个毛啊，"黄西川也说了粗话："现在，全给老子睡觉去！"

"啊？这大白天的……睡觉？"

"让你们睡就睡，晚上要走十几里山路呢。"

"那，回火的那批炮弹壳……"孙喜才望了一眼土炉口刚封上的炉泥。

"去他的，还炼什么？自生自灭去吧。"路达对这些所谓金属丝毫不抱有任何希望了，兴许道轨钢的到来能够改变一切。

大伙儿全去窝棚里睡了，尽管睡不着，但是心里都清楚，晚上很可能需要卖大力气。

1939 年 9 月　河北涞源　插箭岭

"黑火药是中国的四大发明之一，从宋朝开始用于战争，一千多年沿袭不止。"午饭后，焦凤春坐在院里，跟冯斧头闲谈。

"后来这玩意儿，还是被洋人发扬光大了啊。"冯斧头叹口气："我就真不服了，洋人算个什么东西？"

"呵呵，这话一点也不假啊，但是咱们的地雷、手榴弹、枪炮等多数仍用它装填，虽然能杀伤敌人，但威力有限。"

"开发点儿厉害的炸药啊。"

"我这不正研究呢吗？现代火炸药的主要原料是硫酸，它是化学工业的产物。制造工艺呢，一般有两种方法，一个是接触法，装置复杂而又需要细白金粉做触媒；二是铅室法，工艺虽简单，但需要大量的铅板建造铅室。根据地既无白金来源，也无铅板可取，这两种方法都不能采用。"

"那可是巧妇难为无米之炊啊。"冯斧头喝了口酒，喷出一股酒气。

"所以咱们必须依据硫酸的制造原理，就地取材，探索新的制造工艺，可是啊……"焦凤春低下脑袋，望着砖缝里的蚂蚁："眼看着就要成了，谁知道给人一把硼砂……哎……"

"不是邓厂长知道是谁了吗？我看他还敢啊？"

"哎——！"焦凤春摇摇头："十有八九是李俊生，这个嘎小子，啥事儿做不出来？"

冯斧头摇摇头："我看不一定，因为……我从李俊生身上看到一股韧劲儿，在大事儿上他不会……"

"冯师傅！"贺东坡从后院忽然跑来，脸上带着一股儿青色："冯师傅，您老快给看看去吧……"

"嗯？咋啦？"冯斧头慢慢站起来。

"车床……车床摇不动啦，张国平吃奶的劲儿都使出来了，把手一点儿也转不动。"

"晌午吃饭以前还好好的呢！"冯斧头觉得有点蹊跷。

"是啊，吃完饭就完蛋了。"贺东坡脸上流着汗："下午还打算车完炮架子的卡箍呢，这下子泡汤了。"

"别急，我给你看看去。"冯斧头从桌上端起酒缸子，一走三晃来到后院。

贺东坡的小车床就在驴厩边儿上，冯斧头走过去转了转把手儿，一皱眉："嗯？纹丝不动……"

"咋办？"

"别急，我看看啊……"冯斧头闭着眼来回晃动把手，忽然，他一睁眼，掀开了床头箱的盖子："娘的，这是谁干的？"

这一嗓子把大伙喊得一激灵，连驴厩里的驴子们都吓得一哆嗦。

"哎，冯爷……你声小点儿，吓到驴了。"

冯斧头皱着眉从床头箱的输入齿轮之间，抠出一条已经挤弯了的螺钉来。

"好哇！"张国平连蹦带窜，喷了一地棒子面饼子渣儿："我吃那么多东西，白吃了。给我这累的啊……谁干的？"

"你行了吧你！"冯斧头红着脸："还有脸喊？你摇着不对还摇？你看看给这螺钉挤的，你得使多大劲儿啊？"

"我哪知道里面有这东西？"

"啮合精度就这么毁了！"冯斧头把那颗螺钉重重地扔在地上："齿轮打了不算，主轴还弯曲了，干个屁活儿啊？我找邓汉涛去……修理这个必须多加钱！"

邓汉涛其实早就在后窗户扒着窗台看呢。

这两天他也在寻思，全部的钳工都派去给机加工当发电机用了，这可不是个事儿啊。得求冯斧头给想个办法，正愁怎么开口呢，这又出了这么档子事儿。

冯斧头刚迈进门槛儿，邓汉涛赶紧迎上去："冯师傅，我给你加钱……"

"不是这个意思……"冯斧头反而很平静："我关上门哈。"

"哦……行。"

冯斧头盘腿坐在炕上，低声对邓汉涛说："搞破坏的内鬼……你真的找到了吗？"

邓汉涛看看窗户门都关着："找到了，我知道是谁。"

"那，就没得谈了……你信不过我。"冯斧头的眼里忽然闪过一丝神采。

"不是……我……呵呵，我怎么信不过冯师傅。"

"呵呵，老邓啊，你根本就不知道内鬼是谁。"

"我这……"邓汉涛一下子脸就白了。

"可是我知道，但是现在，还不是说的时候。"

邓汉涛觉得冯斧头此刻不再像以往的冯斧头，他身上的气质陡然突变。

"你，到底是谁？"

"早先在延安军工部的时候，你应该听说过我……"

"啊，延安军工部！你……"邓汉涛压低声音："你究竟是谁？"

冯斧头嘿嘿一笑："我是个逃兵，像李俊生那样的逃兵。不过，他最终没能逃走，但是我逃走了。你只需要知道这些就够了……"

"请冯师傅赐教。"邓汉涛越来越觉得冯斧头不一般。

"告诉你啊……现在咱的任务，是先修好那台车床，然后我给你解决动力问题，内鬼呢，我帮你抓。"

"那得多少钱啊？"

"给你算便宜点儿，啊。放心，不会让你卖上海家里的田产。"

"你连我在上海的田产都知道？"邓汉涛把声音压得更低了："我不是贫农这事儿……求冯师傅给我把着风儿，我家里还有年迈的父亲。"

"放心，我只赚钱，别的一概不问。"

说完冯斧头拍了拍邓汉涛的手："你得想法子给我找个淬火的地方，就在这附近。另外，我直轴和研磨齿轮的时候，你得给我把门儿，不能让人看见。"

"哦。你徒弟呢？"

"那也不能看，钳工啊，都有自己一手秘密的绝活儿，要带进棺材里，到死也不传的。"

"啊……"

"记下了？"

"好，我应承你。"

1939 年 9 月　河北涞源　大砟沟

"哎，醒醒。"

"别闹。"

"哎，鬼子来啦！"

"啊！"黄西川一个鲤鱼打挺蹿起来，从自己窝棚里扡出一把驳壳枪："快，隐蔽！"

"哎、哎！好小子，想不到还私藏枪支。"李俊生蹲在黄西川的炕沿上："你会开枪吗你？保险没顶开呢。"

"你……你管不着。"黄西川朝窝棚外面看，只瞅见呼呼山风拂动满山荒草："鬼子呢？"

"哈……"李俊生一阵坏笑："鬼子在你丫梦里呢。"

"干嘛你？我这睡得正香。"黄西川气呼呼地把驳壳枪掖回枕头底下，重新睡倒。

"哎，说正经的啊，刚才我去你炼炉后面撒尿啊，看见你那一炉铁又炼废了。"

"放屁！没开炉你咋知道废了？"

"一准儿废了，因为你那炉子根本没封严实。"

"啊？"黄西川"噌！"就坐起来了："你胡说，我干这么多年了，还不知道炉子怎么封？"

"你看看去啊。"李俊生幸灾乐祸。

"一准儿是你小子扒开的。"

"哎，我的习惯是从来对人不对事儿，孙子才拿军工生产撒气呢。不像你，给人家硫酸里扔硼砂。"

"放屁！你才给人硫酸里扔硼砂，我觉得那事儿十有八九是你干的！"

"哎，黄西川，你别把屎盆子往别人头上扣啊。老子才不干那下三滥的事儿。"

"哼，我先去看看炼炉，你等着！"黄西川愤愤地出去了。

李俊生乐呵呵地跟在后面，嘴里还在念秧儿："哦，好哇！炼炉放屁，黄大段长的杰作啊。"

黄西川憋着气，闻着尿骚味儿来到1号炼炉旁，见左边炉窗果然没有封严。

"这是谁干的？"黄西川脸都白了："200个背带扣，就这么废了啊！"

刘福贵早就听见了，挠着后脑袋迷迷糊糊地出来了："这个……是我干的。"

"心不在焉啊你。"黄西川气得肚子鼓鼓的，可把李俊生痛快坏了。

"要不……我封上。"

"封什么封？烧出来也完蛋，开炉！"黄西川抄起铁钎子当啷扔在地上。

刘福贵赶紧喊醒了孙喜才，俩铸造班长七手八脚地把炉子打开，由于炉火早就烧完了，正处于焖火时期，故此炉子开了也不是很热。

这一炉是试制的迫击炮弹壳毛坯，一个个橄榄状的圆蛋蛋被刘福贵从里面掏出来。

李俊生依旧幸灾乐祸："完了……完了完了完了完了完了完了完了……"那嘴脸十分气人。

路达也醒了："咋回事？炼废了？"

"一准儿废了。"李俊生嘻嘻哈哈摇头晃脑。

黄西川恨不得上去抽他俩嘴巴，但是当着路达的面儿，也不好发作。

忽然，黄西川发现有几个毛坯蛋蛋和别的颜色不一样："哎，这几个颜色……"

"当然不一样，"李俊生是明白他二大爷："肚子里的跟屁眼儿上的巴巴肯定不一个色儿。"

黄西川用火钳夹起那几枚差色的毛坯翻来覆去地看了看，然后拎起地上一把錾子，对着一枚弹壳毛坯举起锤子来了几下，待他观察过錾痕之后，又看了看漫山刮起的山风，面露喜色。

"刘福贵！你干得好啊！"

"怎么的？段长……我知道是自己疏忽了……"

"不！你来看，这铁的韧性，再看看这刚性，哈哈，哈哈哈哈哈……"黄西川疯了一样，用火钳子举着弹壳毛坯一阵仰天大笑。

"这……这屁股眼上的蛋蛋咋让他这么笑？"李俊生觉得黄西川气疯了。

"你知道个屁，这变色的毛坯不是炼炉破口边上的，而是炉膛最里面的。"

"嗯？"路达觉得这里面有学问："怎么讲？"

"你看，今天这满山的风啊，它们通过炼炉留出的口儿，加强了熔炼的火势，让这几枚毛坯周围的火势得到了加强，由于大气的流动，又在炉子里造成了火焰反射，哈哈。咱的焖火铸造看起来真的要改革了啊。"

"你想怎么办？"路达看到了土法炼钢的希望。

"我想，这样子开窗，虽然有了成品，但是肯定会浪费一大批铸件，我想在炼炉的旁边，加一个不放铸件的配炉，然后配炉开口，主要是引气流进来就行，这样主炉就有了气流造成的火焰反射。"

"嗯，想法不错。但是你想过圆炉的弊端吗？"路达在大学最初也是搞铸造的，他列出了安装配炉后圆炉的两大弊端："第一，圆炉在安装配炉后产生的极度高温下，由于是砖砌的圆顶，极易坍塌；第二，圆炉里，空间小，如果铸件堆在一起，很容易受反射热不均匀。"

"切，那改成方的不就行了？山里有的是石头片子，搭上个顶子就行！"李俊生本来玩笑打屁的一句话，却成就了"配加强炉方炉冶炼"的技术改革。

黄西川两手一拍，上去抱住了李俊生："俊生！你这点子太棒了！"

路达一愣：耶？这俩小子咋抱一块儿了？真是百年难得一见啊。

"西川……"李俊生脸一红，低下头，两只手搭在黄西川的肩上。

"俊生啊……我……"

"去你的！"李俊生忽然使劲把黄西川推开："你他妈刷牙了吗？"

"哎！你妈的！"黄西川也变了脸儿。

"你他妈的！"

"你他妈的！"

1939 年 9 月　河北涞源　插箭岭

冯斧头把齿轮装回车床的床头箱里，检查了一下啮合精度，懒洋洋地走开了。

张国平和贺东坡继续上岗了。

卡盘飞转，车刀将铁屑切成了卷儿状，看起来就像一道绚丽的流光。

白猛的铣床，已经干出了几件炮弹尾翼的成品，郤国才蹲在地上用游标卡尺一件一件地检查着工件的精度。

"东坡，下午能挑螺纹吗？"

张国平苦着脸："拉倒吧！想把爷累死啊？还挑螺纹，你过来摇摇试试啊！"

邓汉涛背着手，看看这里，再看看那里，眼光最后落在驴厩边上几个孩子身上。他们正在玩着一个怪模怪样的玩意儿。

"石头，这东西哪儿来的？"

石头看是邓汉涛："邓大大，嘿嘿，这是冯大大从村里买来的。"

"要这干嘛？"邓汉涛走过去，仔细看了看，原来是一台日本军用摩托车的发动机。

"哎，别乱动啊，去，一边儿玩去。"冯斧头给了每个孩子几颗花生豆，打发他们去外面玩儿。

"冯师傅，你弄这个……打算卖给我多少钱？"

"嘿嘿，不是要给你解决动力问题吗？ 300 块大洋，不贵。"

"什么？"邓汉涛眼珠子都瞪出来了："不是，这买个摩托车也不至于 300 块大洋啊。"

"那你有能耐你买去啊。"

"我……我还真买不来。"

"这玩意儿，可遇不可求，"他压低嗓子告诉邓汉涛："沈淳宏厂长不是说有钱吗？你怕啥？记账就行啦。"

"那也没这么坑人的啊？"

"那你就找人接着摇摇把子算啦。"冯斧头端着缸子扭头就走："那你这个也得给我钱，退是退不了了。"

邓汉涛一咬牙："行！那你可得保证这东西好使。"

"要想好使再加 50 块大洋。"

1939 年 9 月　河北涞源　大砟沟东部

月黑风高，是偷东西的好时候。

李俊生、黄西川和路达，带着七八个铸工，可谓是倾巢而出，全部绕过了东边的山，直奔北岭日军铺设好的轨道而去。

"先说好啊，一人扛两截儿，不许偷懒。"黄西川派任务了。

"你懂不懂啊？铁轨沉着呢，这老长一根呢，笨蛋。"李俊生反驳道。

"螺栓还要不要？"孙喜才顶着个破草帽，把腰里的几枚手榴弹放在石头后面，瞪眼望着山下两根铁轨。

"废话，要那个干嘛？咱有大货，在乎那点儿小玩意儿啊？"

"我先下去看看。"李俊生关键时候胆子真不小，他咬着扳手，慢慢地溜下山去。

就在这时候，一道强光从远处射过来。

"回来！"路达窜过去把他拉回来："坏菜了，鬼子想在咱们前边了，那是鬼子的巡逻列车，专门护道的。"

"鬼子脑袋让驴踢了，这地方还能有偷铁轨的啊？"李俊生想也不想，脱口而出。

"废话，咱干啥来了？"黄西川可算逮到李俊生的把柄了。

"别急，都别出声儿，"路达怕他俩再吵起来误了大事儿，赶紧叫停。

"等车开过去，咱下手快点，拆了铁轨，车回来一准儿翻车。"刘福贵握着手里的扳手，就像游击队拿着枪。

"嗯，但是不知道巡逻车开到哪儿往回走啊。时间差不好把握。"黄西川讲究做事儿稳当。

"先看看再说。"

"嗯。"

鬼子的巡道列车确实够狡猾的，每隔几分钟就朝着两边山顶和草丛里放一阵排子枪。

"他娘的，鬼子真不吝惜子弹啊。"李俊生背靠着山坡，捂着胸口："要是我，早心疼死了。"

巡道车开过去了，几个人静静地趴着，路达掏出表来计算，十分钟过去了，车没有回来，20分钟过去了，也没回来。

但是时间越长，越不敢轻举妄动，因为巡道车随时都可能出现在山坳的拐角……

"是不是，那车不回来了？"孙喜才有点耐不住性子了。

"要不你下去试试？"刘福贵打了个哈欠。

"行，我去看看。"孙喜才还真往下溜。

"哎！你还真去啊！要去咱俩一块儿。"刘福贵刚说完，一阵机车轰鸣声传来，巡道车出现在山坳拐角儿。

"都别动，咱还得看看这东西从东边回来的时间。"路达扭头看，李俊生早睡着了。

时间一秒秒过去了……

估摸着天都快明了，巡道车再也没回来。

李俊生伸了个懒腰："哎……这一宿有点冷。"

"你倒是睡得踏实啊。"路达揉了揉眼睛："我这脑袋针扎似地疼。"

"我看巡道车是回不来了，鬼子也有偷懒的时候。"黄西川把扳手往石头上一磕："这一夜不能白趴着，趁早下去弄道轨钢。"

几个人熬了一夜，在这个问题上达成了共识。

李俊生熬夜，心里说不出的发堵，四肢也感觉莫名其妙的发紧。他抹了一把草叶上的露水，拍在眼皮上，算作提提精神。

下了山崖，见两根钢轨直通远方。

"铛——！"黄西川用扳子敲了敲铁轨，听着清脆的响声，他笑了："小日本这钢是怎么炼的啊。"

"哼，那流的也是咱中国人的汗。"李俊生俯身摸着钢轨："他娘的，这茬口对得可真严啊。"

路达看了两眼道轨铺设的结构："操练起来吧。"

"快！"

"赶紧！"

一拨人七手八脚地张开扳手，拧起道轨的大螺钉来。

眼看着道轨就要拆下来了，一阵机车轰鸣声自远方而来。

"坏啦！"黄西川一咬牙："快！上紧对角两条螺钉！"

"干嘛？又装上啊？"李俊生大驴脸一拉拉："你个胆小鬼，卸了抬起来就跑不就得了！"

"鬼子会翻车的！"黄西川俯身去上紧卸下来的螺钉。

李俊生气坏了："鬼子是你爹啊？翻车就翻车呗，管你鸟事？"

黄西川不言语，自顾自地上紧手底下的螺丝。

这时候，巡道车已经出现在山沟里。

大伙的心一下子提到了嗓子眼，孙喜才见势不妙，扭头往山头上跑，因为那里放着几颗手榴弹："奶奶的，干他们丫的。"

"喜才，别去……"

"哒、哒、哒……"

黄西川没来得及拉住孙喜才，车楼子的排子枪就响起来。

孙喜才的后背上，绽开了几朵血色的玫瑰，这些花儿绽放的时间虽然短暂，却在军工历史的书页上印下了一个名字。

"老孙！"刘福贵咬碎了牙关。

黄西川却冲着那巡道车挥手："太君！太君！"

李俊生一看，冲着路达连蹦带跳："你看！你看，奸细吧！早说黄西川不是好东西。"

路达的表现，却使李俊生大吃一惊："喊什么喊？"然后他也冲着巡道车点头哈腰："太君！欢迎太君！"

李俊生死的心都有。

"纳尼？"巡道车慢慢地停下了，车楼子里探出一个削尖了的脑袋："什么滴干活？"

李俊生咬着牙就要掏枪，被路达按住。

"嘿嘿……太君，不能往前开了。"

"嗯？"那鬼子从车楼里出来，三五个鬼子兵也探出头来。端着三八大盖儿围住这一伙儿人。

"太君，我们滴，修道工人滴干活，道轨松了，我们滴，维护。"黄西川脸上挂着笑，举起手里的扳手。

"维护？"尖脑袋鬼子叉着腰，用脚踢了踢道轨："这样……"

"是啊，我们，维护滴干活！"

"八格！"鬼子突然翻脸了，举手甩了黄西川一鞭子："你们滴……维护滴不是！"

李俊生顿时一皱眉，腰里的枪就要拎出来。

1939 年 9 月　河北涞源　插箭岭

发动机真是个好东西，经过冯斧头改造，加上油，摇几下把子就转起来了。

"嗯，这能用。"邓汉涛满意地点点头。

"一切机械的运动基础，都是圆周运动，有了这个主运动，就能无限地通过机械机构变为其他的运动方式。"冯斧头切断了油门，发动机停了下来。

"嗯，齿轮和齿条配合，能变成直线运动呢。"邓汉涛显然很内行。

"其实，各种机构的运功转变，都在咱们的小机床传动系统上了，这个只当做电机使用就行了，加个联轴器，一拖二，不是问题。"冯斧头开始测量机床的输入轴，想办法把发动机输出主轴和机床连接。

"呜哇——"忽然一声奇怪的驴叫，吓得冯斧头手一哆嗦，扳子差点掉在地上。

"啥动静？"李四合回头望着驴厩，起初这些驴都很乖巧，静静地咀嚼着草料，但是这一声驴叫之后，除了被骟掉的俊生和几匹被骟公驴，母驴全都骚动起来。

孩子们赶紧跟着李四合跑进驴厩，帮着他把驴缰绳拴在柱子上。

哪知道这些驴就像疯了一样，根本拉不住。

一头母驴趁着李四合和孩子们不注意，带着头冲破了驴厩的栏杆，跑出院去。

"啊！赶紧帮着拉住驴。"李四合喊完了，追出院子去。

这当口上，另外两头驴也跑出来，满院子乱窜。

老少爷们儿们赶紧停下手里的活计，全去拦驴。

好家伙，这个乱啊，驴厩门被撞烂，就连公驴们也跟着凑热闹，一涌而出。

几个孩子个头小，拉着缰绳被驴拖出了驴厩。

焦凤春冲过去一把抱起小凤："你就别跟着掺和了，石头、狗剩，去帮你邓大大。大虎，快去帮你爹追驴去！"

转眼间，院子里水桶被踢翻，戳起来的工件也全被踢倒。

一头驴也不怕硌着脚，狠狠地踩了地上的千分尺一脚，可心疼坏了冯斧头："我的祖宗啊，这玩意儿踩不得。"

李四合追出院子，见南墙根下，一头毛色油亮的大青花驴正在墙下蹭痒痒。

那头跑出来的母驴，正用鼻子拱那青花驴的屁股。

他当即明白了，现在是阴历八月份，正是春秋季节驴的发情期。

"爹！"大虎跑过来愣了："哎……这驴挺虎实啊。"

"这就是著名的广灵驴，这种驴可是名种儿啊。"李四合慢慢地靠近那头驴："这是谁家跑出来的啊？"

"爹，要不要擒住它？"大虎挽起袖子。

"去，你小胳膊小腿的擒得住？"

"那咋办？"

"想办法撮合那母驴跟它配种，咱来个倒插门儿。"

"爹，你说，咱这算不算偷驴啊？"

"扯淡，你娘嫁到我家，我算是偷人吗？"

"可是人家是公的啊，咱的驴嫁到人家才是正理儿啊。"

"去，你懂个屁。"李四合从没见过这么漂亮的广灵驴，一心要把它弄到手。

"爹，那驴发春了。"

"去，孩子家家的别看这个。"

李四合真有个损招儿啊，跑回院子，拎起个大长棍子跑出来远远地看着。

两头驴在胡同里缠绵够了，大青花驴从后面，趴在了母驴后胯上。

今儿个是个好天气。

阳光从青灰瓦当的缝隙洒在两匹驴子身上，驴子用黑灰色的影子替换了地上的金黄。

两个无比缠绵的影子交织在一起，一条晃动的细长影子即将连接起两匹驴子的身体。

但是，一条更细更长的影子从瓦当廊檐的波浪里出现了，并且加速，直奔那条即将连接驴影的"桥梁。"

"呜哇——噗！"青花驴明显很痛苦，这一声惨叫，将母驴的激情和希望打进了无底深渊。

青花驴龇着瞓子表示极度愤怒与不满。

母驴明显很贤淑，怯生生地跑到一边，把头扎进墙角去。

"快！拉回母驴！"李四合跑过去托着驴缰绳，把母驴往回拽："干啥你？心里还有啥想法？真是不要你那个驴脸了。跟我回……"

公驴诈唬够了，扭头看，母驴的尾巴刚消失在院门口，它从鼻子眼儿里喷出两股气，迈步奔院子来了。

院儿里的驴子们，已经被牢牢地拴在桩子上了，李四合带着一群人躲进屋里。

青花驴一进院子，院门儿"咣当！"关闭了，大虎从门后边跑出了穿堂，一溜烟跑进了后院。

青花驴低头看，地上有一条玉米粒儿铺成的稀稀拉拉的线，直奔后院儿。

按说一般的驴，肯定会大快朵颐，但是青花广灵驴却与众不同，丝毫不理地上的玉米，踩着玉米粒直奔后院，尽管它感觉这可能是个圈套。

"这驴，有风骨！"邓汉涛从窗户里看着，挑起了大拇指。

就在这时候，大门"咚咚！"地响。

那头驴一下吓得乱了方寸，快步冲进了后院，引得被拴住的众母驴一阵骚动。

"厂长，开门啊。"魏广元从门外高喊："杨团长又来啦，快接近插箭岭长城了。"

邓汉涛一激灵，推开屋门："四合，别管那头青花驴啦，赶紧收拾东西，开拔！"

"这……不好吧？"焦凤春还是厚道的："不就是那200个扣环吗？还了他们算了。"

"还？我拿什么还？早就铸成弹壳了。"

"哦……那……那就……"

"快点！5分钟之内，装备上驴，开拔！"

1939 年 9 月　河北涞源　大砟沟东部

"太君……我们滴，真的是修理维护的干活。"黄西川脑袋上冒着汗。

"嘿嘿……"尖头鬼子一脸坏笑："你们滴……维护的不是……"

李俊生慢慢地把驳壳枪拎出来，藏在褂子衣襟下面，顶开了保险……

"你们滴，偷懒滴干活！"鬼子横眉竖目："西边，铁道滴修，你们……这里偷懒滴干活。"

啊……路达听明白了，敢情鬼子以为他们这帮人是那边修铁路的人，而且还以为跑这里来是偷懒的。

"回去，铁路滴修！咴！"尖头鬼子一挥手。

"哈咦！"鬼子兵用三八大盖儿，把一伙儿人赶上巡道车。

黄西川上车前，回头看了一眼趴在山坡上的孙喜才，心说：兄弟，我一定回来葬了你。

鬼子的巡道车，估计抗日时期没几个人坐过，这帮人挺"点儿正"的。

这大闷罐子，仅仅依靠枪眼和顶上一个不足50公分宽的那么一个通气口来感觉空气的存在。

鬼子兵每隔几分钟就开一次枪，火硝味儿夹杂着屁味儿刺激着每个人的嗅觉神经。

"这是要将咱弄哪儿去啊？"李俊生捂着被蹦出的弹壳砸到的鼻子，有些压不住了。

路达赶紧按住他的手，意思是别轻举妄动。

"去他奶奶的！"李俊生真给憋红了眼，蹦起来就掏枪："别动，八路军游击队。"

这一喊，放排子枪的鬼子们都一哆嗦。

黄西川捂着脸心说：完了，这小子咋这么冒失？

路达脑子转得快，也掏出勃朗宁手枪来："别动，我是甄奉山！"

好家伙，甄奉山这名片儿在太行山区那是太响亮了，本来鬼子还有点锐气，听见这仨字可就犯嘀咕了。

黄西川见事已至此，只好硬着头皮跳起来："缴枪不杀！"尽管他手里那把驳壳枪的保险从来没打开过。

李俊生看了看数目，枪楼里，八个鬼子，自己这边九个人，如果再干掉俩，数目就悬殊多了。

"啪、啪！"这小子真开枪了，俩吓傻了的鬼子顿时倒在了血泊中。

路达真是个精灵鬼，见李俊生开了枪，自己也干脆毙俩算了。

枪楼子这边一响枪，前面炮楼子里的鬼子警觉了，隔着窗孔问："纳尼？"

"奥西戴斯乃！"黄西川用日语高声喊，那意思就是告诉窗户那边儿"没事儿，好着呢。"

路达、李俊生、黄西川和孙富贵，各自控制着四个活着的鬼子。

路达对其他同伴喊："快去接替死了的鬼子，朝外面放枪，时间长了前面的鬼子会起疑。"

其他人赶紧跑到枪口上，可劲儿朝外放枪。

黄西川叽里咕噜地问了一个鬼子几句，然后对路达说："坏了，鬼子只是想抓咱们去修铁路。"

"我早知道要抓咱们去修铁路，事已至此，没卖后悔药的，但是，我也想过，你以为到了工地咱就能拿到道轨钢？"李俊生其实根本就不糊涂，更不是愣头青。

"哦……也是啊，可是现在。"黄西川望着四个日本兵，有点不知所措。

李俊生一咬牙："毙了他们！"

"纳尼？"前面炮楼又起疑了，隔着细细的窗孔往这边看，但是枪楼光线很弱，只能看到每个枪口都有人，并且端着枪。另外巡道车运动的噪声很大，这边说什么那边也听不真亮。

其实这帮当值的鬼子也挺懒的，要是有一个鬼子勤快点，推开窗子看看，一通乱枪，估计爷们儿们早就报销了。

"放心，我们不会给敌人任何机会的。"黄西川又回话了。

"八格！专心点，不要小看八路。"

"哈咦！"黄西川和路达一块儿答应。

刘福贵赶紧背身靠在铁板窗上，用后背阻隔了炮楼和枪楼的联系。

李俊生低声问那几个鬼子："想死想活？"

鬼子听不懂。

"你们滴，死滴不要？"李俊生换了一种问法。

四个鬼子摇摇头。

"他妈的，那我还是毙了你们吧。"李俊生瞪着大牛眼端起了驳壳枪，满脸杀意。

"你干嘛？他们又听不懂！"黄西川推了他一把："你开枪，再引起前边怀疑怎么办？"

"那你问问他们，想死想活？"

"你哪那么多屁话啊？你想让他们干啥？"

"脱了衣服，跟着咱们跳车。"

"嗨！他们有啥用啊？"

"你想啊，咱们下去，拆了铁路，多俩人不就多抬两根吗？"

黄西川想了想："那他们把道轨钢抬到了大砟沟，咱们的炼铁点儿不就暴露了吗？"

"猪脑子，你不会不放他们回来啊！你想想，小日本抓了咱们多少人？老子就不能用他们俩壮丁啊？"

路达听着好笑，这家伙还带顺手抓壮丁的，这在军工里也就李俊生做得出来了。

黄西川告诉那几个鬼子，脱了衣服。几个人按照李俊生说的，全换上鬼子的衣服，最后放了一遍排子枪。

李俊生推开后车门，冲着刘福贵点点头："门开了有光，兄弟你多顶一会儿。"说完先把四个光屁股穿兜裆裤的鬼子扔下车去，随后又冲着路达一呲牙："我下去控制他们！你们快点哦。"

黄西川回头对刘福贵说："兄弟，我跳下去以后你赶紧着下来啊。"

刘福贵背靠着窗户，露出一丝黄西川从来也没见过的微笑："我不下去了。"

"为什么？"黄西川大吃一惊。

"因为现在不能让前面的鬼子察觉，我堵着窗户，因为堵得越久，车也就越远，你们也就越安全。"

"富贵！你会没命的。"

"呵呵，你们多拿点儿道轨钢，我……呵呵，赶紧走啊。"

"兄弟……"黄西川眼泪都流出来了。

巡道车走远了……黄西川站在铁轨上，感觉脚下的铁轨滚烫滚烫的，这热量来自军工兄弟们对自己事业的无限热忱和对抗日胜利的无限期望。

1939 年 9 月　河北涞源　插箭岭

"不行啊！这些驴不听使唤啊，咋全犯了倔脾气。"李四合扶着驴背上即将掉下来的驮子大喊。

邓汉涛眉毛倒竖："这怎么行，关键时候耍啥脾气。"

"驴全到了发情期。"

这时候，门口马蹄声响，夹着一声高亢的叫喊声："邓汉涛，你个雁过拔毛，我看你今天要是不给我那 200 个扣环儿，看我怎么闹腾。"

邓汉涛一拍大腿："杨团长驾云来的吧。"

"还是筋斗云。"焦凤春也跺脚。

"哼，不就是 200 个扣环吗，至于吗他？按军级，它是独立团，我是工作团，都是团长，还怕了他。"邓汉涛硬着头皮一挥手："广元，开门迎神！"

李四合给了那匹拴在桩子上的青花广灵驴一巴掌："都怪你！你看我怎么拾掇拾掇你。"

"爹，怎么拾掇？"大虎很支持他爹的决定。

"给我准备……"

第十九章　最后一枪送给"她"

1939 年 9 月　河北涞源　插箭岭

门开了，警卫员分立两侧，杨团长从大青马上跳下来。他身后，还跟着一匹白马，马上的人看着眼生，但是从身上笔挺的八路军军服和胸前的怀表来看，好像也绝非等闲之辈。

这人虽然不高，但是格外的黑壮，他和杨团长并肩走进工作团驻地。

"邓汉涛呢？给我滚出来。"杨团长高声大气。

"杨团长，嘿嘿，别来无恙乎？"邓汉涛从屋子里出来，挂着生硬的笑脸，抱拳拱手。

"你看看谁来了。"杨团长一闪身子，那白马上的人往前走了两步："你就是汉涛同志，你好啊。"

邓汉涛伸出手去，和那人握手，顿时感觉到这双手强而有力，并且带着一股炙热。

杨团长趴在邓汉涛耳朵上耳语了两句……老邓差点没蹦起来，握着的手抓得更紧了："哎呀，是您……有失远迎……快，屋里请，达子……达子！"

这声"达子"都喊习惯了，尽管路达正在大砟沟那边卸钢轨。

焦凤春看邓汉涛这表情，就知道来者不简单，赶紧沏茶倒水。

邓汉涛拉着那人的手都不愿松开："久闻聂……"

杨团长咳嗽："哎，注意。"

"哦……久闻老总威名，今日得见，汉涛幸何如之啊。"

老总看出邓汉涛激动不已，笑着拍拍他的手："哎，这话说大了，呵呵。我冒昧过来，没给你们生产上添麻烦吧。"

310

"哎呀，老总言重，您能光临鄙团，求之不得啊，赶紧里面请。"

进屋里，邓汉涛赶紧当着老总的面儿开门见山："杨团长，那些扣环……"

"行啦，你炼钢了就说炼钢了，还打什么马虎眼？"

邓汉涛一吐舌头："哦，敢情你知道啦。"

"其实，这次不是专程来你这里的，"杨团长把军帽摘下来："这不，老总有一匹坐骑，今儿早上不见了，跟着他出来找找。"

"哦，为这事儿啊。"邓汉涛嘿嘿一笑："坐骑丢了，老总亲自出来找啊，那坐骑得多金贵啊。"

老总也笑了笑："其实，也没有多金贵。为了一头牲口，让战士们出来找，那不符合原则，自己的事情，还是要自己做。"

"哎呀，老总真是……"焦凤春和邓汉涛暗挑大指。

"敢问老总，您的坐骑是什么样子的宝马良驹？我等看到也好留意。"

老总笑着摆了摆手："不是啥宝马良驹，就是一头驴子而已。"

"驴？"邓汉涛死活不相信老总骑驴。

"这头驴啊，是我在唐县的时候，国际友人白求恩送给我的，要说驴子不是什么金贵的种，但是它承载的情谊，却是千金难求啊。"

杨团长补充："那头驴因为走得稳，老总经常喜欢骑着它四处转转风景。"

"哦……那头驴……"忽然，邓汉涛想起点什么："老总，那头驴子，有什么特征？"

老总想了想："要说特征，跟一般的广灵驴没什么不同。"

"坏了！"邓汉涛一拍大腿，站起来跑到门口，冲着后院儿喊："李四合！别折腾那驴啦。"

李四合正将那驴四条腿绑在骟马桩上，又给糊了个大尖儿帽子扣上，找识文断字的贺东坡在纸帽子上书写了"勾引良家妇驴"六个字。

听到邓汉涛喊，李四合把手里磨的刀放在水里蘸了蘸："干嘛呀厂长？我这马上就要开刀问斩了。"

"你斩个屁！"邓汉涛跑过来夺下他手里的刀："你知道这是谁的驴？"

"谁的驴也得骟啊，要不然扰得驴群不安啊。"

这时候，杨团长跟着老总从屋里出来了。

杨团长一看这驴，立马脸就沉了："好你个雁过拔毛邓汉涛！敢情驴在你这儿呢！"

老总一眼瞅见了那个大尖帽子，也沉下了脸："这帽子上的字儿，怎么回事哟？"

1939 年 9 月　河北涞源　大砟沟

"快点！他妈的，你们打卢沟桥时候的力气呢？你们打娘子关时候的力气呢？"李俊生挥着一根荆条儿，抽打扛着铁轨，脱得赤条条的日本兵。

"行啦，他们也是人。"黄西川有点看不过去了。

"操！他们是日本人。"李俊生大牛眼睛又瞪起来了。

"日本人也是人，对俘虏不要过于粗暴，要不然，你跟鬼子有什么分别？"黄西川上去夺下他的荆条。

"黄西川，你他妈会点儿鬼子话，就觉得鬼子是你娘了是吧？"

"李俊生，你再说一遍！"

"我说了，你就是个日本走狗。"

"我他妈揍你！"黄西川这脾气上来了，比李俊生有过之而无不及："平常我让着你，但是你拿这事儿侮辱我，就他妈不行。"

路达赶紧着拦住："你俩是狗托生的啊？见面就掐！"

"他才是狗！"黄西川气得愤愤的："见谁咬谁。"

"你他妈才是狗呢。"

"别嚷了！"路达一般不吼，吼起来带着当年在延安军工部当领导的威仪："你俩要是狗，早进了我肚子了，少废话，赶紧回去炼钢。"

俩人气呼呼地走在路达左右，不过谁也不嚷了。

李俊生咬着牙："黄西川，你小子给我等着的。"

"哼，你也给老子等着……"

回到大砟沟铸造场，已经过了晌午，黄西川指挥工人们把道轨钢放到切割台边上，自己跑到山头上，抱着腿直愣愣地望着天。

他想起了刘福贵和孙喜才，又从他俩身上想到了修械所里已故的陈尚让等人，不禁眼眶有些湿润。

他本和李俊生一样，卓尔不群，可是自打从保定城回来，他发现自己被一种无形的力量融化了，就像把一颗螺丝扔进熔炉一样，被炙热的火焰揉进了其他零零散散的材料里，这些物质最终凝结成了坚不可摧的新物体。

但是李俊生呢，他究竟是一颗融化不了的石头，还是铸造缺陷里的砂眼？

是砂眼……黄西川给李俊生这样定义，他相信这颗砂眼经过无数次火焰的洗礼，最终会被材料填平，不过现在，还不是时候……

"一、二、三！哗啦！"旧的炉子被推到了，带头的就是李俊生，干活的是四个日本光腚。

"哎！你不能给他们穿件衣服啊？"

"拉倒吧你！他们配穿衣服吗？哎，黄西川，你跑山头上干嘛去了？改造方炉你不来指导，我懂个屁啊！"

"你不是大能耐吗？"

"我是钳工！不是干这个的，哈哈！"李俊生没皮拉脸地还在那笑，好像路上的口角根本没发生过。

"你怎么不是这块料？"

"操！你他妈这话说的，"李俊生拍拍手上的土："好比吧，你那根子，是讨女人欢心的，能拿去跟鬼子决斗吗？"

"我……"黄西川又气又笑，皱着眉毛摇摇头，慢慢走下山来。

1939 年 9 月　河北涞源　斗军湾

"好！"甄奉山拍着手，十分痛快："鬼子火车出轨！太痛快了。"

"是啊，但是不知道是哪帮人干的。"

"大……啊大……啊……大队长。"高大杆气喘吁吁跑上山。

甄奉山立着的山头并不高，不知道为啥，有他站在上面，仿佛这座山便成为了崇山峻岭中的佼佼者。

"什么情况？"甄奉山见高大杆回来了，赶紧迎过去："鬼子动了吗？"

"啊……动、动、动了。"

甄奉山点点头："鬼子哪支部队，摸清了？"

"也……也摸清了。"

"别急，慢慢说，哪支部队。"

"啊两……啊两……两个部队。"

"俩啊？"

"啊……啊……啊……"高大杆显然很急，他身后跟着的王东子一下扒拉开他："去，还不够着急的呢。"

甄奉山想笑也没心思："那你说，越清楚越好。"

王东子掏出地图来，和甄奉山一起看："你看，这是西边黄土岭驻扎的日军独立混成第二旅团，领头儿的是阿部规秀。"

"哦，他们奔哪去？"

"他们从西边的黄土岭行军至雁宿崖方向的黄土岭。"

"嗯……这帮王八蛋跟黄土岭飚上劲儿了，涞源一共东西俩黄土岭，这帮兔崽子全要伸手啊。"

"啊……啊就……啊就是。"高大杆别看结巴，还挺爱掺和。

甄奉山不理他那茬："另一支呢？"

"另一支就是前一阵子在山里扫荡的驻保定第一一〇师团，师团长就是桑木老鬼子。"

"桑木崇明……连着桑木崇道他们哥俩，都不是什么好东西。"

"嗯。"

"他们的动向怎么样？"

王东子把手在地图上大把一划拉："他们比较散落，但是全部向东黄土岭和雁宿崖方向集中。"

甄奉山点点头："他奶奶的，黄土岭，一准儿有大仗打啊。"

"现在咱们咋办？"老徐凑过来，在鞋上磕了磕烟袋锅儿。

"到时候咱们去黄土岭增援主力部队，看现在的情况，鬼子还在行军，这场仗暂时打不起来，我倒是担心起那帮家伙了……"

"哪帮家伙？"老徐不知道大队长指的谁。

甄奉山看着地图："那帮家伙现在就在插箭岭，鬼子一准儿会从那儿过。"

1939 年 9 月　河北涞源　插箭岭

"哦……是这样啊。"老总望着那头青花广灵驴，半晌不语。

邓汉涛偷眼观瞧老总的脸色……他不是个善于察言观色的人，但是实在摸不清老总到底在想什么，为了工作团，暂时还是小心为妙。

"这驴，给你们添了这么大麻烦啊。"

"没有，老总……"邓汉涛觉得自己说的这话很违心，当即改为："是，的确添了不少麻烦。"

"还踩坏了我们的千分尺。"冯斧头背着身，蹲在地上把那把0到25的千分尺拆卸开来，放下螺杆拆卸扳手摇了摇头："精度是调整不过来了。"

杨团长抱着肩，弯腰看了看冯斧头手里的测微螺杆："这东西，让驴踩弯了，也太不结实了。"

"那你给我弄个好的去啊。"冯斧头不管是谁，没头没脑地摔咧子。

"能隽，"老总背着手轻轻拨开杨团长："我看看。"

冯斧头红着脸一回头："你看看这个！"

老总看了一眼千分尺，顺眼瞟了一下冯斧头，笑容顿时在脸上凝滞了："啊……你是……"

冯斧头赶紧转过脸："我是什么？赶紧赔尺子。"

"好、好、好。"老总脸上流露出一股惊喜的神色："千分尺，我没记错的话，应该是四把一套，我赔你一套。"

"哼！"冯斧头继续去拾掇地上的千分尺。

"那怎么成，这驴是老总的驴。"焦凤春息事宁人。

"那不行。"老总摇摇头："驴子是我的，违反了纪律，原则上必须惩罚。驴子是没有能力进行赔偿的，但是我有。"

"这……"邓汉涛又觉得不大好意思了："其实，除了这个，也没什么值钱的东西，也就是围栏、筐头什么的。"

"围栏和筐头都是你们的吗？"

"不是，我们借用的。"

"那就是老百姓的东西，更要赔偿。"

"老总……现在咱们部队忙着打仗，这些鸡毛蒜皮的事儿……"

"不要再商量了，事情无大小，损坏的所有东西，我个人赔偿，这个与公家无关。"

老总回头告诉杨团长："能隽，因为我明天要赶去道子沟一趟，你费费心，帮我把东西和钱送到这里。"

"说得轻巧，千分尺你们怎么搞？"冯斧头真是不管不顾："上嘴皮一碰下嘴皮，就有了？"

老总笑了："哎，你还别说，我手里还真有一套千分尺，就怕你说话不算数嘞。"

"哼，"冯斧头扭过头去："你拿来吧，不过，得折成现钱给我。"

邓汉涛一听："怎么个情况？冯师傅，老总赔偿一套四把千分尺，干嘛还得跟你折现？"

"这个……"冯斧头欲言又止。

老总上前去拉起冯斧头，上下看了他一阵："哎，这一阵子，你受苦啦。"

"别这么说，我挺好。"冯斧头一脸的苦涩。

"真没想到你能回到军工队伍。"

"鬼才愿意回来……"冯斧头抬头望天："我只是为了赚钱而已，今天我在这里的理由，正如我当年离去。"

"现在你明白了。"

"我可能依然不明白。"

"人的某种技能到达了一定的境界，就会对自己的路迷茫了。"老总拉着冯斧头的手，慢慢地在院子里踱着步子。

"他们说什么？"邓汉涛听得纳闷，问杨团长。

"我也不知道，头一回见老总这么有闲心。这人什么来头？"

"冯师傅，是我们从保定请来的技师。"

眼看着老总拉着冯斧头出了院子的后门，站在门外看到了连绵的青山上蜿蜒的古长城。

"你到底在寻找什么？"

"我也不清楚。"冯斧头叹了口气："也许我在寻找一种信仰。"

"我觉得你是在寻找自己。"

"或许吧……要不师长晚上留下来，一起喝两盅？"

老总摇摇头："我不需要用酒来麻痹自己的神经，夫人和孩子的事情，我很痛心。"

冯斧头低着头笑了笑："后来我又找了个老婆。"

"夫人何在？"

"埋在刀岭崖。"

"哦……"老总摘下了帽子："对不起。"

"呵呵，没啥……没啥啊……"

这时候，前院忽然一阵骚乱，冯斧头回头往院里看，邓汉涛急急忙忙跑出后门来："老总，不好意思，我们的工作团要马上开拔。"

"怎么这么急？"老总虽然表现得很平静，却已经从腰上拎出驳壳枪来。

杨团长也跑出来："鬼子已经距离插箭岭不到5里了。"

"老总，"焦凤春牵着那匹广灵驴出来："你们从这后山走，给，您的驴。"

老总朝门里看了看，见所有的机床、辎重等等全部上了院里那些驴背上，当即喊警卫员："把我的马备好！我和杨团长就要走前门。"

"前门得绕白石坨，很容易碰上鬼子，再说您这驴，也不好带啊。"焦凤春把驴缰绳塞给老总，回头喊警卫员："同志，麻烦你们把马带到后院吧。"

"不必！"老总拉着驴缰绳来到院子里，大声高喊："给这头驴，驮上点儿军工装备。"

"哎呀！"邓汉涛连连摆手："使不得，使不得呀。"

"这头驴，在这里肯定能发挥更大的作用，我现在把它送给流动工作团，记得骟掉它。"

这时候，有一头驮着机床驮子的公驴忽然打开了哆嗦。

"怎么回事？"邓汉涛问李四合。

"呀，"李四合掰开驴嘴看了看，又看了看驴眼皮："一准儿是病了……大虎！石头！"

"爹！"

"快去拿点儿吗啡来。"

"李叔，没了。就那么一点儿，前阵子头驴俊生病了，不是全用了吗？"石头很无奈，小手一个劲儿地抓着自己的衣襟。

"哦……"李四合咬着嘴唇："这驴干不了活儿了，咋办？"

老总牵着那头广灵驴走过来，把缰绳递给李四合："来，牵上。"

"啊！使不得，使不得。"李四合一个劲儿摆手。

"警卫员，给这驴上驮子！"老总指挥俩警卫员，把那头病驴的驮子换到广灵驴背上。

"不行啊，要不得要不得。"邓汉涛执意不肯。

"警卫员！"

"到！"

"我和杨团长与你们共乘，你俩的马先留给修械所驮东西。"

"哎呀，这怎么行？"

"我们走！"

老总和杨连长带着警卫员二人一马走了，邓汉涛愣在了门口儿。

"老总多重视咱们啊。"焦凤春感叹。

"魏广元！"

"在！"

"带几个民兵，护送老总！"

"是！"

"我们过金山口，到长城北的戴家庙等你。"

"好！"魏广元拎起那挺正在试枪阶段的 ZB-26 轻机枪，带着民兵们追赶老总去了。

"等等！"冯斧头拉住了游击队补充进民兵队的副教官卢万喜。

"咋啦？"

冯斧头把他拉过来低语了两句，卢万喜大吃一惊："啊？"

"你赶紧去，告诉你们大队长，要快马加鞭。"

"哎！"

1939 年 9 月 河北涞源 插箭岭村南

"巍岭插剑！怎么样？对吧。"李俊生很认识几个字，读起插箭岭村口石头上刻的字来。

路达笑笑，自顾自往村里走。

"插箭岭以前肯定出过大才子。"李俊生洋洋得意，以为自己能认下这些字很了不起。

"你这一路上真是闷死个人，那会在大砟沟你不是挺能扇呼的吗？"李俊生对其路上的表现颇为不满。

路达从耳朵里掏出一团草叶儿："对付话痨这个管用。"

"哦，合着我唠叨了一道儿，说给自己听啊。"

"你一共说了 2136 句。"路达否定了用草堵上耳朵的效果。

"你可是一个响屁都没放过啊。"

"连这句 2137 句。"

"我算是服了。"

俩人绕过破旧的石牌楼，慢慢走进村子。

"哎，不对啊……"李俊生感觉今儿村子里的气氛不对。

村子很静，没有牲口的鸣叫，没有孩童的嬉笑，更听不见妇女们的唠叨。

插箭岭，彻底失去了那种"水清鱼读月，山静鸟谈天"的优雅，变得有几分阴森，就连青石路两边也仿佛开满了彼岸花。

"这气氛不对。"路达拉着李俊生躲进路边的一堵破石墙后面："估计村子被袭击了。"

"你凭啥这么肯定？"

"你往下看。"

李俊生低头看，见脚下有一滩殷红的血迹。

"这伙儿鬼子不简单。"路达拽出了勃朗宁，探着头四下张望："他们知道屠杀后，打扫干净街道，但是他们疏忽了一些犄角旮旯儿。"

"哦，是不是村里人全被杀了……"

路达忽然一怔，脸色"唰"就白了，忽然发疯似地从墙后窜出去，向村西狂奔而去。

"哎，你干啥去？"李俊生怕他有啥闪失，紧追出去。

幸好一路上都是死气沉沉，并没有遇到印象中的膏药旗和卫生胡儿，路达跑得快，李俊生追得也紧。

村西的歪脖树，依然向那扇窗伸着手。

路达爬上树，顺着伸出的枝杈来到窗子边上。

"笃、笃……"路达像往常那样敲了敲窗子。

过了好半天，窗子里没有任何动静。

路达说不上失望还是不死心，依旧想敲那窗子。

"纳尼？"那扇窗子"哗啦"一声被人从里面推开了！

这推窗的动作在路达看来是极其粗鲁的，粗鲁得那样彻底。

直到那扇窗子被更加粗鲁地关上，倒挂在树枝下的路达，心跳根本没有任何加速的感觉。

火被点起来了，使他无法再保持以往的冷静。

窗子里面有了动静，那是一阵恶心的日本话夹杂着变态的狂笑，更加使人心

319

碎的是，窗子里那偶尔传出来悲怆而无奈的女子叫声。

路达知道，那只心里的眼睛，正在流泪。

李俊生在树后躲着，当他探出头去的时候，简直不敢相信自己的眼睛。

一向沉着冷静的路达，居然一脚踢开窗户窜了进去。

随后一阵骚乱，夹杂着几声枪响，那之后就是男人粗狂凄厉的嚎啕大哭。

李俊生这辈子最后悔的，就是没学会爬树，否则就可以跟着爬上去看看窗户里发生的一切。

这几声枪响，仿佛一滴落在热锅油里的一滴冷水，瞬间激发了村子里的沸腾。

"啪！"又是一声枪响，李俊生心里颤了一下：完了……路达一准儿完菜了……是鬼子打的冷枪还是路达为了里面的女人自尽？

但是看到路技术员红着眼圈飞快地从窗户里跃出来，李俊生放了心。

"快跑！"路达用袖子擦擦脸，拉起李俊生一路奔西。

"哎，工作团？驻地在村北。"

"你以为邓汉涛还敢留在村子里？"

"为什么？"

"没有你李大英雄在，修械所谁敢留在被鬼子占领的村子？"

李俊生真听不出好赖话，挠着后脑勺一阵傻笑："嘿嘿，也是啊。"

"咱们先朝西跑，然后绕回大砟沟，会和西川，工作团的新驻地，老邓一定会派人去送信儿的。"

身后枪声喊声交织在一起。

风把村子里凝滞的空气鼓动起来，雷声隆隆，送李俊生和路达出了村西口儿。

"哎，我有个疑问。"

"说。"

"刚才你在那里面，最后一枪是谁开的？"

"我开的。"

"后来又有鬼子进去了？"

路达摇摇头。

"那最后一枪……"

"最后一枪我留给了她。"

"谁？"

"那个在我心里留下一只眼睛的女人。"

1939 年 9 月　河北涞源　金山口

山雨就是这么没眼力见儿。

9 月的雨，应该是温柔缠绵的，但是今儿个这雨，可太反常了。

豆大的雨点，打在草帽上，打在肩头上，打穿了冰凉的心。

9 头驴，两匹马，背负着沉重的生产装备，在泥泞的山路上一走一滑。冯斧头一会儿跑到前面，看看驴驮子上小铣床的油布是否盖严了；一会儿又跑到后面用胳膊擦去小刨床床身溅上的泥点子。

邓汉涛把自己的蓑衣草帽分给了四个孩子，自己则光着膀子走在队伍最前面吟诗玩，以表示对风雨的不屑："血刃封楼巧攻书，清岚猿鹤绕草庐。不忍回首经年路，无风无雨不江湖。"

此举引来几个文酸青年纷纷效仿。

"好一个'无风无雨不江湖啊'！"贺东坡出身书香门第，又在上海读过大学，有些兴起。还没等他张嘴吟出妙句，就听到金山口两侧的山坡上稀里哗啦的水声。

"啊！山洪冲破了防洪坝！"张国平若不是眼睛盯着两侧山坡上尚未成熟的酸枣，恐怕还真意识不到这危险。

"保护装备！"冯斧头喊得嗓子都劈了。

"保护个屁！快跑啊！"邓汉涛急了，那也是十分爷们的。

他回身抱起小凤和狗剩，扯着脖子喊："赶快跑出金山口。"

"不对！"李四合使劲抽打头驴俊生："赶快往高处躲。"

"咱往回跑吧！"焦凤春也跟着起哄。

"到底往哪跑？"白猛抱着石头和大虎原地打转。

邓汉涛一指山头："往前跑，因为出了金山口就有长城的登城口，快走。"

一众人蹚着山沟里已经没过腿肚子的水，全速向山口北挺进，但是……那头青花广灵驴，好似没怎么经过大风大浪，居然驻足不走。

"还不走？你等着腌咸菜啊？"李四合举起鞭子就抽，但是不管怎么抽，广灵驴就是不动地方。

水都要淹没大腿了，邓汉涛急坏了。

"要不放弃这头驴？"焦凤春以人命为先。

"工人兄弟们！"邓汉涛毅然做了个决定："咱们工人阶级是能排除万难的，我们有的是力气，来！跟我抬驴！"

"好！咱们这么多人，还怕让驴拉了后腿吗？"白猛真是猛，第一个跑过去，把背包往身后一甩，和邓汉涛一起抓住了一条驴腿。

转眼间，大伙儿围拢了广灵驴，连它身上负载的小机床一起抬起来，顺着山坡一步步地逆水而上。

洪水夹杂着泥汤和碎石肆虐地冲击着人们的身体，脚下也变得异常润滑，沿着山坡往上走，随时都有可能被水流冲回沟底。

"啊——嚏！"张国平打了个喷嚏，抹了一把雨水："水流太急了。"

面对着水量集中流速大、冲刷破坏力强的洪峰，邓汉涛抬着驴在前面咬牙挺着："这山坡并不高，冲上去，就快到顶了。"

"可是水流太强了。"

"水流加强那是由于山坡的原因，到顶了一定不会有这么大的冲击力。"

"骗人，一般形成山洪泥石流的地形特征是中高山区，相对高差大，河谷坡度陡峻……"张国平原来搞过地质，对这玩意儿比较在行。

邓汉涛瞪了他一眼："扰乱军心！那你自己留在这吧。"

"设备……设备全泡了！"冯斧头是真心疼啊，他对机械设备的感情，比起修械所里任何一个人来，都是有过之而无不及。

"走！赶快走！"邓汉涛嗓子都快喊劈了。

"往哪走？"

"往高处走！李四合，你别让大虎跟你赶驴了，他个子小，驴子腿打滑容易伤到他。"

提起孩子来，邓汉涛忽然发现不见了小凤和石头……

"谁负责看着小凤和石头？"

"我们这不都抬着驴呢吗……"贺东坡苦着脸。

"小凤——，石头——"邓汉涛急了眼了，自己就要往山下冲。

"我也去！"李四合也有点急眼。

"我也去！"

"还有我。"

"老邓！"焦凤春按住他："我也很痛心，但是……这么大的水……"

邓汉涛甩开他："孩子们从鬼子手下捡了一条命，我不能让他们葬身在洪水里。

尤其是在我眼皮子底下。"

1939年洪水是20世纪河北华北一带最大洪水,形成洪水的几次主要降雨过程,是由于台风接连北上所致,范围除燕山、太行山部分地区,还深入到唐河、坝上高原以及永定河、子牙河流域的背风山区。暴雨中心始终徘徊在大清、永定、北运河流域,造成连续多峰的洪水。

1939年9月　河北涞源　插箭岭西

"哈哈!"李俊生扒着大石头,朝被洪水淹没的村子看:"水腌倭瓜。"

"有啥好笑的。"路达抹了一把脸:"看洪水的流向,不只是淹了村子那么简单,老邓他们可别往北边走啊……"

"保不齐……现在,这到处是水,先考虑咱们奔哪儿走。"

路达皱着眉,手搭凉棚四下里张望,不留神差点掉水里去。

"哎,你看那边儿。"路达指着水平面上鼓起的一个小山包:"在那上面避一下儿,等水退了,如果能找点东西做个筏子之类更好。"

"嗯,那咱怎么过去?"

"反正衣服也全淋湿了,下水游过去。"

"我是个旱鸭子。"

路达一脚把他踹下去:"我让你旱鸭子!"

"噗通!"水花四溅,李俊生在水里可就扑腾开了:"狗阎王,你当真想当阎王啊。"

"噗通——哗啦!"路达也跳进水里,揪着李俊生站起来:"笨蛋,齐腰深的水淹不死人。"

李俊生这才意识到,原来自己是坐在水底的。

"哎,你看,鬼子从村里出来了。"李俊生使劲扥扥路达的胳膊,俩人回头,见村口飘出一大批的钢盔屁股帘儿。就像久关笼舍的鸡鸭忽然被放出来溜腿儿一般,密密麻麻地由村口向四处扩散。

"我可不愿意跟这帮兔崽子一块儿泡在水里。"路达拉着李俊生绕到石头后面:"看,那些鬼子也盯上了那座小山包。"

李俊生探出头去，见鬼子果然在向西南方移动："那咱也不能在水里泡着啊，非给泡肿了不可啊。"

路达指了指西北："要不，咱们上长城……"

"啪——！"

路达身边忽然溅起了水花，随后，一股血水自下而上将他身边的血染红，路达捂着大腿，五官皱在了一起。

"啪——！"又是一声枪响，鬼子还是发现了这边的动静。

"你赶紧走，别管我。"路达拎出勃朗宁，冲着鬼子扣动扳机，"乓！"一声轻响之后，路达手心发麻，顿时傻了。

"忽略了，枪管子进水……"路达悔之晚矣。

"管里带着水就射击，水分瞬间汽化炸管子很厉害的，你路大技术员还不懂这个？"李俊生矮身背起路达，朝西北方向稀里哗啦地蹚着水行进。

"放下我！本来水里跑得就慢，你还背个人……"路达使劲捶打李俊生的肩膀。

"扯淡，老子扔下自己兄弟跑路，不能再犯第二次。"

"可是现在情况不一样。"

"闭嘴，你丫不是嘴挺严的吗？"

"问题是我负伤了。"

"但是你不是刘德胜。"李俊生脑子里浮现着那天晚上在刀岭崖，刘德胜掩护自己逃命的情景："而我也不是那个时候的李俊生。"

鬼子全部朝这边聚拢过来，由于水的阻力，鬼子追得不快。

显然，李俊生背着路达也跑不快。

西北方的山丘灰黑灰黑的，依稀能看到蜿蜒的长城影，前面灰蒙蒙，身后也灰蒙蒙。

鬼子的枪在雨里绽放着黄色的花朵，一朵接一朵。

雨水想把腾起的硝烟迅速压下去，但是烟依然拖着被雨水打穿的身体拼命腾起。

"把你的枪给我。"

"这是我的枪……"李俊生身子一歪，右臂生疼。原来是一颗子弹擦着他的右臂飞到前面去了。

"放下我，把你的枪给我。"路达揪着李俊生的耳朵，死死地拧。

"你拧死我也不放，你要是下去，我也不走了。"

"那你把枪给我。"

"去你的，你想把老子的枪也打得炸管儿啊？"

"俊生，你听着，他们把咱俩都打伤了，这两枪的仇不报回来吗？"

李俊生一听这话，就知道路达骨子里其实有着跟自己一样的性格，只是他会把这性格连同话语一起吞到肚子里。

"你自己掏，就在我腰里。"

路达俯身拎出了浸水的盒子炮，使劲甩了甩枪管儿，顶开保险回身放了一枪。

"打死了吗？"李俊生腿上加力，全力向前行进，但是对路达的战果很关心。

"打死俩。"

"切，吹牛吧你。"

鬼子的枪声里，还夹杂着另一种枪声，李俊生意识到这枪声的严重性："坏菜了，鬼子的狙击手也盯上咱了。"

路打不言语，继续回身开枪："啪！"

"这一枪咋样？"

"这回，倒下去四个……"路达自己都觉得惊异。

"放屁，你就吹吧……"

"李俊生，你这枪里装的不是散弹吧？"

"啥？"

"我说你这枪里是子弹还是铁沙子。"

"子弹啊，咋啦？"

"我一枪真干死四个。"

"放屁，不可能。"

1939 年 9 月　河北涞源　金山口

"小凤——，石头——"邓汉涛红着眼圈儿，在水里四下趸摸。

"老邓，"焦凤春摸到一只鞋："你看。"

这只小鞋，上面绣着一颗红星，这还是焦凤春的老婆当年给春喜绣的。

在修械所，石头鞋子破了，焦凤春便取出来给石头换上了。

325

"石头……邓大大对不住你啊。"邓汉涛把鞋子紧紧抓在手里。

"哎！在那儿呢！在那儿呢！"忽然贺东坡指着远处城墙根下的一段枯木兴奋地喊："俩孩子在那扒着呢。"

邓汉涛和李四合立马冲进激流中，稳着身子向枯树靠拢。

"石头啊，你被冲跑了咋不吱声啊？"李四合高喊。

"先过去再说……"邓汉涛忽然身子一斜，险些被水流冲跑，多亏李四合伸手拉住他。

白猛和焦凤春紧跟着要往下冲。

冯斧头一把拽住他俩："等等！"

"啊？"

"你们这样下去是找死，焦爷身体单薄，经得住这水流吗？"

"那咋办？"

"等下，东坡，解下捆绑小机床的绳子，给他俩拴上腰。"

"不行！"焦凤春摆摆手："那机床全得泡了水。"

"救人要紧，还管什么机床？机床坏了我再修嘛！"

"那得多少钱？"贺东坡皱着鼻子，坚持要下去。

"你以为邓汉涛付得起啊？要钱，老子就不可能在这里这么长时间。赶快，解绳子。"

这话虽然声音不高，但是邓汉涛听在耳朵里，心里顿时产生了一股巨大的力量，他稳住身子，和李四合手拉手直奔小凤和石头。

激流更猛烈了，但是邓汉涛却感觉这水并不凉……

忽然，一股洪峰从高处拍下来，直击人们头上。

"稳住！抓牢身边的东西！"冯斧头使劲揪住了一棵酸枣树，左手搂住了身边的狗剩。

就在这时候，邓汉涛被骤然加强的水流冲得一个趔趄栽倒在水里。

第二十章　热血尽，化尘与土

1939 年 9 月　河北涞源　金山口

"老邓——！"焦凤春看见邓汉涛倒在水里，把刚解下来的绳子栓在腰上就往山下冲。

水位越来越高，水流也越来越急。

"绳子不够长啊！"后面拉绳子的几个小伙子叫苦了。

"邓大大！"小凤和石头也急了。

"你俩抓住了，不许松开手！"邓汉涛忽然从小凤身边钻出来。

众人一阵欢呼。

冯斧头眼珠一转："大伙儿一个接一个拉成人墙，咱工作团有的是人！"

"对啊！"

"来！我第一个。"

"你要是第一个就抓紧后面的树。"

人墙一个接一个地连接起来，流动工作团的每一个人都是一个重要环节，这堵墙起先被洪水冲得左摇右晃。但是随着人多起来，这堵墙也渐渐厚重了。

支撑它的，是一种精神，一种情感，更是一股力量。

人墙晃晃悠悠地在山下转了个弯，吸纳了焦凤春和李四合，龙头一甩直奔邓汉涛。

雨声终于画上了休止符，云开一线，阳光把金山口一带的水面照出金鳞。

山坡上松动的小石头被洪水带进了这个临时的大湖里，大的石头也全洗了澡。如果不是隘口两边的长城城墙，谁都会认为这里变成了新的天地。

"你们被冲走了，怎么不喊我们呢？"邓汉涛用手抚摸着石头和小凤的头。

327

石头眨眨眼："我不想让你们救我。"

"为什么？"

"因为你们被冲走了就没人做大炮打日本鬼子了。"

"我的宝儿啊。"邓汉涛死死地抱住小凤和石头，眼泪就流下来了。两个孩子的身子不大，但是老少爷们儿们觉得这俩孩子和刘德胜、陈尚让那些兄弟一样高大。

1939 年 9 月　河北涞源　插箭岭西

"我没开枪，又倒下三个……"路达越来越纳闷。

"我看鬼子打中的不是你的腿，而是你的脑袋。"这里的水浅一些了，仅仅没过小腿。

李俊生能跑起来了，但是刚蹚了深水，猛地跑起来腿实在是适应不过来。

这一发飘，背上再驮着个人，李俊生站不稳了，跑得左摇右晃。

这俩人越跑，身后的鬼子越起疑，枪声越来越密集。

"达子，咱哥俩这回要是死了，你说谁下地狱？"李俊生还有这闲心呢。

"你。"路达显然更有闲心。

"狗屁，你吃那么多狗，不下地狱才怪了。"

"我这辈子吃它们，是上辈子它们欠我的……就像我这辈子欠了另一个人的……"

"你欠的不会是我吧？"

"臭美吧你。"

李俊生忽然表情严肃起来："其实，小鬼子欠了咱们所有人的。"

"嗯。"

这座山是个半环形，前面就是山坡了，李俊生腿上加劲，硬撑着往山坡上跑。

忽然，半山腰射下一颗子弹，正揍在李俊生的小腿上。

"噗通！哗啦——"李俊生和路达齐齐地栽倒在水里。

不过路达到底是脑子灵，当即意识到山坡上有埋伏，举起驳壳枪瞄着山坡上一个端着步枪的人。

"他奶奶的。"路达甩枪瞄准那个人。

但是他的枪法明显不及那人，而且由于手枪射程和所处位置，这一枪打上去胖算没有多大。

"啪！"那人开了枪，正打中路达的右手无名指，子弹穿过手背激起一朵白花开在洪水中。

"达子！"李俊生扑过去把路达拉到一堆洪积物后面。

"我的手……"路达右手无名指被打断，只连着一点肉皮，汩汩冒着鲜血。

"嘶啦——！"李俊生撕掉自己的衣服，给他包扎伤口。

"等等。"

"啊？"

路达咬着牙，用左手扎住断指，使劲一拽，粘连的皮肉被拉断，无名指彻底与他骨肉分离。

"来吧，给我包上。"

李俊生赶紧给他包扎。

"啪——！"山上又放枪了。子弹试图击穿这一堆洪积物，彻底杀掉李俊生和路达。

路达从挎包里掏出单筒望远镜："给，你看看山上那放枪的是哪个混蛋。"

李俊生拉长望远镜，朝山上看去，这一看，可就傻了。

1939 年 9 月　河北涞源　金山口

"哪儿的枪声？"邓汉涛听见西南方枪声大作。

焦凤春爬上长城城墙，手搭凉棚，往西南方看，却只看见"汤汤洪水方割，浩浩怀山襄陵"。

"西南方有八路的部队？"冯斧头很关心另外一个问题："打完仗去拣点弹壳卖钱不错，或者……自己用作生产。"

"现在咱去哪儿？"

"俊生、达子和西川……"邓汉涛搓了把脸，望着东北方向："大砟沟地势高，应该没被淹吧。"

"去那儿？"

邓汉涛摇摇头："大砟沟一带鬼子活动频繁，我还打算让西川撤回来呢。"

"哎，你们看……"焦凤春指着脚下的长城："这里咋样？"

这段长城修建于明万历年间，属内长城，从八达岭向西南到涞源，再延伸进入山西，全长190多公里。其间虽有坍塌，但坍塌下的石头就落在旁边，让人们感觉着把旁边的石头放上去，就会恢复原貌一样。还有敌楼上橹楼的瓦顶，虽然塌落，但就连那腐朽的檩、椽还在瓦的下面。这是原汁原味的长城，怎能不使人激发思古之幽情。

邓汉涛登上城头，放眼望去，只见四野波光："关城楼橹出层云，独自凭高日又曛。易水遗墟燕太子，飞狐故道李将军。戍连朔漠兵威盛，山阴幽并地势分。弭节怪来无一事，虞廷长夏奏南熏。好！此乃华夏之魂也。"

"爹，邓大大说的什么啊？"大虎小眼眨巴眨巴的。

李四合挠挠头："好像是什么李将军，赵将军的……哎，去他的，反正就是说这地儿好。"

冯斧头拍拍手："这地方还有敌楼和烽火台能住人呢，不错啊。"

"那就往上搬啊！"大家欢呼起来。

"在我们的长城上，完成迫击炮，是多么的有意义啊。"邓汉涛很兴奋："我怎么一开始没想到这好地方呢？"

1939年9月　河北涞源　插箭岭西

"奶奶的，怎么会是他。"李俊生差点捏碎了望远镜筒。

"谁？"

"魏广元！"

"啊！"

李俊生撇着嘴："你别学我啊。"

"你没看错啊？"

"孙子才会看错。"

"我看看……"路达抢过望远镜，见山上那人已经放下步枪，端起一挺捷克ZB-26轻机枪来。

南边的鬼子渐渐压上来了，这堆渐渐冲散的洪积物已经无法再作为掩体了。

李俊生忽然跳出去："魏广元，你个王八蛋！没看见是老子吗？乱放枪。"

330

魏广元在山上扯着脖子喊："你们现在已经被皇军包围啦，还逞英雄啊？"

说完，他从身后拽过俩人来，这俩人被绳子捆得结结实实："看看，这是你们的老总。"

李俊生心里一沉：坏了，这小子敢情真不是好鸟。

魏广元哈哈大笑："你们那个杨团长也跑了，但是过不了多久，就会被皇军抓住的。"

鬼子蹚着水，靠得越来越近，子弹已经触及他们身边的水花了。

"哈哈哈哈……"魏广元拎起捷克 ZB-26 冲着李俊生一通扫射，把他逼回了洪积物后面。

"达子！"

"怎么的？"

"这个……"李俊生搀扶起路达来，拎着盒子枪甩了甩枪管："咱打死一个就够本了……"

"放屁！"

"啊？"

"打死俩才够本！"

"对，打死俩才够本。"

魏广元在山上看见他俩站起来了，一阵狞笑："李俊生，谢谢你把我捡回来，捷克机枪的子弹是很珍贵的，我送你俩见阎王去吧。"

路达哈哈大笑："老子本身就是阎王，到了阴间去吃那些日本狗。"

"我看你活腻味了。"魏广元把捷克机枪的提把扳开，转到下面，端枪对着路达，眼里闪过一丝轻蔑的光。

"啪——！"

这久违的枪声，李俊生毕竟久经沙场，是很能听出来的。

这奇特的枪声，既不是三八大盖也不是晋造五六……

这凌厉的枪声，响得那样干脆……

这熟悉的枪声，在路达怀疑自己枪法如神的时候，出现过……

这突然的枪声，使魏广元手中的机枪掉落在地上，同时捂着手嗷嗷大叫。

"趁现在！"李俊生拉着路达朝山上跑去。

魏广元见李俊生冲自己来了，弯下腰还想拎起 ZB-26 来，一边站着的老总一脚把他蹬倒。

"老东西，你看看，皇军已经包围了这里……你还想做困兽之斗吗？"魏广元依然很牛逼。

"哼，你……其实应该早杀了我。"老总很自然地背过脸去。

"我现在也可以杀了你。"

"哦，呵呵，好啊，那你不想找你主子领赏了？"

这时候，李俊生已经快步冲到半山腰，举起手里的驳壳枪……

"啪！啪！"两声枪响。

魏广元两腿溅出了血花，"咕咚"跪倒在地。

"我操，不带这样儿的啊……"李俊生苦着脸："这枪我还没开啊。"

就在此时，身后忽然闪出一群黑棉裤、黑棉袄来，从山坡上倾泻而下，势头较之山洪更加猛烈。

这群汉子里面，跑着一个身穿八路军装，手里拿着日本九七式狙击步枪的人，他跑一段就停下来，半跪在地上，扣动枪击。

"啪！"魏广元一条胳膊立马冒了血。

李俊生鼻涕泡儿都乐出来了，拍着路达的后背喊："狗阎王啊，我说咱俩枪法咋这么准啊……感情是神枪宋岭春来了啊，哈哈。"

宋岭春身后，就是游击队派给工作团民兵的教官卢万喜，他们正拎着驳壳枪和宋岭春一起朝这边跑过来。

这场不大不小的战斗打了不到 40 分钟。由于后期八路军晋察冀军区某师师长亲自参与指挥，我方游击队 264 人，以绝对压倒性的优势歼灭日军 257 人，俘虏 31 人，游击队无一人阵亡……这也是抗战史上师级干部直接指挥游击队作战的首例，由于当时游击队员对记录史料不大重视，故此这场特殊的战斗并未被载入史册……

"毙了我吧。"魏广元闭着眼，硬生生地坐在地上。

"我早想毙了你！"甄奉山拎出双枪，顶住了魏广元的脑袋。

"等等……"李俊生按下了甄大队长的胳膊。

"干嘛？你来？"

"嗯，我来。"李俊生拎着魏广元去了一旁的枯树下面。

游击队的弟兄们用枪顶着鬼子俘虏，开始查点人数，探听情报。

"哑巴是你杀的？"李俊生站在树下，面无表情。

"是。"

"还有，自打你来了，修械所几次遭到袭击，跟你有关？"

"也是我送信儿的。"

"委屈的鬼啊……"李俊生叹口气："在雁宿崖，你开枪引日本人杀我，也是计划？"

魏广元摇摇头："那次是意外……"

李俊生咬着嘴唇点点头："好吧……你还有啥想交代的？"

"焦凤春的硫酸里，我给扔了硼砂。"

李俊生拍了拍他的肩头："你是日本侦缉队？"

"是特务……"

"专门破坏后方军工？"

"是。"

"你真名叫什么？"

"你只需要知道，我叫魏广元就行。"

李俊生看了看那边的老总，正和甄奉山、卢万喜夸赞宋岭春的神枪。

路达也被几个游击队员围起来了解情况。

"委屈的鬼啊……"李俊生看了看手里的枪："刚才听老总说，跟随的四个民兵和两个警卫员都死了，你是怎么干掉他们的？"

"不是我打死的。"

"那是谁？"

"是皇军的狙击手。"

"你们都是有预谋的？"

"嗯……李俊生，该问的，问完了吧？"

"李俊生！你还不解决了这个坏蛋！"路达三步两步跑过来："你还跟他啰嗦什么？"

李俊生靠在树上，闭上眼睛："我曾经把他当兄弟的……"

路达不言语，蹲下来盯着魏广元。

"还有一件事儿……"魏广元抬起头："我在贺东坡的机床里放了螺丝，张国平咬坏了齿轮……"

"别说了，我不想听下去了……"

"送我上路吧。"魏广元闭上了眼睛。

李俊生的手颤抖了半天，最后把驳壳枪扔给了魏广元："你自己看着办吧，你是我'救'回来的，我下不了手。"

远处的水面开始沸腾，光影里闪出来一支队伍。

这支队伍足有千人以上，浩浩荡荡排山倒海似地将这片水域填充。

老总叉着腰点着那支队伍："能隽来迟了，要受罚的。"

"我看，不必了吧……"甄奉山在老总面前规规矩矩。

"啪——！"

"老总！"

甄奉山急忙扑倒了老总，同时，甄大队长身上的黑棉袄后背破了。

李俊生脸上一变色，回头顺着弹道方向看，见一个黑影瞬间消失在山头上。

"鬼子狙击手，卧倒！"宋岭春抢步上去，端着狙击步枪瞄准山头。

这时候，魏广元咬着牙往前挪了两步："是小野。"

"小野是个他妈什么东西？"李俊生举着驳壳枪蹲在石头后面。

"大日本皇军第二狙击手。"

"我操！还是个第二，那第一是谁？"

魏广元笑笑，指了指路达的手。

甄奉山依然扑在老总身上，身上的黑棉袄窟窿里，露出了一层铁沙子。这足以证明游击队为什么大热天还穿着棉袄了……

很明显，那边的小野属于不要命的主儿，过了一会儿，他又探出头来放了一枪。

宋岭春看准机会打出一枪。

"啪——！啪——！"

两枪全部落空，宋岭春躲回了岩石后面。

魏广元咬着牙爬过去。

"你干什么？"路达把他拽回去。

魏广元苦笑道："李俊生，你信了我这么长时间，能不能再信我一次？"

"你干嘛？"

"把宋岭春的狙击枪给我拿来。"

"这个……"

"把枪给他。"路达说完转过脸去。

李俊生沉默了半晌，直到宋岭春第二次与山头上露出来的脑袋对决。

宋岭春和小野依然都没占到便宜……

李俊生看准时间跑过去，一把夺下了宋岭春的枪，扭头就跑。

"李俊生，你干什么？"甄奉山想去追，却要护着老总。这时候，杨团长的队伍已经到了山下。

"老杨！别上来！"老总急了，推开甄奉山爬起来，冲着山下喊。

杨团长还不知道怎么回事，山顶上的脑袋又露出来了。

"啪——！"

小野的枪，没有打响，魏广元胳膊上的伤口流着血，端着的九七式狙击步枪的枪口还冒着烟。

"委屈的鬼……"

魏广元把狙击步枪扔给李俊生，从地上拾起了驳壳枪："李俊生，求求你告诉邓厂长，就说魏广元战死了。"

"你等等……"老总感觉出了不对。

"啪——！"

魏广元死的不算漂亮，却震撼了所有人的心。他是敌人，一个很有头脑也很会演戏的敌人。

夕阳血红血红，染红了水面和山巅。

"能隽，你来迟了。"

"老总……我……"

"你想怎么表示你的愧疚？"老总其实只是开一个玩笑。

也不知道杨团长是否当真了："拿下黄土岭。"

1939 年 9 月　河北涞源　金山口长城

"俊生，回来就好。"邓汉涛上下看看李俊生，又回身看看路达："达子，你的手……"

"哦，这个……"路达把右手举起来。

李俊生掐了一下他的屁股。

"哎哟！"

"怎么啦？"邓汉涛抓住路达的右手："这……这……"

"呵呵，被狗咬了。"路达避开了邓汉涛的目光，去看李俊生。

冯斧头抱着肩膀靠在垛口上："你俩没给姓魏的害死啊？"

"哦……你们刚才说在山里遇到了魏广元……他人呢？"

李俊生看看冯斧头，又看看路达："他战死了，临死前还打死了一个日本狙击手。"

"切！"冯斧头鼻子皱着，回过脸去继续摆弄手里那一套新千分尺。

"要不要给广元和民兵队的兄弟立个衣冠冢？"焦凤春很在乎同事之间的情感。

"立吧，应该有孙喜才和刘福贵。"李俊生顿了一下："魏广元的就不要立了。"

"为什么？"邓汉涛很费解。

"切！"冯斧头又是一阵苦笑。

"魏广元的墓，不应该在这里……"李俊生弯下腰去摆弄地上的一堆迫击炮架子的零件："杨团长要打黄土岭，问猴年马月才能用上咱的炮。"

"厂长！"高锁柱气喘吁吁地跑上城墙："石家峪兵工厂的同志打听到咱们到了这儿，派人来了。"

"哦，石家峪……淳宏兄！"

"他们研制出了掷弹筒，到咱这儿显摆来了。"

"好个淳宏兄，这是寒碜我来了啊……爷们儿们！抓紧干活！"

"那……石家峪的兄弟们怎么接待？"

"告诉他们，我邓汉涛做不出迫击炮，绝不见他们的人！"

"那……"

"让他们滚蛋。"

1939 年 9 月　河北涞源　大砟沟

"鬼子活动越来越频繁了。"黄西川把一块棒子面饽饽掰成两半儿，另一半儿揣在怀里。

这几天，黄西川长出了胡子，头发除了下雨被动的洗一下之外，基本上是不沾水的。

"厂长挺想你的。"李俊生抢过了那半个饽饽，放在嘴里嚼。

"我也想回去，但是这一阵子洪水刚退，山里的柴禾刚干点儿了，得抓紧时间铸造完剩下的活儿啊。"

"我们钳工那边，活儿干得差不多了。你这老供不上，这不整个一耽误事啊。"

"我也不想啊，上次鬼子扒着大水来，捣毁了一半儿的方火炉。"

"你小子得找机会报仇啊。"

"咱们拆他们铁轨呗，鬼子也翻了几回车，他们一直以为是游击队干的。"

"嗯，你挺损，等着甄奉山跟你瞪眼吧。"

"扯淡，我这还帮着游击队扬名了呢。"

"你这叫在皇军面前给八路栽赃滴干活。"

"去你的。"

"去你的，说日本话的汉奸。"

"你才是汉奸。"

"开炉啦——！"小伙子们围着最后一座方铁炉欢呼："终于能归队啦。"

"哼，要是发现一颗砂眼，就在这里再给我待上三天。"黄西川拎起大铁钩子去开炉。

"哎，我数着你铸造出来的数量早就够了，干嘛还要铸一炉？"李俊生望着从炉里掏出来的一件件毛坯，抓了下后脑勺。

"师父没告诉你，铸件毛坯要打出余量吗？你能担保机加工不报废啊？"

"切，那是你师父，可不是我师父。"

"少废话，赶紧跟我去看看时效处理的那些个毛坯，行的话就叫四合把那些活儿打捆儿，上驴。"

最后，工人们从炉里掏出一些看似佛像的铜毛坯来。

"哎！你做这个干嘛？"李俊生可算逮着黄西川浪费原材料的把柄了。

"这全是别人给的料，私活儿，不是公家的。"

转眼间俩人来到一堆黑乎乎的毛坯件儿前面。

李俊生提鼻子闻闻："怎么这么骚气？"

黄西川扭头一笑："废话，不骚气那叫什么时效处理啊？"

"哎，时效处理我懂啊，没见过你这么处理的。"

"我怎么处理？"

"你小子一准儿在上面尿尿了。"

"你说的不对啊……"黄西川摇摇头。

"哦，这臊气味不是尿啊？"

"是大家伙的尿。"

"你个恶心玩意儿！果然不是个好东西！"李俊生大驴脸撅起来。

黄西川也不恼："现在没空跟你吵吵，这么短的时间，要达到时效处理的效果，就得用点非常规战术。"

李四合牵着几头驴过来，刚巧铸工们把新出炉的铸件堆在一旁。

这群小子堆放好铸件立马就解裤子，堆着新出炉的铸件开始扫射。

"你要不要也玩玩？"黄西川拱了李俊生一下。

"你自己玩吧，老子不奉陪……四合，打捆儿，上驴。"

李四合和铸工们捏着鼻子，把迫击炮筒的毛坯打捆儿，炮弹壳装进麻袋，放上驴背上的驮子。

"俊生啊，你们赶紧着走，今天不是焦爷试验第一发炮弹吗？争取能赶上看看。"黄西川拍了拍头驴俊生的屁股。

"你什么意思？"

"我跟驴说话，关你什么事？"

"哎呀，两位爷，你们见面儿不吵能憋死啊？"李四合胆小，怕惊动了山那边的鬼子。

"别怕。"黄西川指着山北："小刘，去给我叫一个鬼子去。"

"啊？"李俊生和李四合都惊了。

"呵呵，吓着了吧。"黄西川摸出兜里一盒东洋烟扔给李四合："你以为鬼子都是杀人不眨眼啊？他们其实好些人也不愿意打仗。"

他又指着那些铜佛像毛坯："他们信佛的不少，谁不盼望个平安，老婆孩子在家翘首以盼，谁也不希望自己的汉子死在战场上啊。"

"所以你就……"

"对啊，用这些艺术品，来换一个月的平安，所以山那边的鬼子小队长一直给咱打马虎眼。"

"你……"李俊生抓住黄西川的脖子："你这属于投敌卖国。"

"你不卖国，你能在鬼子眼皮底下安安生生地干一个月活儿？"

"你……你可以换个地方啊。"李俊生使劲把他推出去。

"换个地方，我也得来大砟沟挖煤，要不然燃料从哪儿来？"黄西川望着山头上飘过的白云："其实，没有战争，那些日本人一定在横滨的家里悠闲地看云。"

"我宁可他们在阴曹地府看黑云。"李俊生拍了拍李四合的肩头："走啦，跟这个假东洋鬼子一块待时间长了早晚会发霉。"

"要不要我喊几个鬼子护送你一下？"

"去你的吧。老子打过……"

"打你的忻口会战去吧，不送！"黄西川扭头背着手回窝棚去了。

1939 年 9 月　河北涞源　金山口长城

贺东坡和高锁柱把炮筒夹在车床卡盘上，发动了发动机。

"噗哦——！"高锁柱一吃刀，切削热立马把毛坯表皮尿骚味儿发挥得淋漓尽致。

贺东坡捂着鼻子跑出了烽火台："黄西川他妈的真够损啊。头一回儿咱做试验品的那个，还没这么骚气，这家伙……够味儿啊。"

"你跑了，倒是给我找个口罩戴啊！"高锁柱指着另一座烽火台："焦爷的硫酸缸旁边就挂着俩呢。"

邓汉涛和路达站在敌楼二层，俯瞰着这一段长城："想不到，咱祖宗给咱们留下了这么好的地儿啊。"

路达望着墙上刮起的迫击炮图纸："我们的祖先在长城上抗击外敌，今天我们在它上面制作抗击外敌的武器，性质是一样的。"

"厂长，冯师傅叫您和路技术员去验收一下迫击炮。"

"哦，"邓汉涛面露喜色："装好了？"

"嗯，好了，就等焦爷的炮弹了。"

"焦爷炮弹啥时候完工？"

小伙子一指第三座烽火台，见一伙儿人出来风风火火地奔了焦凤春的"地盘"："这不，现在钳工们正去焦爷那边帮助组装。"

"好！走，咱先看看炮去。"邓汉涛一拍桌子："达子，带上图纸，咱们对比对比，这家伙做出来肯定比图纸漂亮。"

敌楼在沉寂中度过了千年，今天，它的胸膛中迸发出了喜悦。

"哎，老冯啊……我这装配速度见长不？"李俊生洋洋得意。

"你知道为啥装得这么快？"

"我手艺长了呗。"

"扯淡，那是因为部件精度提高了，所有的积累误差压缩到了最小，提高了零件的互换性。"冯斧头端起缸子喝了一口酒。

"那你说我跟着你干活儿长进了没?"

冯斧头坐在马扎子上,回身拿起一颗螺钉:"多大的?"

李俊生眯着眼看了看:"M6。"

冯斧头拿起锉刀在螺钉螺纹上锉了几圈儿:"现在呢?"

"直径?"

"对,直径。"

"这……"李俊生的大牛眼都快瞪出来了。

好半天,李俊生一拍手:"哈哈! 5.87 !"

"狗屁!"冯斧头把螺钉扔到烽火台窗口外:"你的道儿眼还没练成啊。"

"哎……啥时候我能练出来啊。"

"慢慢练,把心从嗓子眼儿拽到屁股眼儿上……能体会不少东西。"

"怎么? 我的心在嗓子眼上?"

"你的心在我的嗓子眼儿上。"冯斧头站起来:"打扫打扫场地,厂长来了满地乱像啥样?"

"哎,我可是钳工段长啊,你怎么不让他们收拾?"

"他们不是去帮着焦爷装炮弹了么?"

"那你就指挥我啊?"

一阵急促的脚步声由远而近,邓汉涛兴冲冲地跑进来:"炮呢? 炮在哪儿?"

"泡在手上。"李俊生冲邓汉涛一伸手:"这一遍遍的拆,一遍遍的装,手都磨出了泡,老冯想折腾死我们。"

"嘿嘿……"邓汉涛笑了:"不那样怎么能把你们这一帮懒虫练成急行军啊,快让我看看迫击炮。"

冯斧头指了指身后装配台上用油布盖着的东西:"看看吧,长城风大烟尘多,我怕膛线进土,用油布盖上了。"

邓汉涛迫不及待地掀开油布,一架俄 M1937 式 82 毫米迫击炮蹲在他的眼前。

"啊……"邓汉涛把迫击炮从驻锄、架腿到托架、炮箍、炮筒挨个摸了一遍儿,还摇了几下方向机手儿,嘴唇颤抖了几下,然后用袖子擦了擦眼,回过头去握住了冯斧头的手:"冯师傅……感谢你啊!"

"那我呢?"李俊生抱着肩膀,一个劲儿地坏笑。

"这是大家的功劳!"邓汉涛倒退了几步,围着迫击炮转了几圈:"淳宏兄啊,

340

这下子看你还跟我显摆！哈哈哈……掷弹筒不过是给迫击炮补空的啊。"

"这也是沈厂长的梦想。"李俊生忽然坐下来："掷弹筒的制作工艺，其实比迫击炮复杂，邓厂长做掷弹筒，就是为了等着这一天啊。"

"不错。"邓汉涛望着长城内外，一声叹息："此情此景，应该有淳宏兄在场，说归说闹归闹……淳宏兄啊，你把修械所交给我，我没有给你带好啊。"

"拉倒吧，有我这样的同志，修械所也好，流动工作团也好，就有了灵魂。"李俊生的脸皮真不是一般的厚。

"切！"路达和冯斧头一起扭过脸去。

"好啦！"白猛连蹦带跳地从后面烽火台跑过来。

"慌什么？"

"厂长，出来一发炮弹了。"

"好！"邓汉涛拍手："试炮！"

蓝天白云下，迫击炮被架在了长城烽火台顶，炮口里浅浅的膛线动势，仿佛要将白云尽数吞噬进去。

李俊生是"见过大世面的"，这试炮的重任也理所当然地归他承担。

当然这是他自己想的，眼看着炮弹在焦凤春手里根本没有送过来的意思，李俊生焦急了。

"哎！"张国平吐出嘴里的野山枣核儿，用胳膊捅了他一下："你这摩拳擦掌的，干嘛呢？"

"没事！我蛋疼，行了吧？"李俊生没好气儿地瞪了张国平一眼。

迫击炮炮口，正对着 400 米以外的山坡，那里已经竖立着孩子们做的一个稻草人，胡乱地穿着鬼子的衣服，并且在脑袋上扎着毛巾，还顶了个破草帽。

李四合捂着小凤的耳朵："别吓到啊，吓到会丢魂儿的。"

"驴都拴好了没？"路达担心突然炮发，会惊了驴子们，尤其那头广灵驴，最近脾气异常不好。

李四合点点头："放心吧，这些驴听的炮声比人都多。"

焦凤春确认了没问题，举着炮弹走近迫击炮。

他对着瞄具去找正山坡上的鬼子稻草人，慢慢摇动方向机……

大家的心都悬在嗓子眼……就连张国平都停止了咀嚼，这对于他来说是非常难得的。

从修械所到流动工作团，大家一直盼着有朝一日能凌枪架剑，今天虽然是试验，但是看着自己的血汗凝聚在一起，变成了一个整体，有些人眼眶悄悄湿润了。

迫击炮炮弹终于坐进了炮口中，就像期待重逢已久的恋人在重逢已久的拥抱后撞击出明丽的火花。

"嗵——！"这一声响，证明了焦凤春制造底火的精湛工艺。

其间夹杂着那弹体和尾翼摩擦膛线的鸣响，贺东坡和一众机加工人笑了。

坚实的底盘，严谨的结构，丝毫没有被炮弹的后坐力所撼动，李俊生、冯斧头、张国平和钳工兄弟们的心瞬间发热。

凌枪架剑，等待的就是这一刻……

就在大家即将欢呼的时候，意想不到的事情将人们的热情打回了冰点。

大概是用恋人比喻了炮弹与炮的关系，炮弹刚打出一半儿，就卡在了炮口边缘，说什么也不愿意离开自己的配偶了。

但是现在老少爷们儿们，在短暂的惊异之后，必须逃命。

"快跑！"路达和焦凤春很清楚，此时距离炮弹爆炸还有一小点时间，哪怕跑得摔下城墙，磕个头破血流，也比被弹片打穿身体划算。

许多人都挤在烽火台阶梯口，也有的人急眼了，直接从烽火台上往城墙上跳。

狗剩和石头个子小，跑得慢，小凤和大虎更不清楚大家为什么要跑。

"傻小子们，跑啊！"李俊生把石头一把抓住扔到了阶梯口。

路达和邓汉涛跑回来抱起小凤和狗剩。

大虎跟着他爹李四合，刚要跑，路达抱着小凤脚下一个磕绊，摔倒在地。

这一跤连锁反应，连身后的李四合也扑在他们身上。

李俊生想也没想，冲着迫击炮跑过去。

"俊生！"冯斧头抢先几步，把李俊生使劲甩到身后，自己张开双臂把李俊生挡住……

"咚——！"

"稀里哗啦……"

硝烟冲天而起，烽火台东南角的垛口消失了……迫击炮的弹片支离破碎地布满了烽火台。

但是值得庆幸的是，人们距离很远，除了几个头皮和胳膊被弹片划伤的工人，大家还都活着……这主要是由于冯斧头挡住了弹片的覆盖面，但是破碎的弹片和一部分铁渣，却留在了他的身体里……

"老冯！"李俊生抱住冯斧头："你……你别咬舌头吐血吓唬我啊……"

"混蛋……你还不叫师父……"冯斧头强挤出一丝笑。

"冯师傅！"邓汉涛和焦凤春赶紧跑过来。

所有人都清楚，冯斧头保护了大家……就连跳下烽火台摔崴了脚的张国平也一瘸一拐地又跑上来了。

"没事儿……你们干嘛都为了我一个烂人掉眼泪？"冯斧头咳嗽了两声，嘴里的血更多了。

"达子！"邓汉涛带着哭腔："马上去把黄西川他们叫回来。"

"是！"

"回来！"

"哦……"

"骑着马去！"

"明白！"

"干嘛啊？你们这是干嘛……"冯斧头面露不满："俊生啊……你知道，我教了黄西川什么？"

"不……不知道……不管你教他什么……你都不许死……"李俊生的眼泪掉在了冯斧头脸上。

"呵呵……"冯斧头喘气有些不均匀，李俊生赶紧用手给他划划胸口，冯斧头皱了两下眉："不管什么工种……变通……懂吗？变通……不要墨守成规……"

"嗯，我知道，他为了让时效处理快一些，在铸件上撒尿……"

"嗯……这才是机械技术的最高境界，制造是成文的，但是创造，是无限的……你的心性，还要继续磨练……这样才能有创造的思路……记下了？"

"嗯……我……记……"李俊生泣不成声，他忽然觉得冯斧头是那么值得尊敬，直到现在，他才发觉，原来冯斧头一直都在引导他到达技术的最高境界，只是他自己没有发觉。

"对了……刚才那螺钉……"

"嗯，螺钉……"

"那螺钉……其实你目测对了……是5.87……5.87……"

"我知道，你是不愿意让我骄傲自满，才否定的。"李俊生把他抱得更紧了："对不起……原谅我对您的傲慢和无礼。"

"呵呵……"冯斧头脸色越来越白："俊生啊，我的真名，叫……叫……唐……唐承仪。"

邓汉涛擦了一把眼泪："唐前辈……我早猜到了。"

"汉涛……"

"哎！"

"迫击炮弹的尾翼……有……连接方法……有……有问题。"

"是，您是打算留下看一眼卡在炮口的炮弹，才会……"

"必须尽快改革……否则，后患无穷。"

"是！"李俊生和邓汉涛都点了点头。

"俊生……交给你了……"

"你放心吧……师父！"

"啊……"化名冯斧头的唐承仪脸上露出一丝笑："你终于……叫我师父了……"

"其实我早就在心里叫了，师父……师父……师——父——"

所有的人，都垂下了头，向这位军工界的奇才致以最崇高的敬意和沉痛的哀悼。

李俊生第一次嚎啕大哭，这哭声震碎了每一个人的心，较之迫击炮的爆炸，这哭声的威力更大……

全工作团的人向唐承仪先生鞠躬："师父！一路走好。"

落幕——英雄谁属

1939 年 10 月　河北涞源　金山口长城

"俊生，你小子还不吃饭啊？"焦凤春端着一碗山药蛋走进钳工的烽火台。

"焦爷，我师父说，炮弹尾翼有问题……我觉得咱们是不是铆接的技术不够过关呢？"

"咱们翼片是直接铆接在尾管上，发射时容易松动和脱落，影响射程和精度。否则弹体远比尾翼伸展直径粗，那时候就是由于尾翼一半在沟槽里，那一半伸出去卡在炮口……哎，早解决这个问题就好了。"焦凤春一拳砸在了工作台上。

"嗯。"

"你先吃了饭再说。"

"对了，你原来不是拿着我捡回来的炮弹吗？那尾翼零件之类的还有吗？"

"你吃了饭我就给你拿去。"

"你拿来我再吃饭！"

"行，我的祖宗……"

焦凤春转身出去，李俊生手里摆弄着新造的炮弹尾翼和尾管："尾翼松脱，致使炮弹在出膛的时候卡住……"

"咯嘣！呸！"由于太过于专注，他顺手把一个炮弹壳举到嘴边咬了一口，差点硌掉了大牙。

"嘿嘿……"烽火台门口一个人捂着嘴乐。

"狗阎王，你就剩下 9 根指头还笑话谁啊？"李俊生很不屑地撇了路达一眼。

"李大段长，琢磨了三天了，有效果没有？"路达溜溜达达进来，扔给他一打图纸："你看看，小日本的尾翼和尾管的配合间隙是过盈 8 道儿。"

"问题是咱们过盈 8 道儿，就咱们这破材料非得砸劈了不可，比不上小日本的美国材料啊。"说完他举起身边的一本《材料力学》来晃了晃。

"哟！你这斗大的字儿不认识一筐，还看书呢？"

"焦爷教我的。"

"那你打算怎么办？"

"嘿嘿，变通。"

"怎么变通？"

这时候焦凤春拿着几个尾翼和一根尾管回来了："我说你怎么还不吃饭？"

李俊生指了指那个炮弹壳："吃过了。"

路达和焦凤春对望一眼，无奈地摇摇头。

1939 年 10 月　河北涞源　大砟沟

"黄桑！"日军小队长手捧着一尊铜佛和黄西川并排坐在山头上，望着山后的铁路："这场战争，不论结果如何，我都要回去的。"

"你们一开始就不应该来。"

"是啊……或许，我们不来，也不会有你们。"

"吉田先生指的是……"

"战争，刺激了工业的发展，一切机械技术的发展，都是由于要供给战争所需。"吉田慢慢地抚摸着那尊精致的铜佛："所以，我们不来，你们的军工业就无法发展。"

"不，吉田先生你错了，即便你们不来，也不能担保其他侵略者不来。"黄西川笑笑："中国的工业，势必是要发展的。这不是为了战争，而是时代的发展规律。"

"啊……"吉田小队长望着蓝天："黄桑，这段时间，你为我们的思乡之情找到了寄托，要感谢你。我们……能成为朋友吗？"

黄西川把一根草叶叼在嘴上："你们侵华，错误不在于你，也许你手下的兄弟也不愿意。"

"谢谢您的理解。"

"但是……你们不投降，我们终究还是敌人。"

"为什么？"

"因为……你们是军人，我是军工……中国军工。"黄西川站起身来。

吉田小队长也站起来，摸出一根东洋烟叼在嘴上："黄桑，那么你为什么要给我们做这些祈祷用的艺术品？难道不是为了友情？"

黄西川伸手掸了掸吉田的肩章："为了你们的家人。"

吉田看着黄西川慢慢走下南坡，哼唱着一首日本民歌："大家的故乡在何方？那里对你们而言是怎样一个地方？"

这歌声很平缓，却勾起了吉田和山北日军的共鸣，他们流着泪齐声高唱："……"
这首《故乡》的旋律，将纷飞的战火和隆隆的炮声贬低得一文不值。

在这样的年代和环境里，每个人心中都有一个永恒的词汇——故乡……

歌声回荡在山谷里很久很久，甚至延绵到了附近的日军驻地。且不去评说日军的歌声对这片山地是否构成了污染，但是思念没有错，亲情也没有错。

"黄桑！"吉田跑到山下，拉住了黄西川："阿部将军就要调集我们去扫荡了，将与贵军展开决战。"

"哦，你泄露了军事机密。不过，我谢谢你的坦诚。"

吉田从口袋里摸出一支钢笔："这个，送给你吧，不管你是否把我当朋友，我如果战死……是不是有资格做你的朋友？"

"呵呵……"黄西川接过那根笔："你不去打，才是我的朋友。"

吉田咬着嘴唇点点头："好吧，我告诉你我们大致的火力配置吧。"

"不，你要忠实于你的国家。"

"你不想你的国家打胜仗？"

"这是国家与国家的事，我只想做好自己的事。"

吉田脸一红："你可以为你的国家赢取一个快捷的途径。"

"但是你使你的国家丧失了一个公平的机会。"

"你们……"

"我们尊重我们的对手。"黄西川指着地上的铸件："这些作为我们交换的条件，已经足够，不久的将来，它们将出现在战场上，为我们的国家战斗，这就够了。"

"嗯，我明白了，中国人的骨气……"

"我不想利用你对我的好感，吉田先生，感谢你。"

"不，我依然感谢你，黄桑，真的，而且从你身上看到了中国人的倔强。"

"我倔强吗？"

"很倔强。"

"我没觉得，有个叫李俊生的，比我还倔强。那才是我真正的朋友。"

1939 年 10 月 31 日，日军"蒙疆驻屯军"司令兼独立混成第二旅团旅团长阿部规秀中将，派辻村宪吉大佐率日军第一大队和伪军共 1000 多人进驻涞源城，拟分西路、南路和东路向我军抗日一分区根据地"扫荡"。

11 月 3 日，我军抗战一分区第一、第三团和三分区的第二团分别在雁宿崖峡谷两侧的山梁上隐蔽展开，待东路由辻村宪吉大佐率两个步兵中队、一个炮兵中队及伪军共 600 余人向雁宿崖扑来后，对其进行有效的伏击。这一仗，除去辻村宪吉乘乱逃脱和 13 名日军被俘虏外，其余均被我军击毙。

1939 年 11 月　河北涞源　金山口长城

千分尺咔咔作响，尾翼的尺寸和尾管尾翼槽的尺寸在李俊生脑海中一次次的经过。

"这样的过盈配合精度，咱们的机床做不到。"白猛摇摇头："咱们的机床虽然改造得不错，但是刀具跟不上啊。"

"磨床呢？"李俊生不死心。

"磨床能磨出尾翼尺寸，但是内槽不敢保证啊，砂轮片不下去。"郤国才抓了下脑袋。

"那就根据内槽尺寸磨尾翼。"路达苦着脸："可是那样制造太慢，紧做不够慢打的。"

"他奶奶的，真想焊死他丫的！"张国平脾气暴躁，把一粒瓜子儿扔进嘴里狠狠地一咬。

"你说什么？"李俊生猛地一扭头："老张，你再说一遍。"

张国平有点怵李俊生："我……我是开个玩笑。"

"不，我觉得你的点子很好。"李俊生抓着他的肩膀："你会焊接吗？我知道你学过焊工。"

"哦，嘿嘿，可是咱也没电焊啊。"

李俊生一声长叹："哎……我再想想。"

变通，说起来容易，但是真到了需要变通的时候，又是何其难啊。

吃过晚饭，李俊生走上烽火台顶，眺望夜幕下的远山。

"你都三天没睡觉了。"焦凤春端着油灯上来，给他披上了一件衣服。

"焦爷，我想出去走走，让脑子冷静一下。"

"哟，那你可带上枪……"

"嗯，我去找四合借一匹马，兜兜风让头脑冷静冷静。"

"哎，那你记得回。"

"放心吧，焦爷是担心我再去找队伍去前线啊？"

"哈哈，你要走，没人拦得住你。"

"可是我拦得住自己。"

李俊生找李四合借了一匹马，在水槽子里舀一瓢冷水泼在脸上，揣着盒子炮，跨上枣红马一路奔西北方向跑下去了。

他放开马的缰绳，闭上眼感受夜风拂过脸颊的畅快，天上一轮明月把银光洒在山路上。不知道走了多久，他打了个哈欠趴在马背上睡着了，脑子里的迫击炮弹尾翼变成了一面面旗子，这旗子又变成了冯斧头、刘德胜、哑巴、陈尚让……

迷迷糊糊中，李俊生仿佛回到了小时候……流淌的大清河河畔，扔鞋打嘎嘎，把田里的野花香和蒿草的味道，沾在衣服上带回家……

"十五年流落在异乡卧薪尝胆，穿绫罗居华室如坐牢监……"

一段高亢的河北梆子，把李俊生吓得一激灵！

哦，不是鬼子，鬼子不会唱河北梆子，他们都唱日本梆子……

谁半夜三更不睡觉，跑山里唱河北梆子来呢？李俊生睡意全无，勒住马四处张望，右手自然而然地抓住了盒子炮的枪把儿。

"满腹的悲伤调琴弦布满。归故里对知音我要弹一弹。想当初我父被困两狼山，孩儿我闻疆耗心如油煎……"

李俊生一辨认，这声音大概来自西北方的一座小山后面。

他缓缓打马，绕过山包，见不远处有点点灯火。

"哦，有人家……我说呢。"他打马回头，打算离开。

"站住！"

李俊生听着这声音耳熟，回头见山坡上站着一个人。

"你是干嘛的？"那个影子叉着腰，用手点着李俊生。

"过路的。"

"呵呵，你知道这是什么地方吗？"

"不知道。"

"不知道就骑着马瞎跑，不怕撞到鬼子啊？"

"哼，怕个啥……"

"你不是又想逃跑去找主力部队吧？"

"嗯？"李俊生一惊："你怎么知道我的事儿……"

"哈哈哈……"那影子慢慢向这边走过来："这里是石家峪，欢迎我们的英雄光临啊。"

"沈厂长！"李俊生从马上跳下来，鼻子一酸扑过去……

1939 年 11 月　河北涞源　黄土岭

"你们来啦！"杨团长握住了甄奉山的手。

"嗯，游击队的兄弟们全来了，随时可以参战。"

杨团长用望远镜看了看夜幕中鬼子的篝火："他们还在集结啊，看起来阿部规秀这次是豁出去了。"

"来的路上听说，保定的桑木崇明一一〇师团，也在往这边增兵。"

"黄土岭战役，一触即发啊。日军作战有个规律，每次失败，必然出兵报复，报复得越凶，失败得越惨。阿部规秀这是打算报雁宿崖的仇啊。"

"团长！陈团长的主力部队已经准备到位了，问你这里的火力配置。"

杨团长一皱眉："告诉他，我这边一穷二白。"

"是！"

甄奉山嘿嘿地笑："杨团长，你这里真的一穷二白啊？"

"跟老陈啊，你就得哭穷，弄不好他一心软，给我调几门迫击炮来也说不准啊。"

"呵呵，我这一路过来，看你这队伍里捷克、麦德森，法国娘们亲嘴儿（九二式机枪），马克沁……这家伙，全啊。"

杨团长摇摇头："再全也顶不过小鬼子的九四山炮啊。咱们得有一批射程远、威力大的武器才好呢。"

"沈淳宏他们不是正在开发呢吗？"

杨团长点点头："是啊，他们能在我临死之前，把炮研究好不？"

甄奉山想了想："我去催催看。哪怕有一门样品也好啊。"

"哎，你可不能动，大战随时打响，你走了游击队就群龙无首了。"

"那……我让高大杆去一趟。"

"你快拉倒吧，他一句话说半年。"

"那就让老徐去。"

"好吧，拜托啦。"

"天亮前我能赶到金山口。"

杨团长点点头："告诉邓汉涛，他小子给我这吹下牛皮打了赌了，迫击炮要是还研制不出来，干脆也就别干了，他们工作团就去挖煤得了。"

1939 年 11 月　河北涞源　石家峪

"嗯……这个问题啊。我们做的掷弹筒，杀伤半径五米多，射程是十米多，特殊榴弹是 20 米，因为距离短，都没有尾翼。"沈淳宏抓着脑袋："这个……尾翼的安装，还真没涉及。"

"厂长，饭好了。"伙房来人通知开饭了。

"哦！呵呵，这个……俊生啊，先来吃饭。"

"哦，不了，我看，我还是回去吧。"李俊生离座告辞："能见到沈厂长，我就很高兴了。"

"怎么，这么长时间不见，你……这个……不想我啊？"

"不是那个意思。"

"那还费什么话？吃饭。"

菜很简单，无非就是一般的腌萝卜、马生菜和豆渣饼。为了迎接李俊生的到来，沈淳宏还特意安排厨房做了个拔丝山药。

由于李俊生的到来，沈淳宏吩咐厨子，拔丝山药的糖一定要多，熬得要稠。

故此这盘拔丝山药看上去晶莹剔透，山药块与山药块之间粘黏得很结实。

沈淳宏一个劲儿地给李俊生夹菜："这个……呵呵，你吃啊。"

"沈厂长，你吃。"

"嗯、嗯，我吃着呢，呵呵。"沈淳宏笑眯眯地歪头看着李俊生吃，那目光就像慈父送给远行已久归来的儿子一般。这样的感觉李俊生也有，他吃得越多，沈淳宏给他夹的菜也越多。

"沈厂长，我吃不下了。"

"呵呵，吃……"

"再吃，就要刮盘子底儿的糖稀了……"李俊生说着忽然停住了，他用勺子使劲刮着盘子底儿黏着的糖。

"哎，这个……别刮盘子底儿了，我让厨房再做一份儿。"

"不！"李俊生捧着这盘子，兴奋不已："沈厂长，我找到啦！"

"嗯？找到什么？"

"解决焊接迫击炮尾翼的方法。"邓汉涛放下盘子紧紧抓着沈淳宏的手："沈厂长，我找到了！"

"什么方法？"

"我想，按照原来的间隙把尾翼装在弹尾相应位置上，在连接处垫一块涂有硼砂的小铜片，然后交给黄西川用细煤泥包起来用火烧，直至铜片熔化，出炉冷却后剥掉泥壳，这样尾翼就牢固地焊在尾管上了。"

"哦，这方法挺土，但是还从没有人用过。"

"是啊，就像这拔丝山药的糖一样，烧化以后可以黏结这些山药块儿一样啊。"

"哈哈，"沈淳宏拍了拍李俊生的肩膀："这个……你脑子越来越灵了。"

"这叫变通。"

"变通？"

"对，变通。"

沈淳宏满意地点点头："俊生啊，这次再看到你，我觉得你和以前大不同了。"

"时过境迁，人总会变。"李俊生身上真的没了当初的那股子冲气，反而多了几分老成与厚重。

"我一直在想，是谁改变了你……是你的师父唐承仪？还是邓汉涛？"

"呵呵……"李俊生低头笑了笑："其实，每个人都是我的老师。"

1939 年 11 月 河北涞源 黄土岭

炮火连连，黄土岭日军的冲锋被陈团长的主力压下去两次……

"陈团长真是猛，这回该咱们啦，各部队进入预设阵地，在日军毫无察觉的情况下，咱们在黄土岭以东的峡谷周围给阿部规秀准备好一个非钻不可的大口袋。"

"是！"

杨团长看着地图："咱们一分区第一、第二十五团迎头阻击，第二、第三团和一二〇师特务团从西、南、北三面进行合击，嘿嘿，阿部规秀这个兔崽子看他往哪儿跑。"

"报告！"

"进来！"

"杨团长，甄奉山大队长来了。"

"叫他进来！"

"是！"

"杨团长，嘿嘿。"甄奉山风尘仆仆地跑进来。

"怎么样？邓汉涛那小子……"

"他来了。"甄奉山闪身，邓汉涛带着路达、李俊生和黄西川走进指挥所。

杨团长一皱眉："哎呀，老邓，你来搅什么局啊？"

邓汉涛一撇嘴："行，你嫌我搅局是吧？甄大队长，叫你兄弟把那四门炮抬回去。"

"等等……"杨团长眼睛一亮："好啊，你个邓汉涛，敢情拿着家伙来的啊！"

"呵呵，还没试炮呢，甄大队长就被你派去催命了。我怕在金山口开炮惊扰了鬼子，就先给你拉来了。"

"哦，你想在实战里试炮？"

邓汉涛晃着脑袋："你要是觉得不行，我就弄回去。"

"呵呵，你小子，"杨团长围着邓汉涛转了几圈："关键时刻别给老子玩这套，不就是试炮吗？以为老子怕炸膛啊？"

杨团长回头叫过炮兵营长："马彪。"

"到！"

"把这四门迫击炮，全给我支到一线去。"

"是。"

"报告，阿部规秀率领一部分部队，向上庄子移动。"

"追击！"

"是！"

1939 年 11 月　河北涞源　上庄子

上庄子附近约两公里长、百余米宽的山谷里，数千支步枪和一百多挺重机枪一齐向日军猛烈射击。顿时，枪声、手榴弹爆炸声连成一片，杀声四起，整个山谷弥漫在战火和硝烟之中。

经过一个多小时的激烈战斗，日军伤亡过半。

"明天立冬……绝不能让鬼子挺过秋天。"陈团长叉着腰站在山岗上，举着望远镜。

"陈团长！情况怎么样？"杨团长带着警卫员和几个人从山后面上来。

陈团长指了指不远处一个小山包，把望远镜递给杨团长："老杨啊，你看看，那边有几个鬼子也拿着望远镜朝这边看。"

邓汉涛和李俊生、路达、黄西川每人扣着个钢盔跟在杨团长身后。

路达抽出独角龙望远镜也朝那边看："哎，那边也有几个鬼子朝这边看啊。"

"哎，这几个人干嘛的？"陈团长发现了李俊生一伙，指着他们问杨团长："这几位看着眼生，不像你身边蹦跶的那一帮人。"

杨团长放下望远镜："哎……他们是军工，非要跟着来看看。"

"乱弹琴，军工是咱们难得的人才，怎么能上前线，多危险？"陈团长回头喊炮兵连长："杨九枰！"

"到！"

"护送军工师傅们去安全的地方。"

"哎！你是杨连长！"李俊生瞅着杨九枰眼熟。

"哟！李俊生。"大敌当前，杨连长顾不上叙旧，拉着李俊生的胳膊："我不是用枪逼着你回去了吗？咋又来了？"

"我不是回来打仗的，呵呵，我就想看看，我们做的迫击炮痛打鬼子，这就够了……"

"哟，你小子现在咋这么消停？你的火气呢？"

李俊生递上一颗迫击炮弹："我的火气全装在这里。"

"杨九枰！"陈团长皱着眉："你还磨叽什么？伤了军工师傅，你负责得起吗？"

杨团长捅了捅邓汉涛："油舌头，该你了。"

邓汉涛一伙想不到前方首长对军工是如此爱惜，感动之余，他握着陈团长的手只说了一句话："我们今天带来的东西，是我们牺牲的兄弟用生命凝结成的。"

陈团长半晌不说话……只望着天际的云，过了好久，他一指对面的山包："那边山包上，几个鬼子军官往这边探头探脑，那一定是鬼子的指挥所。"

"哦！那，阿部规秀就在里面！"杨团长拳头攥得咯咯响。

"杨九枰！"

"到！"

"看看军工师傅们带来了什么？给我用上！"

炮兵连连长杨九枰带领迫击炮射手上山后，陈团长带着邓汉涛和李俊生上了山，给他们指明了两个目标。

随着团长的命令声，四发迫击炮弹向独立小院和小山包飞了过去，在目标点爆炸，火光闪闪，两个目标全部被覆盖。

1939年11月7日中午，四发迫击炮弹，承载着军工的热血和汗水，将日本所谓的"山地战专家"阿部规秀送上了不归之路。黄土岭战斗，包括第一阶段的雁宿崖战斗，八路军共歼灭日军1500多人及大量的伪军，是我军继平型关大捷后又一次震惊中外的抗日大捷。

在我军官兵的欢呼声中，邓汉涛、李俊生、路达和黄西川抱在了一起。

骁勇的八路军战士们从他们身边冲过，对小山发起最后的冲锋……战士们的身躯就像流过的时间，模糊，而又匆匆。

那些鲜艳的红旗，不仅染着战士们的血，也凝聚着军工们的汗。

"呜哇——！"一声驴鸣，出现在大家的身后。

"哎，你们……你们也跟来了！"邓汉涛回身，见一张张熟悉的脸上，淌着泪……焦凤春、李四合、张国平、白猛、贺东坡、石头、大虎、小凤、狗剩……

"汉涛！"

"啊！淳宏兄！"

"哈哈哈……"

"结束了。"黄西川擦了擦眼睛。

李俊生闭着眼，伸开双臂，深吸了一口夹杂着硝烟味道的空气："这不是结束，只是个开始……"

"你还跟我较劲？"黄西川瞪着李俊生……

八路军第一团团长陈正湘、政委王道帮接到侦察兵报告，发现位于黄土岭与上庄子之间的一个名叫教场的小村庄附近，一座独立院落设有日军的临时指挥所。二人随即命令配属的分区炮兵营迫击炮连，对准目标轰击。

18时许，迫击炮连连长杨九秤指挥迫击炮连，向这个临时指挥所轰击。随着巨大的爆炸声，措手不及的临时指挥所里的日本军官立刻倒下一片。遭到突然袭击、被打得晕头转向的日军拖着尸体和伤员，狼狈逃离。阿部规秀就在这个指挥所里，他的右腹部和双腿被迫击炮弹片炸伤数处。负伤后约3个小时，即11月7日21时50分，阿部规秀因失血过多而毙命，卒年53岁。

阿部规秀中将被击毙在黄土岭的确切消息，聂荣臻是从敌人的电台广播中得知的，他高兴极了。很快，毛泽东也从延安发来电报查证此事，并要"总部向各方公布，广为宣传"。在中国人民抗战史上，阿部规秀中将是被中国军队击毙的日军最高级指挥官。

敌华北方面军司令官多田骏在吊唁阿部规秀的悼词中哀叹："名将之花凋谢在太行山上。"

1989 年 10 月　河北保定　劳动技工学校

"李书记，外面有人找。"

"哦？谁？"他放下手里的文件，摘了老花镜慢慢地从办公桌后面站起来。

"说是您的老朋友。"

"哦……好，请到会客室吧。"

"好的……哎，您慢点。"

会客室内，一位白发苍苍的老人，穿着一件黑色呢子风衣，背着手看会客厅正中挂着的毛主席像。

"吱——！"玻璃上挡着绿色绸帘的古铜色木门被推开了。

黑风衣老人一回头，仔细地打量进来的人。

"黄西川！"他的嘴唇颤抖了："你……你怎么找到这儿的？"

"李俊生，哈哈！"黄西川快步上前，两个老战友抱在了一起……两个人，四行泪……

50年了，整整50年了，秋霜爬上了额头，皱纹爬上了额头，这一对老人是有生以来第一次热烈拥抱。

"坐！快坐。"

"哎。"

校办室小孙端来茶水，放在两个沙发之间的茶几上。

李俊生拉着黄西川的手："兄弟……你怎么知道我在这儿？"

"我也纳闷啊，这不，前一阵子我一个日本朋友来你这里参观了一下，后来写信告诉我，你创办了这所技工学校。"

"日本朋友？"

"是啊，你认识。"黄西川把烟灰弹在烟灰缸里："就是吉野。"

"哦……呵呵，你看我这脑子。对，上次他们米子市跟保定市结成友好城市，来我这里参观了，却是谈起你来的。"

黄西川笑笑："当年我在大砟沟炼铁，山后驻扎的日军小队长，就是吉野。"

"哦，呵呵，这一晃啊，50年啦。"李俊生靠在沙发背上。

"你怎么不留在北京？非要在地方上呢？"黄西川端起茶杯喝了一口："邓厂长还有沈厂长他们都成了首长。"

"呵呵，还是谈谈你吧。"

黄西川笑了笑："你走了以后，我一直跟着邓厂长他们干，咱们流动工作团最后成了兵工厂。"

"我听说了。"李俊生点点头："后来成了咱军工的主流企业。"

"是啊，后来我被调到了上海担任干部，又辗转到北京军工部。解放战争结束以后，听说你在华北训练五团当干部处处长，就想去找你。谁知道，抗美援朝你又去了朝鲜。"

李俊生也点燃烟斗，悠悠地吐了一口烟："呵呵，你没追去朝鲜啊？"

"没有，我追到朝鲜，你老小子再跑了，我岂不是白去？"

"哈哈哈……"

"我回到北京，在科学院带着一帮人搞起了研发，现在……总算退休了，就在北京定居……哎！我有两个儿子，三个孙女啦！"

"我有两儿两女，四个大孙子，哈哈哈。你小子还是拼不过我啊。"

"哈哈哈……"

两个老人抚手大笑。

"对了，你知道小凤现在干什么吗？"黄西川又问。

"这几个孩子，我只知道石头去了德国，后来是工程师。"

"嗯，小凤别看岁数小，她后来可是咱们陕西军工企业的领头羊，就连石头和狗剩的企业，也要靠她的研究成果发展。"

"哦，真有出息啊，呵呵。"

"你干嘛放着北京的高干待遇不要，跑地方上办个学校？"黄西川一直很纳闷这个。

李俊生望着窗外列队军训的几个班的小伙子："咱们当年……吃技术亏吃的不少啊，日本人打走了，国民党也被打到了台湾，美国佬也滚回了老窝，这里面……有多少军工的付出啊。"

"那倒是。"

"一个军事大国的发展，离不开军工人才啊。少年强则中国强，我们要给军工储备人才啊。这个活儿谁来干？"

"所以你来干……"

"嗯，而且我打算让我的二孙子李贺，将来在这所学校教十年机械。"

"哦……"

"如果我死了，这就是遗言。"

黄西川歪着头想了想："你能左右下一代……乃至下一代的下一代么？"

"不能，但是小贺从小就对机械感兴趣，我相信流淌着军工血液的孩子，是响当当的硬汉。"

"为什么单挑老二孙子呢？就因为他对机械感兴趣？"黄西川笑着把烟捻灭在烟灰缸里。

"因为这小子最像我。"

"哈哈哈……"黄西川拍了拍李俊生的手："可别像你当年那么混。"

"哈哈哈……"

"俊生啊，其实当年……我一直是佩服你的。"

"我也是，至今依然是。也许我们的作为会被人们遗忘，但是那不重要。驴背上的兵工厂……同志们都是英雄。"

黄西川站起身来，李俊生也站起来，两位老人再次拥抱在一起。

保定的街道虽然不宽，但是很干净，大路两旁的槐树一直延伸到了澎园。

两位老人手挽手，漫步在澎园前的大街上，之前的老建筑，已经被楼房代替了，那50年前的枪声，只在他们脑海中回荡。

　　一群红领巾正在老师的带领下参观澎园。

　　"同学们……这里当年啊，有几位英雄在这儿跟日本侵略者斗智斗勇。"

　　"老师，我知道，是八路军。"

　　"不，其实啊，他们是军工。"

　　"老师，什么是军工？"

　　老师告诉孩子们："军工啊，就是在后方造枪造炮，开发生产的人，现代机械的发展，离不开他们的推波助澜，他们啊，同样是英雄。"

　　"老师，他们真伟大！"

　　"是啊，所以历史不会忘记他们，人们更不会忘记他们。"

　　"我们也不会忘记他们。"

　　"老师，我要当军工！"

　　李俊生和黄西川站在一边默默听着，渐渐地眼前模糊了。

　　"俊生，听见了吗？"

　　"嗯，听见了，历史不会忘记我们……人民不会遗忘我们……"

中国军工获得举世瞩目的发展，我军手握利器……

值此之际，我们不禁回想起，抗战战场上最辉煌的战绩之一，就是击毙阿部规秀。

阿部规秀是抗战期间被我军击毙的最高级别的日军将领。

立此大功的"英雄"，是八路军军工在困难条件下研发成功的迫击炮。

迫击炮的处女弹，一炮打响，击毙日军名将之花。

本书写的，就是这些迫击炮的制造过程。

一伙同仇敌忾的中国男人；

一群性格鲜明的军工天才；

一支壮怀激烈的战争长歌；

一份气吞山河的激越情怀……